Todo esto existe

Todo esto existe

ÍÑIGO REDONDO

LITERATURA RANDOM HOUSE

Papel certificado por el Forest Stewardship Council®

Primera edición: noviembre de 2019
Segunda reimpresión: febrero de 2020

Travessera de Gràcia, 47-49. 08021 Barcelona

Printed in Spain – Impreso en España

ISBN: 978-84-397-3663-9
Depósito legal: B-22.340-2019

Compuesto en La Nueva Edimac, S. L.

Impreso en Egedsa (Sabadell, Barcelona)

RH36639

Penguin
Random House
Grupo Editorial

Para Patricia, porque lo has traído todo.

Y para Úrsula, que cada día demuestras
que todo es poco.

volver
de noche
a casa
encender

apagar ver
la noche ver
pegada al cristal
la cara

Samuel Beckett

No nos conocemos. Restregamos la vida de los unos contra la de los otros pero no nos conocemos. Cada mañana nos apretujamos en las calles ignorándonos, escuchamos el ruido de nuestras voces, nos olemos, nos mentimos olores para soportar las proximidades excesivas que nos imponemos en los trenes, en los ascensores, en los hospitales, en las iglesias. Nos miramos sin vernos. Nos sonreímos cada día. Y cada día nos desconocemos, nos ignoramos, nos rechazamos, nos olvidamos unos a otros en el instante siguiente a habernos perdido de vista, inmediatamente, con la mayor displicencia, disolviéndonos mutuamente en este paisaje humano, esta multitud de la que apenas sabemos nada ni nos importa, y que a cierta distancia empieza ya a ser solo una prisa, un ritmo en la calle, un roce de gabardinas, una oscilación de hombros, y desde un poco más lejos, un oleaje suave de cabezas, sombreros, paraguas, incluso menos, un color, una bruma, nada.

Exactamente esto es lo que se ve desde la altura de esta ventana en la niebla matinal. Poco más que una bruma en la que hormiguea la multitud indiferenciada arremolinándose en torno al mercadillo que cada mañana se monta y cada tarde se desmonta junto a la parada del tranvía.

Sin embargo basta con bajar a la calle para que la palabra «mercadillo» se descomponga en cada uno de sus fragmentos, en cada puesto de legumbres, de ropa, bebidas, flores, comida frita. Basta aproximarse para que el enjambre confuso de gente se haya precisado ahora en cada una de las ancianas que caminan con mayor o menor torpeza, cada niño desharrapado, cada columna de vaho que emerge de cada bufanda. Acá un perro cojo, allá un pobre disminuido sentado en una caja de fruta, a su lado una pareja mostrando la comida a medio masticar dentro de sus carcajadas. Al fondo, las balanzas sopesando el género que ofrecen los comerciantes sentados junto a su pobre mercancía, pelando una naranja con los dedos sucios. A la espalda de la casucha que sirve como cantina o como almacén, un tipo gordo con botas de agua camina hacia la que parece ser su mujer, ofreciéndole un café humeante en un vaso de papel. Detrás, un balón deshinchado flota en un charco. Tras cada pequeño tenderete metálico cubierto de lona languidece en silencio el brillo de unos ojos dentro de un rostro surcado por las arrugas de una vejez específica, de un cansancio individual. Semblantes cabizbajos bajo las capuchas o los pañuelos, abrigos abundantes sobre las espaldas encorvadas, hombros cargados dentro de los jerséis gruesos, manos pesando legumbres, alzadas pidiendo limosna o metidas en las axilas para combatir el frío de noviembre. Un tipo enjuto pasa arrastrando pesadamente su carro lleno de cartones y mondas podridas. Más adelante una fila de siluetas arrastrando los pies hacia el chirrido metálico que anuncia la llegada del tranvía.

Son veinte copecs.

¿Tiene usted cambio de un rublo?

No.

No importa, llevo suelto.

El aire del interior está muy saturado. Aún conserva el olor caliente de la muchedumbre que acaba de bajarse dejando los cristales cubiertos de condensación. Poco a poco los ocupantes van sentándose callados, en un murmullo de cremalleras, pliegues de ropa húmeda, pisadas y débiles saludos casuales. Cuando los sitios se completan el pasillo empieza a abarrotarse de contigüidades mansas, silenciosas, inquisitivas. El forro de plástico de los asientos está a medio arrancar, dejando a la vista la gomaespuma del interior.

Con una sacudida el tranvía comienza a moverse superponiendo sus chasquidos metálicos al silencio amodorrado de las conversaciones. Un mecánico movimiento de mangas limpia semicírculos en los cristales como pequeños limpiaparabrisas individuales. Entre las aguas del vidrio se distinguen los techos de los puestecillos quedando atrás, en el descampado cubierto de trayectorias arañadas en la nieve gris y, más allá los bloques de viviendas hasta donde se pierde la vista. Con cada parada el pasillo se satura más y más. Las miradas llenas de sumisión y de pérdida.

Nudos circulatorios, polígonos industriales, periferia inacabable hasta que el tranvía se detiene finalmente. El linóleo del suelo está gastado en la zona de la puerta y entre los zapatos asoman los tablones de madera húmeda en los que brillan pulidas las cabezas de los clavos. El frío es intenso al bajar. El pasaje se diluye rápidamente en el gentío que merodea por la plaza Kontraktova en dirección a ninguna parte. Rostros marchitos que revelan un envejecimiento sin moralejas.

A la derecha, en lo alto de la colina, ocultas casi totalmente tras las osamentas nudosas de los árboles despellejados por el frío, se adivinan en la niebla las cúpulas doradas de la catedral de San Miguel. A dos o tres manzanas, por la calle atestada de gente, la plaza Poshtova con la pequeña iglesia de la Natividad. A esta hora apenas deambula nadie por la plazoleta del funicular, y menos aún en el andén. Ancianos en su mayoría, que ya no son capaces de remontar la escalinata hasta la parte de arriba del parque de Volodymyrska Hirka. En medio del viento que barre el andén una campana anuncia la llegada del funicular.

Son veinte copecs.

¿Tiene usted cambio de un rublo?

Sí.

No importa, llevo suelto.

El interior está frío. La brevedad de la ascensión apenas permite que los escasos pasajeros puedan calentarlo con cada viaje.

Un golpe seco y empieza el traqueteo de subida. Se diría que este trasto va a desengancharse y precipitarse pendiente abajo, que es incapaz de ascender por el raíl. Sin embargo progresa lentamente internándose entre los cadáveres de los árboles, aferrándose penosa pero firmemente a las vías.

Otra campanada, el vagón se detiene y las puertas se abren. El pasaje sale en silencio al viento que, ya arriba, bate con rigor.

En el frío del parque apenas quedan un par de paseantes apoyados en la barandilla.

Al final del paseo, en la esquina del fondo se alza un quiosco metálico pintado de gris. En su interior, a resguardo de la lluvia, pero no del viento, ni por supuesto del frío, hay un banco viejo de madera, pintado del mismo color. Y hoy, como cada día, también se verá una figura sentada, las manos en los bolsillos, mirando entre las ramas muertas, con la vista perdida en la densidad de la bruma, con los ojos cansados en el interior de la niebla, esperando a que el calor la disipe, a que se abra un pequeño claro, un hueco fortuito que permita ver el gran meandro del Dniéper, el inmenso recodo del río, sus aguas negras, preguntándose, una vez más, como cada día, de dónde viene esa agua. Qué trae esa agua sombría. Qué lamento, qué silencio arrastra, qué muerte lleva consigo esa agua triste.

Es posible que hace millones de años este lugar no fuese más que una masa de nubes de gas, roca y polvo, y que algún tiempo después, aquí, en este mismo sitio, tras la deriva tectónica, se alzase una colina desde la que contemplar toda la Tierra, cuando la Tierra no era más que la extensión hasta donde alcanzaba la vista. Y es posible que en ese páramo despoblado, habitado por nada más que la luz, la nieve, la noche y la niebla yendo y viniendo sin ley, una brisa muda alcanzase apenas a algo más que a acariciar las rocas, los declives, las vaguadas del erial previo al sendero. Y solo es cuestión de tiempo que llegara la tormenta de cuyo limo acertase a brotar un liquen, una raíz pasados los siglos, emergiendo hacia el día. Y antes o después, ese limo se poblaría de larvas que servirían de alimento al reptil anónimo, y durante un verano anodino, en ese silencio hecho de viento, de lluvia y de sol, los colmillos de un hocico olfateando arrancarían la hierba cercana, y desde ahí ya poco tardará en abrirse paso un primer simio, un homínido. Y después otro. Y sería la voz de uno de ellos la que sonaría por primera vez aquí, el grito de un primer hombre que después sería una primera canción, y más tarde una primera palabra pronunciada. Un primer nombre. Una primera amenaza. Una primera oración. Un primer paso en ese camino que más adelante frecuentarán miles para agruparse, para enfrentarse, para resistir, para combatir, para someter a otros.

De este modo empezarán a quedar impresas en esta tierra las primeras huellas humanas. Pisadas de soldados, de guerreros, de hombres cuyo único lenguaje es el acero. Y habrá himnos para recordar cómo esos hombres llegaron a alzarse. Y un día, esos himnos se reunirán por escrito, y así habrá dado comienzo la historia de este lejanísimo pedazo de tierra, no tanto por voluntad de conservar lo que se pierde como por la de dictar lo que debe ser recordado: victorias, conquistadores, reformas, tratados, evangelizaciones, alianzas, batallas. Y mientras se recuerda a los grandes personajes de vida excepcional, se olvida a todos los otros. Así se prescribe lo que fue, lo sucedido, cuando ya solo queda la debilidad de la memoria para defender lo que no necesitó defensa alguna en vida. Una mentira con la que cada generación engañará a las venideras. Una mentira que es hija de la muerte.

Sin embargo, a pesar de las trampas de los libros de historia, quizá aún haya quien pueda penetrar en la memoria de los lugares. Lo que queda impreso en las calles, en el aire, en el asfalto, en las fachadas de los edificios, en los caminos que continúan más allá de donde se pierde la vista desde esta colina. Esa memoria que todavía siente agitarse en la brisa el eco de aquel tiempo oscuro en que el Báltico congregaba unos pocos clanes sombríos de salvajes venidos del norte, vikingos, forajidos, comerciantes, mercenarios, nómadas sitiados por la calamidad y la miseria, huidos del frío hacia el sur, hacia la costa y el comercio, dispuestos a unirse y establecer su autoridad sobre toda la zona.

Serán siglos tristes en los que la precariedad acabará con los niños, los hombres morirán jóvenes y la enfermedad diezmará la ya de por sí escasa población. Y qué más da si las guerras se suceden para imponer nuevos dueños sobre el territorio o para defender a los viejos, si son estragos fratricidas en pos de derechos sucesorios enfrentados o incursiones crueles hacia rutas comerciales. Los años aciagos se sucederán marcados por la división y la ruptura, por el abrazo a religiones ajenas, por el terror a los ataques invasores, por la migración y el abandono.

Antes o después miles de guerreros de tez oscura y lengua impenetrable alcanzarán estas latitudes, o serán sus ojos rasgados lo que los distinga, o su ferocidad, o la enfermedad que traen consigo. Embestidas venidas de Turquía, del Imperio mongol en su expansión, o incluso de Iván el Terrible, harán que el pedazo de tierra que se divisa desde esta colina sea un día el primer estado eslavo oriental, la Rus de Kiev el siguiente, Lituania con el paso de los años, o Polonia con el de los siglos. El saldo será una población híbrida compuesta por luteranos fineses, nómadas estonios, esclavos fugados de las galeras turcas, colonos armenios, griegos ortodoxos, piratas bálticos caídos en desgracia, católicos lituanos, polacos apostólicos temerosos de Dios, mercaderes musulmanes sin escrúpulos, judíos jasídicos, criminales de toda procedencia dedicados al saqueo, y uno de ellos, uno, olvidado por la historia, uno como cualquier otro será el primero en disparar un arma de fuego, y quizá acierte o quizá yerre, quizá mate o quizá muera. Durante este tiempo de discordia y barbarie en el que nunca antes se había oído el sonido de un violín en este rincón de tierra, las revueltas en contra de cada sucesivo gobierno, ya sea polaco o ruso, desembocarán en masacres y represalias de rebeldes militares y grupos armados con antorchas, hoces, guadañas y bieldos, hasta que llegue la definitiva anexión a Rusia. Hombres y mujeres dedicados a la pesca y a una escuálida cosecha, despreciados durante siglos por sus monarcas y olvidados por las grandes decisiones de su tiempo, con el río y la tierra como único sustento, acaban de quedar encadenados a ella, en una situación prácticamente de esclavitud bajo el sistema de servidumbre ruso.

Con los años esta mezcolanza de etnias, congregaciones y clanes, a la que se unirán las fuerzas francesas en retirada de la campaña napoleónica, vivirá el crecimiento de sus ciudades más importantes. Por su parte, el temor a una revolución como la sucedida recientemente en Francia terminará por conceder al entorno rural la emancipación de sus casi veinte millones de esclavos aunque, a pesar de ello, la miseria los obligue a permanecer con sus señores. Se cantarán canciones y se forjarán historias sobre el último hombre muerto esclavo, y sobre todo, sobre el primer niño nacido libre en los campos de Rusia. Un niño ignorado por la historia, que significará el salto de una nación hacia la integración en la Revolución Industrial. El país comienza a ver el tendido de grandes infraestructuras. Miles de hombres cuyos hijos serán los artistas del constructivismo colaborarán en la extracción de mineral, en la metalurgia, en la fabricación de raíles, en la construcción de vías, de puentes, de miles de kilómetros de líneas férreas. Y un día cualquiera, al amanecer, una muchacha rubia nacida sin dedo meñique en la mano derecha preguntará a su padre señalando al horizonte, pero no obtendrá respuesta porque será la primera vez que los jornaleros de esta tierra contemplen la velocidad de una locomotora.

Esos mismos jornaleros, dedicados ahora a industrializar el país, serán acribillados a balazos cuando, encabezados por un sacerdote, se aproximen al palacio de San Petersburgo pidiendo salarios más dignos. Los sollozos de un crío de cuatro años, surgidos de entre la pila de cadáveres, se alzarán recorriendo todo el país en un levantamiento popular que culminará en la insurrección del acorazado Potemkin. Hasta que un domingo como cualquier otro tenga lugar un asesinato como cualquier otro, y dé comienzo la Primera Guerra Mundial, que, en esta tierra dividida, será a su vez una guerra civil que se sumará a la revolución social.

Con la abdicación de los Románov, el país entero estallará al unísono en un grito de júbilo, pero poco tardará en sobrevenir el desplome, cuando los soldados regresen a sus hogares tras el exterminio que ha supuesto el frente: muertos anónimos, supervivientes anónimos. Generaciones enteras de hombres maltrechos, mutilados, enfermos, traumatizados, hijos o nietos de aquel primer chiquillo libre que contempla ahora la nueva Rusia, arruinada y exhausta, poblada un siglo atrás por millones de cervices de esclavos, dedicados ahora a merodear como proscritos desesperados entre mendigos, familias en la indigencia, destacamentos de desertores enfrentados al ejército, bandas de delincuentes y patrullas armadas contra este nuevo estado en el que saqueos y matanzas son la única ley, dictada por la venganza contra siglos de vasallaje.

El mismo día que en Sudáfrica nace un bebé al que llamarán Nelson Rolihlahla Mandela, la ejecución sumaria de la familia

Románov inaugura la nueva era de terror y psicosis. Detenciones, fusilamientos en masa, tomas de rehenes, reclutamientos forzados e internamientos en campos se ponen a la orden del día.

No extrañará que en la tierra que se alcanza a ver desde esta colina, con más de un millón y medio de muertos y cientos de miles sin hogar, en plena hambruna, surjan fuerzas cruzadas entre ejércitos bolcheviques, monárquicos, tropas de minorías nacionales luchando por la emancipación respecto de Rusia, ejércitos extranjeros en avance, tentativas de los revolucionarios antibolcheviques, e incluso desertores de todos ellos, huidos de las búsquedas, de las detenciones y de la reintegración forzada en otras filas.

Serán miles los niños que nacerán en medio de este horror, en el seno de familias desheredadas que malviven de acá para allá, sin certeza del lugar, el estado, el país en el que viven. El mercado negro y el trueque se han convertido en la única posibilidad para sobrevivir. Media garrafa de *samogón* por un saco de grano, dos cestas de patatas por una alforja de alforfón, que sean dos, trato hecho, y así logrará aquella joven nacida sin meñique en la mano derecha que la vida de su hijo dure más que este invierno.

Una migración masiva de obreros y ciudadanos hambrientos de regreso al campo reducirá a la mitad la población de las grandes ciudades, pero los objetivos inalcanzables de la colectivización arruinarán aún más a los campesinos. Los procesos y deportaciones se intensificarán y se incrementará el envío de población rusa a las áreas de mayor identidad nacionalista para mezclarse con la local en un intento de «rusificar» el país, aunque pocos de entre los niños que verán la luz en esos años lograrán superar la miseria, la enfermedad y el hambre.

Y durante una mañana soleada de junio, en que quizá se haya levantado brisa, la guerra regresará a esta tierra, esta vez desde el oeste.

Puede que al principio el avance alemán sea celebrado por algunos sectores descontentos, pero pocas semanas después, si no días, todo hombre mayor de edad será llamado a filas y toda mujer a las fábricas de munición. La ausencia del meñique en la mano derecha facilitará a Natasha su infatigable trabajo en la factoría de armamento de Nizhin, aunque su marido haya caído en batalla y su hijo haya sido evacuado con pronóstico grave a un hospital de campaña en Minsk.

Millones de hombres tendrán que retroceder rezando, llorando, temblando de pánico para salvar la vida sin entender por qué, en su retirada, deben destruir su propio hogar para impedir el avance nazi, volando los puentes, pozos de petróleo, carreteras y líneas férreas que construyeron sus abuelos.

A pesar de todo, en un par de inviernos Alemania se verá obligada a replegarse a la línea del Dniéper, que no será capaz de defender durante mucho tiempo. Apenas un mes después Kiev volverá a ser ruso y poco más tarde el Ejército Rojo llegará a la frontera con Polonia, anterior incluso al inicio de la guerra.

En Minsk, el amor unirá a ese soldado evacuado, lisiado por la metralla e incapaz de reincorporarse al frente, con su enfermera de cabecera. Su primer y único hijo, Alexéi, llegará al mundo sano y salvo en abril de 1942, en medio del caos y la destrucción. Lo primero que hará Natasha es contar los dedos de la mano derecha de su nieto en busca de una herencia genética poco deseable.

Silbatos, trompetas, bocinas, fuegos artificiales y confeti llenarán las ruinas en que se han convertido las ciudades que han sido escenario del conflicto. En Kiev, donde una cuarta parte del frente occidental ha muerto o caído prisionero, la algarabía es redoblada. El bulevar Jreshchátyk y la plaza Maidán Nezalézhnosti son un auténtico hervidero de celebraciones, llantos y abrazos entre desconocidos, ancianos exhaustos, parejas besándose los labios consumidos y mutilados que bailan alzando sus muletas, exhibiendo su sonrisa demacrada al son de las bandas municipales de música.

Alexéi recordará siempre esta sensación de ser el rey del mundo, con solo tres años, sobre la marea de cabezas, por encima de las calles devastadas, sembradas de escombros, sentado sobre los hombros de su padre, cuya cojera a duras penas le permitirá avanzar entre la multitud.

La tierra que se divisa desde esta colina hospedará casi ocho millones de cuerpos, incluyendo medio millón de judíos. Más de setecientas ciudades han sido arrasadas y más de veintiocho mil pueblos y aldeas, borrados del mapa de un país desolado, sin apenas infraestructuras ni potencial humano, en plena hambruna.

Los recursos para la reconstrucción del país serán los que sobren del rearme necesario para contrarrestar la amenaza atómica de Occidente. El rápido éxito nuclear tensará aún más las relaciones entre comunistas y capitalistas, y solo el «deshielo» de Jrushchov permitirá una gradual apertura cultural al mundo, con un crecimiento económico general y un incremento en el nivel de vida. Pronto se lanzará el primer satélite artificial Sputnik y en unos años la perra Laika hará el primer viaje al espacio. Sin embargo, las exageradísimas fuerzas armadas se revelan como una carga cada día más insostenible, lastrando el desarrollo de todo el país.

El rechazo de Alexéi al ejército es frontal, y sus aspiraciones adolescentes comienzan a inclinarse hacia la carrera espacial. Su vecina, Helga, solo tiene cinco años y ni siquiera concibe que la luna no sea una luz redonda, sino un lugar al que será posible llegar en menos de diez años.

Soplo cardíaco leve. Soplo cardíaco leve y no hay más que hablar. Así es como con tres palabras nada más Alexéi se libra de tener que hacer el servicio militar, más que obligatorio en su país, sobre todo después del altísimo número de bajas que dejó la Gran Guerra contra Alemania. Su madre, testigo de toda aquella barbarie cuando fue enfermera en el hospital de Minsk, no sentirá la menor decepción pese a que en el bloqueo de esta Unión Soviética hace años que la carrera militar se considera la mejor de las salidas laborales. Tres palabras nada más. Pero así como traen la alegría de evitar el servicio militar, se llevan la posibilidad de una carrera espacial ansiada desde la niñez. El sueño de ser cosmonauta tendrá que dejar paso a uno más prosaico, en la escuela politécnica de Kiev, y aunque seguirá prestando atención a Gagarin, a Tereshkova y a Leónov, el ajedrez irá progresivamente acaparando su atención.

Para Alexéi la sucesión de Jrushchov por un Brézhnev casi en la setentena quedará eclipsada por el fallecimiento de su madre durante el invierno, por complicaciones derivadas de una infección renal. Su padre, viudo, lisiado y entregado al vodka, nunca volverá a ser la persona que un día lo llevó sobre sus hombros por las calles de aquel Kiev devastado. Sin otra intención que la de eludir el espectáculo de su deterioro, Alexéi se decide a terminar sus estudios de Física y Matemáticas en el Instituto Pedagógico para independizarse a una vivienda minúscula en Kórosten, desde la que, con la más absoluta discreción, empezará a colaborar en la distribución de la revista *samizdat* moscovita *Sintaxis*.

Con el fin del «deshielo», cada día serán más las sentencias de trabajos forzados a escritores, novelistas, dramaturgos o periodistas debido a su «actividad antisoviética». Un mal menor en comparación con el reciente uso que el Politburó está haciendo de la psiquiatría como herramienta de lucha contra la insurrección. Los presos políticos empezarán a ser hospitalizados como enfermos mentales en instituciones, asilos y manicomios por toda la Unión Soviética. Sin embargo, aunque en el caso de Alexéi supondrá el fin de su coqueteo con la disidencia, la inhumanidad de la medida reactivará, por rebeldía, muchas células dormidas de la *samizdat*. En una de esas cantinas en las que se reúnen de vez en cuando los contrarrevolucionarios, un tipo grande, corpulento, con aspecto de trabajar en la construcción, logrará contra todo pronóstico seducir a la camarera. Para finales de año, concretamente en noviembre, nacerá su hija. Será su abuela quien elija el nombre de la pequeña: Irina. La niña tiene sus mismos ojos.

A finales de la década, la producción agrícola soviética aumenta y el terror de Estado, las hambrunas, las purgas y la guerra han quedado atrás definitivamente. De hecho, en el Dniéper comienza la construcción de una gran estación de producción energética, como parte de las medidas de industrialización del país.

Un tal Anatoli Kárpov, que tres años atrás, con solo quince, ya se había convertido en el maestro nacional más joven de la Unión Soviética, se proclama ganador del campeonato mundial juvenil de ajedrez. Garri Kaspárov aún tiene solo seis años.

Irina, que acaba de cumplir uno, da muestras de precocidad motriz.

La ingeniería soviética está redirigiendo su tecnología atómica para fines energéticos, así que dos meses antes de que los Beatles anuncien su separación tiene lugar otro de los golpes de efecto de Brézhnev: la construcción del primer complejo nuclear en Ucrania, incluyendo la ciudad que albergará a sus trabajadores y a sus familias. La «ciudad del futuro», como comenzará a ser conocida, en la que se plantará un arbusto de rosas por cada habitante.

Alexéi, con los ojos puestos en las noticias que llegan de Estados Unidos sobre la celebración de un multitudinario festival de música en Woodstock, regresará a las reuniones clandestinas en casa de un conocido, una de las cuales le brindará la posibilidad de aproximarse a una joven tímida, que parece no haber cumplido ni los veinticinco años. Se llama Helga, según el conocido común. Solo cuando logre invitarla a un café, pocos días después, averiguará que se trata de aquella vecina de la infancia que no levantaba dos palmos del suelo cuando él ya soñaba con conquistar el espacio exterior. Parece ser que acaba de trasladarse a Kórosten, pero no es muy comunicativa y no entra mucho en detalle. No menciona ningún novio o prometido. Es mona. Quién sabe. Ya veremos.

Un año después, cuando en septiembre muera Jrushchov ante el menosprecio oficial, Alexéi y Helga ya se están planteando irse a vivir juntos, y un año más tarde, mientras en Estados Unidos Charles Manson ve conmutada su pena de muerte por cadena perpetua, empezarán a buscarse un pisito.

Ese verano, en un arranque de valor, Alexéi le pedirá matrimonio después de una cena a la luz de las velas, y esa misma noche celebrarán la respuesta afirmativa con una tórrida velada de enhorabuena.

En septiembre morirá en Londres Jimi Hendrix.

26 de enero de 1972. Una fecha para no olvidar. El «Sí, quiero» no se da todos los días. Ella de blanco, él de azul marino. Una ceremonia íntima con la familia más allegada. La música, el vodka, los gritos, los bailes. Todo es perfecto.

Un gran año. Emerson Fittipaldi es campeón del mundo de Fórmula 1 y Bobby Fischer se proclama campeón mundial de ajedrez en Reikiavik, superando ampliamente a Borís Spaski. Sin embargo, al año siguiente, ese Bobby Fischer irreducible rehúsa defender su título de campeón mundial ante Anatoli Kárpov. La decepción cunde en un país que contaba con ese duelo para evadirse de la progresiva quiebra generalizada que ha supuesto la era del estancamiento. Miles de habitantes de las grandes ciudades perderán sus hogares, las enfermedades comenzarán a proliferar debido al debilitamiento del sistema sanitario y regresará el racionamiento de los alimentos básicos.

En abril se inauguran las Torres Gemelas de Nueva York, y solo un par de meses después Alexéi consigue un puesto de director de escuela. Es una gran oportunidad para él, sobre todo en este escenario de regresión económica que llegará a alcanzar los niveles que tenía veinte años atrás, así que el 30 de junio de 1973, justo un día de eclipse de sol, la pareja se traslada a un piso de maestros.

Después de plantar dos arbustos de rosas, Alexéi abrazará a Helga. Este sí es el lugar en el que comenzar una vida.

El día antes de que se celebre la ceremonia inaugural de los Juegos Olímpicos de 1980 en Moscú, pese al boicot estadounidense, la pequeña Irina acompañará a su madre a comprarse unas gafas. Será la niña la que elija las de montura blanca gruesa. Nataliya las llevará siempre colgadas del cuello con una cadena dorada.

A estas alturas, con Ronald Reagan a punto de ganar las elecciones presidenciales en Estados Unidos, a Alexéi le tiemblan las piernas ante la posibilidad de que, a pesar de su soplo cardíaco leve y de no haber hecho el servicio militar, lo llamen a filas contra los muyahidines. Y desde el mismo día en que se inicia la intervención soviética en Afganistán solo pensará en una cosa:

Ha llegado el momento.

Perdona, ¿de qué me hablas?

De una pequeña Helga, ¿no te haría ilusión?

Pero, Alexéi, ya lo hemos hablado mil veces. Necesito tiempo.

¿Tiempo? ¿Y si me llaman al frente?

Pero si ni siquiera has hecho el servicio militar.

Pues precisamente por eso.

Ya lo hemos hablado.

Lo sé.

Y conoces la respuesta.

¿Qué respuesta?

La que siempre te doy.

Dámela otra vez.

No es el momento.

¿Qué momento?

Mi momento.

¿Tu momento? Tienes treinta y tres años.

Me da igual, no estoy preparada.

Y de nuevo la conversación se saldará con un «no» hasta que Alexéi vuelva a contraatacar, como viene sucediendo durante los últimos tres años. Es cierto que, por el momento, no ha sido reclutado, pero quién sabe. Quizá lo convoquen a finales de año, cuando un perturbado asesine a John Lennon.

Puede que hace un par de años Irak invadiese Irán, o que el año pasado el Papa sufriese un atentado solo un par de días después de la muerte de Bob Marley, o que este año el *Thriller* de Michael Jackson inundase las discotecas de Occidente, pero para Alexéi todos los años son iguales, o, más bien, empiezan igual. Cada septiembre, como si siguiese en vigor el antiguo calendario que derogó Pedro el Grande, Alexéi tiene que pasar por esta penitencia de reuniones de principio de curso, atender amablemente a los padres de cada alumno, sonreír a cada pareja, permitirles advertirle sobre el singular carácter de su niña, las especialísimas particularidades de su retoño, y escuchar con paciencia infinita sus opiniones sobre el futuro que esperan para él, sus expectativas, sus ambiciones.

A decir verdad aún no hay mucho que comentar. Ya llegarán los malos comportamientos, las riñas, las faltas de respeto a algún profesor de carácter más débil, y entonces sí, entonces habrá que hablar en serio, pero de momento no se trata más que de un trámite, una toma de contacto larga y aburrida. Tanto que Alexéi, mientras habla de conductas y trayectorias académicas, en realidad se dedica a buscar los parecidos entre cada alumno y sus padres, o en buscar las deudas que los padres tienen con los hijos. Deudas por una herencia defectuosa. Por todos los casos que, lejos de haber mejorado la especie, han empeorado respecto de sus antecesores. Deudas por una constitución enfermiza o enclenque, por una estatura reducida, por una indiscutible cara de tonto o por unas orejas de soplillo. ¿A quién de los dos debe Borya su tic al parpadear, a su padre o a su madre? ¿Y Klavdiya? ¿A cuál de los dos le debe las siete dioptrías que la pobre corrige con esas gafas de culo de vaso? ¿Y Vanya, esa cabeza tan descomunal? A su madre, claramente. La cabeza de la señora Alyona es aún mayor que la de su chiquitín. Y así van pasando parejas, y en todas ellas busca Alexéi no solo las imperfecciones y anomalías que combinadas desemboquen en las del chaval en cuestión, sino incluso los gestos, los tonos de voz, los giros del lenguaje, las expresiones, las agresividades, los complejos, los trastornos, las manías, las rarezas.

Cada diez minutos entra una nueva pareja y sale la anterior. Cada diez minutos otro alumno, otra familia, otro mundo.

En la Antártida acaba de medirse la temperatura más baja registrada jamás en el planeta Tierra. La radio lleva horas hablando de ello, como si por el hecho de que haya sido en una base rusa, esa temperatura fuese motivo de orgullo patrio. El mes que viene la propaganda se dedicará a justificar el bloqueo soviético a los Juegos Olímpicos de Los Ángeles y para cuando llegue el verano la noticia será la identificación del virus del sida. Pero ni eso, ni las elecciones, ni la pugna entre el Tetris y el Comecocos, ni la irrupción de *Terminator* en las carteleras de medio mundo, ni tan siquiera el récord de permanencia en órbita de los últimos tres cosmonautas, logran ahuyentar el pánico de Alexéi a los atentados de los muyahidines en Kabul, ni a la movilización creciente de tropas.

Pueden llamarme al frente en cualquier momento, ¿te das cuenta, Helga?

¿Otra vez?

¿Cómo que otra vez?

Pero si no sabes ni sujetar una escopeta.

¿Tú crees que eso le importa a Chernenko?

No van a llamarte a filas.

¿Cómo lo sabes? ¿Cómo estás tan segura?

Lo estoy y punto. Y ya es suficiente. No quiero seguir hablando de esto.

Nunca quieres hablar.

Ya lo hemos hablado demasiadas veces.

Y nunca llegamos a nada.

Ya hemos llegado, pero a ti no te basta.

Helga, tenemos que hablar.

¿Y si no es su padre? ¿Y si el tipo que está ahora mismo acompañando a su mujer en el despacho de Alexéi para hablar con él sobre el pequeño Liosha no es su verdadero padre? Podría ser. Se parecen poco. La verdad es que Masha, la madre de Liosha, no es muy atractiva. En realidad no es atractiva en absoluto. Ni mucho ni poco. No parece que quepan muchas posibilidades para una vieja infidelidad cuya consecuencia haya sido el pequeño Liosha. Pero, desde luego, el parecido del niño con este ojos de huevo que está sentado frente a Alexéi mirando distraído al infinito es prácticamente nulo. Ella continúa hablando sobre su chiquitín, sobre lo aplicado que es, y obediente, y disciplinado, y que nunca ha sido problemático mientras el presunto padre guarda silencio, cansado de un discurso que sin duda se repite día tras día.

Sí, otra vez es septiembre.

La puerta se cierra finalmente y Alexéi, por fin solo en el despacho, suspira aliviado. Camina hacia la ventana. Ya está atardeciendo. Apoya una mano en el marco de la ventana y con el pulgar y el corazón de la otra se presiona en las sienes. Aún quedan un par de padres.

Antes de que entren se sienta. Abre el tercer cajón de su mesa. Saca una botella de vodka que le acaban de regalar los padres de Kiryl, le da un trago breve, la cierra y la mete en el cajón. Se pone de pie para encaminarse hacia la puerta. Titubea por un segundo. Vuelve a sentarse. Abre el cajón, saca la botella de nuevo y da un largo trago. Ahora sí. La mete otra vez, cierra, se aproxima a la puerta, abre y llama por el nombre a los padres del penúltimo alumno. Una pareja madura se levanta de las sillas que ocupa en la antesala y entra en su despacho. ¿Seguro que ese tipo es el padre?

Hay gente que se adelanta a las situaciones, que tiene ya preparado el dinero al ir a pagar, que tiene ya relleno el formulario al llegar a la ventanilla, pero Alexéi no es una de esas personas. Alexéi habitualmente llega a la puerta de casa pensando en las musarañas, de forma que solo en el momento en que se encuentra frente a la cerradura advierte que tiene que abrir, así que es entonces cuando toca empezar a bucear de un bolsillo a otro, del pantalón a la americana, de la chaqueta al bolsillo trasero, buscando las llaves. Lógicamente, no aparecen, y da comienzo la fase de palparse el cuerpo, el bolsillo de la camisa, la gabardina doblada en el antebrazo, la cintura, en espera del tintineo que revele dónde están. Así es como sucede habitualmente, pero hoy no. Hoy Alexéi está parado frente a la puerta de su casa, con la llave perfectamente preparada a un milímetro del ojo de la cerradura, en silencio, quieto. La nula oscilación del pulso en el vértice metálico podría sugerir que está tranquilo. Equivocadamente.

Introduce la llave. La deja dentro. Retira la mano y espera. Presta unos segundos de atención. No se oye nada, así que, lleno de decisión, toma la llave de nuevo, la gira y abre la puerta. La lamparita del recibidor está encendida. Hay tres maletas junto al banco de la entrada y al fondo del pasillo se oyen pasos, un atareado revolver de objetos, ropa, golpes de cajones, puertas. Alexéi da un paso. Se detiene. Espera. Da otro paso. Está como un pasmarote en medio del recibidor, en el centro de la alfombra. Lógicamente nadie ha reparado en su llegada desde el interior, desde el tumulto de sonidos del fondo de la casa.

Continúa de pie, nervioso, indeciso. La puerta de la calle aún sin cerrar. No quiere estar aquí. No debe estar aquí. No es así como esto debe ocurrir, con él en medio. Da un paso atrás, sin girarse. Otro. Toma la puerta con cuidado. Tira de ella con delicadeza, manteniendo girado el pestillo con la llave para evitar el sonido de la cerradura y el golpe de la puerta. Está perdiendo el barniz.

La luz sucia del aplique del descansillo parpadea un instante. Quizá esté a punto de fundirse. El ascensor aún sigue esperando en silencio a su espalda. Duda por un momento, pero podría ser demasiado ruidoso. Baja peldaño a peldaño, en silencio, hasta el portal y sale a la inmensa nocturnidad de septiembre. Llega hasta el coche, abre el maletero, deja dentro el maletín y camina bajo la luz de las farolas. Duda. Encamina sus pasos en ninguna dirección concreta para hacer tiempo. Para perderlo. Para dejar que pase sin que eso suponga nada en absoluto. Y ahora ¿qué? ¿Dedicar este momento a la autocompasión, a sentirse aún más miserable? ¿O quizá dedicarlo a prestar atención a las anécdotas de la calle, a los detalles ridículos de la escena? ¿Las hojas de los árboles, un colibrí en el estanque, parejas, una mariposa en el viento…? Basta con caminar. Respirar. Poner un pie tras otro y conservar el equilibrio. La espalda recta, el cuerpo erguido, la oscilación del peso, la respiración. No pensar en nada. Y dejar que pasen las horas. Llenar los pulmones, y vaciarlos de aire, de tiempo, de significado.

Se sienta en un banco. Ojea un periódico abandonado: hoy, 10 de septiembre, da comienzo en Moscú la primera partida de ajedrez del campeonato del mundo. El aspirante, Garri Kaspárov, con solo veintiún años, representa la nueva Rusia frente al actual campeón, Anatoli Kárpov, representante de los valores del régimen, doce años mayor y muy experimentado. El sistema de competición no tiene precedentes. Las tablas no cuentan y hay que llegar a las seis victorias de diferencia entre ambos jugadores. Esto tiene pinta de que va a ponerse interesante.

Camina y piensa en la velocidad a la que se vive. La velocidad a la que deja atrás el presente. El tiempo que tardan en desaparecer los recuerdos, en ser erosionados, barridos, disueltos. El titular de ese periódico, el rostro de esa anciana, el ladrido de ese perro, las carcajadas de esos niños ya han comenzado a desaparecer. ¿Cuánto ha desaparecido ya?

Quizá Helga haya terminado. Habrá que darle un margen para evitar situaciones incómodas.

Alexéi alza la vista, sale por un momento de sus pensamientos. Hace tiempo que dejó atrás el parque. Ha caminado como un sonámbulo por el bulevar. Debe volver a casa, sin prisa, sobre sus pasos, tranquilamente, demorándose en el recorrido.

En efecto, la puerta está perdiendo el barniz. Alexéi vuelve a estar parado frente a ella. Ningún sonido en el descansillo más allá del zumbido del aplique, sus propias pisadas, su propia respiración.

Gira la llave y la puerta se abre con el chasquido característico. Esta vez la lamparita del recibidor no está encendida. No quedan maletas junto al banco de la entrada. La vivienda está en absoluto silencio.

Cierra la puerta a su espalda. Camina lentamente sin quitarse el abrigo, en la penumbra que el reflejo naranja de las farolas esparce por el techo.

Mira a su alrededor. Aún le queda tabaco en el bolsillo. Se sienta. El estallido de la piedra del mechero inunda la habitación por un momento. Después queda la incandescencia del ascua del cigarrillo. Cada sonido llena la totalidad de la casa.

Sobre la mesa hay un paquete con su nombre. Lo coge y guiña un ojo para evitar que el humo se le meta y le haga llorar. Es la letra de Helga. El paquete no es muy pesado. Lo sacude pero no hace ruido. Parecen documentos, papeles o fotografías, quizá algún objeto menor. Lo observa por un momento y lo deja sobre la mesa.

Mira de nuevo a su alrededor. Al silencio que lo envuelve. Es real. Ha ocurrido. ¿Qué va a hacer ahora? ¿Fumar toda la noche en la oscuridad? ¿Acostarse como si no sucediese nada? ¿Qué pinta él solo en esta casa? Vuelve a ponerse de pie, las manos palpan durante un momento el desorden de objetos sobre la mesa. Localizan las llaves, el tabaco y algunas monedas, se las guarda en los bolsillos y sale. Ha empezado a chispear. El frío se está adelantando este año. Alexéi camina despacio por la acera escasamente iluminada, junto a los arriates de césped. Los pies se dirigen solos al único lugar en el que guarecerse a estas horas: la cantina del hotel Polissya. No está lejos. De hecho, un poco más allá del gimnasio se adivina ya la marquesina, y justo detrás las ventanas iluminadas aleatoriamente en la fachada.

Rodea el volumen del edificio y entra pausadamente. Un camarero menudo y de aspecto ríspido acude a su encuentro y lo acompaña a una mesa discreta, en un rincón tenuemente iluminado, lejos de la televisión.

Alexéi mira a su alrededor. Contempla las caras, las conversaciones en las mesas que lo rodean: parejas, grupos de hombres de negocios, una familia de viaje, tipos desplazados, una mujer sola, un grupo de amigos… Se mira a sí mismo, sus manos, su reloj, las mangas de su chaqueta, su presencia real, material, opaca en el asiento de cuero beige, sentado a la mesa: no está menos solo que en su casa.

El camarero está de pie a su lado, interrogativamente. Alexéi pide vodka. Una botella. El par de minutos que se demora el camarero basta para que, sentado, inmóvil, inactivo, comience a sorprenderse de lo parecidos que son el dolor y el miedo. De hecho, el miedo que le hace sentir el dolor que está sintiendo le hace sentir más miedo. La espiral es creciente. Le asombra cómo el miedo se agiganta, cómo la ansiedad se está abriendo paso, con qué facilidad el pánico se está apoderando de él progresivamente sin que pueda oponer la menor resistencia. La única resistencia posible la trae el camarero dentro de una botella chata de vidrio blanco.

El vodka está caliente y le raspa la garganta. Él no es bebedor. Al menos no tanto como Borís, o Yegor, o Vladímir. No está acostumbrado a ese primer vaso. Ni a ese primer vaso, ni al segundo, ni a todos los demás que le siguen. Enseguida pierde la cuenta.

En media hora está totalmente aturdido. Respira fatigosamente, las manos le pesan, la vista se le nubla. La escena a su alrededor empieza a disolverse. El zumbido de la televisión se ha vuelto ininteligible, al igual que las conversaciones, al igual que los sonidos del local. El murmullo de cubiertos, vasos, sillas y voces se mezcla en una masa de ruido indiferenciado. Apenas distingue nada. Ni sus propias sensaciones. La ansiedad ha cedido paso a un vértigo. Y el vértigo a una modorra y una náusea. Sigue bebiendo. Con determinación. Un vaso tras otro. Con impaciencia, con perplejidad. Lleva media botella y no piensa parar. No va a parar. Otro vaso. Todo se amortigua, se atenúa, se entumece progresivamente. El tiempo pasa. La lluvia ha empezado a batir contra los cristales de las ventanas.

La cantina está quedándose vacía. Una pareja sale, seguida unos minutos después por un grupo de mediana edad. Alexéi ya es prácticamente incapaz de mantenerse erguido. Se marchan un par de personas más. Las ve salir, en silencio. Lo miran con desatención. Sigue bebiendo. Finalmente no quedan más que él y el camarero menudo y de aspecto ríspido, que se acerca tímidamente para indicarle que la hora del cierre está próxima.

Los ojos neblinosos, la boca entreabierta, la cara derritiéndose en una expresión imbécil. Un hilo de baba cuelga de su labio inferior. Se aferra a la mesa y al respaldo y se desliza a lo largo del sofá de cuero para llegar al borde, donde el camarero lo ayuda a incorporarse sujetándolo de un brazo.

Rechaza su ayuda con un refunfuño y se intenta poner la gabardina con dificultad. Después toma la botella por el gollete y sale a trompicones a la calle.

Desciende torpemente las escaleras. El camino es tan fatigoso ahora. Tan largo. Un paso. Otro. Un tropezón. El respaldo de un banco. Una farola. Un seto. Otra farola. El despiece del suelo. Una papelera. Un buzón. No está muy seguro de dónde girar. Parece que es aquí. Reconoce en un súbito golpe de vista el arriate de césped de su casa. Ahora las llaves. Bolsillos y más bolsillos hasta que las encuentre. Después acertar en la cerradura y abrir el portal. El ascensor huele a humedad. Apretar los botones al azar. El brillo rojo de los números en el espejo. Su propio rostro en ese espejo. Su rostro. Un rostro. Mirar un rostro de ojos brumosos parpadeando despacio. Despertarse sentado en el suelo del ascensor. Esperar. El silencio. Llenar el silencio con la respiración. Intentar ponerse de pie. Fracasar. Salir a gatas. Empujar la puerta, aferrarse a ella para erguirse. Trastabillar hasta la puerta de casa, y de nuevo la llave. De nuevo los bolsillos hasta dar con ella y lograr abrir y lograr entrar y lograr cerrar a su espalda.

El mismo silencio. La misma penumbra naranja de las farolas en el techo. La botella se desprende de su mano con un sonido acuoso contra la moqueta. Lo siguiente en caer va a ser él. Un par de pasos más, hasta el sofá. Un par de pasos más antes de que todo vuelva a fundirse en una oscuridad opaca y adiposa. Un par de pasos más.

Una luz sucia entra por la ventana. Alexéi abre los ojos a la desorientación. Está tumbado en el suelo, vestido, y tiene una pierna sobre el sofá. La gabardina metida por una de las mangas, el resto enredado en torno al cuerpo. Nota un brazo dormido, y un hilo de baba reseco en el labio. Parpadea. La luz se le clava en las pupilas. Se frota los ojos, la cara, e intenta moverse. Erguirse. Todo le da vueltas. La cabeza le da vueltas. El dolor de cabeza le da vueltas.

La radio está en el suelo, rota, estrellada, no recuerda cómo. ¿Seguirá funcionando? Mira el reloj. Ni siquiera lo entiende. No puede fijar la vista en las manecillas. Trepa hasta el sofá. Se sienta. Se quita la gabardina, los zapatos, los calcetines. Siente náuseas. Se incorpora para ir a la cocina a beber agua. Pero vuelve a sentarse. Siente el sabor del vodka en la boca. Necesita beber agua. Vuelve a intentar incorporarse. La mano aferrada al respaldo del sofá. Inspira profundamente y camina hasta la cocina.

Abre el grifo, deja correr el agua y mete la cabeza dentro. El agua fría en la nuca lo calma. Permanece un buen rato así. Cuando saca la cabeza y vuelve a erguirse todo empieza a girar de nuevo. Siente las náuseas y corre al baño a vomitar. Dos minutos después está dentro de la ducha. El agua cae sobre su cabeza, sobre su cuerpo entumecido. Quizá está llorando.

Cuando empieza a regir, adquiere importancia la sutil circunstancia de que, en efecto, es muy tarde, y, en efecto, es imposible que llegue a tiempo a trabajar. Ahora sobreviene la precipitación, el apresuramiento, vestirse de cualquier modo, reparar en la casa, en lo que ha dejado Helga tras su marcha.

No tiene tiempo de demorarse en ello. Se viste con lo primero que encuentra a mano y, justo cuando sale por la puerta, se detiene y contempla la casa durante un segundo. Después cierra y da dos vueltas a la llave.

La inmensa mesa de madera oscura está frente a Alexéi. La lámpara, los botes de bolígrafos, el abrecartas, las bandejas de papeles, sobres, carpetas y fichas, el portarretratos, el mechero con forma de catalejo.

Mientras permanece sentado en la silla con la cabeza apoyada contra el respaldo y la mirada perdida en algún punto lejano tras la ventana todo va bien, pero en cuanto clava los codos en la mesa y baja la vista para repasar las actas del curso o cotejar las fichas de los alumnos, todo comienza a dar vueltas.

Permanece así, sentado, solo, inactivo, durante más de una hora. Es incapaz de otra cosa que no sea acercarse el vaso de agua a los labios, sudar, y continuar inmóvil para evitar la náusea. Quizá debería comer algo, pero es incapaz de echarse algo sólido al estómago. El tiempo pasa demasiado despacio. El prisma de luz que entra por la ventana parece estar detenido. En el cajón tiene una manzana que no se comió ayer. El primer mordisco sabe a cenizas. La deja en la mesa. Mastica. Intenta tragar inútilmente. Bebe más agua. Posa los brazos en los de la silla con agotamiento. Hasta tragar lo fatiga. Vuelve a beber agua. Respira profundamente. El paralelepípedo de luz ya ha alcanzado el borde de la alfombra, y poco después repta lentamente por ella. La recorre despacio, conquistando cada milímetro del dibujo de grecas entrelazadas. Echa un ojo a las listas, a las actas de los alumnos. Ve sus fotos, sus nombres. Recuerda a los padres de algunos. Recuerda sus caras, sus tonos de voz, sus conductas. Las mismas caras que el año pasado. El mismo reparto de roles. El payaso de tercero (es igual que su padre), los abusones del último curso, Vika, la más presumida de todo el instituto (como su madre). Yarik, aún más raro que la suma de lo más raro que pueda encontrarse en su padre y en su madre. Están todos. Todos los años lo mismo, más algún alumno nuevo, los menos. En quince minutos será el recreo. Le vendrá bien salir al patio y tomar un poco el aire.

Hace frío. Al fondo del patio unos niños están seleccionándose para hacer los equipos del partido que van a jugar. Junto a la valla unas niñas saltan a la goma. Al otro lado, en la canasta, otro grupo pugna por la posesión del balón. Corros de alumnos conversan aquí o allá. Otros juegan a las chapas, o con la peonza, o simplemente se sientan a comerse su bocadillo. Alexéi se pasea con su silbato, pendiente de las posibles peleas, abusos o malos comportamientos.

Caminando junto al gimnasio está Pável, solo. Es muy tímido y no le resulta fácil integrarse con los demás. Rozaliya y Raisa salen de los baños, seguro que han estado fumando. Sentado en el banco de madera junto a la puerta está Ruslán, que está castigado por tocar el culo a las de primero. En el banco de al lado, de madera podrida llena de pintadas de bolígrafo, está Irina, que no está castigada pero casi nunca se junta con las otras. Le pasa como a Pável, le cuesta relacionarse con el resto. Antes o después va a tener que verse con sus padres, aunque, por lo que recuerda de ellos del año pasado, son bastante sosos.

Alexéi se acerca, se sienta junto a ella. Le pregunta cómo está, qué tal va el curso, cómo van las cosas en casa, qué tal sus amigas. Ella contesta con monosílabos. Habitualmente le cuesta hablar en público incluso cuando un profesor le pregunta algo en clase. Le resulta difícil hablar con un adulto. Alexéi lo intenta de nuevo. Le pregunta si tiene alguna hermana.

Sí.

¿Está aquí en la escuela?

Sí.

¿Cuántos años tiene?

Catorce.

O sea que es más pequeña que tú.

Sí.

¿Cuánto más pequeña que tú?

Un poco más de un año.

O sea que tú ya tienes quince.

Sí, pero cumplo dieciséis en menos de dos meses.

Ah, ¿sí? Y ¿vas a celebrarlo?

No.

¿No vas a hacer una fiesta de cumpleaños con tus amigos y tus amigas?

No, no me gustan mucho las fiestas de cumpleaños.

¿No? ¿Por qué no?

No lo sé, no me gustan.

A mí tampoco me gustan.

¿No?

No, no me gusta nada cumplir años, pero es porque yo ya soy muy viejo.

¿Cuántos años tiene usted?

No me llames de usted, Irina, que me haces sentir aún más viejo.

En ese momento unas alumnas le hacen un gesto a Irina para que vaya a jugar con ellas, pero ella niega con un movimiento de cabeza y luego dice:

Bueno, ¿cuántos años tienes?

Cuarenta y dos.

Eso es casi tres veces mi edad.

Sí, más del doble. Así que si ahora no te gustan los cumpleaños, imagínate cuando tengas mis años.

No me puedo imaginar cómo seré cuando tenga su edad. Perdón, tu edad.

No tengas prisa, ya llegará.

Unos gritos llegan a oídos de Alexéi, que alza la vista en dirección a un alboroto al fondo del patio. Toca el silbato, se pone de pie y se apresura hacia el tumulto, dejando interrumpida la conversación. Unos niños se están peleando, probablemente por una discusión sobre un tanto reñido en el partido.

Alexéi los separa, los agarra por los brazos y cruza el patio camino del despacho del jefe de estudios, quien se ocupará, como siempre, del castigo reglamentario.

El recreo termina sin más incidentes. Y el resto de la jornada tampoco registra ningún otro suceso destacable. Alexéi está cansado, apenas ha dormido. Necesita meterse en la cama. Dormir. Dormir de todo este día, de todos estos sucesos. Desaparecer.

El regreso a casa es como un antídoto al sueño. Según se aproxima a su calle, empieza a vislumbrar el decorado: la casa en silencio, los muebles vacíos, el aire quieto. No quiere estar allí. Y de hecho, cuando cierra la puerta a su espalda y se ve en medio del salón empieza a ser consciente del verdadero escenario: la radio en el suelo, el paquete con su nombre escrito con la letra de Helga en la mesa, al lado el cenicero lleno de colillas, su ropa de ayer en el sofá, la botella de vodka volcada sobre la alfombra. Alza la vista. Faltan algunos libros, los que ella haya considerado como propios. Los que haya decidido llevarse. Él jamás se habría opuesto a que ella se llevase lo que considerase, pero tampoco ella ha sido abusiva en su reclamación. Fue fácil ponerse de acuerdo. Qué sentido habría tenido ponérselo difícil. Incluso las fotos en los portarretratos de la estantería que faltan no suponen un problema.

Camina hasta su habitación. Se ha llevado parte de su ropa, pero se ha dejado algunas cosas sobre la cama: una bufanda, un sombrero, un paquete de tabaco, su mechero, el albornoz en el baño, las zapatillas bajo la cama. Se sienta en la cama, la gabardina aún puesta. Mira la bufanda. Mira el perrito metálico en la mesilla de Helga que servía de bandeja para sus anillos, llaves, calderilla. Mira su última revista, que sigue ahí, quizá por descuido, quizá como sugerencia literaria. ¿Qué lugar es este? No es su casa. No es la casa que él llevaba más de diez años habitando con Helga. Es un lugar hostil en el que no se siente capaz de permanecer, no digamos ya de descansar o de dormir.

Se pone de pie de nuevo y coge con precipitación todos los objetos, sin pensar, las llaves, la revista, la bufanda, el albornoz, y los mete en un cajón del armario. Después arranca las sábanas de un tirón y las mete en un barreño para lavarlas, para hacer desaparecer el olor de Helga de ellas. Mira a su alrededor y, dándose por satisfecho, recorre el pasillo hacia la puerta para volver a la cantina del hotel. De reojo vuelve a ver el paquete de papel de estraza marrón. Su nombre escrito con un rotulador azul.

Las horas se hacen días hasta que a media mañana llega de nuevo el recreo, el momento del café. Anya, Inga y Lyuba estarán ya en la sala de profesores, poniendo verde a Borís, que hoy está en el patio con Nastya ocupándose de preservar el orden entre las hordas desatadas. Los días que Borís y Nastya se quedan en la sala, critican a Yegor, y si Yegor tampoco sale, eso significa que le toca patio a alguna de las tres, la cual se convierte necesariamente en el tema de conversación de las otras dos.

Alexéi sale con retraso de su despacho. Baja la escalera y se encamina por el pasillo de primaria hacia secretaría, a cuya espalda está la sala de profesores. Su intención es servirse el vaso de café solo más grande que encuentre, y ponerse otro en cuanto se lo termine. Camina abstraído, inmerso en miles de matices y conjeturas sobre los posibles motivos e interpretaciones de los sucesos de sus últimos días. Piensa en Helga, en la casa vacía, en la bufanda abandonada sobre la colcha beige, en su súbito rechazo contra esa bufanda, contra la propia colcha beige, que aún huele a Helga y a él, y súbitamente es asaltado por Yekaterina, la profesora de matemáticas, una forma de vida desconectada de toda realidad que no incluya números primos, rebecas muy gruesas de lana y chocolate negro. Parece que finalmente se ha enterado de su separación y, de un modo u otro, ha creído llegado su momento. Se acerca a hablarle, le pregunta qué tal está, la coge de la mano, le habla con una voz cálida, aproximándose excesivamente, dejando ver un diente negro de chocolate por las galletas cuyas migas aún se aferran, intrépidas, al jersey de punto.

Alexéi, circunspecto, explica que es un momento difícil, que prefiere no hablar de ello, y escapa rápidamente. Mientras camina hacia la sala de profesores repara en el hecho de haber rebajado su tristeza, su tristeza real y auténtica, a poco más que una excusa para salir del paso. Y que no por ello es menos real.

Abre la puerta. La conversación que estaba teniendo lugar dentro queda interrumpida y las palabras, suspendidas en el aire. Todos lo miran. Por un segundo se hace el silencio. Alexéi saluda. En ese momento alguien menciona lo bueno que está el café o el frío que está empezando a hacer y regresan los comentarios irrelevantes. Anya, Inga y Lyuba lo miran con esa mezcla de curiosidad y desaprobación propia de la gente chismosa. Alexéi corresponde. Ellas sonríen. Cierra la puerta.

El primer fin de semana es difícil. Trata de hacer algo. Ocuparse mínimamente de la casa, pero es incapaz. Tras un intento de no más de media hora por hacerse cargo de las labores domésticas que culmina con la comprobación de que la radio, pese a todo, sigue funcionando, sale por la puerta con el firme propósito de no volver hasta bien entrada la noche.

Pasa toda la tarde del sábado sentado a la mesa de madera oscura de la cantina, con un *borsch* como único alimento y una botella de vodka.

Lógicamente, esa noche llega tarde a casa, muy bebido, y lógicamente el domingo apenas se levanta de la cama. Mira el papel pintado de flores ocres y rosas, las cortinas echadas. Vuelve a dormirse. Permanece tumbado salvo cuando se levanta para vomitar bajo la desatenta mirada de una fulana pintada por Egon Schiele. Otro de los descuidos quizá no tan involuntarios de Helga.

La radio insiste obstinadamente en la inestimable aportación humanitaria de la Unión Soviética a los hermanos de Etiopía. Aunque no se mencione la palabra «dictadura», el hecho es que una junta militar ha asumido el control aplicando la socialización de la economía según las pautas del bloque soviético, cuyos frentes abiertos contra las guerrillas independentistas, sumados a la destrucción de masa forestal originada por la precipitada industrialización y la sequía que, desde comienzos de los años ochenta, está golpeando a la empobrecida población rural, han provocado una gran hambruna que lleva casi un millón de víctimas, y está poniendo en riesgo a casi diez millones…

Alexéi trata de apagar la radio, pero al intentar alcanzarla se cae de la mesilla y deja de sonar. El silencio no regresa. No se había ido. Seguía aquí. Aquí dentro.

Oye su propio llanto en el interior de la vivienda. Después se tapa con la almohada. Duerme unas horas. Vuelve a despertarse. Así durante todo el día y toda la noche. Bebiendo, despertándose, llorando al techo. Hasta la extenuación.

El lunes madruga. Llega a la escuela el primero, echando abajo las expectativas que Anya, Inga y Lyuba pudiesen tener de verlo otra vez resacoso. Sin embargo, de poco sirve. No es capaz de concentrarse. Se sienta en su despacho como un vegetal, como una piedra. Ni siquiera puede hacer las tareas más mínimas. Permanece sentado, con los brazos sostribados en los de la silla. La cortina a medio correr dejando entrar una luz rácana por la ventana. El dorso tenue de la puerta cerrada mantiene cerrado el resto del mundo. Una hora, dos, tres. Pierde la cuenta.

Y ahora una circular con las nuevas directrices de la reforma educativa del nuevo secretario general del partido. Qué sabrá Chernenko de criterios educativos a sus setenta y tres años. A lo mejor tiene algo que decir respecto de los pactos comerciales con China o de los ajustes de la estructura burocrática, pero respecto a educación hace varios secretarios generales que nadie dice nada con sentido. Claro que mejor callarse este tipo de consideraciones si no quieres pasar una larga temporada en un manicomio en Siberia.

Alexéi ya no es capaz de permanecer en casa más de media hora. Es abrir la puerta, caminar hasta la alfombra, mirar a su alrededor y sobreviene el vértigo. Una asfixia y una angustia que le impiden permanecer entre esas cuatro paredes. Así que cada día, según llega de trabajar, sale a emborracharse. Y cada noche llega en peores condiciones que la anterior.

Hoy al coche, a su Volga Gaz Veinticuatro de color granate, le falta un retrovisor. Hace cuatro días perdió un tapacubos. Conduce hasta la escuela. Se sienta en su despacho. Trata de no interactuar con nadie y regresa tan pronto como puede a casa, donde la ropa sucia se amontona en el suelo del dormitorio, la comida que quedaba en el frigorífico se está empezando a pudrir, y la suciedad, el polvo y el desorden proliferan. No puede seguir así. Pero lo único de lo que es capaz es de entrar en casa y salir huyendo. Huir por las mañanas a la escuela y por las noches al hotel. Así que vuelve a hacerlo. Y vuelve a huir a beber solo por la noche. Y vuelve a trasnochar. Y, aún borracho, vuelve a escapar por la mañana con el pantalón arrugado y sin afeitar. Día tras día.

Los alumnos van saliendo desordenadamente del vestuario con el bañador puesto. Les entusiasma la clase en la piscina. Bromean y alborotan agitadamente mientras corren rodeándola hasta situarse en fila al fondo, justo delante del ventanal, al ritmo de los toques de silbato y las advertencias de mantenerse alejados de los trampolines. Van llegando poco a poco, por parejas o grupos, según terminan de cambiarse de ropa.

Pasados unos minutos todos están en el borde, en silencio. Yegor, el profesor, empieza a pasar lista. Aún falta por llegar algún alumno rezagado al que mira con la reprobación propia de un estricto profesor de gimnasia. Según va leyendo los nombres cada uno responde con un «presente», hasta que llega a Irina. Nadie contesta. Yegor repite el nombre. Nadie. Alza la vista. No está. Mira con dureza a sus compañeras. Guardan silencio. Alguna hace algún gesto de desconocimiento o despiste, hasta que una de ellas habla:

Estaba sentada en el vestuario pero ni siquiera se ha cambiado de ropa y ha dicho que no va a salir.

Yegor la mira extrañado.

¿Cómo que no va a salir?

Eso ha dicho.

Y eso, ¿por qué?

No sé.

Yo sí lo sé, pero no lo puedo decir.

Cállate.

A ver, ¿por qué no lo puedes decir?

Pero si lo sabe todo el mundo.

Callaos todas de una vez. Y tú, Lena, ve al vestuario y dile a Irina que salga inmediatamente, que la estamos esperando.

Sí, señor.

Los demás, al agua.

Sí, señor.

Y la chica sale corriendo hacia el vestuario mientras el resto de sus compañeros se zambulle ruidosamente en la piscina. Yegor camina despacio con su chándal impecable, el niqui azul muy tenso, metido por dentro de los pantalones anudados justo por encima de la cota del ombligo, los calcetines por fuera, los brazos velludos cruzados a su espalda, sujetando el portafolio metálico con pinza en su parte superior donde archiva los listados en los que tiene anotados los baremos para la puntuación de las pruebas físicas. Los alumnos lo miran desde dentro del agua. Él les explica un ejercicio de buceo, pruebas por equipos para recoger anillas hundidas en el fondo, ese tipo de cosas.

Lena vuelve corriendo, se acerca a Yegor y le dice que Irina no va a salir. Yegor frunce el ceño con extrañeza y le ordena a Lena que se meta en el agua con sus compañeros para hacer los ejercicios que todos los demás ya están haciendo.

Se acerca al vestuario, y desde la puerta, sin abrirla, pregunta en voz alta:

Irina, ¿estás ahí? Sal inmediatamente.

Irina se niega. No va a salir. No se va a poner el bañador. No va a ir a la piscina.

¿Te pasa algo?

No.

Pues entonces sal ahora mismo.

No.

¿Por qué no?

Porque no.

Pero ¿estás bien?

Sí.

¿Seguro?

Que sí.

Y entonces ¿por qué no sales?

Porque no.

Yegor empieza a sospechar lo que ocurre. Con quince años ya debería haberle ocurrido más veces, pero quién sabe, quizá a la pobre nadie le ha hablado del asunto, o le ha pillado de sopetón, sin previo aviso.

Deja a los alumnos con sus ejercicios bajo la supervisión del socorrista y sale en busca de alguna profesora que pueda echarle un cable con esto. Algún alumno o alumna lo mira extrañado o le pregunta el típico «¿Qué pasa, profesor?» aferrado con las manos al borde de la piscina. Yegor responde un escueto «Nada» según sale por la puerta. Al cabo de cinco minutos entra con Nastya. La acompaña hasta la puerta del vestuario femenino. Ella llama dulcemente a la puerta. Entra. Él devuelve su atención a los ejercicios que están realizando en la piscina. Los regaña. Los minutos transcurren. Un cuarto de hora más tarde Nastya sale del vestuario con Irina. Mientras caminan juntas hacia la puerta, Yegor mira desde lejos a Nastya y le hace un gesto de agradecimiento. Ella susurra algo a Irina, que se sienta en un banco junto a la pared mientras Nastya camina hasta Yegor.

Le da vergüenza.

Vergüenza ¿de qué?

No sé. Será pudorosa.

O sea que ¿no era el periodo?

No.

Qué raro.

En fin, vamos a tomarnos un vaso de leche a ver qué logro que me cuente.

Muchas gracias, Nastya.

Ella sonríe mientras se aleja dejando que él le lea los labios pronunciando «De nada». Llega a donde está Irina. Esta se pone de pie. Caminan hasta la puerta y salen. La clase continúa.

Las nuevas actas de alumnos no están. Alexéi no las tiene preparadas. Los profesores piden sus listados de alumnos, pero es incapaz de terminarlas. Todo lo que tiene está a medias, apenas empezado o simplemente sin empezar. Necesita más tiempo. No es capaz de concentrarse ni un par de horas mientras está en su despacho. No puede dar ninguna instrucción coherente a Vika, la secretaria de dirección. ¿Y si se quedase más tiempo en la escuela? ¿Por qué no? Qué más le da, con tal de no ir a casa.

Así que Alexéi empieza a alargar sus jornadas. Empieza a ir directamente al hotel, sin pasar antes por su casa. Sale de la escuela y conduce hasta el aparcamiento del hotel, justo frente a la puerta, al lado de los alcorques.

En la televisión Ronald Reagan, que acaba de ganar las elecciones presidenciales de Estados Unidos. Según parece, Reagan, que contaba con el apoyo incondicional de todo su partido, ha ganado en cuarenta y nueve estados, consiguiendo una de las victorias más aplastantes de la historia estadounidense.

Alexéi se aburre de estadísticas y porcentajes, y sale tan ebrio del hotel que tras meterse en el coche se queda dormido con el volante en una mano y las llaves en la otra.

Un par de días después logra no solo arrancar el coche sino conducir hasta su casa. A la mañana siguiente tiene un golpe en el lateral del que no conserva recuerdo alguno. De ahora en adelante será mejor aparcar frente a su casa y caminar hasta el hotel.

Yekaterina, la profesora de matemáticas, contraataca cada vez que lo ve por los pasillos, el patio o la sala de profesores, ofreciéndole su ayuda y apoyo. Él se niega argumentando que está muy afectado, pero que jamás desatendería sus obligaciones como docente ni como director del centro. Miente. Sabe perfectamente que su compromiso con la enseñanza se está resintiendo. No puede negarlo. Todos en el colegio lo saben. No puede seguir así.

Pasa un viernes anodino en el colegio. Cuando llega a casa se sienta a fumar y mira a su alrededor. Hay colillas y ceniza por todas partes, ropa, vasos vacíos, papeles. El piso parece un estercolero. No sabe ni por dónde empezar, pero a pesar de su torpeza se pone manos a la obra. Lo primero es tirar la radio a la basura. Poco a poco va recogiendo cacharros, tirando trastos, trasladando cubiertos y platos a la cocina, y ropa para lavar. Dedica toda la tarde. Finalmente tiende la ropa ya limpia y se tumba en la cama. Hacía semanas que no se tumbaba sobrio en la cama. Analiza durante horas las texturas del techo, dedicado únicamente a los accidentes en el color blanco, las discontinuidades de la luz, las interrupciones del tono, esperando a que la luz empiece a decaer, para no encender ninguna bombilla, para dejar que el día se apague y se vaya callado.

Se despierta sin prisa y dedica casi todo el fin de semana a planchar, a emparejar calcetines, a doblar jerséis... Las horas transcurren mecánicamente, como una narcosis. El tiempo transcurre, contra todo pronóstico transcurre sin que sea necesario llenarlo de nada. Transcurre.

El lunes Alexéi vuelve a ser el primero en llegar a la escuela. Sigue sin ser capaz de concentrarse, pero está totalmente decidido a superarlo. Ha decidido comenzar una estrategia basada en plantearse objetivos mínimos. Los más inmediatos que pueda: conducir, comerse una manzana, caminar por el patio, disfrutar su café. No se atreve a levantar la vista al paisaje de su vida personal. De momento prefiere que los árboles no le dejen ver el bosque, prefiere recorrer ese camino cabizbajo, concentrado en cada pequeño paso por dar, cada día, cada mínima actitud, cada detalle. Ya tendrá tiempo de retomar las grandes decisiones, si es que las hay.

Hoy el día va a consistir en terminar los informes de las reuniones con los padres de los alumnos de tercero, resolver el conflicto de horarios entre música y ciencias el viernes por la mañana y solucionar el asunto del aparcamiento de profesores. Después volverá a casa. Que no se le olvide parar a comprar una radio nueva. A ver cuánto dura esta vez.

Roman, lo que has hecho es muy grave.

Yo no he hecho nada, señor director.

Has agredido a una compañera.

Le juro que no la he tocado, estábamos jugando pero no la he tocado.

Entonces ¿por qué se ha puesto Irina a gritar?

No lo sé.

Ah, no lo sabes.

No, pero le juro que no la he tocado, señor director. Se lo juro.

Alexéi mira fijamente a Roman. Es uno de los alumnos más problemáticos de la escuela. Su madre es como un jabalí, y su padre, el pobre ni pincha ni corta. Obviamente el muchacho vive en una permanente situación de conflicto bélico doméstico. No es de extrañar que sea acusado de matón por casi todos los alumnos de los cursos bajos, que se escape casi todos los días de clase, que fume en los lavabos o que tuviese que ser expulsado tres veces el año pasado, pero esto de hoy es mucho más grave.

Sin embargo, hay algo convincente en la mirada de Roman, una intimidación, un miedo, una incredulidad que no son propios de él. Sabe que se trata de algo muy serio si Irina decide acusarlo en firme, no de una travesura de abusón de patio de colegio. Es algo importante y de nada le sirve jugar a negarlo. Son palabras mayores. Pero esa expresión imbécil en su cara, como de no estar entendiendo nada, parece una prueba irrefutable de que dice la verdad.

Bien, de acuerdo, Roman, explícame entonces qué ha pasado. Dime qué hacía Irina sola contigo en los servicios después de la comida. Y, sobre todo, por qué razón se ha puesto a llorar y a gritar. Qué le has hecho para que haya reaccionado así.

Y Roman le explica que los que se quedan en el comedor escolar suelen comer muy rápido para poder jugar después al juego de la botella. ¿Que cuál es el juego de la botella? Pues todos los que quieren jugar se ponen en corro alrededor de una botella vacía y se le da vueltas al azar para que se detenga señalando a uno, y dependiendo de lo que se haya acordado previamente por todos los que están jugando, al señalado le toca hacer una prueba. En este caso le ha tocado a Irina, y la prueba era irse a los lavabos con él y darle un beso. Así lo han hecho, pero cuando estaban dentro, antes de que él le tocase ni un pelo, ella se ha puesto a llorar muy fuerte, histérica, tiritaba y lloraba, y él se ha ido corriendo de los lavabos porque sabía que se la iba a cargar, pero no ha hecho nada. Ni tocarla. Ni siquiera ha tenido oportunidad. Ella estaba fuera de sí. No ha entendido nada. No ha hecho nada. No tiene la culpa... Alexéi escucha en silencio. No sabe por qué, pero le cree. El cuento es demasiado estúpido para ser inventado. Como excusa no tiene ninguna credibilidad, y ahí radica su verosimilitud. Sale dejando a Roman en su despacho.

Fuera están Anya, Inga y Lyuba, con un rictus más de reprobación que de preocupación. Ellas ya tienen su veredicto. Alexéi las mira. Pregunta por Irina. Quiere hablar con ella. Parece ser que está con Nastya en la sala de profesores.

Camina hasta la puerta, la abre y le pide a Nastya que salga de la habitación un instante. Irina se queda sola por un momento en la sala. Alexéi y Nastya hablan durante un minuto. Lo que Nastya le cuenta coincide, con algunas salvedades, con la versión de Roman.

Alexéi entra en la sala. Se sienta a su lado. Está un poco alterada. Le pide perdón y comienza a hablar atropelladamente diciendo que ella no quería provocar nada de esto, que ha sido sin querer, que se ha puesto nerviosa, pero que ya está bien, que no va a volver a suceder, que todo ha sido culpa suya.

Alexéi trata de tranquilizarla.

No pasa nada. No hay nada por lo que pedir perdón. Solo queremos hacerte algunas preguntas.

¿Qué preguntas?

Solo una pregunta, ¿de acuerdo, Irina?

Es que ha sido culpa mía.

No es eso, Irina.

Entonces ¿qué?

Solo una cosa.

¿Qué cosa?

El chico con el que estabas en los baños, Roman, ¿te ha tocado?

¿Tocado?

Sí, ¿te ha tocado de alguna forma... improcedente?

¿Cómo dice, señor director?

Alexéi, llámame Alexéi.

Es que no le entiendo, señor Alexéi.

Lo que estoy intentando preguntarte es si Roman ha abusado de algún modo de ti.

No, no, no, no me ha hecho nada; he sido yo, que me he puesto nerviosa, pero no ha hecho nada, no lo castigue, por favor, señor director Alexéi, él no ha hecho nada, ni siquiera me ha tocado, no le hagan nada, por favor, no le...

De acuerdo, de acuerdo, tranquila.

No le hagan nada.

No, no vamos a hacer nada, solo vamos a llamar a tus padres para que vengan a recogerte y te lleven a casa.

No, por favor, a mis padres no. No les diga nada a mis padres, por favor, por favor, por favor.

¿Por qué no?

Por favor, señor Alexéi, no les diga nada a mis padres.

De acuerdo, de acuerdo, Irina, no te preocupes.

La madre de Irina parece, a primera vista, una mujer tímida y no muy inteligente. Tiene los dientes separados y sucios a causa del tabaco, y unas gafas de montura blanquecina gruesa con una cadena dorada por detrás del cuello. Alexéi no está muy seguro de cómo enfocar la conversación. La invita a entrar en su despacho y a sentarse. Le ofrece un café para calmar su preocupación y hablan de vaguedades hasta el momento en que llega su marido. Es un tipo grande, corpulento, con aspecto de trabajar en la construcción. Tampoco parece demasiado perspicaz. Respira pesadamente. Alexéi se atrevería a afirmar que viene bebido. Desde luego huele a alcohol. Manifiestamente más que su mujer.

Alexéi comienza a exponer el caso. Habla de la situación entre Irina y el otro chico, de que todo lo que está ocurriendo es exclusivamente una medida preventiva, que todos los docentes y profesionales del colegio tienen un estricto control sobre cada alumno, y que están seguros de que no ha ocurrido ninguna clase de agresión o abuso, pero que es necesario que ellos, sus padres, la acompañen y le hagan sentir protegida y segura para que, en caso de que tenga algo que confesar, no sienta ningún miedo.

Ellos no parecen entender muy bien. En el alambicado discurso de Alexéi no les queda claro lo que ha ocurrido, y se miran extrañados, sin estar seguros de cómo reaccionar. Alexéi levanta el teléfono y le pide a su secretaria que haga pasar a Irina. La muchacha entra nerviosa, de la mano de Vika. Se detiene confusa al ver a sus padres, congelada. Alza la vista a Alexéi con una expresión de reproche. Alexéi aparta la mirada. Por mucho que sepa que su decisión es la correcta, no puede evitar el malestar de haber traicionado la confianza que había depositado en él. Vika cierra la puerta detrás de ella.

Alexéi le pide que tome asiento. La chica sigue mirándolo mientras obedece. Él siente la autoridad de esa mirada. Finalmente sus padres comienzan a hablar, y ella vuelve a mirarlos avergonzada: a su madre con timidez, buscando refugio; a su padre apenas le dirige un vistazo de pánico.

Alexéi retoma su papel, y le pregunta de nuevo, muy serio, si el otro alumno se ha propasado, si ha abusado de ella. Irina se mantiene en silencio. Alexéi le explica que no tiene por qué tener miedo, que no va a ocurrirle nada. Ella lo mira, muy nerviosa, después a sus padres.

Responde al señor director, Irina, dice su madre desde detrás de las gafas.

Irina duda. Su madre trata de calmarla. Su tensión aumenta. El llanto sobreviene. Alexéi guarda silencio. Observa por un instante al padre, muy serio, cuya mirada fija se pierde más allá de la ventana.

Los padres de Roman discuten ruidosamente en el despacho. Alexéi entra. Roman está sentado en un pupitre, iluminado por el rectángulo de luz que entra por la ventana. Alexéi camina hasta la mesa. Se sienta y abre una carpeta oscura de pastas duras en la que ha ido apuntando los pormenores de cada una de las versiones y entrevistas que han tenido lugar a lo largo del día. Le pregunta de nuevo. Roman reproduce la misma versión exactamente, palabra por palabra. Con los mismos detalles. Literalmente.

Alexéi llama a Vika para que se lleve a Roman. Los padres de Roman se quedan solos en el despacho con Alexéi. Les explica que Irina está siendo reconocida en un centro de salud próximo a la escuela. Por el momento, las conclusiones iniciales apuntan a que presenta evidencias no concluyentes de abusos.

¿No concluyentes? ¿Qué significa «no concluyentes»? ¿Qué quiere decir con eso, que mi hijo es un agresor sexual?

Tranquilícense, por favor. Estamos intentando aclarar lo sucedido. La versión de su hijo coincide exactamente con la de la chica.

¿Entonces? ¿Qué más quiere?

Lo único que pretendemos es aclarar totalmente lo sucedido.

Pero ella ya ha dicho que nuestro hijo no tiene nada que ver con nada de lo sucedido, ¿no?

Lo sabemos, pero deben entender que algo así reviste una gravedad que exige de nosotros el mayor cuidado, las mayores precauciones. De hecho, en caso de que esas evidencias no concluyentes de abusos se confirmen a lo largo de la tarde en exámenes posteriores, será necesario llegar al fondo del asunto, incluso por el bien de su hijo, y descubrir quién ha sido el autor de las mismas.

Pero entonces, señor director, ¿qué nos propone? ¿Cómo procedemos?

Yo les rogaría que mantuviesen a su hijo alejado de la escuela durante los próximos días. Que se quede en casa con ustedes, hasta que se aclare todo esto y sepamos con más datos qué está ocurriendo realmente.

Apenas queda vodka. Alexéi apura el vaso, lo deja en la mesa, exactamente sobre el mismo cerco húmedo en el que estaba, y vuelve a juguetear con el papel de estraza marrón del paquete. Aún no lo ha abierto. Lleva días sobre la mesa. El papel ha comenzado a desgastarse en las esquinas. De la botella de vodka ya no puede decirse que esté medio llena, pero hoy Alexéi no ha sido capaz de visitar la cantina del hotel. Este tema de Irina lo acapara por completo. Supera cualquier otro asunto que haya ocurrido jamás en el colegio. Le viene grande. No sabe ni por dónde empezar. Ojalá este segundo reconocimiento descarte lo que parecía anunciar el primero. Ojalá esas evidencias no concluyentes de abusos no sean más que una falsa alarma provocada por un accidente en bicicleta o algo así. Pero ¿y si no? ¿Y si se confirman los abusos? ¿Quién puede haber sido? ¿Roman? Es absurdo. Pero ¿quién? Habrá que preguntar al resto de los alumnos. Todos y cada uno. Uno por uno. Porque, desde luego, Alexéi no quiere ni pensar en la posibilidad de que se trate de un profesional de la escuela. ¿Un profesor? No. Eso sí que sería espantoso. Impensable. No puede ser. Y se sirve otro vaso de vodka. Y vuelve a mirar a su alrededor. Pobre. ¿Quién puede ser capaz de una cosa así? Tiene que haber sido algún otro alumno. Tiene que haber sido un conflicto sin importancia con algún otro chico.

De nuevo el primero en la escuela. Camina por el frío de los pasillos silenciosos. En veinte minutos habrán llegado el resto de los profesores, los alumnos, su secretaria, los padres llevando a sus hijos. Le gusta este momento de calma cuando aún no ha llegado nadie, cuando todo está desierto, cuando se nota la presencia de toda esa ausencia. La de toda esa actividad. Lo relaja. Este silencio expectante lo tranquiliza. Entra en su despacho. La carpeta oscura de pastas duras está sobre la mesa. A su lado un sobre grande de color beige en cuyo interior, sin duda alguna, estará el informe definitivo del centro de salud.

Alexéi ni siquiera se quita el abrigo. Lo abre con avidez y comienza a leer precipitadamente, sin sentarse. De hecho, mientras se salta los preámbulos usa la mano con que no está sosteniendo el escrito para desabrocharse los botones y colocar, tirando de uno de los brazos, la butaca tras de sí, como quien se orienta a tientas, y se va sentando lentamente, sin apartar los ojos de la lectura.

Ya en su silla, el documento sobre la mesa, sus manos enguantadas ocupadas en el nudo de la bufanda, en el resto de los botones del abrigo, en la cremallera del cuello del jersey, recorre una y otra vez las palabras exactas que temía leer: «Evidencias no concluyentes».

Por una parte respira tranquilo: la escuela, y por supuesto el cuerpo de docentes, han quedado eximidos de cualquier clase de sospecha, responsabilidad o mancha. Sin embargo, esa chica... ¿qué estará ocurriendo en realidad con esa chica? ¿Estará sufriendo abusos realmente? ¿Cómo puede ayudarse a una chica en un caso así? Y, sobre todo, ¿cómo, desde un colegio como el suyo? No tiene medios, ni personal especializado. Carece de psicólogos, orientadores o cualquier clase de profesional que pueda gestionar una situación como esa.

Alexéi se levanta hasta el perchero. Cuelga el abrigo, los guantes, la bufanda, y se queda de pie, parado, pensando en el aislamiento que debe de estar sintiendo, el asedio al que estará sometida, su odio, su terror, su incomunicación.

El café está templado, casi frío. Alexéi, de pie junto a la ventana, mira abstraído hacia el patio. Hace frío para ser octubre. Hoy les toca a Yegor y a Anya vigilar en el recreo. Van muy abrigados. Alexéi se aproxima al vidrio. Su reflejo casi transparente se disuelve con la proximidad. Toca con la nariz en el cristal y se retira. Ha quedado una pequeña huella circular de grasa. Casi puede olerse el frío. A su espalda, Inga, Lyuba y Borís desayunan. Hablan de los alumnos de primaria, de la calefacción y de Anya, que, según parece, está mucho más gorda que el año pasado.

Alexéi sostiene la taza frente a sí, en contacto con el vidrio. Examina cómo se tocan los círculos de la taza real y la reflejada en un único punto, formando un ocho perfecto, y devuelve su atención al patio. Al fondo, en el banco que hay junto al gimnasio, Irina contempla al resto de los alumnos jugando. Tiene puesta una bufanda blanca y un gorro de lana a juego bajo el que asoman sus coletas. Las manos bajo sus muslos con las palmas en contacto con la madera podrida llena de pintadas de bolígrafo. Tirita levemente.

La taza hace un sonido hueco cuando Alexéi la deposita en la mesa. Se pone el abrigo, sale al exterior y cruza el patio despacio. Ella lo ve acercarse lentamente con la mirada fija en él.

¿Puedo sentarme?

Sí.

Vuelve a recorrer todo el patio con la vista. Ambos miran al frente.

¿Qué tal estás?

Bien.

¿Estás enfadada conmigo?

No.

Escucha, Irina, tienes que entender que, como director de la escuela, tenía que llamar a tus padres.

Lo sé, lo entiendo.

¿Seguro?

Sí.

No, no lo entiendes y estás enfadada porque crees que traicioné tu confianza.

No, lo entiendo; entiendo que no podía pedirle algo como no llamar a mis padres.

Él la observa en silencio. Ella sigue distraída mirando un partido, un corro de niños, a los profesores paseándose...

Escucha, Irina, si hay algo de lo que quieras hablar con alguien, si hay alguna cosa que te apetezca compartir, sobre lo que ocurrió, o sobre cualquier otro asunto, quiero que sepas que cuentas conmigo; podemos hablar cuando quieras, en cualquier momento, en cualquier circunstancia, ¿de acuerdo?

Sí.

No te lo digo para que me respondas ese sí; no estoy aquí sentado para que desconfíes de mí; estoy hablando muy en serio.

Lo sé.

Por primera vez se gira y lo mira. Alexéi trata de sonreír, pero no es capaz. Ella lo observa con severidad.

¿Hay algo que quieras decirme?

¿Te has fijado alguna vez en la forma del vaho al respirar?

¿Cómo dices?

La forma de la nube de vaho que sale cuando respiras. ¿Te has fijado en cómo cambia, cómo nunca se repite?

Se quedan callados y miran al frente. Alexéi saca un bolígrafo de su bolsillo, apunta su teléfono en una hoja de papel y se la tiende a Irina.

Te estoy hablando muy en serio.

Ella coge el papel, lo mira callada, vuelve a mirar a Alexéi por un segundo, y después lo dobla y se lo guarda en el bolsillo.

Confía en mí.

Ella guarda silencio.

Fotografías. Fotografías de la boda, de la visita de los padres de Helga, del viaje a Minsk de hace cinco años. Fotografías de los días que pasaron en el lago Svitiaz, de la tarde patinando sobre hielo en el Dniéper el año pasado, de la feria de Zaporozhia hace tres años, del día en que él y Helga se mudaron a esa casa. Todas esas fotografías que él daba por perdidas.

¿Cuántas puede haber? ¿Cincuenta? ¿Cien? Abre el paquete del todo y vuelca el contenido sobre la mesa. Hay fiestas con amigos, tardes de domingo, viajes, el perro viejo de su padre que murió hace tres inviernos. ¿Por qué Helga conservaba todo esto? ¿Por qué no le había dicho nada hasta hoy, hasta ahora? ¿Por qué no habérselo dado antes? Ellos dos tumbados en la hierba. Él conduciendo. La estación de Kiev. Su primera Navidad juntos... Alexéi aparta la vista por un momento y mira a su alrededor. Las paredes desnudas. El papel pintado vacío de cuadros, espejos o adornos. La mesa desierta. Solo el pesado cenicero azul de cristal y el sobre de papel de estraza rasgado. Las sillas vacías. La luz del techo encendida sobre él. Inspira. Devuelve su atención a las fotografías. Helga con el pelo largo. Él buceando. Ella preparando la comida. Él entrando en casa, tomando el sol, jugando al fútbol. Vuelve a inspirar, profundamente. Alza la vista de nuevo, alza la vista a sí mismo, a su presencia en zapatillas sentado a la mesa, sosteniendo las fotos entre sus manos, y en ese exacto momento su rostro se arruga en un llanto abundante e infantil. Llora como un niño pequeño, sin contenerse, sin moderación alguna. Y siente que todo él es ese llanto imbécil sonando en el interior de este silencio, en el epicentro de esta glaciación.

Como saben, tras el reconocimiento realizado a su hija, no hay evidencias concluyentes de abuso. Sé lo que están pensando, pero déjenme terminar de explicarles: de la lectura completa del informe médico se deriva que no puede afirmarse categóricamente que se detecte presencia de lesiones o abusos, lo cual no significa que no los haya habido, sino que, de haber tenido lugar, han sucedido relativamente lejos en el tiempo, o no han sido lo suficientemente severos como para dejar lesiones que puedan evidenciarlos. De un modo u otro, el silencio de su hija al respecto de lo ocurrido el lunes durante la pausa de la comida aquí en la escuela no nos permite extraer demasiadas conclusiones.

Ella dice que el otro chico no le hizo nada, que no ocurrió nada y que solamente se asustó; y si mi niña dice eso yo la creo porque es verdad.

Por supuesto, señora, no seré yo quien acuse a su hija de mentir, pero como medida de precaución y en calidad de director de este centro de enseñanza, opino que es muy importante que en adelante estemos, tanto ustedes como nosotros, alerta respecto de cualquier cambio de actitud o de comportamiento en su hija. Si notan cualquier cosa, cualquier conducta extraña o anómala, avísennos, por favor.

Pero ¿para qué, señor? Mi hija ya ha dicho que no ocurrió nada. ¿Qué más quiere?

Se trata de medidas preventivas ante la posibilidad de que quizá ella no haya querido hablar porque esté asustada, o avergonzada, o intimidada.

¿Intimidada? ¿Intimidada por quién?

Por nadie, o, quizá sí, en el caso de que, en efecto, esté teniendo lugar alguna clase de abuso o coacción que ella aún no se atreva a confesar.

Pero...

Nosotros, como docentes, por supuesto, haremos lo mismo. Debemos crear un clima de total confianza para que ella, en caso de necesitarlo, se sienta capaz de abrirse.

Pero mi niña es muy abierta.

Verá, señora, su hija tiene algunos problemas de relación con el resto de los compañeros. Le cuesta abrirse a los demás, hacer amigos, compartir sus inquietudes, su intimidad, y tanto nosotros desde nuestra posición de docentes como ustedes, que son sus padres, debemos ayudarla a relacionarse mejor con los chicos de su edad.

Pues en casa tiene un comportamiento excelente.

Qué duda cabe, señora, pero seguro que usted puede hablar más con ella, preguntarle, acercarse, y que ella sienta que la tiene a usted al alcance de su mano en todo momento...

La conversación continúa en esos términos: Alexéi solicitando una colaboración por parte de ellos para resolver una situación que ellos, o más bien ella, se empeñan en negar contra toda evidencia. El padre de Irina no abre la boca en toda la reunión. Se muestra ausente en todo momento, abstraído, desconectado, como si todo lo que puede haber ocurrido, o incluso estar ocurriendo, fuese exclusivamente producto de la suspicacia de Alexéi.

Alexéi habla y habla, y lo mira de vez en cuando, pero él no le dirige ni un golpe de vista. Está muy serio, con la mirada perdida más allá del parque que recorta la ventana, mucho más lejos. De hecho, ni siquiera lo mira cuando se despiden al terminar. Le estrecha la mano escuetamente echando una ojeada en otra dirección, abriendo apenas la boca para emitir una despedida lacónica.

Salen. El despacho queda en calma. Alexéi camina hasta la mesa, toma la taza y se aproxima a la ventana. Mira hacia la calle, hacia la parada de autobús a la que apenas en un par de minutos llega la pareja caminando bajo las últimas luces de la tarde. Él gesticula violentamente. Alexéi contempla la escena en el silencio del despacho. Después aproxima la taza, sujeta por el asa, a la ventana, hasta posar el borde del círculo de porcelana en el vidrio con un sonido apenas perceptible. Aún hay pájaros recorriendo el aire casi nocturno.

El mundo termina prácticamente donde termina la tenue luz de esta mesa, en sus manos dentro de ella, sujetando el vaso, sujetando el cigarro. Más allá el restaurante, con cada mesa iluminada débilmente por su propia lamparita, parece un archipiélago en un océano de oscuridad.

El camarero ha dejado la botella. Alexéi no tiene prisa. Permanece en su rincón, en la tenue penumbra del restaurante, viendo entrar y salir a las parejas, los grupos, los tipos solitarios como él. No reconoce los rostros, ni siquiera distingue otra cosa que las siluetas, el movimiento de esas siluetas, su velocidad o su demora en atravesar el salón. La mayor parte del tiempo ni siquiera presta atención a quien entra o sale, o a quien ocupa las mesas a su alrededor. Está distraído en su microcosmos inmediato, en su cenicero, el dibujo del mantel, el pie de la lámpara, el paquete de tabaco, el mechero, sus manos, el vaso que sujetan. No hay nada que pensar más allá de la realidad de esto, la materialidad de este momento, de todos estos objetos en el interior de este instante.

Una pareja pasa a su lado camino de una mesa en el rincón junto a la ventana. Alexéi apenas aprecia otra cosa que una fofa lentitud, una torpeza en el desplazamiento de esa sombra. Sin embargo le es familiar. No solo el movimiento, sino el olor o el tono de voz que apenas llega a sus oídos, algo, el lenguaje corporal. Con gran esfuerzo levanta la mirada, el ceño fruncido en una cómica expresión de interés por averiguar de quién se trata. No puede ser. Alexéi vuelve a mirar fugazmente y siente cómo se le congela la sangre.

Helga no puede haber venido a este sitio. ¿Qué pinta aquí? No puede permitirse ser visto así, aquí, solo, borracho como una cuba. Van a sentarse. Si Helga le da la espalda, entonces el otro va a estar sentado frente a él, y si es él quien le da la espalda, entonces ella es quien lo va a tener a la vista. Se gira en el sofá para ocultarse, apoya un codo sobre la mesa y se tapa la cara con la mano mirando hacia otro lado. Hace una seña al camarero para pedir la cuenta y largarse lo antes posible. Tiene que salir de aquí inmediatamente.

Vuelve la vista por un segundo y regresa a su postura, tapándose con la mano. Está guapísima, distinta, más luminosa. Es increíble. Es como si al alejarse de él hubiese rejuvenecido, hubiese resucitado.

El camarero llega con la cuenta. Alexéi paga con disimulo y, justo cuando se dispone a salir precipitadamente para no ser reconocido, se detiene por un momento: ¿por qué tiene que ser él quien se oculte? ¿Por qué tiene que ser él el que huya? Y se da la vuelta y camina con decisión hacia la mesa en la que Helga se dispone a cenar junto con su pareja. Tropieza con la pata de una silla y trastabilla sin llegar a caerse. Se agarra a un respaldo y señala a Helga en un gesto de amenaza. Ella lo mira atónita, y él le grita: Te voy a decir una cosa... Y la frase queda suspendida en el silencio. Disculpe, ¿quién es usted? No es ella. No es Helga. Todo el restaurante lo mira en silencio. Él calla por un segundo. Echa una ojeada a su alrededor. El camarero se acerca. ¿Está usted bien? Sí, perdón, perdón, me marcho, y sale lo más rápida y discretamente que puede, caminando a trompicones, con el corazón a dos mil pulsaciones por minuto. Y solo puede pensar qué le iba a decir. ¿Qué le queda por decir?

Llueve desde ayer por la noche. Los limpiaparabrisas baten a toda velocidad y Alexéi entorna los ojos para poder distinguir bien, entre la lluvia y la condensación del cristal, los vehículos de delante. Súbitamente la luz roja del autobús se enciende frente a él, demasiado cerca. Pisa a fondo el freno y el coche da una sacudida antes de detenerse. Se queda sujetando el volante, como si estuviese congelado en esa posición, aún en tensión. Respira hondo. El cigarrillo está casi consumido en el cenicero, así que abre momentáneamente la ventana para tirar la colilla con la mano aún temblorosa por el frenazo y reconoce en la parada del autobús a Yekaterina, la profesora de matemáticas. Ella ve el gesto, se pone de pie al verlo y frunce el ceño afinando la vista, sin estar segura de si es él o no, hasta que, en efecto, se da cuenta de que lo es y se aproxima, corriendo en cuanto sale de debajo de la marquesina a la lluvia. Entra en el calor del coche, trayendo consigo todo el frío del exterior, y da las gracias ruidosamente. En contraste con el silencio previo, el tono de voz de Yekaterina es estridente. Su actividad, sus movimientos, el bolso inmenso, la cremallera del impermeable, la gruesa rebeca de lana. Alexéi calla y conduce. Se siente cómodo en el perímetro de ese mantra incontenible de palabras vacías. Ella le habla del frío, de los alumnos, de este año, lo difíciles que se están poniendo los alumnos, lo excesivamente protegidos que están por sus padres, lo importante de la formación en matemáticas para las nuevas generaciones... Alexéi asiente, contesta con escuetos monosílabos, quizá alguna pregunta de cortesía para que ella pueda seguir inundando el calor del coche con su charla que, en realidad, agradece. Cualquier cosa que desplace el silencio es de agradecer. Lleva demasiadas semanas inmerso en ese silencio y, en el fondo, por muy vana que sea la monserga de Yekaterina, es su vida, sus preocupaciones minúsculas pero reales, auténticas. Es su día a día. Abre una tableta de chocolate y le ofrece. Él rechaza el ofrecimiento. Da una calada al cigarro. La lluvia se intensifica y la condensación aumenta con la presencia de dos personas en el habitáculo. Están llegando.

El aparcamiento está casi vacío. Alexéi detiene el coche, y justo cuando acerca la mano para girar la llave en el contacto, ella pone la suya sobre la de él. Lo mira a los ojos.

¿Estás bien, Alexéi?

Sí, claro, Katyusha.

Verás, Alexéi, es que... estos días... estás como... Entiéndeme, no pretendo entrometerme, pero sé por lo que estás pasando y solo quiero preguntarte si necesitas algo.

Gracias, Katyusha, estoy bien, creo que lo estoy llevando mejor de lo que creía...

Verás, Alexéi, el otro día estaba cenando con Vasili, en el restaurante del hotel Polissya... te vimos...

Ya, mira, verás, Katyusha...

No, no me digas nada, Alexéi, no hace falta que me digas nada, prefiero que solo me escuches.

De acuerdo.

No me entiendas mal, no censuro tu actitud, entiendo que estás pasando por un momento difícil y cada cual afronta lo que le viene como quiere o como puede; no soy quién para juzgarte, pero quiero que seas consciente de que si un día quieres hablar, necesitas algo, planchar una camisa, una sopa, una conversación con un café, puedes contar conmigo.

Alexéi mira a Yekaterina. Súbitamente la gravedad ha irrumpido en su discurso. El aplomo de sus palabras es incontestable.

Gracias, Katyusha, te lo agradezco mucho.

De nada, solo quería que lo supieses.

Gracias.

Yekaterina sale del coche y corre bajo la lluvia hasta el soportal de la entrada. Alexéi posa las manos en el volante. Ve sus pulgares estirados tocándose. La lluvia lo aísla totalmente en el interior del coche, solo. Guarda silencio. Mira el dorso de sus manos. Escucha el diluvio. Espera un minuto que dura horas.

Desde el descansillo se oye el sonido del teléfono. Alexéi busca la llave tanteándose nervioso cada bolsillo, la chaqueta, los pantalones, la camisa, bajo el jersey, los pantalones de nuevo. No la encuentra. ¿La gabardina que lleva en el brazo? Sí, puede ser. Ahí suenan, en el interior de la gabardina. Rebusca en los pliegues, sí, ahí están. Abre apresuradamente y se precipita hacia el teléfono. Oye el tono por un segundo, pero es demasiado tarde. Sea quien sea ya ha colgado. El silencio ha vuelto.

La tarde se extingue. La luz naranja de las farolas ya tapiza el techo. Acentúa la gotera seca que hay junto al aplique de la lámpara. Cierra la puerta, se descalza, deja la gabardina en el perchero, camina hasta el dormitorio y se desviste. Las puertas del armario están entreabiertas y dejan ver un fragmento del reflejo de su reflejo en el espejo frente a sí, desde un ángulo oblicuo, distinto al frontal, como si estuviese viendo a otra persona. Se detiene. Se examina por un momento. Sus movimientos, la espalda cargada. La ropa interior blanca, la camisa metida por dentro de los calzoncillos. Los calcetines oscuros. No se reconoce. Ha dejado de reconocerse en quien ahora es. Y súbitamente siente pudor. No por él, sino por su soledad, su presencia abundante en la habitación. Su insuficiencia. Mira a su alrededor como ha acostumbrado a hacer durante estas últimas semanas. La botella de vodka está junto a la cama. Debe de quedar algo menos de un cuarto. Se lleva el gollete a los labios y da un gran trago. Largo. Deja que el vodka caliente atraviese su garganta. Traga y traga hasta vaciarla. Ya ni siquiera funciona beber. Ni siquiera borracho deja de sentir esta hostilidad, esa innecesidad.

Se viste y camina hasta la cocina. El alcohol le golpea en el estómago y en la cabeza. Apenas hay en los cajones poco más que una col, algo de remolacha y rábano, un par de zanahorias, cebolla y ajo. No es capaz de mucho más que de picarlo y ponerlo al fuego, en remojo, a hervir con algo de sal. Ni tan siquiera tiene cilantro o hinojo, y mucho menos *smetana* para acompañar. El fuego lame el fondo de la cacerola. Pronto romperá a hervir. Está demasiado fuerte. Lo baja al mínimo. En el fregadero, los platos de ayer. Abre el grifo y comienza a fregar. El agua está helada. El calentador falla cada vez más. Enjabona los vasos, las bandejas, los cubiertos. Mira sus manos sumergirse. Entrar y salir del agua despacio, cuidadosamente. El teléfono suena de nuevo. Se seca con un paño y camina con calma hasta la mesita.

Dígame.

Señor Alexéi.

Sí, soy yo, quién es.

Me dijo que podía llamarlo en cualquier momento si lo necesitaba.

¿Hola? ¿Quién es?

Me dijo que confiase en usted, que lo llamase si quería, que podríamos hablar, que usted me escucharía y que...

¿Irina?

Sí, soy yo.

¿Dónde estás?

En la calle. Me he escapado.

Pero...

Lo llamo desde una cabina.

Está bien.

No puedo volver a casa, por favor, señor Alexéi, por favor. Usted me dio su teléfono y yo he confiado en usted. He confiado, señor Alexéi. Por favor...

Sí, sí, de acuerdo, Irina. No te muevas de donde estás y voy a buscarte. Dime en qué lugar estás.

Me he escapado, señor Alexéi. Me he escapado. No puedo volver a casa.

Sí. Sí, lo sé. Dime dónde estás...

En segundos Alexéi está al volante de su coche, medio borracho, si no del todo, camino de la gasolinera desde cuya cabina lo ha llamado Irina. Continúa lloviendo, aunque ahora no es más que un débil chispeo. En el trayecto construye mil hipótesis sobre lo que puede estar pasando. Estará sola, escondida detrás de la gasolinera, en plena noche, muerta de miedo. ¿Qué va a hacer? ¿Qué puede hacer? ¿Qué alternativas tiene? Piensa una y otra vez en sus opciones, sus posibilidades. ¿Avisar a sus padres? ¿A los servicios sociales? ¿Qué servicios sociales? Está llegando a la gasolinera. Detiene el coche. Se baja como si no pasara nada. Sale al frío exterior, bajo la gran marquesina, y mira a derecha e izquierda. No hay nadie. En un lateral del edificio está la cabina telefónica, amarilla sobre un mástil metálico. A oscuras. Un tipo gordo sale de la caseta de la gasolinera con un mono azul y un chaleco reflectante desgastado por el uso. Lo mira interrogativamente. Lleno, por favor. Mientras el tipo llena el depósito Alexéi mira en todas direcciones. No está. Irina no está. Probablemente se haya escondido. El tipo le devuelve las llaves. Alexéi paga y se mete en el coche. El tipo regresa a la caseta. Alexéi arranca el motor y enciende las luces. Emprende la marcha muy despacio, recorre unos metros y se detiene junto a la cabina.

Tras la caseta hay un área de aparcamiento vacía, en penumbra, y más allá una zona arbolada descuidada y sucia, abandonada. Alexéi apaga las luces pero deja el coche en marcha, y se baja dejando la puerta abierta, como en las películas americanas. Apenas llueve ya. Camina con cautela. No quiere gritar el nombre de Irina. No quiere estar ahí. No quiere ser relacionado con ella, ni, por supuesto, ser descubierto recogiéndola. No sabe qué le puede haber pasado. No quiere problemas, no quiere ser acusado de nada por nadie. Quizá está un poco paranoico. Quizá es el vodka. Tiene que tranquilizarse. Pero no le da buena espina. Camina despacio. Llega a una zona de mesas de merendero de esas con los bancos corridos incorporados. Más allá una papelera metálica refleja el brillo tenue de una farola lejana. Se oyen los grillos. Alexéi camina con más aprensión que torpeza. ¿Dónde está? Murmura su nombre, en voz baja, para que solo lo oiga ella en caso de estar cerca. Escucha su propia voz, grave en el silencio, ajada por la bebida, como si fuese la de otro. Continúa caminando. Llega al vallado del aparcamiento. Justo frente a él está la oscuridad del parque. ¿Irina? ¿Estás ahí? Nadie responde. Nada. ¿Irina? Los grillos son la única respuesta. Alexéi bordea despacio el perímetro del aparcamiento, preguntando quedamente a la oscuridad.

Pasan los minutos, pero no aparece. Diez, quince, quizá veinte minutos. Alexéi cada vez está más incómodo con ese merodeo por el lugar, con la posibilidad de ser descubierto. ¿Y si era todo una broma? ¿Y si ha regresado a su casa? ¿Y si está ahí delante, en el interior de esa oscuridad, inmóvil por el pánico? ¿Debe seguir ahí? ¿Debe llamar a la policía? Cada vez está más inquieto, más nervioso. Quizá necesita una linterna para buscar mejor. Regresa al coche a por ella. Abre el maletero, pero no tiene ninguna. Será mejor acercarse con el coche e iluminar con él un poco la arboleda. Ya solo por si acaso, para descartar que siga ahí.

Entra en el coche y cierra la puerta. Se enciende un cigarro y lo deja en el cenicero. Enciende la radio. Y justo antes de dar las luces se queda quieto. Rígido. Mira a su derecha. En la oscuridad del interior del vehículo está ella, sentada en el asiento del copiloto, mojada, tiritando. Es como una aparición. Alexéi la contempla por un segundo. Un segundo que es suficiente para fijar esa imagen que no podrá olvidar jamás. Las piernas abrazadas, los zapatos sucios sobre el asiento, los cordones desatados, el pelo por delante de la cara, en silencio, la frente apoyada en sus rodillas. Alexéi trata de hablar, pero no es capaz. Aproxima hacia ella su mano derecha, pero ella reacciona huyendo del contacto físico. Con un susurro apenas audible dice: Vámonos, por favor.

Alexéi arranca. Empieza a conducir.

¿Tienes frío?

Sí.

Pone la calefacción al máximo. La criatura sigue temblando. Alexéi no distingue si es por el frío o por el miedo. No sabe cómo empezar. Conduce sin ninguna dirección. No quiere acercarse al centro urbano y arriesgarse a que lo encuentren en plena ciudad con una chica agredida en el coche. Circula por la periferia, sin destino concreto. Solamente carreteras oscuras entre los bosques sin acercarse a ninguna población, para que entre en calor, se vaya calmando, se serene mínimamente. Están los dos solos. Sus manos posadas en el volante. El sonido del motor. La velocidad. Los faros del coche como única luz. Árboles.

¿Qué ha pasado, Irina?

Vámonos, por favor.

Sí, ya nos hemos ido. Ya nos estamos yendo. Estás a salvo. Nada puede ocurrirte ya.

Vámonos, por favor.

Sí, Irina. Tranquila. Estás a salvo. Ya estás a salvo. Cálmate.

Sí.

¿Estás mejor?

Sí.

Eso es, cálmate. Relájate. Ya ha pasado todo. No tengas miedo. Ya estás a salvo.

Sí.

¿Mejor?

Sí.

¿Vas a contarme qué ha pasado?

Y en ese momento comienza un llanto desconsolado. Es incapaz de explicar nada. Sea lo que sea lo que ha ocurrido, la sobrepasa. Es superior a sus fuerzas. Alexéi conduce desconcertado. Aturdido y espantado al mismo tiempo. El llanto de Irina lo conmueve, pero su implicación en esta situación absurda lo aterra.

Irina, tengo que saber qué ha pasado. Tengo que saber por qué estás así para llevarte a tu casa y hablar con tus padres de...

A mi casa no, por favor. A mi casa no. Mis padres no. A mi casa no. Por favor. Por favor. A mi casa, por favor, no. Mis padres no. No, por favor. A mi casa no. Ellos no. Mi casa no. Por favor...

Está bien, está bien. No vamos a tu casa.

No, por favor. Por favor. No, por favor...

Tranquila, cálmate. A tu casa no vamos. Olvida tu casa y tus padres, ¿de acuerdo?

Por favor, por favor.

De acuerdo. Tranquilízate.

Sí.

Así, poco a poco. ¿Tienes frío?

Sí.

¿Aún?

Un poco.

De acuerdo. La calefacción está al máximo. Espera un poco y ahora irás entrando en calor.

Sí.

¿Qué puede él hacer ahora? ¿Dónde va a llevar a Irina? ¿A su casa? No, a su casa no puede. El origen de todo esto parece estar, de hecho, en su casa. ¿A la policía? Imposible. A que denuncie sabe Dios qué situación familiar que sus padres desmentirán de inmediato, y que tengan que tomarle declaración, e involucrar en el proceso a unos servicios sociales que, como mínimo, van a trasladarse desde Kiev, vaya usted a saber cuándo, mientras ella tiene que verse obligada a volver a esa casa en la que lo que le hayan hecho, sea lo que sea, va a ser silenciado por la fuerza. Imposible.

Sigue tiritando. Su llanto es ahora un sollozo mecánico, tenue. Llueve de nuevo. Alexéi apenas puede pensar. No tiene ningún plan, ninguna estrategia. No tiene adónde ir, adónde llevarla. ¿Y si van a casa de Nastya? Claro, Nastya ya conoce a Irina. De hecho fue Nastya quien habló con ella cuando no quiso salir del vestuario de la piscina. Podría llevarla allí. Ir a casa de Nastya lo resolvería todo. Es la mejor solución. ¿Es la mejor solución? ¿Y si Nastya sospecha de él? ¿Y si desconfía de él y lo cree culpable, el causante de todo esto? Recuerda su reciente conversación con Yekaterina en el coche. Ella y Vasili lo vieron el otro día borracho en la cantina del hotel. De hecho lleva semanas yendo casi a diario, entrando sobrio y saliendo como una cuba. Ha sido visto en penosas condiciones demasiadas veces durante el último mes, quizá los dos últimos meses. No. Ya está viendo la mirada de sorpresa primero, e inmediatamente de asco y reprobación, cuando llame a la puerta en plena noche y Nastya abra y lo vea tal y como está en este momento, con el estómago aún caliente por el vodka y con la chica presa del pánico, incapaz de explicar nada. O quizá pueda contarle a Nastya lo que ha ocurrido. Quizá se sienta más cómoda con ella después de lo del vestuario...

Irina.

No responde. Sigue abrazada a sus piernas, llorando, sin atreverse a levantar la vista.

Irina, por favor, escúchame.

Sí.

¿Me oyes?

Sí.

¿Puedes prestarme atención?

Sí.

Vamos a ir a ver a Nastya.

No, no, no, no. Por favor, no, no. No, por favor, no.

Tranquila. Tranquila, Irina, es la profesora con la que hablaste en el vestuario.

No, por favor, no. Por favor. Por favor, por favor, no, por favor.

Pero ¿te acuerdas de ella?

Sí, pero no, por favor. Por favor, por favor.

Pero...

Por favor, señor Alexéi, por favor.

Y de nuevo estalla en un llanto inconsolable al que Alexéi no sabe cómo reaccionar. No puede hacer nada. No puede contar con Nastya. No puede contar con nadie. Está solo en esto. No tiene ninguna opción.

Cálmate, Irina, cálmate. ¿Qué quieres que hagamos? Hacemos lo que tú quieras. ¿Qué quieres?

Vámonos, por favor.

¿Adónde?

Vámonos. A donde sea. Vámonos.

De acuerdo. Nos vamos.

Y Alexéi continúa conduciendo por el extrarradio, alejándose un poco más de las áreas pobladas, dejando que el llanto se atenúe lentamente, que su pánico se relaje. Espera a que antes o después tenga sed, o hambre, o sueño, y de un modo u otro salga de este automatismo. Tiene mil cosas que decir, que preguntar, pero prefiere callar y dejar que use ese silencio para sosegarse poco a poco. Ella alza por primera vez la vista. El limpiaparabrisas barre rítmicamente el vidrio. La lluvia aísla el espacio del coche. Continúan en silencio. En absoluto silencio.

Irina, ¿dónde quieres que vayamos?

Vámonos, por favor.

¿Adónde?

No lo sé.

Ha respondido. Ha respondido a su pregunta. Está reaccionando. Ya es capaz de dar una respuesta. Poco a poco. Es un primer paso. Alexéi vuelve a callar, a dejarle su espacio. Ella también calla. El coche progresa por una carretera oscura, cercana a un bosque.

¿Quieres que sigamos más tiempo aquí?

Sí.

Los kilómetros van quedando atrás, al igual que las horas.

No voy a preguntarte qué ha pasado. ¿De acuerdo, Irina?

Sí.

Bien. ¿No quieres que veamos a la señorita Nastya?

No.

¿Puedo preguntarte por qué?

No quiero ver a nadie.

De acuerdo.

De acuerdo.

Salvo a mí.

He confiado en usted.

Sí.

He confiado en usted.

¿Por qué?

No sé.

De acuerdo.

He confiado en usted.

Bien, confía en mí.

He confiado en usted.

No tiene sentido seguir toda la noche dentro del coche conduciendo por carreteras secundarias. Antes o después va a tener que tomar una decisión. No tiene dónde llevarla. No puede contar con nadie. La pobre tiene la ropa empapada. Tiene que cambiarse, tiene que calmarse, comer algo, beber algo caliente. No quiere ver a nadie. No pueden ver a nadie. No pueden seguir ahí.

No tengo dónde llevarte, Irina.

Ella guarda silencio. Mira hacia delante, hacia el lugar en el que se agota la luz de los faros contra la cortina de lluvia.

¿Me oyes, Irina? No tengo dónde llevarte.

Ella sigue callada.

No voy a llevarte con tus padres. No voy a llevarte con ninguna profesora. Solo puedo llevarte a mi casa.

Sigue sin abrir la boca.

Te voy a llevar a mi casa. No te preocupes, vivo solo, y tú necesitas dormir, comer, ropa, algo caliente.

Continúa en silencio.

Te tengo que llevar a mi casa, ¿de acuerdo?

No responde. Sus labios siguen cerrados.

Te voy a llevar a casa.

Y Alexéi toma el primer desvío hacia la izquierda, y en unos minutos la carretera secundaria rodeada de arbolado ya es un tramo iluminado por las farolas, y en unos minutos será el bulevar Lenin, y un par de curvas y habrán llegado, y por fin estarán dentro de su casa, a salvo de miradas, de testigos. A salvo. Totalmente a salvo.

Afortunadamente llueve a cántaros. Alexéi para el coche en el bulevar Stroiteley justo frente a su casa, gira la llave y detiene el motor. Esperan largo tiempo dentro, en silencio, con la lluvia batiendo en el parabrisas. No se enciende ninguna luz en la fachada. Quizá es solo porque el sonido de la lluvia lo cubre todo, quizá porque lleva tantos días llegando tarde que ya no suscita la curiosidad de ningún vecino. Mira a Irina. Tiene muy abiertos sus enormes ojos.

Vamos a subir a casa, pero no puedes hacer ningún ruido.

Sí.

Es muy importante que no nos vea nadie. ¿De acuerdo?

Sí.

Primero salgo yo, tú me esperas dentro del coche, y cuando yo abra la puerta del portal te hago una señal desde lejos para que vengas conmigo corriendo. ¿Correcto?

Sí.

Tú coges este paraguas y lo abres cuando salgas. Y bájatelo mucho para que no se te vea, por si acaso. ¿Entendido?

Sí.

Alexéi sale al aguacero, y cuando aún no ha cerrado la puerta del coche Irina ya lo está esperando de pie, bajo el paraguas en medio de la acera. Pero ¿qué hace? ¿Es que no me has oído? No importa, vamos, corre. Está aterrado. Cualquier vecino podría verlos. Se mete bajo el paraguas, la coge del brazo y caminan a grandes zancadas hasta la marquesina del portal. Espérame aquí. Tengo que cerrar el coche. Llueve intensamente. Alexéi regresa y cierra rápidamente todas las puertas, y mientras camina hacia ella con precipitación, guardándose las llaves en el bolsillo de la gabardina, la contempla de pie bajo el paraguas por un segundo. Parece una niña. Una niña sola. Alguien solo.

El portal está en absoluto silencio. Suben en el ascensor, a pesar del ruido de la maquinaria. Es menos probable encontrarse a un vecino en el vestíbulo del portal o en el descansillo del sexto piso que en el de cada una de las plantas si estuviesen ahora mismo subiendo las escaleras para no hacer ruido.

Alexéi tiene las llaves en la mano y el corazón a diez mil pulsaciones por minuto. El ascensor se para. La luz del descansillo está apagada. Abre ligeramente la puerta. No se oyen pasos. No parece haber ningún vecino rezagado. Salen apresuradamente. Abre la puerta. Décimas de segundo. Toma a Irina del brazo, la empuja dentro sin encender la luz, entra él casi a la vez y cierra la puerta a su espalda.

Están dentro. Por fin. Nadie los ha visto. Están dentro. Resopla. Ya está hecho. Ya. Por fin. Su corazón sigue bombeando a toda velocidad. Cálmate. Por fin puede respirar tranquilo. Por fin. Enciende la luz.

Ella está frente a él, quieta, petrificada, el abrigo puesto, el paraguas a medio cerrar, mojada, tiritando, inmóvil en medio del recibidor, cabizbaja, en silencio. Un silencio anterior al llanto.

La chica aparta el rostro cuando Alexéi la coge por la barbilla y devuelve la mirada al suelo.

Irina, mírame.

No.

Irina, por favor.

Que no.

Y ahora ¿qué? Por unos segundos Alexéi guarda ese mismo silencio, siente ese mismo pánico, si no más. Ropa. Cena. Ducha. Toalla. Cama. Pijama. Jabón. Sábanas. Ducha. Cena. No puede pensar en orden. No es capaz de jerarquizar las tareas. Necesita un trago. No. No lo necesita. Tiene que pensar con claridad.

Ella lo mira en silencio por un instante, intuyendo su preocupación, su miedo, el desorden de sus pensamientos. Lo ve dudar, repasar mentalmente con torpeza.

Tengo frío.

Alexéi adivina, horrorizado, en la luz del pasillo, el derrame en el ojo, el edema en la ceja, el labio hinchado, las contusiones, los moratones en el brazo y en el cuello.

Sí, sí, claro. Estás calada y muerta de frío. Tienes que ponerte algo seco. Tienes que ponerte… Espera, te voy a dar un jersey mío y unos pantalones. Necesitas darte un baño caliente. Voy a calentar agua y después busco los pantalones y tú si quieres entra en el baño. El baño es esta puerta de aquí, la que está junto al armario. Ve entrando si quieres y yo voy calentando agua en la cocina porque, a veces, el calentador general no funciona, pero la caliento en la cocina, ¿sabes?, pero querrás una toalla, claro, para secarte, claro, antes de entrar en la bañera. O quizá no vas a secarte ahora y caliento el agua y te doy la toalla después. Espera. Voy a comprobar si hay agua caliente lo primero de todo. Déjame comprobarlo.

Alexéi entra al baño, pone el tapón en la bañera, abre el grifo y espera durante un rato con la mano bajo el chorro. Poco a poco empieza a salir tibia y en un par de minutos el agua está caliente.

El calentador funciona, Irina. Pon el agua a tu gusto, y yo voy a por una toalla y a por ropa seca.

Sale justo en el momento en que entra Irina. Tropiezan uno contra el otro en el umbral de la puerta. Se miran con torpeza, con timidez. Ella da un paso atrás. Él también. Está nerviosa. Él la deja pasar, pero ella espera a que salga para entrar.

La puerta del baño se cierra a su espalda mientras él abre el armario para registrar los altillos donde tiene la ropa vieja que ya no se pone. En uno de ellos encuentra unos pantalones de chándal que apenas usa y un jersey de punto grueso con el cuello vuelto. La toalla estará probablemente junto a las sábanas en… en… no recuerda, probablemente no ha sabido nunca en qué lugar guardaba Helga las toallas. Irina está dentro del baño. Escucha el ruido del grifo abierto y del agua cayendo en la bañera y bajo ese ruido algunos otros, ropa, una cremallera, un objeto metálico, quizá una hebilla contra las baldosas... La toalla está en una balda del armario, junto a una manta vieja. También le va a hacer falta.

Toma la ropa y la toalla y gira el pomo de la puerta del baño. Está cerrada. Es la primera vez en meses que esa puerta está cerrada. Toca suavemente con los nudillos. Con un hilo de voz Irina le pide que deje la ropa delante de la puerta. ¿Dónde, en el suelo? Sí. Así lo hace. Desde la cocina oye el sonido del cerrojo y ve abrirse apenas la puerta del baño. La mano de Irina tantea en el suelo, localiza la toalla y la ropa y la arrastra al interior. La puerta se cierra. Suena nuevamente el cerrojo. Irina ha vuelto al agua. Alexéi camina en calcetines, en absoluto silencio, hasta la puerta del baño, y acerca el oído. Debajo del sonido del agua aún se oye, muy débil, su llanto.

A duras penas podría llegar a llamarse *borsch* a la triste sopa que Irina tiene frente a sí, humeando sobre el hule de cuadros de la mesa. La verdura solo lleva cociendo desde que Alexéi ha recibido su llamada. Desde entonces han sucedido mil cosas. Un mundo. Un mundo apenas suficiente para que dé tiempo a que cueza el *borsch*. Alexéi lo ha probado. Sabe a agua sucia, pero es lo único que hay en casa.

Ella está sentada frente al plato. Las manos tapadas por las mangas del jersey gris oscuro varias tallas mayor que la suya. La toalla en turbante deja escapar un par de mechones húmedos. Las lesiones ahora son plenamente visibles. Un silencio extenso inunda la cocina.

Toma la cuchara. Alexéi la observa, de pie, apoyado en la encimera.

Está caliente. No está muy bueno, pero te hará bien.

No tengo mucha hambre.

Lo imagino, pero te hará bien. Te hará entrar en calor.

De verdad, no tengo hambre.

Pruébalo, por favor.

Irina mete la cuchara en la sopa y se la lleva a los labios. Repite la operación un par de veces. Sonríe.

No está tan malo.

Alexéi sonríe con agradecimiento. Cada cucharada astilla el silencio contra el plato.

Continúa comiendo. Alexéi le sirve otro plato. Poco a poco se empezará a sentir cómoda y se relajará, y ese será el momento en que preguntarle qué ha pasado. Le sirve agua, pan, fruta. Ella sigue en silencio. Sonríe tímidamente. Continúa comiendo. Alexéi la observa. Observa su silencio y conjetura en qué lugar estará ahora mismo, qué horror verá cada vez que cierra los ojos.

¿Te importa que fume?

No, no, señor, mi madre fuma, no pasa nada.

Alexéi se enciende un cigarro, da una calada y lo deja en el cenicero. Está sentado a la mesa. Enfrente de él, Irina, en el sofá. La radio ya no emite más que una marcha militar de Prokófiev. Ella lo mira, pero no habla. Alexéi lleva toda la noche intentando encontrar el modo de averiguar qué ha pasado, encontrar el momento en que esa pregunta pueda ser formulada, el momento en que no la violente, que no vuelva a bloquearla. Ha decidido esperar a que ella misma se sienta lo suficientemente cómoda como para contárselo. Sin embargo, quedarse delante de ella fumando, en silencio, mientras ella se toma un vaso de leche no parece el mejor de los modos de lograr esa confianza.

Ella sigue callada. Lo mira con timidez, con una expresión vergonzosa, casi acobardada. Después, pasados unos segundos se abstrae en lo que Alexéi supone sus últimas experiencias. Qué fácil sería que se fuese quedando dormida en el sofá y él pudiese llevarla a la cama y acostarla. Pero los inmensos ojos de Irina siguen abiertos, observándolo en silencio desde un lugar que Alexéi no puede ni imaginar. No tiene ni idea de qué hacer ni de cómo comportarse. Ella lo vuelve a mirar con retraimiento, pero al minuto siguiente volverá a ensimismarse, a sumergirse en un mutismo inalcanzable desde el que su mirada otra vez será, súbitamente, la de un adulto.

Alexéi está cerrando la puerta del dormitorio por fuera cuando la voz de Irina le pide que no cierre del todo, que deje la puerta solo entornada. Le da miedo quedarse a oscuras en ese dormitorio desconocido. Enciende la luz del cuarto de baño para que entre algo de luz por la rendija de la puerta. Ella le da las gracias.

Estoy en el salón, por si necesitases algo, ¿de acuerdo, Irina?

Sí, señor.

No me llames señor, Irina, que no hace falta y además no soy tan viejo.

De acuerdo.

Alexéi deja entornada la puerta.

Lo siento.

Él se detiene. Vacila por un segundo y vuelve a abrir la puerta. La luz del baño a su espalda. Su sombra deformada cubre casi la totalidad de la cama.

¿Qué sientes, Irina?

Todo.

No hay nada que sentir, Irina. No te preocupes. No hay nada que sentir.

Lo siento. Lo siento mucho. Lo siento.

Y el hilo de congoja se desteje en un llanto pleno, desconsolado.

Alexéi camina hasta la cama. Se sienta a su lado en silencio.

En una montaña sobre el sofá están las sábanas usadas que había en la cama. Alexéi cierra la puerta del salón y apaga la luz. Enciende un cigarro. Se sienta. Un brazo en el respaldo de la silla, el codo del otro sobre la mesa. El ascua del cigarro brilla en la tenue luz amarilla que se filtra procedente del baño por los vidrios de la puerta. No puede quedarse a dormir. Bajo ningún concepto. Qué va a hacer. No puede tener a una chica en su casa. No puede tener a esa chica metida en su casa ni un minuto más.

Se levanta. Camina hasta el teléfono. Descuelga. Qué ridiculez. ¿A quién va a llamar? ¿A sus padres? Ni siquiera conoce el número. Vuelve a colgar. Se sienta de nuevo. El cigarro está ya medio consumido en el cenicero. El salón huele a humo. Se levanta. Abre la ventana. El frío es intenso. Cierra de nuevo. Camina en la penumbra. Comienza a estirar las sábanas en el sofá. Vuelve a sentarse. No puede pensar en otra cosa más que en que no puede seguir ahí ni un minuto más. Ni un minuto más.

Si por lo menos supiese qué ha ocurrido. Si pudiese averiguar qué le ha ocurrido. Pero es inútil. Es imposible arrancarle una palabra. Quizá mañana por la mañana, después de dormir, después de calmarse, esté en condiciones de hablar. Hoy es imposible. Una sombra se materializa detrás de los cristales del salón. Llama suavemente a la puerta. Alexéi abre.

¿Tiene una aspirina, señor Alexéi?

¿Una aspirina?

Es que me duele una muela.

Claro, claro, hay una caja entera en la cocina.

El sofá es confortable durante los primeros cuarenta y cinco minutos. Después empiezan los cambios de postura, el calor, la estrechez, la incomodidad. Al cabo de dos o tres horas ya no es posible seguir tumbado. Se levanta de nuevo. Un vaso de agua. Otro cigarro. La chica debe irse. No puede seguir en casa. No puede ser. Si llegase a saberse... Si llegase a trascender... Tiene una familia. Unos padres que estarán volviéndose locos. Subiéndose por las paredes, preguntándose dónde estará su hija. Dónde estará pasando la noche. Debe regresar con ellos, al lugar al que pertenece. Pero ella no quiere, no quiere ni oír hablar de ellos, ni de volver a su casa. Alexéi evalúa la posibilidad de recurrir a los servicios sociales de... ¿qué servicios sociales? Pueden tardar semanas. Es ridículo. No tiene opciones. Está solo en esto. No quiere ni pensar en las razones de por qué Irina huye, pero no va a devolverla a su casa. No puede hacerlo. No se atreve a llevarla de vuelta a la situación de la que está intentando escapar, sea la que sea. Los vidrios de la puerta dibujan un prisma de luz amarillo en el techo. Pronto amanecerá.

Irina se chupa con timidez la yema del dedo con la que acaba de limpiarse la miel de las comisuras de los labios. Mastica precipitadamente sus tostadas. Están frías. Alexéi creía tener en algún cajón mermelada y mantequilla, y cacao, azúcar, pan de ayer... pero no estaba preparado para recibir invitados, así que solo ha encontrado un frasco medio vacío de miel rancia y pan de hace varios días. ¿Cómo iba a estar listo para recibir visitas? ¿Quién, en su situación, está preparado para algo así? ¿Es esto una visita?

¿Te gusta?

Afirma con la cabeza mientras mastica. Alexéi la mira. Por un segundo es capaz de percibir su silencio, su ensimismamiento, y siente un escalofrío.

¿Has dormido bien?

Vuelve a afirmar con la cabeza. Alexéi le sonríe discretamente.

Verás, Irina. Dentro de quince minutos tengo que salir a trabajar. Ella para de masticar y se queda mirando el tazón, callada. Tienes que contarme qué ha ocurrido. Tienes que explicarme qué ha pasado para que podamos tomar las medidas oportunas. Si no, no puedo hacer nada. La chica sigue sin abrir la boca. No podemos continuar así, lo entiendes, ¿verdad, Irina? Tenemos que resolver esto de un modo u otro. No puedes seguir en esta casa toda la vida. Tus padres deben de estar preocupados. Tienes una familia. Una madre. Un padre. Tenemos que poner fin a esto. Tenemos que...

Déjeme quedarme hoy aquí.

Pero...

Por favor. Por favor, señor Alexéi, déjeme quedarme aquí hoy.

Irina, no puedes estar aquí toda la vida.

No. Toda la vida no. Solo hoy. Por favor, señor Alexéi. Por favor.

El día ha amanecido oscuro. Llueve. Es una aguanieve que ya cae sucia. Alexéi descansa sus ojos hinchados, por un momento, en el ritmo monótono de los limpiaparabrisas mientras espera a que cambie la luz del semáforo del bulevar Lenin. Mira a su alrededor. Aún es temprano. En veinte minutos, en lugar de caminantes esporádicos aquí o allá, la calle será un desfile de abrigos, paraguas, gabardinas y vehículos dirigiéndose a trabajar. Sin embargo, prefiere adelantarse a esa aglomeración. Prefiere conducir solo, sin distracciones. Así puede pensar mientras conduce, o parado en los semáforos. Y lo que hoy necesita es eso: pensar. Pensar mucho. Pensar sobre cosas como que, siendo sincero, la razón por la que hoy se ha adelantado a su hora tiene mucho que ver con su intimidad invadida desde ayer por la noche, que le impide distanciarse y poder tomar una decisión razonable, si es que es posible tomar una decisión razonable a estas alturas. Con Irina a su alrededor no puede pensar. Pero alejado de ella tampoco sabe qué hacer. Solo sabe dos cosas. Una: no se puede quedar en su casa ni un minuto más. Y dos: no puede devolverla a sus padres, no puede arrojarla al lugar del que está huyendo. ¿Hay alguna opción intermedia? Claro, muchas: sin ir más lejos, poner una denuncia en la policía. Perfecto: la policía tendrá una actitud de discreción y pulcritud absolutas. Irrumpirá en su casa, detendrá a sus padres y se la llevará a un lugar de acogida mientras da comienzo un proceso interminable y totalmente burocratizado en el que la parte más perjudicada va a ser sin duda Irina. Bajo ningún concepto. ¿Y notificar el incidente a los servicios sociales del Sóviet? Gran idea. El caso será derivado a un servicio de inspección de Kiev que, en su celosa observancia del procedimiento, como mínimo tendrá tramitados los permisos para el examen y el seguimiento del caso a finales del invierno. No puede hacerle eso a Irina. En serio. ¿Hay alguna opción intermedia? ¿Alguna que no sea ridícula?

El aparcamiento está aún vacío. El coche de Alexéi es el primero en ocupar su plaza. Se detiene pero no apaga el motor. Permanece dentro, solo, las manos posadas en el volante, los ojos cerrados, la lluvia batiendo contra el parabrisas, contra el techo metálico. Un minuto, dos, cinco. No se puede mover. La cabeza le da vueltas y siente ganas de vomitar.

Ya sabe todo lo que va a ocurrir. El revuelo en el colegio. Las llamadas histéricas de la madre de Irina. Quizá incluso acuda en persona, presa de la desesperación. No quiere ni pensarlo. No quiere ni pensar en las conversaciones con el jefe de estudios o los otros profesores. Él teniendo que fingir una sorpresa y una preocupación grotescas. Y después la comedia de preguntar a los otros alumnos de la clase en busca de alguna información. Los chicos curioseando. Los profesores intercambiando puntos de vista estrafalarios sobre lo ocurrido. Sobre todo Anya, Inga y Lyuba, que, sin duda, tendrán las hipótesis más peregrinas. Él pidiendo serenidad a la vez que trata de dominar su agitación para aparentar una leve intranquilidad, un incómodo nerviosismo. No se siente capaz. No es capaz. Levanta una mano del volante. Le tiembla el pulso. No puede afrontar este día. Sin embargo, faltar al trabajo despertaría sospechas. No puede dejar de venir al colegio. No puede cambiar un milímetro su rutina. Las ganas de vomitar regresan. No va a poder hacerlo. No va a ser capaz. La lluvia remite. Pone su mano errática en la manija de la puerta. Abre, respira hondo y sale.

No ha habido un solo segundo en toda la mañana en que Alexéi haya podido concentrarse en absolutamente nada. De hecho, ha sido tan incapaz de prestar atención a todo lo que ha ocurrido a su alrededor a lo largo del día, que ahora se siente incapaz de reproducir su jornada. No recuerda las conversaciones entre profesores, las conjeturas irrisorias durante la comida, las preocupaciones sinceras a solas en su despacho, las confidencias intranquilas entre Nastya y Yegor, la indiferencia de Yekaterina, los rumores en el patio entre alumnos preocupados, las llamadas nerviosas de la madre de Irina a secretaría desde primera hora de la mañana. No puede recordarse a sí mismo inmerso en esa realidad. La recuerda como si fuese un narrador, como si no hubiese estado allí, como si hubiese ocurrido hace años y la memoria, débil, apenas fuese capaz ya de recordar detalle alguno.

No son estos los detalles que recuerda, no son estas las anécdotas porque, por absurdo que parezca, lo que de verdad ocupa su memoria es lo que ha estado ocurriendo en el interior de su casa. Y sí, es no solo inexplicable, sino ridículo, pero real, y no puede entender que su memoria apenas recuerde lo que ha vivido el día de hoy porque estaba ocupándose de recordar lo que no ha vivido, lo que ha supuesto que ocurría en el interior de su casa, en el lugar en el que Irina ha pasado el día. Y así, a cada instante, ha visto a la chica cerrar las persianas en cuanto él ha salido por la puerta, echar las cortinas y volver a la cama de un salto tras entornar la puerta. Abrigarse con las mantas, hecha un ovillo, tapándose incluso la cabeza con ellas, hasta que su calor ha empezado a extenderse por el interior de la cama y ha podido comenzar a colonizar, poco a poco, el colchón. Estirar un brazo primero, una pierna después, hasta hacerse dueña de la totalidad del espacio. Y así habrá pasado parte de la mañana. Después se habrá despertado, asustada, ajena, mirando al techo, escuchando los silencios del mediodía, el estrecho amanecer ceniciento proveniente de las ventanas del salón que la puerta entreabierta haya dejado entrar al dormitorio. Habrá permanecido inmóvil en el interior de su propio calor, mirando el techo y la claridad escasa. Habrá alargado un brazo hacia el suelo para coger su ropa y se habrá vestido dentro de la cama. ¿Cuántos paseos se habrá dado en calcetines por el pasillo, por el salón, por las habitaciones, sin hacer ruido? ¿Cuántas idas y venidas por el mismo itinerario, contando las baldosas, los enchufes, hora tras hora? ¿Habrán sido suficientes el *kovbasá* y el pan que ha dejado sobre la mesa?

Alexéi cierra los ojos mientras camina con su bandeja hacia la mesa de profesores del comedor escolar y ve perfectamente a Irina sentada, los pies colgando de la silla, masticando en silencio con los codos sobre el hule, mirando el frío por la ventana mientras se acerca a los labios un vaso de agua. Ve el tiempo coagulado en el interior de su vivienda. Ve a Irina recoger los platos. Y después la ve amodorrarse en el atardecer del sofá. La ve levantarse. Caminar hasta el dormitorio. Hacer la cama. Volver al sofá. Sentarse de nuevo. Acercarse a por un vaso de agua a la cocina. Sentarse nuevamente a la mesa. Cambiarse de ropa. Volver al sofá. Dormir hasta que llegue la noche. Esta noche. Este instante en que él, de nuevo sentado a su mesa habitual en la sala del restaurante del hotel Polissya, apura su último vaso de vodka saludando con un gesto a los parroquianos de una mesa distante. Irina lo espera en casa. La realidad lo espera en casa. Arde en deseos de llegar, pero no puede cambiar su rutina. No puede dejar de ir al hotel Polissya a por su vodka, a por su anestésico diario, despertaría sospechas sobre sí mismo. Sería casi tan grave como acusarse, ¿no? No. Quizá no. Quizá simplemente es que no quiere ir. La realidad puede esperar. Que espere, pero solo un vaso más, porque aún tiene que preparar la cena para la chica. La chica de la que todo el mundo habla. La que ocupa todas las conversaciones. La que menciona Leonid, el camarero menudo y de aspecto ríspido, cuando Alexéi se despide fingiendo la borrachera que no tiene para poder retirarse antes a su casa sin desenmascararse. La que quizá haya pasado el día entero llorando, sola. Absolutamente sola.

Hasta este momento en que se palpa los bolsillos para encontrar la llave y la mete en la cerradura, Alexéi no había reparado en que esa mañana ha cerrado la puerta por fuera. Ha encerrado, literalmente, a la chica dentro de su casa y ni siquiera se ha dado cuenta. Abre. El piso está a oscuras. Cierra la puerta. Mete la llave por dentro y le da dos vueltas.

Buenas noches.

Alexéi contesta «buenas noches» a la voz a su espalda, los ojos aún fijos en la oscuridad del envés de la puerta. Se gira. Ella está de pie, en el pasillo, en la pálida claridad que las farolas añaden a la escasa tarde que aún entra por las ventanas. Guarda silencio. No sabe qué decir ni cómo desenvolverse con la chica. Se miran en silencio.

¿He tardado mucho?

No. No lo sé.

¿Tienes hambre?

Un poco.

Alexéi se descalza y vacía sus bolsillos en el mueble de la entrada, las monedas, la cartera… Camina hacia el salón. ¿Debería saludarla con un beso en la mejilla? ¿Será inapropiado? ¿Quizá demasiado invasivo? Ella se aparta para dejarlo pasar. Se obstaculizan torpemente el uno al otro.

¿Tienes frío?

Un poco, es que estaba tumbada en el sofá.

Lleva echada por los hombros una manta.

Ahora te doy otro jersey.

Alexéi camina hasta el dormitorio. Entorna la puerta para cambiarse de ropa. Nunca había entornado la puerta para desnudarse. Nunca antes había visto sitiada su intimidad. Ni siquiera cuando vivía con Helga. Una pareja no es la intimidad de uno contra la del otro, sino la de ambos, una intimidad compleja, llena de ingredientes. Pero esto no es una pareja. De lo que aquí se trata es de dos personas, dos vidas aisladas, dos universos impermeables con intimidades impermeables separadas por una delgada línea que, por primera vez, Alexéi se ve en la situación de tener que trazar. Abre el armario. Coge un jersey. Ya casi es noche cerrada. La ropa de la chica está en un rincón en el suelo.

Irina está sentada en el sofá con las piernas cruzadas y la manta sobre los hombros. Alexéi le acerca el jersey. Mientras lo hace se oye a sí mismo dándole explicaciones de por qué llega tan tarde, por qué no debe cambiar ningún aspecto de su rutina para no despertar sospechas. Ella asiente en silencio.

No te importa que fume, ¿verdad?

Ella niega con la cabeza. Alexéi se levanta un segundo, deja en la pila los platos de la cena y vuelve a sentarse a la mesa. Se bebe el agua que quedaba en el vaso de Irina y se sirve en él un vodka. Enciende su cigarro, da una calada profunda como preámbulo para una conversación prolongada que aún no sabe cómo empezar. Ella lo mira con sus ojos inmensos, llenos de curiosidad y de silencio.

¿Cómo estás, Irina?

No lo sé. Bien.

¿Bien?

Sí, no lo sé.

Me alegro de que estés bien. ¿Cómo has pasado el día?

Bien.

¿Se te ha hecho muy largo?

No. Bueno, un poco sí.

Tienes libros que puedes leer mientras estés aquí.

Sí.

Unos días.

Sí.

Porque sabes que dentro de unos días… es decir, esto no puede durar más que unos días. Lo entiendes, ¿verdad? Sabes que no hay problema en que estés un tiempo, pero no puedes quedarte definitivamente. Lo entiendes, ¿verdad?

Sí. O sea, ¿por qué no?

Verás, Irina, tienes unos padres, tienes una familia que estará preocupada por ti y que…

¿Me está echando de aquí, señor director?

No, no te estoy echando de aquí. Pero tienes que entender que esta es una situación muy irregular, y que en casos así hay que proceder de manera responsable. Hay mecanismos legales para resolver situaciones de este tipo.

¿De qué tipo?

Eso es lo que quiero que me expliques, Irina.

Ella baja la vista. Alexéi toma el cigarro del cenicero azul, da una calada larga, vuelve a dejarlo en el mismo sitio.

¿Cuándo quiere que me vaya?

No quiero que te vayas. Quiero ayudarte, pero no puedo hacerlo si no me explicas qué ha pasado.

Me da vergüenza.

Lo sé…

No, usted no lo sabe.

Cierra los ojos, temblando, y junta las manos bajo la mesa, callada.

El rellano está tenuemente iluminado. El aplique de la pared parpadea, pero aún sobrevive la claridad de las últimas luces de la tarde que entran por la ventana. Alexéi está empezando a acostumbrarse a la presencia de Irina tumbada en el sofá del fondo, tapada con una manta, dormitando. En cuanto oye la llave en la puerta suele alzar la cabeza, y cuando se confirma con el sonido del giro de la cerradura se echa la manta por los hombros y se aproxima sonriente arrastrando los calcetines hasta la entrada.

Hoy le trae chocolate. Lo ha escondido dentro de una carpeta en la que guarda las fichas de algunos antiguos alumnos del año pasado. Con la otra mano rebusca en sus bolsillos como siempre. Localiza finalmente la llave en su chaqueta. La introduce en el ojo de la cerradura, pero, en el momento en que la va a girar, Olya, la vecina, abre la puerta de su casa y asoma la cabeza buscando algo en el descansillo. Alexéi le da unas escuetas buenas tardes; sin embargo, ella no se conforma con contestar ceremoniosamente como acostumbra, sino que, contra todo pronóstico, se aproxima con un gesto hacia él. Alexéi se detiene antes de abrir la puerta. ¿Qué querrá? ¿Pedirle sal? ¿Azúcar? No puede abrir la puerta. No va a abrir la puerta. No mientras ella esté ahí, así que necesita una excusa, sea lo que sea lo que le vaya a decir. La espina dorsal se le congela por un momento mientras fuerza la más imbécil de las sonrisas.

Buenas tardes.

Buenas tardes.

Dígame, doña Olya.

Verá, señor Alexéi.

Tráteme de tú.

Claro, claro, verás, Alexéi. Solo quería decirte que debes de tener estropeado el aparato de radio, porque esta tarde estaba en casa fregando y de repente he empezado a oírlo, y juraría que el ruido venía de tu casa, y al cabo de un rato se ha parado.

¿El aparato de radio?

Sí, no estoy segura, pero diría que venía de tu casa.

Alexéi palidece, y de inmediato improvisa un «¿Otra vez?».

¿Ya había ocurrido antes?

Sí, el mes pasado me despertó la radio sin que nadie la hubiese encendido, como si hubiese fantasmas en casa.

Huy, qué cosas tiene usted, señor Alexéi.

Llámeme de tú, doña Olya.

Vuelve a forzar la sonrisa más imbécil de que es capaz, agradeciéndole a su vecina la información. De inmediato va a comprobar de qué se trata, y en caso de que vuelva a ocurrir llamará al técnico.

Muchas gracias.

De nada, Alexéi. ¿Qué tal va todo?

Muy bien, ¿y a usted, doña Olya?

Muy bien.

Lo celebro.

Gracias.

Gracias.

Cuídate.

Usted también.

Claro.

Disculpe la molestia por el ruido.

No es nada.

Gracias.

Gracias.

Adiós.

Adiós.

Doña Olya sonríe inclinando la cabeza y regresa a su casa. En cuanto cierra la puerta, Alexéi aproxima su mano temblorosa a la cerradura y gira la llave. Al fondo, Irina se está incorporando en el sofá. Se echa la manta por los hombros y se acerca a la puerta arrastrando los pies.

Buenas tardes.

Buenas tardes, Irina. ¿Qué tal ha ido el día?

Bien, ¿y a ti?

Bien. Se quita los zapatos. Los deja en el banquito de la entrada. Deja el abrigo en el perchero. ¿Te has aburrido mucho?

No, no demasiado.

¿Qué has hecho?

Poca cosa. Escuchar la radio. Solo un ratito.

Te dije expresamente que no encendieses la radio.

Es que…

Te dije expresamente que no encendieses la radio.

Lo sé.

Esto no puede continuar.

Cuando suena el despertador Alexéi ya está despierto. Tiene la mirada perdida en el techo desde hace horas. Esto no puede continuar. Esta vez ha sido la radio. Quién sabe si mañana puede ponerse a cantar, o abrir las ventanas para ventilar o incluso asomarse. Puede ocurrírsele abrir la puerta y escaparse. Podría suceder hoy mismo. Hoy mismo. Es impredecible. No puede ser. Es preciso poner fin a esto.

Es un pensamiento recurrente. Mientras se ducha, mientras se anuda la corbata frente al espejo, mientras desayuna en silencio para no despertar a Irina, mientras se lava los dientes, mientras se abotona el abrigo junto a la puerta. Esto no puede continuar. Y en ese momento, a punto de ponerse los zapatos para salir, gira sobre sí mismo y recorre de vuelta el pasillo con decisión.

Se detiene frente a la puerta del dormitorio. Ni un solo ruido. Parece estar profundamente dormida. Ningún ruido detrás de la puerta. La empuja cuidadosamente. Ella respira con placidez bajo las mantas. Pone un pie dentro de la habitación. Otro.

Suena un roce de sábanas. Se ha movido. Se detiene en el interior de la oscuridad. La respiración continúa. Alexéi espera un par de segundos. Silencio. Solo la cadencia de la respiración. Continúa aproximándose a la cama. Está de pie a su lado. Sus pupilas se están acostumbrando a la falta de claridad. Comienza a poder distinguir sus rasgos, la nariz, los labios, los ojos. Tiene los ojos abiertos. Lo está mirando. Buenos días, señor Alexéi, me ha asustado. Alexéi guarda silencio. Se incorpora y enciende la lámpara de la mesilla. Irina lo mira fijamente. Alexéi camina hasta la ventana. Abre ligeramente la cortina. Una débil claridad irrumpe en la habitación. Regresa a la cama y apaga la luz de la mesilla. Sin decir nada desenchufa el cable y rodea con él las muñecas de la chica en varias lazadas, y posteriormente lo pasa por el cabecero de la cama. Ella no dice nada. Alexéi hace un nudo en la barra metálica del cabecero, lo más apretado que puede, y sale a la cocina. Ella escucha ruidos de objetos y después los pasos de Alexéi que regresa con un rollo de cinta aislante. Ella lo mira aterrorizada. Corta un pedazo con los dientes. Lo sujeta con las manos. Se acerca a ella. Ella niega con la cabeza, entre lágrimas, sin decir nada. Alexéi apenas alcanza a pronunciar «Lo siento» mientras se lo pega para taparle la boca. Puede ver el pánico en sus ojos. Y vuelve a verlo al girarse por última vez, desde la puerta, antes de salir. Ella solloza débilmente, pero él no lo oye porque ya está en la entrada poniéndose los zapatos.

Se mira en el espejo. Guarda silencio. ¿Qué es esto? ¿Qué diablos es esto? ¿En qué te estás convirtiendo, Alexéi? Y se precipita de vuelta hacia el dormitorio. Ella reacciona apartándose, presa del pánico, con los brazos aún ligados al cabecero, pero Alexéi la abraza intentando sujetarla entre los suyos. Irina grita por detrás de la cinta con que tiene tapada la boca. Alexéi se la arranca de un tirón y en ese momento el tímido sollozo se desborda en un llanto abierto. Lo siento. Lo siento. Lo siento. Perdóname. Lo siento. Alexéi, sentado en la cama con la chica en brazos, sigue pidiéndole perdón entre susurros mientras termina de desatar sus manos del cabecero. Ambos se abrazan. Lo siento.

Perdóname. Nunca más volverá a ocurrir algo así. Lo siento. Perdóname. Lo siento. Irina llora. Alexéi también. Un mantra de disculpas y de llanto enredándose el uno en el otro. Se abrazan durante mucho tiempo. Hoy Alexéi va a llegar tarde.

A media mañana Alexéi sale de su despacho, justo antes del recreo para evitar los pasillos atestados de alumnos.

La sala de profesores ya huele a tabaco y café. Suena el ring que pone fin a la primera tanda de clases. En segundos se oye la aglomeración de niños saliendo al patio. La primera en entrar en la sala es, como siempre, Lyuba, seguida de Anya. En escasos minutos ya está llena. Nastya, Yegor, Yekaterina, Borís... Alexéi no puede continuar ahí ni un segundo más. Necesita aire. Tiene que salir. Se quema la lengua al apurar la taza de un trago. Sale al patio. Nota el frío en los oídos.

Camina sin ton ni son, abstraído en toda la situación, en la ocupación de su casa, en los profesores, en lo ocurrido en el dormitorio esta mañana, en el silencio de la chica, en la familia de Irina, en su propio comportamiento, en cómo debería ser, cómo debería haber sido.

Hasta que no está sentado en el respaldo del banco del fondo con los pies sobre el asiento, no se da cuenta de que los pasos lo han llevado al banco en el que se sentaba Irina, el banco en el que unas semanas atrás, antes de que todo esto diera comienzo, hablaron y él le dio su teléfono. El vaho de su respiración brilla en el sol de la mañana. Han pasado mil años.

La mañana es gélida. Hacen falta varios intentos para lograr que arranque el Volga Gaz Veinticuatro. Alexéi conduce despacio. Está cansado. Dormir en el sofá está empezando a pasarle factura. No quiere ir a trabajar. No puede. Tiene que ocuparse de Irina. No puede dejarla encerrada día tras día. ¿Por cuánto tiempo? ¿Cuándo va a poner fin a esto?

Aparca el coche frente al colegio y cruza la calle. Las madres dejan a sus hijos en la puerta. Lo saludan mientras les cierran las cremalleras de los pequeños abrigos, mientras les enfundan las manitas en los guantes, les calan bien el gorro y le dan un par de vueltas a la bufanda. Nunca son suficientes las precauciones contra la gripe. Alexéi saluda con apenas un parpadeo discreto, ladeando la cabeza, las manos dentro de los bolsillos.

Quizá podría ponerse enfermo él también. Así tendría tiempo para hacerse cargo de la situación. Solo un par de días. Tres a lo sumo. ¿Por qué no?

La sala de profesores está desierta. Queda café de ayer y ya huele a tabaco, pero el calor se agradece. Alexéi tira el café frío y prepara más. Espera en silencio a que hierva, se sirve una taza y sale hacia su despacho. Mientras camina sujeta la taza con las dos manos. Siente en ellas el calor. A través de las ventanas se ve a los alumnos esperando a que suene la sirena para formar cola en el patio. Se detiene frente a la puerta de su despacho. Deja la taza por un segundo en el banco del pasillo, junto al tablón de anuncios, y rebusca en sus bolsillos las llaves del despacho. Una vez más se palpa los pantalones, el pecho, el abrigo, los de la americana, los pantalones de nuevo. Mientras lo hace abandona la vista por los recortes grapados en el tablón de anuncios. Clases particulares de matemáticas, una función del colegio, el club de ajedrez, el departamento de música... Por fin suenan las llaves en un bolsillo del abrigo. Aquí están. Y cuando está introduciendo la llave en la cerradura se detiene y devuelve lentamente la atención al tablón de anuncios. El llavero queda por un instante colgando oscilante de la llave que está metida en la cerradura. Alexéi palidece mientras contempla el corcho. Entre el folleto de las clases de violín y una pintada obscena antirreligiosa está la foto de Irina. Bajo ella un letrero en el que está escrita la palabra «desaparecida» con la fecha en que fue vista por última vez, un número de teléfono y una dirección con la que ponerse en contacto en caso de tener algún dato sobre su paradero: «Avenida de los Héroes de Stalingrado número siete, tercero izquierda». Alexéi siente la sangre bombeando en la nuca. Le falta el aire. Necesita oxígeno. El zumbido ha vuelto. Toma las llaves. Abre la puerta, la cierra de un golpe a sus espaldas y se deja caer contra ella. Le fallan las piernas. Se viene abajo arrastrando la espalda por el envés de la puerta, el abrigo aún puesto, la respiración insuficiente, la nuca hirviendo, el pulso descarriándose en una mano que apenas atina a cerrar el pestillo, la saliva se le coagula, la sangre, los pensamientos. Abre la boca para tomar una gran bocanada de aire. Se ahoga. Busca. La mirada errática. En la luz que entra por la ventana bailan unas motas de polvo. La vista se le oscurece.

Llaman a la puerta. Guarda silencio. Espera. Vuelven a llamar a la puerta, aún más insistentemente. Alexéi aguarda como una estatua, incapaz del menor movimiento. Siente una gota de sudor en la sien. Los nudillos insisten nuevamente, el pomo gira.

Alexéi, ¿estás ahí?

¿Sí?

Abre, Alexéi, soy yo, Yekaterina.

¿Yekaterina?

Sí, abre un segundito, por favor.

Dame un momento.

¿Estás bien?

Claro.

Se pone de pie, tratando de reconstituir una mínima compostura, y abre la puerta.

Yekaterina está de pie frente a él sosteniendo una taza de café.

Te la has dejado fuera.

Ah, gracias, no sé dónde tengo la cabeza.

Ella le sonríe, le da los buenos días. Él corresponde.

¿Seguro que estás bien, Alexéi?

Sí, claro, solo un poco cansado.

¿Seguro?

Alexéi se oye a sí mismo poniendo como excusa esta gripe que lo está matando.

¿Gripe? Pero ¿por qué vienes a trabajar en este estado?

Tienes razón, pero es que...

Nada de «es que». Vuelve a casa y descansa. Cógete un par de días. Descansa hasta el lunes.

No puedo, Yekaterina.

¿Cómo que no? Recoge ahora mismo y vete a casa a descansar, que es donde debes estar. Y el lunes vuelves como nuevo.

Puede que tengas razón.

Claro que la tengo. Vete ahora mismo y no salgas de casa en todo el fin de semana.

¿Sabes qué? Que, por una vez, voy a hacerte caso. Me marcho a casa y vengo el lunes.

Claro que sí.

Si ocurre algo serio llámame por teléfono, por favor, mantenme informado si pasa algo.

¿Algo?

No sé, alguna eventualidad en el colegio, la chica esa que ha desaparecido, no sé.

Claro, claro. No te preocupes.

Gracias.

De nada. Adiós. Y mejórate.

Gracias.

Camina por el aparcamiento hacia su coche, con dos días sin clase por delante. ¿Qué hacer? ¿Cómo encarar estos cuatro días con Irina? ¿Cómo lograr que regrese a su casa? Y, sobre todo, ¿cómo lograr que no confiese nunca, nunca jamás, dónde ha pasado estos días? Camina con las manos en los bolsillos, mirando el suelo, los charcos, las hojas en el suelo, un dibujo azul en un folio arrugado y húmedo bajo una huella de neumático que ha pisado un alcorque y ha manchado de barro el asfalto, un papel de aluminio, migas. Sus pensamientos vuelan dispersos por ese paisaje cuando de pronto oye su nombre. Alza la vista. Señor director, ¿es usted? Alexéi mira a la mujer. Lleva una bolsa llena con folios que va poniendo en los parabrisas de cada uno de los coches del aparcamiento.

Alexéi reconoce los dientes sucios y separados, y la cadena dorada de la que cuelgan las gafas de montura gruesa y blanquecina. Se detiene petrificado. ¿Es usted, señor director? Y se acerca a él aproximándole uno de los folios con la foto de Irina y la dirección y teléfono de contacto. Alexéi la mira perplejo, incapaz de articular palabra. Ella lo avasalla con un interrogatorio pero él apenas alcanza a balbucear un par de monosílabos. Ella insiste con preguntas, averiguaciones, incertidumbres que él apenas registra. Sospechas sobre otros alumnos y vecinos, recelos sobre tal o cual situación, conjeturas absurdas al borde de las lágrimas, una agitación desesperada, y finalmente el llanto. Ayúdenos, señor Alexéi, por favor, ayúdenos. Alexéi no es capaz de reaccionar ni siquiera cuando Nastya, que caminaba por el aparcamiento, se aproxima a ellos dos. Saluda invadiendo la conversación con la acostumbrada intención de librar a un compañero del asedio de esos padres excesivamente insistentes. Alexéi la mira desconcertado. Nastya advierte esa mirada. Vacila un segundo y presta atención a la mujer. Identifica de inmediato a la madre de Irina. Alexéi improvisa con torpeza una mínima presentación innecesaria pidiendo disculpas por su aturdimiento causado por la fiebre de la gripe. Nastya se hace, de inmediato, cargo de la situación, coge la bolsa de plástico en la que están los folios impresos con la fotografía de la chica, toma del brazo a Nataliya y le ofrece un café caliente en el interior de la escuela. Se despide de Alexéi y se van andando hacia la puerta de entrada.

Alexéi observa la escena por un segundo. La cabeza de Nataliya apoyada sobre el hombro de Nastya. Entra en el coche. Está temblando. La mirada se le nubla a causa de las lágrimas. Se seca los ojos con precipitación. Comienza a chispear. La palabra «desaparecida» bajo la fotografía de Irina empieza a deshacerse en el parabrisas, bajo la lluvia. «Avenida de los Héroes de Stalingrado número siete, tercero izquierda.» El rostro se le crispa en un llanto infantil y rotundo.

El vidrio empieza a empañarse. Una mancha neblinosa avanza disolviendo los contornos del exterior, oscureciendo las siluetas en el cristal lleno de regueros de lluvia, movimiento de limpiaparabrisas y luces de freno. Alexéi se detiene en un semáforo y aprovecha para pasar el dorso de la mano por el cristal. A través de la ventana irregular en la condensación vuelve a ver a la gente cruzar por el paso de cebra en medio de la lluvia, los otros coches, los bancos del bulevar, las farolas. Se fija bien en las farolas. En todas ellas, todas, hasta donde se pierde la vista, hay un cartel pegado con celo.

En el interior de la casa reina el silencio. Aún debe de estar dormida. Alexéi deja la bolsa en el banco de la entrada. Se quita en silencio el abrigo y los zapatos. Entra a la cocina a por aspirinas. Qué raro, la caja está vacía. Habría jurado que la compró hace solo unos días. En fin, camina hasta el dormitorio. Irina no está. La cama está abierta y vacía. Tampoco está su ropa. La puerta del baño está cerrada. Camina hasta allí. Pone el oído en la puerta, pero no se oye nada. Golpea suavemente con los nudillos. Nadie contesta. Toma el pomo y lo gira. El baño está a oscuras. ¿Hola? ¿Irina? No se atreve a alzar demasiado la voz al llamarla por si acaso pudiese oírle Olya, o algún otro vecino. ¿Hola? ¿Qué pasa aquí? No está. ¿Se ha ido? Recorre en silencio la casa a grandes zancadas buscándola. No está. No puede ser. ¿Habrá decidido irse? ¿Regresar a su casa? Alexéi vuelve al dormitorio. Vuelve a hacer la ronda. Va de nuevo al baño. Enciende la luz. No está. Retira las cortinas de la bañera. Mira detrás de la puerta del dormitorio, detrás de la de la cocina. No está. Abre las puertas del salón y camina hacia la ventana. Corre las cortinas. Se gira sobre sí mismo para comprobar el nivel de la luz y ahí está, en el sofá, tapada con las mantas, plácidamente dormida.

Alexéi vuelve rápidamente a echar las cortinas, en silencio, y se gira para contemplarla. Duerme con serenidad cubierta con las sábanas de cuadros que él ha usado esta noche, con la misma manta gris de punto gordo, la cabeza apoyada fuera de la almohada, en el brazo vencido del sofá. Alexéi se sienta en el suelo a su lado, en completo silencio. Usa el sofá como respaldo y espera. Deja pasar los minutos. A su espalda la respiración cadenciosa de Irina ocupa todo el espacio.

Alexéi está recogiendo las sábanas cuando ve el tablero de ajedrez sobre la mesa. La posición de las piezas es rarísima. De hecho, tras mirarla con un poco más de detenimiento, se da cuenta de que es imposible. Las reinas están juntas, los reyes están expuestos, ambos en jaque. Las torres están desplazadas, los dos alfiles en el mismo color... Probablemente Irina ha estado jugando sin conocer las reglas. Tiene que enseñarle a jugar. Es lista. Seguro que se le da bien.

¿Irina?
Sí.
La comida está en la mesa.
Voy.
Date prisa que se enfría.

Sí, sí. Ya voy.

Llevas una hora y media ahí dentro. ¿Pasa algo?

No.

Pues abre la puerta.

Espera.

¿Seguro que estás bien?

Sí, sí.

Irina, sal de una vez.

Ya voy, espera.

No espero.

Alexéi se descubre a sí mismo ejerciendo su autoridad, convencido de que debe hacerlo.

Espera, por favor.

No espero nada. Sal inmediatamente.

Modula la voz para transmitir autoridad aun a pesar de que el grito debe sonar amortiguado, quedar contenido entre esas cuatro paredes, resguardado de la curiosidad de los vecinos.

No puedo.

¿Cómo que no puedes? Sal. Ahora.

No.

Alexéi gira con fuerza el pomo de la puerta del baño. Está cerrada por dentro. Hace meses que en esa casa no ocurría que el baño estuviese cerrado por dentro.

Irina. Abre de inmediato. ¿Quieres que tire la puerta abajo?

Por favor. Espera.

De pronto la voz de Irina suena sorprendentemente próxima. Tan próxima como tenue. Parece estar a milímetros del otro lado de la puerta, hablando en voz baja pero con gran claridad.

Por favor, espera.

Alexéi no entiende. Se acerca a la puerta hasta tocarla con la nariz. Le habla a la rendija entre la puerta y el marco:

¿Qué ocurre, Irina? ¿Por qué no quieres salir?

No puedo.

¿Cómo que no puedes? Lo que no puedes es quedarte eternamente ahí dentro.

No puedo.

¿Por qué no?
Es que…
¿Qué?
Es que…
¿Qué ocurre, Irina? Háblame. Cuéntamelo.
Es que tengo… Es que necesito algo.

Alexéi recorre con decisión los pasillos del supermercado de Ivankiv. Está atravesando la zona de las herramientas. Más adelante están las sartenes. Y después debe de estar lo que él busca. Hay setenta kilómetros hasta llegar a Ivankiv. Casi una hora conduciendo. Pero ¿qué alternativa tenía? No puede hacer una compra así en el economato de su calle. No después de que Helga se marchase hace meses, después de que todos sepan que lo abandonó, que se fue y no ha regresado. Ahora está pasando por la zona de las verduras, aquí no es. Sería como delatarse a sí mismo. Sería como llevar una pancarta con la palabra «secuestrador». Como uno de esos brazaletes amarillos que llevaban los judíos en el gueto de Varsovia. Porque, en realidad, así es como se siente, en un gueto. Es en lo que su casa se ha convertido. Está sitiado, rodeado por la presencia constante de Irina. De hecho, si lo piensa bien, él mismo es su propio gueto.

Ahora está en los congelados. Esta tampoco es la zona. Se ha perdido. La decisión con la que unos minutos atrás ha entrado al supermercado comienza a evaporarse. Alexéi ha empezado a merodear con desorientación. No sabe dónde está lo que busca. Va a tener que preguntar. ¿A quién? ¿A alguna empleada? En realidad ni siquiera está seguro de cuál es el nombre por el que preguntar. ¿La zona de droguería? ¿De farmacia? Mira con desconcierto los expositores de productos. Recorre un pasillo tras otro. Fregonas, jabones, barreños, cepillos. Parece que está llegando, aunque, a decir verdad, no tiene una idea demasiado clara de exactamente qué o cómo es lo que tiene que comprar. Mete algunos productos en la cesta y se dirige hacia las cajas. No, no. No puede comprar solo estas cosas. Gira ciento ochenta grados y recorre la zona de los congelados. Compra cebollas y pimientos. Y un martillo. Y una fregona. Y aspirinas, que no se le olviden.

La empleada cobra su compra en silencio. Alexéi la mira nervioso. Ella lo ignora con la mayor desatención mientras llena las bolsas de plástico. Cuando va a salir ve en el escaparate la fotocopia del cartel de la desaparición de Irina. Está pegada con celo, junto al anuncio de una motosierra de segunda mano en venta y uno de una autoescuela. Ve la fotografía de Irina, y bajo ella el teléfono. Alexéi mira la foto con atención. Lleva puesta la misma bufanda gris que está colgada en el perchero de casa. Un par de personas se paran a su lado a mirar el cartel. Alexéi da un paso atrás. Sigue mirando la foto. Otro paso. Ya está fuera de la marquesina. Llueve ligeramente. Se gira y camina hacia el coche.

Recorre el aparcamiento con las bolsas. Está empezando a acostumbrarse a ese sudor helado que nota en la nuca.

Hace frío. Nadie lo conoce aquí. Ha valido la pena venir. Deja las bolsas en el maletero y entra en el coche. Arranca. Pone la calefacción. Le queda casi una hora hasta llegar a casa. Casi una hora solo, en el calor del coche. En su propio gueto. Aislado de los demás. De Irina. De sí mismo. Está chispeando. Las copas de los alerces a cada lado de la carretera se inclinan con el viento.

Gracias.

No me des las gracias.

Sí, gracias. Gracias, señor director, por todo.

Alexéi.

Gracias, Alexéi, por no llamar a mis padres, por no haberme echado de aquí, por aceptarme en su casa, por permitir que me quede aquí con usted.

Pero, Irina, entiendes que esto es solo una medida provisional, ¿no? Solo hasta que te recuperes y podamos resolver esto de otro modo. Lo entiendes, ¿no?

Claro, claro. Lo entiendo.

Tenemos que empezar a resolver… esto.

Claro.

El calor del fuego mantiene caliente la cocina. Hay unas verduras puestas en la olla. Los cristales de las ventanas están cubiertos de vaho por la condensación. Sentado a la mesa, Alexéi enseña a Irina a jugar al ajedrez. Le enseña la colocación de las piezas, el movimiento del caballo, las torres, los alfiles. Irina lo escucha con fascinación. Lo mira con sus inmensos ojos. Alexéi continúa su explicación, los enroques, las aperturas... Coloca el alfil negro en una casilla blanca, esperando que Irina lo corrija, pero no lo hace. Alza la vista, pero ella se ha despistado y está dibujando algo con el dedo sobre el vaho de la ventana. Quizá sea demasiada información. Alexéi la reprende con ternura y se levanta a revisar el guiso. Y justo en ese momento es cuando llaman al timbre.

Irina mira a Alexéi estupefacta. Está congelado por el pánico. No sabe qué hacer, mira en todas direcciones con terror. Alexéi se acerca a ella y le grita en un susurro que corra hacia el dormitorio. El sonido del timbre vuelve a llenar la casa por un momento, breve, dando paso al silencio salpicado por las zancadas mudas de los pies descalzos de Irina al fondo del pasillo. Alexéi reacciona como un resorte. Borra de un manotazo el dibujo de la ventana, se apresura hasta el perchero, coge la bufanda, registra de una ojeada la cocina en busca de unos calcetines incriminatorios, un jersey, un segundo vaso inculpatorio sobre la mesa, mientras pregunta en voz alta quién es.

Una voz femenina al otro lado pregunta por él.

Un momento, ya voy.

Hay una goma del pelo sobre el hule de la mesa. Alexéi se la guarda en el bolsillo y se precipita por el pasillo hacia el salón. Arranca de un tirón las sábanas y la manta que estaban puestas en el sofá y se lanza al dormitorio. Mete todo bajo la cama, en un montón, y sale disparado hacia la entrada.

¿Quién es?

Soy yo, Alexéi. Anastasiya.

Hola, Nastya. Ya te abro.

Alexéi respira alterado, se mira las manos, advierte lo exagerado del temblor de su pulso, inspira profundamente, se seca el sudor de la frente y abre la puerta.

Nastya le sonríe con cariño. Entra quitándose la bufanda, se sienta en el banco, se abre la cremallera de las botas y las deja a la entrada.

Qué bien huele.

Muchas gracias. Estaba haciendo *borsch*. ¿Quieres un poco?

No, gracias. Ya he comido.

Si quieres, sírvete.

Gracias. ¿Estás mejor?

Sí, sí. Mucho mejor.

Me alegro.

¿Te ofrezco algo?

¿Tienes café?

No, pero lo preparo en un momento. Pasa al salón que ahora voy yo.

No, no. Yo lo preparo. Tú métete en la cama. Voy yo ahora.

¿En la cama?

Sí. Tienes mala cara. Vete a la cama. Ahora te llevo un poco de *borsch*.

No es necesario...

A la cama. Hazme caso.

Alexéi camina hasta el dormitorio hablando en voz alta para que lo oiga Nastya. Ella contesta también en voz alta desde la cocina. Justo en el momento en que entra en el dormitorio pregunta con voz tenue: «¿Dónde estás, Irina?». «Aquí abajo.» «¿Debajo de la cama?» «Sí.» «Pero...»

¿Con quién hablas, Alexéi?

¿Yo? Con nadie.

Será la fiebre. Tómate el *borsch*, que te sentará bien.

Claro.

Y Nastya se sienta a su lado y le acerca la bandeja con el *borsch* caliente. Alexéi come mientras ella le empieza a contar asuntos del colegio más o menos irrelevantes. Obviamente, como no podía ser de otra manera, en un momento de la conversación Alexéi se da cuenta de que la bufanda de Irina asoma por debajo de la cama y de que Nastya la está pisando. Lo verá reflejado en el espejo del armario, y lo que es peor, verá los esfuerzos denodados de Irina por recuperar la bufanda sin que Nastya se dé cuenta. Alexéi, aterrado, verá las manos de Irina tirando de la tela, incapaz de prestar la menor atención a lo que sea que Nastya le está contando, hasta que Nastya empiece a hablar de la desaparición de la chica. En ese momento Alexéi la busca nuevamente en el espejo. Esto es demasiado. Nastya comienza a hablar de hipótesis absurdas, de una fuga con un chico, de secuestro, incluso de asesinato. Alexéi pregunta si se sabe algo nuevo.

Parece ser que la policía ya está ocupándose del caso.

Ah, ¿sí?

Sí, pero aún no han encontrado ninguna pista.

Vaya, vaya.

Lo peor de todo es la familia.

Claro.

La madre de Irina, Nataliya creo que se llama, está volviéndose loca, desquiciada.

Tiene que ser algo muy duro.

Los padres están sobrepasados.

Lo imagino.

Han puesto anuncios por todas partes, en el colegio, en el mercado, en los semáforos, en cada rincón, incluso en ciudades a dos horas en coche.

¿Y nada?

Sobre todo han preguntado mucho a Roman, el chico de quinto curso con quien tuvo problemas, pero nada, parece que no sabe nada.

¿Nadie ha visto algo, nadie ha dado ninguna información de ningún tipo?

De momento, no.

Y la policía ¿no tiene todavía ninguna pista?

Dicen que es confidencial y que no quieren revelar ninguna información, pero yo creo que en realidad lo que ocurre es que no tienen ni la menor idea de dónde está, y por eso se sospecha del asesino ese.

¿Qué asesino?

El de la radio. Están todo el día hablando de los asesinatos.

¿Asesinatos?

Lo estuvimos hablando el otro día en la sala de profesores, ¿no te acuerdas?

No, la verdad es que no.

Pero si está la policía como loca buscándolo.

Ah, ¿sí?

Sí, hombre, el asesino de la radio. ¿No te has enterado de las chicas que han ido encontrando a lo largo del invierno en Járkov?

Ah, sí... claro.

Pues se sospecha que pueda haber sido el mismo asesino, pero como aún no ha aparecido el cadáver...

Claro.

Pero vamos, yo estoy segura de que aparecerá un día de estos.

¿Tú crees?

Seguro, y claro, la familia cada vez tiene menos esperanzas de que aparezca con vida. Lleva muchos días desaparecida. Ya casi nadie piensa que lo esté... viva, quiero decir.

Pero siempre queda la esperanza.

Sí, pero esa esperanza es lo que está matando a su familia.

Creo que puedo hacerme una idea.

Trastornados, sobre todo la madre.

Claro, claro.

Alexéi mira de nuevo hacia el espejo del armario. Ya no se ven las manos de Irina tirando de la bufanda. Ahora se intuyen débilmente, en el hueco sombrío bajo la cama cubriendo su cara, el cuerpo hecho un ovillo. Nastya permanece casi media hora más en casa. Su informe pasa desordenadamente por el resto de los profesores, alumnos que se han portado mal, los preparativos para la Navidad, la avería de la calefacción, de nuevo la desaparición de la chica, el grupo de ajedrez… Alexéi escucha desde dentro de la cama, asintiendo en silencio, dejando que se explaye, que se canse de contarle cotilleos que nada le importan. Finalmente llega el momento. Nastya tiene que irse, debe regresar. Se pone de pie, toma de la mesilla la bandeja con el plato de *borsch* y la lleva a la cocina. Durante el intervalo hasta que vuelve al dormitorio, Irina no rompe el silencio. Sigue bajo la cama, callada. Nastya aparece de nuevo en el pasillo. Se despide de Alexéi deseándole que se mejore y finalmente sale. Después se oyen en la entrada las cremalleras de las botas, y más tarde un último «Que te mejores» seguido del golpe de la puerta. A partir de ese momento la casa queda en completo silencio. Irina permanece bajo la cama. Alexéi mira hacia el espejo. Sigue ahí, el cuerpo aún hecho un ovillo, los brazos en torno a las rodillas. Empieza a caer la tarde.

No puedes enviar una carta a tu madre. Lo tienes que entender.

Pero ¿por qué no? Solo es una carta para que no se preocupe, para que sepa que estoy bien, que estoy viva.

¿No te das cuenta de que así la vas a preocupar más?

No. ¿No has oído a la señorita Nastya?

Sí, la he oído.

Pues yo lo único que quiero es que deje de estar volviéndose loca. Que sepa que no me ha acuchillado ningún asesino.

Lo sé, y lo entiendo, pero…

Y que mi hermana también esté tranquila, y mi abuela.

¿En serio crees que una carta es el mejor modo de lograr que dejen de preocuparse?

¿Qué quieres decir?

Que quizá una carta vaya a preocuparla aún más.

Pero ¿por qué?

Además, si envías una carta, es muy probable que la policía pueda extraer pruebas de ella y, finalmente, encontrarnos.

¿Qué pruebas?

¿Quién sabe qué pruebas? El tipo de papel, la tinta, las huellas dactilares, el envío postal y quién sabe cuántas cosas más. Y ¿sabes lo que ocurrirá si la policía descubre todo eso?

¿Qué?

Pues que será el fin. Tú volverás con tu familia, y yo iré a la cárcel para el resto de mi vida.

Pero no puedo dejar que mi familia sufra.

No tenemos otra opción.

¿Y si yo escribiese la carta y tú la echases al buzón desde alguna ciudad grande y lejana?

¿Grande y lejana?

Sí, para que no se pueda averiguar que fue enviada desde aquí.

¿Por ejemplo?

Por ejemplo, Kiev.

Kiev.

Sí. Kiev es muy grande. Nunca averiguarán nada.

Es demasiado arriesgado.

Por favor.

Demasiado arriesgado.

Por favor.

¿Y si en lugar de enviarles una carta se lo dices tú misma, Irina?

¿Yo misma?

Estás casi recuperada. Quizá ha llegado el momento de que regreses con ellos.

¿Regresar? ¿Con ellos? ¿Con mi padre?

Ya es sábado por la tarde. En una hora habrá anochecido. Irina está en el dormitorio. El fin de semana pasa poco a poco. La luz empieza a languidecer tras las cortinas. Ya solo le queda un día, un solo día para resolver toda esta situación. El tiempo se está acabando. Esto no puede continuar. Debe liberarla. No tiene otra opción. No puede seguir encerrada en casa. Se va a volver loca. Además, él no es ningún secuestrador. No puede seguir así. De acuerdo, sí, ella no puede volver a casa con su padre, pero eso no significa que pueda quedarse con él. ¿Y si los descubren? Si la policía, en efecto, ha empezado a investigar el caso, es probable. Más que probable. Es una cuestión de tiempo. Encontrarán pistas, huellas, seguirán algún rastro, terminarán hallando algún indicio que sin duda los conduzca hasta su puerta. Y ¿qué ocurrirá cuando la policía llame a la puerta? ¿Va a volver a esconder a Irina bajo la cama? ¿A disimular? ¿A hacerse el enfermo y a ocultar las sábanas? No puede ser. No pueden seguir así. Debe liberarla. Al fin y al cabo ese no es modo de resolver el problema. Hay cauces. Cauces legales. Modos de detener esa situación. Puede solicitar un gabinete de evaluación al buró central de educación de Moscú, o incluso quizá a Minsk, y ahorrarse trámites, y quién sabe, con suerte el asunto podría estar solucionado el año que viene.

El año que viene.

No puede dejarla expuesta a esa situación un año. Todo un año. No puede. No puede hacerlo ni un año, ni un día. ¿Cómo va a devolverla a ese suplicio? Pero... ¿y si miente? ¿Y si en el fondo es todo una exageración? Quizá no es para tanto. Pero ¿qué estás diciendo, Alexéi? El derrame en el ojo no es ninguna exageración. Ni los edemas de la ceja y del labio, ni los moratones en el cuello y en la espalda. No puedes hacerlo. Aunque, en realidad, ella siempre podrá volver a llamarlo por teléfono. Él siempre va a estar disponible para Irina. Podrá regresar con él si los abusos vuelven a ocurrir, o simplemente en cuanto tenga la más mínima sospecha de que van a repetirse.

Claro, eso es lo mejor. Poner fin a esto. Devolver a la chica con su familia, que vuelva con ellos, que termine esta búsqueda absurda de la policía, que se acaben estos rumores de asesinato y todo vuelva a la normalidad. Que la chica esté con su familia, y no encerrada en esta casa como si estuviese secuestrada. Pero ¿puede confiar en Irina? Es decir, si la policía la está buscando, seguro que no se van a dar por satisfechos con su reaparición. Tiene que inventarse una historia verosímil para que ella tenga algo que contar a la policía. Quizá confirmar los rumores de que se ha escapado con un chico de la escuela superior. O que salió a dar un paseo y se perdió en el bosque. O que ha perdido la memoria por efecto del shock, o algo así, y no recuerda nada. Esa es una buena opción: que no recuerda nada. Que salió a dar un paseo y ya no recuerda nada más. Perfecto. No hace falta inventarse nada. La policía no tendrá más remedio que creerla. Con eso basta. Solo falta esperar a que esté totalmente recuperada para que no haya lesiones de las que responsabilizar a nadie. En un par de días o tres no quedará huella de los moratones, ni de las señales. Un par de días o tres, quizá cuatro, y por fin estará resuelto el asunto.

Amanece. Alexéi ya está despierto. Últimamente apenas es capaz de dormir en el sofá. El silencio inunda toda la casa. Camina hacia la cocina. Prepara café con el mayor sigilo y se sienta a la mesa. El tablero de ajedrez sigue como anteayer, las piezas en la misma posición. La partida estancada con el alfil negro en la casilla blanca. La mañana empieza a clarear pálida. Alexéi permanece largo rato sentado a la mesa, fumando, mirando por la ventana, sujetando la taza de café caliente entre las manos, contemplando la velocidad a la que se consumen los cigarrillos en el cenicero. Mientras prepara el desayuno escucha la conversación amortiguada de algún vecino, ruido lejano de platos en un fregadero, restos apagados de actividad doméstica. Llena sus pulmones. Es el mismo aire que respira Irina. Pone la leche, la fruta y el pan con mantequilla en una bandeja. Camina hasta el dormitorio con ella. Abre la puerta con cuidado para no despertarla y deja la bandeja en el suelo, junto a la mesilla. Tarda unos segundos en acostumbrar la vista a la oscuridad del dormitorio. Los mismos segundos que tarda en descubrir que la chica no está. ¿No está? ¿Se habrá escapado? ¿Esta noche? Imposible. Camina hasta la puerta. Está cerrada con llave. No se puede haber escapado. Al fondo se ve la puerta entreabierta del salón. Irina no puede estar en otro lugar. Se aproxima de puntillas y, en efecto, está allí, dormida, metida bajo las mantas del sofá. Se ha ido al sofá para meterse en el calor que el cuerpo de él ha dejado bajo las mantas. Debe de haberlo oído cuando se ha levantado a hacer café. Ahora duerme profundamente. Alexéi se sienta a su lado. «¿Qué vamos a hacer?» La pregunta resuena con nitidez mineral dentro de sí, en el interior del silencio de la casa. «¿Qué vamos a hacer?» Es todo lo que es capaz de articular. «¿Qué vamos a hacer?» Y en ese momento se sorprende de estar formulando la pregunta en primera persona del plural, de estar cuestionándose las posibilidades no desde sí mismo, sino desde ambos. Solo entonces se da cuenta de que no está solo. No está aislado. No está sitiado en su propia casa por la chica. Ambos lo están. Ellos dos forman el gueto.

Hay cosas tan difíciles de decir. Hay días tan largos, tan complicados. El domingo pasa lentamente eludiendo la conversación. Él lo sabe. Irina lo sabe. Ambos son conscientes de que el fin de la situación es inminente. Aunque quizá solo sea él quien es consciente y no ella. Al fin y al cabo es poco más que una niña. Una niña refugiándose en él, refugiándose de su vida, refugiándose de todo. El domingo es larguísimo. Alexéi la contempla cuando mira por la ventana, cuando se está lavando los dientes frente al espejo después de comer, mientras lee un cuento de la estantería, cuando está despistada jugando con un pliegue del jersey o dibujando en el vaho de la ventana. A veces ella se gira y lo sorprende. A veces es él quien la sorprende mirándolo en silencio desde lejos.

¿Tienes una aspirina? Es que me sigue doliendo la muela.

El domingo es larguísimo.

Alexéi se despierta temprano. Sigue con sigilosa exactitud su rutina para no despertar a la chica. Deja el desayuno preparado y se sienta junto a la puerta para ponerse los zapatos. A su lado, en el banquito de madera, hay un sobre. Alexéi sostiene el sobre por un segundo, lee el destinatario. Irina le ha dejado una carta para su madre. Pobre. Siente un escalofrío. Obviamente ni se imagina lo que va a ocurrir hoy.

A su llegada a la escuela todo son preguntas sobre su estado y sobre su recuperación. Sonríe a todos fingiendo aún cierto malestar, ciertas secuelas, y escapa con soltura a su despacho. Por fin solo. Cierra la puerta por dentro, se quita el abrigo, se sienta pesadamente en la butaca y saca la carta del maletín. ¿Debe abrirla? Sabe positivamente que no, pero tiene que averiguar si puede confiar en ella. Duda un segundo. No más de uno. Y después la abre:

Hola, mamá.

Te escribo para que sepas que estoy bien.

Sé que estás muy preocupada y que te da mucha pena. A mí también.

Lo siento mucho, pero no puedo seguir viviendo en casa. Ya no puedo. Lo he intentado, pero lo que hace papá es feo, y me da miedo, y asco.

Ahora estoy bien aquí. No me ha pasado nada malo. Y no me va a pasar.

Y todo eso de la policía que dicen por ahí es mentira. No te preocupes. De verdad que estoy bien.

Te echo mucho de menos y espero poder volver pronto, pero ahora no puedo.

Te quiero mucho, y a Sveta también. Y a la abuela.

Os quiero mucho.

Perdóname por no saber hacer mejor las cosas.

Os escribiré más.

Por favor, no me busques.

Muchos besos.

IRINA

Alexéi lee la carta una y otra vez. No contiene ninguna información comprometedora. Es lista. Quizá se pueda confiar en ella. Quizá sea capaz de hacerlo. Solo tiene que fingir que no recuerda nada. No es tan complicado. De hecho, es razonable considerando el shock que a ojos de psicólogos y pedagogos presumiblemente habrá sufrido durante su cautiverio. Quizá salga bien. Por supuesto que existe el riesgo de que lo acuse a él de haberla mantenido retenida. En realidad, podría hablar, contarlo todo, o incluso acusarlo a él de secuestro. Podría, de hecho, acusarlo a él de los malos tratos. A estas alturas ya puede ocurrir cualquier cosa, pero no tiene opción. Solo caben ya dos posibilidades. Mantener la situación o exponerse a esto.

Abre el tercer cajón, saca el paquete de tabaco. Enciende un cigarro. Camina hasta la ventana. Abre ligeramente. Deja entrar el frío mientras vuelve a sentarse en la butaca. Sujeta la carta con la mano izquierda. Da una gran calada y aproxima el cigarro al papel. En unos segundos ya hay un agujero en el centro que empieza a consumir el resto. Alexéi vuelve a dar una calada viendo el aro incandescente crecer tragándose cada letra. Un par de caladas y la caligrafía de Irina ha desaparecido por completo. Apenas queda un borde de papel blanco. Alexéi lo deja caer en la papelera. Se recuesta en el respaldo y da una gran calada al cigarro. Ha llegado el momento.

Más de media hora lleva Irina mirándose la cara en el espejo. Ya no se le nota nada el edema en la ceja, ni el derrame en el ojo. Es cierto que aún tiene una ligera mancha amarilla en torno al labio inferior, producto del moratón, pero está desapareciendo también, igual que los del brazo y el cuello. Pronto se verá la cara en el espejo y no quedará ninguna huella. Solo el dolor de la muela, pero va y viene. Por lo demás, nada de nada. Nada en absoluto. Volverá a ser ella misma. Como si nunca hubiese ocurrido. Como si solo hubiese sido un mal sueño.

Señor Alexéi, ¿ha visto mi carta? ¿La ha enviado?

¿No prefieres ser tú quien hable en persona con tu madre?

Ojalá.

Irina, creo que ha llegado el momento de que así sea.

¿Qué quiere decir, señor Alexéi?

Verás, Irina, tu familia está sufriendo. Tú ya estás prácticamente recuperada. No tiene sentido que sigas aquí.

Pero…

Sabes que tengo razón, Irina. Esto ha dejado de tener sentido. Lo mejor es que regreses. Este tiempo sin ti les tiene que haber hecho reflexionar, entenderte, y nada de lo que ha ocurrido en el pasado va a volver a ocurrir. Ya no van a arriesgarse a perderte de nuevo.

Señor Alexéi…

Sabes que tengo razón.

Es que…

Piensa en todas las cosas que has escrito en esa carta que me has dado. Piensa en todas las que has dejado por escribir. ¿Seguro que todo lo que tienes que decir a tu madre cabe en un folio? ¿No crees que tenéis muchísimo más que hablar?

No sé…

Mucho, mucho más que una simple carta. Tenéis que hablar de tu futuro, de vosotras, de tu hermana Svetlana, de tu padre, de las clases, de tu vida, de la suya. Es tu madre. Es con ella con quien tienes que hablar de todas esas cosas, no conmigo.

Irina está temblando, al borde de las lágrimas. Queda poco que decir. Ella está callada, y Alexéi sabe que no hay ningún argumento que pueda mejorar la situación. Irina se levanta y va a recoger sus cosas. Alexéi enciende un cigarro.

Saldremos esta noche.

Irina está encerrada en el baño. Alexéi pega el oído a la puerta. Se oye la ducha, pero no se la oye llorar. Abre el armario y saca de un cajón la camisa rosa, el jersey de cuello vuelto blanco, los leotardos azules, la falda vaquera, los zapatos y el abrigo, los deja en la silla del dormitorio y regresa a la cocina. El cigarro ya está casi consumido. El hilo de humo se disuelve en algún lugar de la oscuridad del techo. Da la última calada y procede a apagar el cigarro en el cenicero mientras se sienta.

Mi padre se va a enfadar mucho.

Irina está en la puerta de la cocina tapada con una toalla, el pelo húmedo dentro de otra. Se da la vuelta y se marcha antes de que Alexéi tenga tiempo de responder. Alexéi termina de apagar el cigarro y la escucha cerrar la puerta del dormitorio. Cuando regresa a la cocina ya es noche cerrada. Alexéi le pide que se siente con él antes de que se vayan. Irina está callada, enfadada, triste, temerosa.

¿De verdad que no echas de menos a tu madre, a tu hermana, a tu familia?

Sí.

Y ¿no crees que esta no es la forma de resolver la situación? ¿No crees que es mejor regresar y enfrentarse al problema?

No lo sé.

Yo tampoco, Irina. Yo tampoco. Pero no podemos seguir así. Lo entiendes, ¿verdad?

Sí.

Puedes venir aquí siempre que quieras. Esta es tu casa. Puedes llamarme, regresar, volver siempre que lo necesites. Pero tenemos que intentar arreglarlo de otro modo, ¿de acuerdo?

De acuerdo.

Dame un abrazo.

Ella se levanta y lo abraza. Alexéi le da un beso en la mejilla. Nota en ella las lágrimas de la chica, con la esperanza de que ella no esté notando las suyas. Abraza a Irina largo rato, hasta que ella cesa en su abrazo, hasta que ya no lo entiende. Después Alexéi se pone de pie. Sale de la cocina, camina hasta la puerta y mira por la mirilla. El descansillo está desierto. Aprovecha la oscuridad del recibidor para secarse las lágrimas y recomponerse un poco, y vuelve a la cocina. Irina está sentada a la mesa, callada, con la ropa puesta, el jersey blanco, el abrigo. Las manos bajo la mesa, sujetando la bufanda y el gorro.

¿Estás nerviosa?

Sí.

¿Tan nerviosa como cuando viniste aquí?

No. Bueno, no sé.

¿Lo tienes todo?

Creo que sí.

¿Has revisado bien?

Sí.

De acuerdo. Vámonos.

Señor Alexéi.

Dime, Irina.

Muchas gracias por todo.

Irina se pone de pie y abraza brevemente a Alexéi. Después se pone la bufanda y el gorro y lo coge de la mano. Alexéi vuelve a mirar por la mirilla. Espera a que la luz del descansillo se apague, y sigue esperando un par de segundos más, tres, cuatro. Venga, preparados, listos, ya. Y abre la puerta. Sale. Irina duda. Sigue dentro, como si no se atreviese a poner el pie fuera de la casa. Alexéi la coge de la mano. Vamos. Tira de ella. Ya están fuera. Alexéi cierra suavemente. Que no suene el portazo. Gira dos vueltas a la llave y se precipitan escaleras abajo, a oscuras. Bajan con cautela peldaño tras peldaño. Alexéi delante, Irina detrás, poniendo los pies exactamente donde él los ha puesto previamente.

Cuando van por el tercer piso, la luz de la escalera se enciende súbitamente. Los dos se quedan petrificados en el descansillo. Ya está. Se acabó. Los han descubierto. Todo está perdido. ¿O no? ¿Quién ha encendido la luz? ¿Nadie? Se oyen ruidos. Parecen venir de arriba. Siguen quietos en medio de la escalera, como dos apariciones. Expectantes. Se escucha un chasquido seguido de un traqueteo. El ascensor desciende desde una planta alta. Pasa junto a ellos y continúa su descenso. Tres pisos más abajo se detiene. Alguien sale. Se oyen pasos, y un poco después la puerta. Segundos después la luz vuelve a apagarse. Alexéi sujeta a Irina firmemente de la mano y continúan. En escasos minutos están atravesando el portal. Abren la puerta y salen a la calle fingiendo naturalidad. La calle está prácticamente desierta, aunque, de todos modos, desde lejos nadie advertiría cuál es la situación. Caminan con soltura los pocos metros hasta llegar al coche. Alexéi abre la puerta del copiloto, Irina entra mientras él lo rodea. Ya estamos dentro. Gira la llave, el motor protesta con una cadena de chasquidos y sacudidas, y después comienzan a circular. Primera etapa superada.

Alexéi conduce sin dirección alguna por las calles mojadas, ambos en silencio. La ciudad callada en el exterior. Aquí o allá merodea un borracho llegando a casa o un transeúnte paseando a su perro. Un semáforo cambia de color en el cruce de dos calles por las que no circula ningún vehículo. Una farola parpadea en un parterre del parque. Alexéi contempla la luz de las ventanas en las fachadas, siente tras ellas la rutina de los hombres, una rutina de la que está excluido. Ambos lo están. Conduce por las avenidas desiertas, y después ya no hay edificios. Ya no hay ciudad. Solo la carretera. La luz de los faros perdiéndose en la distancia, disolviéndose en la oscuridad flanqueada por la muralla negra de los árboles del bosque. Irina no abre la boca, ni siquiera para preguntar dónde van. Alexéi rompe el silencio. Comienza a explicarle su estrategia, su decisión de que ella finja que no recuerda nada, que la experiencia ha sido excesiva, que no es capaz de resolverla, que la ha sobrepasado. Irina escucha sin abrir la boca. Alexéi continúa diciendo que le van a hacer muchas preguntas, sus padres, la policía, los servicios sociales, y que ella no puede responder otra cosa que no sea que no recuerda nada, que no es capaz de recordar lo que ocurrió, que todo es muy confuso, que está bloqueada… Irina asiente.

¿Tienes alguna duda, Irina?

No.

¿Seguro?

No recuerdo nada, todo es demasiado confuso, estoy bloqueada, no soy capaz de concentrarme en lo que ocurrió, no soy capaz de ver con claridad nada de lo sucedido.

Bien. Eso y solo eso es lo que tienes que decir, porque si dices algo más, si revelas algo de lo que ha ocurrido, la policía intervendrá, vendrá a casa, me detendrá, me juzgarán, me encarcelarán y ya no tendrás a quién recurrir en caso de que la situación de tu casa vuelva a repetirse.

Lo sé. Será el fin para ambos. Lo sé.

Irina sube los pies al asiento y se abraza las rodillas. Alexéi sube la calefacción. Él también tiene frío. El silencio vuelve a instalarse en el coche. Alexéi mira al frente. Conduce despacio, callado. Acciona la palanca de las luces largas y vuelve a mirar al frente, exactamente al punto más distante que los faros del coche son capaces de iluminar, el punto más lejano al que llega la luz. Un metro más allá, un milímetro más allá, reina la oscuridad total. Un milímetro más lejos de donde llega esta luz reina la noche absoluta. Un milímetro más allá de donde llega este calor solo habita un frío glacial. Un milímetro más lejos. Un instante después.

Conducir lo relaja, le permite ganar tiempo. Seguir ganando tiempo, de algún modo. Pero más tiempo ¿para qué? Un tiempo que se licúa lentamente en este silencio. Tan lenta como precipitadamente. Con tanto apresuramiento como demora. A la velocidad a la que transcurre el tiempo. A sesenta segundos por minuto.

Alexéi pone el intermitente y toma la primera bifurcación. Irina percibe la resolución en el gesto. Nota el cambio de actitud. Por primera vez pregunta «¿Adónde vamos?».

En unos diez minutos se ven las luces de la gasolinera a la que Alexéi fue a buscarla apenas unos días atrás. Reduce la marcha y da un giro de ciento ochenta grados. Deja la gasolinera a su espalda, y detiene el vehículo.

Está bien, Irina. Ha llegado el momento.

Sí.

Ahora debes bajar y dirigirte a la gasolinera. Allí habrá alguien, un señor, un operario al que podrás pedir ayuda, decirle quién eres, decirle que llame por teléfono a tus padres o a la policía, o incluso acercarte a casa él mismo, ¿de acuerdo?

Irina asiente. Las lágrimas se precipitan por sus mejillas desde sus ojos inmensos.

No llores, Irina.

Perdón.

No me pidas perdón.

Abraza a Alexéi una vez más y él a ella. Mientras la cabeza de la chica está sobre el hombro de Alexéi, él aprovecha para secarse las lágrimas. Por fin se separan.

Te quiero mucho, Irina.

Y yo, señor Alexéi.

No te preocupes por nada. Puedes contar conmigo para lo que quieras.

Gracias.

Dame un poco de tiempo para que pueda marcharme sin ser visto, ¿de acuerdo?

Sí, señor.

Muy bien.

Gracias.

No me des las gracias. ¿Lo tienes todo?

Sí.

Vamos, sal ya.

Abre la puerta para que baje al frío. Ella se queda de pie en la acera y Alexéi le dedica una última sonrisa. Ella llora desconsoladamente. Alexéi acelera levemente y comienza a alejarse despacio dejando atrás a Irina. Mira por el retrovisor. Su silueta se recorta contra la luz de la marquesina, de pie, inmóvil en medio de la acera oscura.

Alexéi reduce la marcha. Vuelve a mirar por el retrovisor. No se ha movido. No se mueve. Sigue ahí. No camina hacia la gasolinera. No camina hacia ningún sitio. Lo mira marcharse y continúa parada.

Detiene el vehículo detrás de unos árboles. Apaga las luces y espera. Ella ya no sabe que él está ahí. No puede saberlo. Y sin embargo sigue de pie en el interior del frío. Indecisa. Sin moverse. ¿A qué espera? ¿A qué está esperando? Sigue ahí. De pie. Sola. Tiritando. ¿Por qué no te mueves? ¿Por qué no te marchas a tu vida? Alexéi se enciende un cigarro. Espera a que ella reaccione. Espera a que comience a caminar. Un primer paso que desencadene todos los demás. Que precipite el fin de esta inmovilidad que ha paralizado sus vidas desde que recibió aquella llamada telefónica apenas un par de semanas atrás. Sin embargo ella sigue ahí. Inmóvil como una estatua. Incapaz de dar un solo paso. Vamos. ¿A qué esperas? Vamos. El cigarro se agota, y ella sigue de pie en medio de la noche, en medio del asfalto como si estuviese congelada. ¿A qué esperas? ¿Por qué no te has ido ya? Y ¿por qué no te has ido tú, Alexéi? ¿A qué esperas tú? Puedes irte. Arrancar el coche e irte. Vamos, gira la llave. Márchate. Ya no es asunto tuyo. Has hecho todo lo que estaba en tu mano. Estúpido. Estúpido.

Una lluvia fina comienza a repiquetear en el techo del coche, en el parabrisas. Lo que faltaba. Vamos, muévete. Ponte a cubierto. Corre a resguardarte a la marquesina. Corre. Pero lo que Alexéi ve en el retrovisor es una chica de pie en medio de la nada, en el centro geográfico de la soledad, comenzando a empaparse.

Gira la llave. Enciende el motor y las luces y recorre marcha atrás la distancia que lo separa hasta esa silueta nocturna. Ella lo mira. No da crédito.

Vamos, entra. Entra inmediatamente.

Ella obedece. Está calada y tiritando. De nuevo vuelve a abrazarse las rodillas. Sigue llorando. No puede dejar de llorar. Alexéi pone la calefacción al máximo y espera en silencio a que poco a poco vaya calmándose, a que el cansancio llegue. Conduce kilómetros y kilómetros antes de romper el silencio.

Tienes que hacerlo.

Es que no puedo.

¿Por qué no?

Quiero quedarme contigo.

Eso no puede ser.

¿Por qué no?

Porque no puede ser. Porque yo no soy tu familia. No soy tu madre, ni tu padre, ni tu... nada. Yo solo soy el director del colegio al que vas.

¿No quieres que me quede contigo?

No es eso.

Entonces ¿qué es?

Es demasiado complicado. Es ilegal. Es un delito. Un delito. Tienes que entenderlo.

Lo entiendo.

Y ¿por qué no te has ido?

Y tú ¿por qué has vuelto?

Porque no te ibas.

Sí me iba.

No, no te ibas. Te has quedado ahí quieta como un pasmarote. ¿Qué pensabas? ¿Quedarte ahí de pie para siempre?

No.

Y ¿por qué no te movías? ¿No quieres ir a casa?

¿Qué casa?

La tuya. La de tu familia.

Esa ya no es mi casa.

Y ¿ahora qué? ¿Cuál es tu casa?

Ahora nada.
¿Cómo que nada?
Nada.
Y ¿adónde pretendes ir?
A ningún sitio.
¿A ningún sitio?
No.
¿No te vas?
No.
Y ¿qué significa eso?
Que me quedo.
Pero ¿no te das cuenta de que eso no puede ser? No tiene sentido.
¿Por qué no?
Porque si te quedases, si llegases a quedarte, tendrías que permanecer oculta para siempre.
Para siempre no.
¿Cómo que no?
Pronto cumplo dieciséis años. Me quedan solo dos.
¿Cómo que te quedan solo dos?
Solo tienes que ocultarme hasta que sea mayor de edad.
Pero no puedo mantenerte dos años enteros dentro de casa. ¿No lo entiendes?
¿Por qué no?
Porque eso sería como un secuestro.
Secuéstrame.
¿Cómo dices?
Secuéstrame.
¿Que te secuestre?
Sí. Secuéstrame. Seré buena. Lo prometo. Nada de poner la radio, ni de escribir a mamá, ni a Sveta, ni a la abuela, ni nada de nada. Ya lo verás. Secuéstrame. Por favor. Seré buena.
¿Pretendes estar secuestrada en casa durante dos años?
¿Por qué no? Por favor. Por favor.
Eso es una locura.
Por favor, por favor. Secuéstrame, por favor.

Cuando la conversación termina hace tiempo que la oscuridad del bosque ha quedado atrás y las luces de la ciudad dormida los rodean. Ahora diluvia. Ningún borracho llegando a casa, ningún transeúnte paseando a su perro, ninguna ventana encendida en las fachadas. El aguacero los aísla en el interior del coche, como hace apenas dos semanas. Y como hace apenas dos semanas esperan con nerviosismo a asegurarse de que no haya nadie merodeando por los alrededores, de que nadie los pueda ver, ningún testigo. Reproducen el mismo itinerario, el mismo recorrido furtivo desde el coche hasta la marquesina. Y después el portal, la escalera, los rellanos, los chasquidos del ascensor, el descansillo, y finalmente la puerta de casa. Alexéi se palpa la ropa buscando la llave. El pecho, los bolsillos de la gabardina, los del pantalón. Aquí está. Abre la puerta. Irina entra en la oscuridad del interior. Él la sigue. Otra vez dentro. Y cierra la puerta para los próximos dos años.

Alexéi para por un segundo de cortar cebolla y sube la radio para escuchar bien. Hablan de un incidente ocurrido en la India, en un lugar llamado Bhopal. Un escape de isocianato de nosecuántos, en una fábrica de pesticidas de una empresa estadounidense. La cifra de víctimas de la que se habla asciende, por el momento, a veinte mil. La empresa no ha hecho declaraciones...

¿Ha dicho veinte mil?

Sí.

¿Cuánto son veinte mil?

Algo menos de la mitad de la gente que vive aquí.

¿Sí? ¿Media ciudad?

Más o menos.

Irina se queda cabizbaja, calculando, evaluando la dimensión de la tragedia.

Oye, Alexéi.

Dime.

¿Sabes cómo se llama la mujer del cuadro del baño?

¿La de la lámina de Schiele? No sé. Se la dejó mi... O sea...

Ya...

¿No pone cómo se llama?

No. Solo «desnudo femenino».

Pues no sabemos más.

Pues yo creo que debería haber puesto su nombre. Y avisarla de que iba a ser famosa, para que se vistiese para la ocasión.

Treinta y nueve con dos. Irina, tenemos que ir al hospital.

No, no podemos ir a un hospital, ¿no lo entiendes, Alexéi?

Entonces ¿qué hacemos?

Dame más aspirinas.

Ya te has tomado cuatro.

Pues dame otra.

Y ¿hasta cuándo vas a estar tomando aspirinas?

Hasta que se me pase el dolor.

¿Te duele mucho?

Sí, dame otra aspirina, por favor.

No puedes tomarte cinco aspirinas al día.

¿Por qué no?

Porque no, Irina. ¿Cuántos días pretendes seguir así?

No lo sé.

Vamos al hospital, tienes muchísima fiebre.

Me da igual, no podemos ir. Nos descubrirán y será el fin de todo. Es lo que siempre dices.

Entonces ¿qué quieres que hagamos?

No lo sé. Sácamela tú.

¿Yo?

Sí, tú.

Pero…

Sácame tú la muela.

¿Cómo?

No sé, con unos alicates, unas tenazas, lo que sea. Sácame la muela y se acabó.

Pero es que yo nunca he sacado una muela, no sé.

No tenemos otra opción.

Irina, yo no soy dentista, no sé sacarte una muela. Te voy a hacer muchísimo daño.

No importa, no tenemos alternativa.

Pero…

Dame vodka.

¿Vodka?

Sí, dame vodka.

¿Estás segura?

Sí.

¿Segura?

¡Sí!

De acuerdo.

Dame vodka y aspirinas.

Alexéi se levanta y vuelve casi inmediatamente a la cocina con una botella de vodka llena.

¿Quieres un vaso?

Irina se lleva el gollete a la boca y da un gran trago directamente de la botella.

¿Estás listo?

No, ¿y tú?

Tampoco.

Vuelve a beber otro gran trago.

¿Mejor?

Mejor.

Bien.

Ve a por unas tenazas.

Alexéi vuelve a ir al salón. Se oye ruido de objetos. Debe de estar revolviendo en los cajones. Regresa rápidamente.

Esto servirá.

Adelante.

Irina, te voy a hacer muchísimo daño. Ella lo mira, por primera vez asustada. Si te duele mucho, dímelo.

Ya me duele mucho.

Lo sé. Está bien, abre la boca.

La chica echa hacia atrás la cabeza y abre la boca todo lo que puede.

¿Qué muela es?

Esta de aquí.

Y se mete un dedo en la boca con el que señala una zona sombría.

No veo nada, Irina.

Ella le coge la mano, le sujeta el dedo y se lo mete en la boca para que Alexéi pueda palpar la muela infectada.

Está muy profunda.

Sí. Espera.

La chica da un último trago de vodka.

Ahora, venga.

Echa la cabeza hacia atrás nuevamente y abre la boca. Alexéi mete los alicates abiertos. Sujeta un poco, le tiembla el pulso. Mete el dedo para asegurarse. Palpa con la yema ciega del índice y comprueba qué muela está sujetando con los alicates.

La tengo, Irina.

Ella asiente con la mirada.

Vamos allá. Va a ser solo un instante. Cuando cuente tres, ¿de acuerdo? Una, dos y tres, ya.

Alexéi sujeta los alicates con firmeza y tira. Tira con fuerza, pero la muela no sale. Sujeta la muela con más fuerza y vuelve a tirar. Ella empieza a respirar a bocanadas. Él aprieta aún más fuerte. Suena un crujido. La chica se aferra con las manos a la silla. Alexéi vuelve a tirar apretando los alicates. Suena otro crujido. Irina grita. Él aprieta. La muela cede. La carne de la encía empieza a desgarrarse, la muela se está moviendo. Gira un poco los alicates. Irina grita con todas sus fuerzas. Alexéi da un tirón, pero los alicates patinan y la muela se le escapa en el último momento. Ella llora desconsoladamente, sujetándose la mandíbula. La sangre brota con abundancia de sus labios, entre los dedos con los que se los tapa.

Ven, Irina, corre, lávate la boca.

La chica hace gárgaras con agua y después con vodka. Llora en silencio. Está asustada, aterrorizada, sangra copiosamente. Vuelve a beber.

Venga.

Irina, vamos al hospital, yo no puedo hacer esto.

Sí puedes.

Te estoy haciendo muchísimo daño.

Venga, venga, que ya casi hemos terminado.

Se acerca la botella a los labios y bebe de nuevo. Escupe en el vaso. La sangre se disuelve en el vodka del interior. Vuelve a beber y echa de nuevo la cabeza hacia atrás abriendo la boca. Alexéi mete nuevamente los alicates temblorosos y sujeta la muela.

Cuando cuente tres, ¿de acuerdo?

Ella asiente con un parpadeo. Una…

Y en ese momento da un tirón seco. Suena un chasquido y un desgarro. El chillido de Irina se le ahoga entrecortado en la garganta cuando pierde el conocimiento. Alexéi mira los alicates. Ahí está. La muela ha salido.

Descansa, cariño, descansa.

La coge en brazos y la lleva al dormitorio. Ella abre un segundo los ojos cuando la deja sobre la cama.

¿Lo he hecho bien?

Muy bien, mi niña, muy bien. Has sido muy valiente.

Gracias.

Ahora incorpórate un segundo. Tienes que lavarte bien. Haz gárgaras con agua y con vodka, y escupe en este vaso.

La chica obedece. Sangra mucho. Alexéi le pone un algodón mojado en vodka en el hueco de la muela. Ella protesta.

Ya, ya, cariño, ya. Ya está. Ahora a dormir.

Ella cierra los ojos y se queda dormida, o pierde el conocimiento de nuevo, o quizá es el vodka y las aspirinas. Alexéi regresa a la cocina. Aún le tiembla el pulso. Esos gritos. Los vecinos. Limpia la mesa, los vasos, friega todo y mete la muela dentro de un tarro de cristal lleno de lejía. Después deja la botella de vodka en la mesa, apaga la luz y se sienta. El reflejo naranja de las farolas en el techo. La misma oscuridad que el resto de las ventanas de las fachadas. La misma oscuridad que la de cada una de las rutinas de cada uno de los hombres a esta hora. Observa la muela en el tarro, aún sanguinolenta, y deja que el llanto se abra paso.

Irina, ¿estás bien?

Me duele.

Es normal, pero ya no tienes fiebre.

Eso es bueno, ¿verdad?

Eso son muy buenas noticias.

Pero me sigue doliendo.

Tienes aspirinas aquí, en la mesilla, y agua.
Vale.
Ahora me tengo que ir a trabajar.
De acuerdo.
Vendré en cuanto pueda.
Vale.
Te he dejado *borsch*, mastica por el otro lado, ¿de acuerdo? Y si te duele te tomas un par de aspirinas.
Sí, vale.
Ahora intenta dormir.

Alexéi llega, precedido por el sonido de la llave en la cerradura. Se quita los zapatos y entra en el dormitorio precipitadamente.
Irina, ¿estás bien?
Más o menos.
¿Has comido?
Un poco.
Y ¿cómo tienes la muela?
No tengo muela, solo un agujero.
No te preocupes, cuando salgamos de aquí, lo primero que haremos será ir al dentista a que te pongan una muela nueva.
De acuerdo.
¿Te duele mucho?
Me dolía más ayer. Ya no me duelen la cabeza ni el ojo, solo el agujero de la muela.
Eso es buena señal. Ahora no comas nada duro. Solo yogures, fruta, sopa, cosas así. Y límpiate bien los dientes. Ya verás cómo se te pasa sin que te des cuenta.

¿Tú sabes quién es ese señor?
¿Quién?
Ese que han dicho en la radio que están enterrando con un funeral de Estado.
Dmitri Ustínov.

Ni idea.

Un ministro de Defensa de los cincuenta. Creo que en la Segunda Guerra Mundial fue condecorado por Stalin personalmente. Se decía que iba a suceder a Andrópov, pero terminó ganándole Chernenko. Irina mira a Alexéi con los ojos muy abiertos. No sabes quién es ninguna de las personas que acabo de nombrar, ¿verdad?

No.

Quizá debería empezar a darte clases.

Te he dicho mil veces que no enciendas la radio cuando estés sola.

Perdón.

Todos los días te lo tengo que decir.

Es que me aburro, pero la pongo muy bajita.

Es que no la puedes subir.

Lo sé, por eso la pongo tan bajita.

Bueno. ¿Qué tal la muela?

Ya casi no me duele.

Qué bien.

A veces me imagino el sonido de la radio como un color.

¿Cómo?

Sí, como si el sonido que sale de la radio fuese un color, y cuando subo el volumen el color es más intenso e inunda toda la habitación, y cuando lo bajo el color se debilita y ya no llega hasta el techo ni las paredes, sino que solo se queda alrededor de la radio.

Y ¿de qué color es?

No sé, de muchos. Depende.

¿De qué?

De lo que salga por la radio. Cada sonido tiene un color.

¿Y sabor? ¿No tiene sabor?

¿Sabor?

Sí. Por ejemplo, ¿has probado los *varéniki*?

No sé.

Son como unas empanadas, se comen con salsa agria.
Las empanadas me gustan mucho.
Entonces te van a gustar.
Pero la salsa agria no.
Lo sé.
¿Son para mañana?
Sí, pero las vamos a preparar hoy, y tú me vas a ayudar.
Bueno.
Traigo patatas, cebollas, queso y col. Y para la masa, harina y manteca. Yo me ocupo del relleno y tú de la masa, ¿de acuerdo?
Pero yo no sé preparar la masa.
Yo tampoco. ¿Qué prefieres, preparar la masa o el relleno?
No sé.
Bueno, pues entonces tú la masa.
Vale.

Alexéi saca del bolsillo un papelito con la receta. Ingredientes para la masa, para el relleno, amasar, picar, freír, cocer... Cuando termina de leerla siente vértigo. La cocina nunca ha sido lo suyo. De hecho, lo único que ha aprendido a hacer desde que Helga se marchó es poner verduras a hervir para lograr una suerte de agua sucia que nadie en su sano juicio, con un paladar humano, se atrevería a llamar *borsch*. Y a pesar de que a lo largo de estos dos meses ha depurado su técnica, aún dista mucho de ser no ya un buen cocinero, sino de serlo en absoluto, salvo que cortar unas rodajas de *kovbasá*, o achicharrar una pechuga de pollo, sea considerado cocinar. En ese caso, Alexéi es todo un experto.

Este es el momento en que, mientras que él no es capaz más que de deambular por la cocina abriendo y cerrando cajones y puertas de armarios en busca de fuentes, cubiertos e ingredientes que vuelve a meter en el frigorífico, ella ha cogido la receta de la mesa y se recoge el pelo detrás de la oreja para leer.

La estudia con detenimiento. Acerca una silla a la encimera y abre un armario alto para sacar un recipiente en el que comienza pacientemente a elaborar la masa, con delicadeza. Alexéi se detiene. La mira con perplejidad. Ella le pide la leche. Él no reacciona.

¿Me acercas la leche?

¿Cómo?

La leche, por favor.

Claro, claro.

Ella continúa. Él observa fascinado su cuidadosa dedicación.

¿Dónde has aprendido a cocinar?

A veces ayudaba a mi madre.

Lo haces muy bien.

Gracias.

Lo haces increíblemente bien.

Muchas gracias.

Y asume en el acto su papel de segundón. Parece que no todo está perdido. Puede que incluso sea posible que tengan una buena cena de Fin de Año. Aunque, si las cosas van demasiado bien, ya se encargará él de arruinarlas carbonizando el sofrito o pasándose de sal, o de vinagre o de pimentón.

Alexéi va asistiendo a la chica a lo largo de la tarde, picando cebolla, pelando patatas, mezclando harina con leche y manteca. Ella tararea una antigua canción de Elvis mientras bate los huevos en el cuenco naranja de loza.

Es casi de noche cuando los *varéniki* están terminados. Irina los mete en el frigorífico. Solo falta freírlos. Alexéi se sienta, enciende un cigarro y observa a la chica con una mezcla de desconcierto y fascinación. Ella pasa el trapo por la encimera. Después se gira. Le sonríe. Alexéi mira por la ventana. Imagina el frío en la calle. El frío que se acumula contra la cara exterior del vidrio. Toca la superficie interior del cristal. También está frío. El frío está aquí dentro. Empieza ya en el propio cristal. El frío de la calle empieza aquí dentro. Al otro lado de la cara exterior del vidrio. El envés. El mundo.

La nevada es bastante copiosa. Irina mira con ensimismamiento por la ventana mientras Alexéi pone la mesa. La nieve va posándose lentamente sobre la multitud que celebra la despedida del año por la calle, pero no es el desfile lo que hipnotiza a Irina. No tiene su atención puesta en la muchedumbre disfrazada, ni en la música ni en los bailes, ni siquiera en los borrachos que se abrazan unos a otros para mantenerse de pie. Irina tiene los ojos perdidos en el horizonte. Mira en silencio hacia delante, hacia la nada, hacia el aire lleno de la caída blanda de la nieve. Alexéi se detiene un momento. La mira a ella. Está a punto de preguntarle: «¿Estás bien, Irina?», pero se detiene. ¿Para qué? Va a responder que sí, a pesar de que ambos sepan que no es así. Abre la boca para empezar otra pregunta sin sentido, que tampoco es capaz de articular. Quizá debería aproximarse a ella y acariciarle el pelo, o darle un abrazo. O quizá no. Quizá es mejor dejar que siga abstraída en la ventana, que siga acordándose de su familia en un día como hoy, perdida en sus pensamientos. En cómo esta misma nevada se verá desde su habitación, cómo se estará depositando en los alféizares de las ventanas de su antigua casa, cómo será el silencio que va a reinar en la mesa en la que su familia va a celebrar la cena dentro de unas horas. En cómo estarán sobrellevando el dolor de su pérdida. En la pena de su madre, en la de su hermana y su abuela, incluso en la de su padre, su sentimiento de culpa, el reproche silencioso, impronunciable del resto de la familia cuando estén sentados a la mesa. Una chica no debería celebrar el Fin de Año lejos de su familia, apartada de ella, refugiada en casa de un desconocido, retenida de este modo. Alexéi mantiene su mirada sobre la silueta de Irina recortada contra la ventana. La distancia infinita que en estos momentos la separa de él. La distancia infinita que en estos momentos la separa de todo. Regresa a la cocina. Ha olvidado los vasos.

Hoy es una cena cualquiera. No hay razón para que tenga que ser más especial o más importante que la de cualquier otra noche. Sentarse a la mesa, comer, levantarse de la mesa, fregar los platos y a dormir. Qué más da que a las doce de la noche termine un año y empiece el siguiente. Cada noche termina un año y empieza el siguiente. Cada minuto. En realidad tampoco se ha tratado de un año especialmente bueno. Ni este ha sido un buen año ni tiene por qué serlo el año próximo. Irina recuerda la última cena de Fin de Año en su familia. Recuerda a su padre presidiendo la mesa a un lado y a su madre al otro, yendo y viniendo a la cocina con los platos sucios y las fuentes recién sacadas del horno. Recuerda a su tía Anya, y a sus primas gemelas y a su hermana, a Sveta, feliz, mirando por la ventana las luces y adornos colgados en las calles, y a la abuela Alisya, cuyos ojos ha heredado ella, silenciosa, cenando, concentrada en la comida, temerosa de que aquella pudiese ser su última cena de Fin de Año. Se recuerda a sí misma llena de ilusión, cenando su *kutiá*, dejando a un lado las semillas de amapola, que no le gustan, luego el *borsch* y el *vushka* de hongos y cebollas picadas. Todo tan rico. Y después cantando villancicos, escuchando en la radio las campanadas para certificar el ingreso feliz en esta nueva etapa que ha terminado trayéndola aquí, a la casa de Alexéi, hace más de dos meses. ¿Cómo iba a sospechar que este era el año que le esperaba? Irina alza la vista. Alexéi la está mirando.

Ya no te duele la muela, ¿verdad?

No, ya no.

Alexéi sonríe. Ella apenas es capaz de curvar la comisura de los labios y devuelve la vista al plato. Cenan en silencio. Cada uno inmerso en sus pensamientos. Alexéi sigue abortando frases justo antes de arrojarlas al silencio únicamente roto por el sonido de los cubiertos contra la porcelana. Irina alza la vista.

Muchas gracias.

¿Por qué?

Por cenar conmigo en lugar de celebrarlo con tu familia.

De nada.

Alexéi sonríe. ¿Qué familia? Helga se marchó hace meses. Quién sabe con quién estará hoy cenando. Alexéi sabe que no tiene con quién celebrar nada. Lo mejor es no pensar en ello.

Los *varéniki* están muy buenos.

Gracias.

Son los mejores que he comido en años.

Muchas gracias.

El silencio regresa con autoridad. A decir verdad, de no ser por la presencia de Irina, Alexéi habría acabado hace horas con una botella de vodka en tiempo récord y en este momento estaría durmiendo hasta mañana por la tarde. No lo habrían despertado ni los fuegos artificiales que acaban de empezar a sonar. Los destellos entran por la ventana. Alexéi e Irina se levantan para verlos. Alexéi se acerca a la puerta para apagar la luz y regresa con ella. Irina lo coge de la mano. Ambos miran el cielo teñirse de colores. En silencio.

Irina ha entrado al baño. Se oye el sonido de la ducha. Alexéi aún tiene abiertos los ojos al techo bajo el calor de las mantas. Aún se puede oír el gentío abajo, en la calle, celebrando el año, los borrachos, los petardos... Apaga en el cenicero de la mesa la colilla del cigarro y se levanta del sofá con sigilo. Camina a oscuras hasta el dormitorio, sin encender la luz. Se sube en una banqueta y coge los regalos escondidos encima del armario. La bolsa crepita en la oscuridad. Los saca con delicadeza y se los lleva al salón, los deja junto a la ventana, en el suelo. Seguro que ella no se lo imagina en absoluto. Seguro que ni se le pasa por la cabeza. Sobre todo considerando que ni siquiera se dio cuenta de cuándo los trajo. Ella, que está siempre en casa, que lleva dos meses sin salir, que está pendiente de cada novedad, cada mínimo detalle, y ni siquiera se ha dado cuenta de que los regalos estaban en su propio dormitorio.

Alexéi está preparando café en la cocina cuando oye la puerta del dormitorio y los pies descalzos de Irina caminando por el pasillo. Oye su bostezo, y después la puerta de vidrio del salón y el ruido del sofá. Obviamente se ha sentado, o se está metiendo bajo sus mantas, como hace habitualmente. Aguarda su reacción, algún grito producto de la ilusión por el descubrimiento de los regalos. Espera. Sujeta en silencio la cafetera mientras espera. La reacción de Irina no llega. Quizá no ha visto los regalos. Quizá se ha metido bajo las mantas, tapada hasta la nariz como siempre, y no se ha dado cuenta. No. Imposible. Tiene que haberlos visto. ¿Por qué no reacciona? Alexéi deja la cafetera en la mesa, sobre un cerco de agua en el hule de cuadros, y camina con discreción hacia la puerta, secándose las manos con un trapo. Se asoma ligeramente hasta que logra ver el sofá. Irina está tumbada, despierta, juega con un bucle de su pelo enredándoselo en torno al dedo índice. Evidentemente los ha visto. Alexéi sabe que los ha visto y que lo está oyendo. Da un paso atrás, otro, regresa a la mesa, enciende un cigarro, da una larga calada y lo deja en el cenicero, junto a la cafetera. ¿Por qué no se ha inmutado por los regalos? ¿Por qué no se ha molestado ya no solo en abrirlos, sino, por lo menos, en acercarse y examinarlos? ¿Qué ocurre? ¿Quizá no le gusta recibir regalos? Quién sabe. Alexéi entra en el salón y se pone en cuclillas junto a Irina.

Irina, ¿no ves que ha venido Ded Moroz?

Ella lo mira con desconcierto.

¿Ded Moroz?

Claro, Ded Moroz.

Alexéi, no soy ninguna niña.

Ya lo sé, es una broma, pero ¿es que no has visto los regalos?

Sí, los he visto.

Y ¿no los vas a abrir?

Sí.

Pues venga.

No, ahora no.

¿Ahora no?

No.

A mamá le gusta mucho el concierto de Año Nuevo. Siempre se sienta a escucharlo. De hecho no recuerda ningún día de Año Nuevo en que mamá lo haya dejado pasar. Irina no puede pensar en otra cosa mientras suenan en la radio las cuerdas de un vals de Strauss que ha oído muchas, muchas veces, aunque no se acuerda de cómo se llama. Alexéi apenas presta atención a la música cuando abre la ventana para ventilar. Cierra rápidamente. El frío es excesivo. Fuera está nevando y lloviendo intermitentemente. Irina se acurruca en el sofá bajo una manta. Alexéi sale del salón y regresa de nuevo con la ropa recién lavada en un barreño. Lo deja en el suelo y vuelve a salir. Ahora viene con el tendedero. Busca un rincón en que plantarlo y empieza a poner unos papeles de periódico en el suelo para cuando empiece a escurrir el agua de la ropa. Irina pide silencio con irritación, se levanta del sofá y sube el volumen de la radio. Alexéi hace una señal de disculpa y sale llevándose el tendedero en una mano y el barreño en la otra. Quizá lo mejor es ponerlo en la bañera. Irina se queda sola escuchando el final del vals de Strauss que ha oído muchas, muchas veces, aunque no se acuerda de cómo se llama. En realidad, hasta hoy nunca le había prestado tanta atención. De hecho no es que no le guste, pero tampoco puede decirse que sienta por ese vals una devoción desmesurada. Sin embargo, sabe positivamente que mamá lo estará oyendo en este momento. Que estas notas musicales están entrando en sus oídos exactamente en el mismo instante en que están entrando en los de su madre. Cierra los ojos y piensa en ese detalle, en la música entrando por sus oídos, penetrando en su interior. Y piensa que quizá su madre estará pensando exactamente en esto. Que quizá en este exacto instante habrán logrado reunirse en este pensamiento, en este lugar minúsculo. Después sobreviene el primer aplauso de uno de los asistentes, y el minúsculo punto de contacto se parte en dos, en tres, en mil fragmentos microscópicos que la ovación del público borra del mapa.

¿Esperas a alguien?

No.

Y ¿quién puede ser?

No lo sé.

El timbre de la puerta vuelve a sonar con insistencia.

Ve al dormitorio. Corre. Y llévate las zapatillas.

Alexéi espera a escuchar cerrarse la puerta del dormitorio, al fondo del pasillo, con el corazón a mil pulsaciones mientras se anuda el cinturón de la bata y se peina sus cuatro pelos con la mano izquierda frente al espejo del recibidor. Inspira profundamente y posa la mano en el picaporte de la puerta. Espera al tercer timbrazo y abre con la mejor de sus sonrisas.

Es Olya, la vecina. Parece ser que sigue habiendo ruidos por las mañanas.

Debe de ser la radio, que no funciona bien y se enciende o algo así.

Ya pasó hace unas semanas, ¿se acuerda usted, doña Olya?

Sí, sí, vine a decírselo.

No sabe cómo siento las molestias que le pueda estar causando.

No se preocupe, Alexéi, no es nada. Si vengo no es porque me cause molestias, sino para que sepa usted que tiene alguna clase de problema con la radio.

Muchas gracias, doña Olya. Lo revisaré enseguida.

Alexéi ya está dando por finalizada la conversación cuando Olya, la vecina, lo mira y dice:

¿Es café eso que huelo?

Sí, acabo de preparar una cafetera.

Y Olya se aproxima a Alexéi con un súbito tinte de confianza en la voz:

Es que verá, el médico no me deja probar el café, por la tensión, pero a mí me encanta, y mi marido se ha aliado con el doctor para hacerme la vida imposible y que no lo pruebe, y hace más de seis meses que no me tomo una tacita de café. ¿Le importaría que...?

Y Alexéi se ve a sí mismo abriendo la puerta en una cordial invitación.

Cuando Olya entra y él cierra la puerta a su espalda, no da crédito a lo que está ocurriendo. ¿Cómo es posible que haya tres personas en casa en este momento? ¿Qué hace la vecina en su casa? Olya ha entrado directamente a la cocina y está echando pestes sobre el médico, sobre su marido, y sobre la edad y las privaciones de la vejez. Alexéi intenta prestar una mínima atención mientras sirve un par de tazas de café con los nervios de punta, intentando explicarse cómo ha permitido esa invasión de su intimidad, intentando ponerle fin lo antes posible.

En algún lugar de la casa, en el dormitorio, bajo la cama, en el armario, está Irina atónita, sin entender por qué está escuchando el murmullo de una conversación, esta conversación que, en este momento, para Alexéi no es más que un parloteo sin sentido acerca de la salud, de la edad y del restablecimiento del diálogo sobre desarme entre Rusia y Estados Unidos después de tantos años, ahora que Ronald Reagan ha vuelto a salir elegido presidente por segunda vez.

Olya se aproxima la taza de café a la nariz, lo huele con delectación, casi pornográficamente.

Los placeres de la vejez, ¿sabe usted, Alexéi?

Claro, claro, lo entiendo, doña Olya.

Llámame de tú.

Perdón.

Y ella continúa quejándose del capitalismo, de su marido, de su médico, de los años. Alexéi la escucha rastreando cada rincón de la cocina, cada palmo que esté a su vista en el que, por descuido, pueda haber quedado alguna prueba, algún rastro de la presencia de la chica en casa, pero está tan familiarizado con los objetos, con el paisaje, que no nota nada anómalo.

Pues tendré que llamar al servicio técnico.

¿Al servicio técnico?

Sí, por el problema de la radio.

Ah, la radio.

Sí, y le reitero mis disculpas por las molestias que le pueda haber causado.

Nada, nada, no te preocupes.

Esta misma tarde lo soluciono.

Bueno, he de irme ya, que si no mi marido va a pensar que me han secuestrado.

Ambos ríen mientras Olya se levanta camino de la puerta.

Un día de estos me paso de nuevo, ¿te parece?

Claro, claro, cuando quiera.

Me invitas a otra taza de café y jugamos al ajedrez, así no tendrás que jugar solo.

¿Perdón?

Olya le señala el tablero en el alféizar de la ventana.

Ah, sí, claro, cuando quiera.

Parece que se te dan mejor las negras.

Ja, ja, depende, no tengo preferencias.

Muchas gracias por el café.

De nada. Y disculpas de nuevo.

Nada, nada.

Adiós.

Adiós.

Casi instantáneamente Irina sale del dormitorio. Está enfadada. Muy enfadada.

¿Quién es esa?

La vecina.

Y ¿qué pinta aquí la vecina?

Nada, solo quería una taza de café.

Pues esta no es su casa.

Lo sé.

Ni su tablero de ajedrez.

Lo sé.

Y ya veremos a ver quién gana, si las blancas o las negras.

¿Quieres jugar?

No, lo que quiero es que no vuelva.

De acuerdo, yo tampoco quiero que vuelva.

Y ¿quién es ese Ronald Reagan?

Desde el extremo del sofá se ve el recibidor en penumbra, y al fondo el dorso de la puerta. Un haz de luz calcinada cruza el pasillo procedente de la cocina, pero más allá permanece la oscuridad ante la puerta de entrada, duplicada por el espejo sobre la cómoda.

Irina tiene los ojos fijos en esa oscuridad. Su mirada impaciente atraviesa las motas de polvo que bailan en el prisma de luz hasta clavarse en la cerradura inmóvil. ¿Dónde está Alexéi? Hace horas que debería estar aquí. ¿Por qué tarda tanto? Regresa por un momento a las páginas del libro que tiene entre manos, hasta que un ruido en el descansillo vuelve a sacarla de la ficción. De nuevo clava su mirada en el picaporte de la puerta, aguardando el giro. Nada se mueve. El ruido del rellano desaparece pasados unos segundos. Debe de haber sido un vecino, o el ascensor. Nada. ¿Dónde estás, Alexéi? ¿Dónde te has metido? ¿Por qué tardas? ¿Dónde te has metido para llegar tan tarde?

La luz empieza a declinar. Irina apoya la cabeza en el brazo del sofá y se arropa con las mantas. Ya es noche cerrada cuando unos ruidos en la cocina la despiertan. Se levanta del sofá y se aproxima somnolienta.

Buenas noches.

Alexéi no contesta.

Has tardado mucho. ¿Dónde has estado?

Tenía trabajo atrasado.

Responde sin darse la vuelta, mientras coloca unos vasos húmedos en el escurreplatos. Está escueto y cortante. Irina se sienta. Contempla su espalda, mientras sigue ocupado en sus tareas domésticas.

Estaba preocupada.

Alexéi continúa callado, sin darse la vuelta.

Estaba preocupada.

Lo siento, no tenía modo de avisarte.

Podrías haber llamado por teléfono.

Se supone que no debes coger ninguna llamada telefónica bajo ningún concepto.

Irina guarda silencio. Alexéi también. Continúa atareado en sus quehaceres, callado, esquivo, silencioso. Irina no entiende. Su inquietud empieza a sustituir al enfado que había sustituido a su preocupación de esta tarde. Algo pasa. Alexéi sirve un plato de *borsch* de la cazuela que está en el fuego. Se gira y lo pone encima de la mesa. Irina lo mira. Tiene los ojos enrojecidos.

Toma. Come. Está caliente.

¿Tú no quieres?

No tengo hambre.

Sale de la cocina.

La chica mira el plato humeante. Hunde en él la cuchara y se la mete en la boca mecánicamente, una y otra vez, hasta terminarse la sopa, mientras escucha a Alexéi al fondo, en el salón. No entiende. ¿Qué pasa aquí? ¿Qué ocurre? Se levanta, camina con timidez hasta la puerta de vidrios amarillos. Alexéi está sentado a la mesa, en penumbra. Con la mirada en la ventana. La silueta de una botella se recorta junto a la suya.

¿Alexéi?

Él no responde.

Alexéi, ¿va todo bien?

Ve a dormir, Irina. Mañana será otro día.

¿He hecho algo?

No. No has hecho nada. Ve a dormir.

Ella titubea por un segundo.

Hasta mañana.

Hasta mañana.

Deja entornada la puerta del dormitorio. Lo escucha en el salón, su ropa, su respiración, el cenicero, el tapón de la botella, sus papeles, los quejidos de la silla cuando se mueve, sus pasos por la habitación. Escucha hasta que se queda dormida.

Alexéi ya se ha ido cuando Irina se despierta. El desayuno está en la mesa. Se lo sirve en un tazón y camina por la casa vacía. Tiene toda la casa para ella sola hasta dentro de varias horas, como cada día. Toda la casa para iniciar su labor de arqueología, en busca de restos de la actividad de ayer para intentar entender qué está pasando. Abre las puertas, entra en las habitaciones, en el aire lleno de luz invernal de las habitaciones. Se sienta en el suelo, sobre el rectángulo de sol que entra por la ventana. Apoya la espalda contra algún mueble y echa la cabeza hacia atrás con los ojos cerrados. La luz del sol le atraviesa la piel de los párpados e inunda el negro de un rojo intenso.

Después se levanta y va al salón. Huele a tabaco. Sobre la mesa hay un par de revistas empapadas bajo un vaso volcado, y papeles, y una botella vacía. Es de vodka. El cenicero azul de vidrio está lleno de colillas. Debajo, pisada en una de sus esquinas, hay una foto. Y hay más fotos entre las páginas de un libro junto al cactus. Fotos de personas que Irina no conoce. Alexéi más joven, con amigos y amigas. Una mujer aparece con frecuencia en ellas. Irina echa un vistazo a los papeles. Hay un cuaderno viejo. Tiene cosas apuntadas que no entiende. Quizá son asuntos de trabajo. Devuelve su atención al tazón de cereales. Camina alrededor de la mesa, como si el tiempo se hubiese detenido. Como si toda la casa fuese un escenario congelado que ella es la única persona en el mundo capaz de recorrer.

Finalmente se sienta donde vio ayer por la noche a Alexéi, exactamente en la misma posición, reproduciendo sus mismos movimientos, las piernas cruzadas, el codo sobre la mesa y un cigarro en la mano derecha.

¿Y si enciende un cigarro? No se atreve. Da una calada al cigarrillo apagado. Su primer cigarro. Le gusta. Le hace sentir autoridad, presencia. Mira a su alrededor con el codo apoyado en el respaldo de la silla, el cigarro en alto. Le gusta sentirse así.

Hay unos calcetines junto a la puerta, al lado de una camisa arrugada. Las mantas del sofá están tal cual las dejó ella cuando ayer se despertó para cenar. Sobre ellas hay una carpeta oscura entreabierta de la que asoman unos documentos. Abre la carpeta para revisarlos o, al menos, echarles una ojeada. Poco tarda en llegar a las palabras «acuerdo», «reparto», «ganancial» y «divorcio». Alza la vista. No es necesario tener diecisiete años para entender esto. Los documentos están sin firmar. Irina deja la carpeta exactamente en la misma posición en que la ha encontrado y vuelve a la cocina para terminar de desayunar.

Irina espera en la cocina, sentada, mirando por la ventana. Sobre la mesa, el tablero de ajedrez dispuesto para iniciar una partida. Alexéi no tarda especialmente en llegar. Se oye la llave, después el chirrido de la puerta y después el golpe seco. Suena el roce blando de la ropa y el quejido del banco al sentarse para quitarse los zapatos e incorporarse después. Unos segundos más tarde aparece en la puerta de la cocina en calcetines. Tiene la mirada perdida. Lleva en una mano una bolsa de verduras y en la otra la bufanda marrón. Alza la vista a la mesa, al tablero, a Irina. Ella le sonríe. Deja la bolsa en la encimera y se sienta.

¿Quieres jugar?

No, la verdad es que no.

¿Va todo bien?

Sí. No. Mira, Irina, quiero pedirte disculpas por el día de ayer.

¿Pedirme disculpas?

Sí, lo siento. Verás, tengo algunos asuntos pendientes con mi pasado, y no me resulta fácil cerrar algunas puertas.

He visto los documentos de la carpeta.

¿Qué documentos?

Los de la carpeta.

No deberías haber abierto la carpeta, es documentación privada.

Lo siento. Estaba abierta encima del sofá.

Ya. Entonces ya sabes de lo que hablo.

Sí.

No hace falta que te explique nada, ¿verdad?

No, pero si quieres podemos hablar.

No creo que una chica de dieciséis años entienda lo que supone firmar algo como lo que Helga pretende que firme.

Irina se muerde el labio. Está pisándose un calcetín con el otro mientras mira a Alexéi.

Tú tampoco entiendes muchas de las cosas que me pasan a mí.

Puede que tengas razón.

Yo también he tenido que cerrar muchas puertas.

Lo sé.

Tantas como tú o incluso más.

Y no me has hablado de ello, ¿verdad?

No, no lo he hecho.

Ni yo te he insistido.

¿Quieres que deje de preguntarte?

Eso es.

De acuerdo.

Gracias.

«Hoy, la tarde del 9 de febrero de 1985, el presidente de la FIDE, la Federación Internacional de Ajedrez, el filipino Florencio Campomanes, a un día de que el campeonato del mundo alcance los cinco o seis meses de duración, en la cuadragésima octava partida de ajedrez, con un balance hasta el momento de cuarenta partidas en tablas, cinco victorias de Kárpov y dos victorias de Kaspárov, y con la, de momento, victoria de este último en la partida número cuarenta y ocho, quedando el balance en cinco a tres, ha declarado la suspensión del campeonato por considerar que el mejor ajedrecista del mundo no se puede decidir en una carrera de resistencia. Ambos jugadores, indignados, se han quejado de este escándalo que...»

Mira.

¿Qué es eso?

Tu muela.

¿Mi muela?
Sí.
Qué asco.
¿Por qué?
No sé.

Alexéi coloca el alfil justo delante de la torre de Irina. Si Irina le come el alfil con la torre, es mate en cinco movimientos, pero Irina ya no cae en este tipo de engaños. Mira a Alexéi. Está serio, esgrimiendo su mayor cara de póquer. Irina devuelve la vista al tablero. Se muerde el labio. Se pasa la mano por la frente y se coloca el pelo detrás de la oreja. Alexéi espera su movimiento. Irina duda, toma la torre. Alexéi intenta contener su sonrisa de satisfacción, hasta que Irina desplaza la torre en horizontal evitando el señuelo de Alexéi, y dándole jaque. ¿Cómo? Alexéi alza la vista. Irina sonríe tímidamente.

Tienes el pelo muy largo.

¿Tú crees?

Sí. ¿No te parece?

No lo sé. No me he fijado.

Ven, mira, compruébalo.

Y ambos salen de la cocina y se encaminan hacia el baño. Irina se mira en el espejo. Alexéi sujeta un espejo tras ella para que compruebe la longitud del pelo en su espalda.

Lo tienes larguísimo.

Mi madre es quien me lo corta siempre. Un poquito, cada tres meses. A mí y a mi hermana.

Si quieres te lo corto yo.

¿Sabes cortar el pelo?

No, pero supongo que no será muy difícil.

Pues yo no sé.

Yo tampoco.

¿Entonces?

Tú me dices por dónde quieres que te deje la melena, y yo corto por ahí.

¿Todo a la misma altura, de un solo tijeretazo?

No sé. Yo creo que no es tan fácil. Mamá tarda un buen rato.

Bueno, empezamos por ahí y ya improvisaremos.

Alexéi sale. Irina se queda frente al espejo mirándose. Hace mucho tiempo que no se paraba frente al espejo a reconocerse, y hoy ve algo distinto de sí misma en el reflejo que la contempla. Alexéi llega con una silla, una toalla y las tijeras.

Siéntate.

No quiero que me lo cortes mucho.

¿Por aquí?

No, no tan corto.

¿Por aquí abajo?

Por aquí.

Pero eso no es nada.

Solo las puntas.

Como quieras.

Irina se moja el pelo y va dando indicaciones a Alexéi para que la peine, le extienda la melena por la espalda y corte en horizontal. Alexéi obedece cuidadosamente. Las tijeras no son muy buenas. La línea oscila, el resultado se va haciendo progresivamente más incierto. Intenta corregir los errores. Sube un poco la línea de corte. Irina se mueve un poco. Alexéi se echa hacia atrás. La línea de corte ha quedado inclinada. Segunda corrección. Irina escucha la tijera y va viendo caer mechones húmedos al suelo.

Hoy es el cumpleaños de mi madre, ¿sabes?

No te muevas, Irina.

¿Sabes cuántos cumple?

No, y no te muevas.

¿Te falta mucho?

Ya casi está.

¿No lo quieres saber?

¿El qué?

Cuántos años cumple.

¿Cuántos cumple?

Cuarenta y ocho.

No es muy mayor.

Sí, sí lo es.

Es casi como yo.

¿Cuántos años tienes?

Todavía cuarenta y dos.

Casi el triple que yo.

Casi. Ya está.

Alexéi coge el espejito, lo pone a la espalda de Irina y le enseña contra el reflejo su melena amputada. Irina se mira y guarda silencio. Alexéi espera. Irina deja de mirarse. Sigue callada. Cabizbaja. Alexéi la observa en el espejo. Contempla su propio reflejo, sujetando estúpidamente el espejito que ella no está mirando. Lo deja en el suelo, apoyado contra la pared. Observa de nuevo a Irina, cabizbaja. Observa su obra. No está tan mal. No es exactamente el corte de pelo perfecto, pero podría ser peor.

No te preocupes, Irina, enseguida volverás a tener el pelo tan largo como lo tenías.

Ella no contesta. Alexéi no insiste. Espera. Ella sigue callada, pero en los oídos de Alexéi sigue presente ese «Mi madre es quien me lo corta siempre. Un poquito, cada tres meses. A mí y a mi hermana». Alexéi se mira en el espejo. En qué se está convirtiendo. La chica se mira las manos posadas en el regazo. La chica cuya madre cumple cuarenta y ocho años hoy. La chica que no ha visto a su madre desde hace meses. A quien no va a volver a ver hasta probablemente dentro de años. Alza la vista de nuevo al espejo. ¿En qué te estás convirtiendo? Sale en silencio del baño.

No te levantes del sofá, que estoy fregando el suelo; es solo un momento.

Alexéi abre las ventanas para ventilar. El viento frío de febrero llena las cortinas del salón. Irina se tapa con la manta mientras ojea un periódico. Las cortinas se hinchan. Irina se arropa más. Se cierra la cremallera del jersey y se pone la capucha. La corriente agita las páginas. Suena un portazo en el dormitorio. Las cortinas vuelven a caer lánguidamente.

Cuando Alexéi cierra los ojos bajo el agua, el calor y el sonido de la bañera lo aíslan inundándolo todo. Siente la oscuridad densa y caliente a su alrededor como un bloque macizo que lo incomunica. Por un segundo se siente separado de donde está y de quien es. A miles de kilómetros. En ningún lugar. En ninguna existencia. Segundos. Horas. Durante ese intervalo no existe momento ni lugar alguno. No existe otra cosa que una temperatura en torno a la piel, oscuridad, ningún ruido más allá del del agua cayendo, ningún sabor, ningún color, ningún olor. Solo un bloqueo total que se disuelve fulminantemente al abrir los ojos, al ponerse de pie, al cerrar el grifo.

Hace frío. Abre la cortina. Irina está sentada en el inodoro. Vuelve a cerrar de golpe.

¡Pero, Irina! ¿Qué haces aquí?

Estoy haciendo pis.

¡Sal inmediatamente!

Es que…

¡Inmediatamente!

Perdón.

Se oye la cisterna, seguida de la puerta. Alexéi abre la cortina de nuevo. Se ha ido. La toalla está húmeda. Usada por Irina, probablemente para secarse la cabeza esta mañana. Esto no puede ser. Ha llegado demasiado lejos. Irina tiene que entender que debe aprender a respetar ciertos límites.

Se mira en el espejo aún nervioso. La respiración aún alterada. Se acerca a su reflejo. Mira su rostro. La calvicie incipiente, la barba canosa, las bolsas en los ojos, los pliegues del cuello empezando a descolgarse bajo la mandíbula, la verruga del mentón, la nariz ligeramente más larga, los labios levemente más caídos, empezando a mostrar más de la dentadura inferior que de la superior. Se examina la piel. Piel de casi cuarenta y tres años de edad. Las arrugas de casi cuarenta y tres años de vida. Un pelo larguísimo emerge de un lunar en el hombro. La piel blanca del pecho, la de las costillas, la de la tripa, convexa, fláccida, pálida. Las palmas de las manos arrugadas por el agua. Irina ha entrado en el baño mientras se duchaba. ¿Por qué?

Devuelve su mirada a la del espejo. La sostiene.

Alza las manos. Se tensa con ellas la piel en torno a los ojos.

¿Quién eres?

Se pone la toalla en la cintura y sale apagando la luz.

¿Te importa dejarme un segundo para que me cambie de ropa?

Irina se levanta de la cama y sale, dejando el dormitorio libre. El sonido de los pies descalzos en el pasillo queda interrumpido por el golpe de la puerta. El espejo del armario muestra de una vez lo que el espejo del baño solo dejaba adivinar fragmentariamente. Los estragos que el tiempo está haciéndole a ese reflejo que ahora se exhibe impúdico. La carne envejeciendo. Los dientes envejeciendo. Los ojos. La mirada vencida. Se sienta al borde de la cama, los codos sobre las rodillas, los pies hinchados, grandes, en contraste con la limpia geometría del dibujo de la moqueta. La curva de la espalda, el sexo, laxo, en sombra, los hombros cargados, la mirada. La mirada sostenida del reflejo.

Se viste frente a sí, en silencio. Cuando sale Irina está tumbada en el sofá, con la capucha puesta. Entra en el baño, deja colgado la toalla y sale de nuevo al pasillo. Irina está boca abajo en el sofá, el peso apoyado en los codos, leyendo. Por un momento duda de si hablarle, o mencionar algo a propósito del incidente del cuarto de baño. Vacila por un momento. Está concentrada en la lectura. Se humedece el dedo para pasar de página. Tiene las piernas dobladas en el aire, mostrando las plantas de los pies desnudos. El flequillo que asoma por la capucha le impide verle la cara.

Cómete el *borsch*.

Es que no me gusta.

¿Cómo no te va a gustar el *borsch*?

Sí, si el *borsch* sí me gusta.

¿Entonces?

Es que mi mamá lo prepara diferente.

Diferente ¿cómo?

No sé, diferente.

Si me dices cómo, lo puedo preparar como tu madre.

No, no puedes.

¿Por qué?

Porque mi madre lo prepara a su modo y tú al tuyo. Cada cual tiene su modo.

Pero a ti mi modo no te gusta.

No mucho.

Y el de ella sí.

Sí.

Pues dime cómo lo hace y te lo preparo igual.

No, no puedes prepararlo igual.

¿Por qué no?

No puedes.

Alexéi se quita los guantes y se los mete en los bolsillos. Asoman como dos aletas a los lados del abrigo cuando lo cuelga en el perchero. Hace días que las piezas aparecen cambiadas en el tablero de ajedrez. ¿Juega contra sí misma? ¿Finge ser su oponente? ¿Se inventa un adversario? ¿Así de sola está? Esa es la pregunta mientras se quita los zapatos. ¿Así de sola está?

Irina está en el baño. Alexéi toca con los nudillos.

Ahora salgo.

Vuelve a la cocina para hacer la comida. En el suelo hay restos de un plato roto. En efecto, en la basura están los pedazos. Se le habrá caído a la chica. No puede ser. Los vecinos lo han tenido que oír. Seguro. Tienen que haberlo oído. Esto es un despropósito. No había nadie en casa. Seguro que alguno sospecha. Sobre todo Olya, que está siempre con la oreja puesta, metiéndose donde no la llaman. No puede ser. Entre lo de la radio, y ahora lo del plato, los van a coger.

Tienes que ser más cuidadosa. No podemos arriesgarnos tanto. No podemos arriesgarnos a ser descubiertos por un plato roto.

Lo siento, se me ha escurrido.

Nos van a pillar.

Lo siento.

«La zona más castigada parece haber sido la de San Antonio, en la región de Valparaíso, así como las localidades de Alhué, Melipilla, en la Región Metropolitana, y Rengo, en la región de O'Higgins. Además, se ha visto en gran medida afectada la capital del país, Santiago de Chile, en donde se concentra cerca del cuarenta por ciento de la población nacional.»

Irina sube un poquito el volumen y continúa escuchando, esta vez a un experto que explica que el terremoto se ha producido como parte de la sismicidad normal de la zona de subducción chilena, pero a partir de la explicación sobre la falla inversa interplaca deja de prestar atención.

El periodista da las gracias al experto y continúa: «Tras el terremoto registrado ayer domingo 3 de marzo a las 19.47 hora local, el recuento final de víctimas sigue creciendo, alcanzando ya la cifra de ciento veintiún muertos, más de dos mil heridos, más de cincuenta mil viviendas destruidas o dañadas y cientos de miles de damnificados. Se han registrado, además, numerosos deslizamientos de tierra, caída de puentes y daños considerables en las infraestructuras de los pueblos afectados, con interrupción prolongada de los servicios básicos. Los daños ascienden ya a los mil millones de dólares».

Irina se abstrae un momento considerando dónde estará Santiago de Chile, pensando si alguna vez lo visitará, cuándo entrará en la basílica de El Salvador, que parece estar tan afectada, y en ese momento suena la llave de la puerta.

Irina vuelve a bajar el volumen para no contrariar a Alexéi, que siempre se queja del ruido, pero cuando intenta devolver su atención a las noticias oye unos ladridos.

Alexéi cierra la puerta justo antes de que Irina alce la vista y lo vea de pie, sujetando un cachorrito negro, con el pelo cortito, que ladra tímido, inquieto, con ladridos muy agudos. Deja escapar un chillido provocado por la ilusión. ¡Un perro! ¡Un cachorrito!

Lo deja en el suelo y el perrillo empieza a corretear nerviosamente por todas partes, yendo de un sitio para otro, a la cocina, al salón, al dormitorio.

Irina sonríe interrogativamente a Alexéi, con los ojos muy abiertos. Alexéi corresponde.

¿Cómo lo vas a llamar?

¿No tiene nombre?

No, todavía no. El que tú quieras ponerle.

No sé.

Elige uno.

Mijaíl.

¿Mijaíl?

Sí.

¿Vas a llamar Mijaíl al perro?

Misha.

Es el primer perro con nombre de persona que veo en mi vida.

¡Misha! ¡Ven aquí!

Y comienza a perseguirlo y a jugar con él. Alexéi contempla la escena sonriente. Por fin Irina tiene compañía. El perro se muestra un poco receloso al principio, ladra de puro miedo, se esconde debajo de la mesa, tras las patas de la silla, pero Irina se acerca a él de rodillas, poco a poco, se tumba sobre la moqueta, le tiende la mano, lo acaricia, y en menos de un minuto ya lo tiene en su regazo.

Alexéi permanece sentado en el sofá. La observa. Está hablando en susurros al perro.

¿Misha? ¿Seguro?

Misha, responde ella con convencimiento.

Alexéi se levanta. La radio emite un murmullo monótono. La apaga. Prefiere escuchar el sonido de Irina jugando con el perro a su espalda. Mira por la ventana. Ya es casi de noche.

Te he traído un libro.

¿Qué libro? A ver...

Irina lame ávidamente la tapa del yogur.

Antón Chéjov... *La dama del perrito y otros cuentos*. ¿Otra vez cuentos? Ya te he dicho que no soy ninguna niña para que me traigas cuentos.

Lo sé. No son cuentos para niños.

Me da igual, estoy cansada de que me trates como a una niña. No soy ninguna niña. No quiero que me traigas cuentos ni que me cortes el pelo como a un chico, ni que me obligues a llevar este pijama horrible, ni...

De acuerdo. ¿Quieres un café?

Irina duda. No sabe qué responder. Se sorprende del efecto que acaban de provocar sus palabras. No está acostumbrada a ser tenida en cuenta.

Sí.

Alexéi sirve café.

Irina lo prueba. Sabe a rayos. Está demasiado amargo. Le echa leche y tres cucharadas de azúcar. Sigue amargo. No lo quiere.

¿Que no lo quieres?

No, está muy amargo.

¿No dices que no eres ninguna niña? ¿No dices que eres mayor? Entonces tómate el café.

No.

Tómatelo.

¡No!

El perro empieza a ladrar.

Si no te lo tomas...

¿Qué? Dime, ¿qué vas a hacer si no me lo tomo? ¿Castigarme sin salir?

El perro ladra sin parar.

Si no te lo tomas me demostrarás que sigues siendo una niña.

Irina se levanta de la mesa con la taza del café en la mano mirando fijamente a Alexéi y la vuelca en el fregadero.

Alexéi se levanta de golpe y le da un bofetón.

Irina lo mira paralizada y sale corriendo al dormitorio.

Alexéi se queda en silencio. Oye el portazo al final del pasillo.

Cuando abre la puerta del dormitorio Irina está tumbada boca abajo en la cama y tiene la cabeza tapada con la almohada. A Alexéi se le agolpan las palabras. Tiene tanto que decir, tanto que explicar... Cómo hacer comprender a una adolescente lo que significa un matrimonio. Cómo hacerle comprender lo que significa una vida en común, una relación, un divorcio. Cómo hacerle entender lo que se siente por alguien con quien se ha compartido todo cuando hace meses que desapareció, cuando ha reconstruido su vida, cuando ha solicitado legalmente el divorcio.

Irina no se mueve. Continúa con la cabeza bajo la almohada. Las piernas dobladas en el aire, mostrando las plantas de los pies.

No hay nada que pueda decir. No puede pensar. No con Irina ahí delante, invadiendo su cama, su dormitorio, presidiendo la totalidad de la casa. Necesita espacio, distancia. Necesita una soledad en cuyo interior poder guarecerse, solo, aislado. Pero ya no puede encontrarla ni en su propia casa.

Quizá debería salir. Salir a airearse, pasear, caminar sin rumbo por la calle, deambular errático bajo la llovizna para poder concentrarse. Pero no quiere terminar como ayer, sentado otra vez en el restaurante del hotel Polissya fumando, haciendo tiempo, esperando solo frente a su sempiterno vaso de vodka, con la cabeza perdida en Helga, en lo feliz que ha vuelto a ser con Ivan, y ahora, en lo feliz que va a ser con la niña. Una niña. ¿Cómo es posible? ¿Cuánto tiempo ha pasado? ¿Tan siquiera siete meses? En fin, ¿de qué sirve preguntarse cuándo se quedó embarazada? Es mejor no pensarlo. Tanya, parece ser que va a llamarse. Tanya. Él nunca habría llamado Tanya a su hija. Pero no es su hija, sino la de Ivan. De hecho, ahora que recuerda, a Helga tampoco le gustaba Tanya. Muchas veces jugaron a buscar los nombres que más les gustarían en caso de que fuese un niño o una niña. Él solía buscar nombres estrafalarios para hacerla rabiar, cuando ella bajaba la guardia, pero no recuerda que en ningún caso seleccionasen Tanya como opción. Después Helga volvía a negarse en redondo a hablar del tema, como siempre. Quizá debería ir a verla cuando nazca la niña. Ver qué tal está tras el parto. Aunque no está seguro de cómo va a sentirse ante ella, ante su felicidad impúdica, ante la vanidad de Ivan, ante la inocencia inconsciente de la niña, cuyo padre debería ser él. A decir verdad, quizá no sea buena idea ir. Quizá debería quedarse en casa. En fin, aún le quedan unos cuantos meses para pensarlo. Las manos de Irina siguen aferrando la almohada contra su cabeza. Cómo hacer entender a una chica... Alexéi alarga levemente la mano. Podría acariciar la planta de su pie izquierdo, pero se detiene. Pesa más el silencio. Se mete la mano en el bolsillo y cierra la puerta por fuera.

El teléfono da señal. Irina escucha. Mantiene el teléfono pegado a su oreja, escuchando el tono, esperando, concentrada en la nota constante del tono de llamada, hasta que empieza a comunicar. Escucha también, durante unos segundos, el sonido intermitente que sale del auricular. Después lo posa en el aparato. El teléfono funciona.

«Pueblo de Rusia, el camarada Konstantín Chernenko, presidente del Presidium del Sóviet Supremo de la Unión Soviética, que apenas dos días atrás apareció en la televisión pronunciando algunas palabras, ha fallecido esta madrugada a la edad de setenta y tres años.»

Sube, Irina, sube un poco la radio, por favor.

«La política de Chernenko ha sido una exitosa y prudente continuación de la línea puesta en marcha por su predecesor, el camarada Yuri Andrópov, basada en la corrección de los estándares de rendimiento laboral, la campaña anticorrupción y la política de firmeza ante Occidente.

»Y en cuanto a la política exterior se han incentivado las relaciones con China, aunque las relaciones con Estados Unidos han continuado tensas en el plano estratégico, donde la URSS insiste en el desmantelamiento de los misiles estadounidenses de alcance medio emplazados en Europa.

»El 13 de marzo será enterrado en la Plaza Roja de Moscú, al lado de las murallas del Kremlin.»

Irina mira a Alexéi, mientras abraza al perro en su regazo, tratando de averiguar qué debe opinar sobre lo que ha escuchado en función de lo que cree reconocer en la expresión de su rostro. Alexéi está esquivo, nervioso, intranquilo. Irina no está segura de qué pensar sobre la noticia que acaban de oír.

¿Bajo la radio?

Sí, por favor.

Irina baja el volumen.

¿Qué opinas?

Nada, es decir, creo que... o sea...

Irina lo mira con sus inmensos ojos llenos de perplejidad e incertidumbre. Alexéi se detiene en seco.

Te he comprado una cosa.

¿Qué me has comprado?

Alexéi se levanta, camina hasta la entrada y regresa a la mesa con una bolsa.

¿Qué es? ¿Qué es?

La chica abre la bolsa y revisa su contenido rápidamente.

Como dices que ya eres una mujer, te he traído ropa de mujer.

Saca unos zapatos de tacón color crema, brillantes, y se los prueba de inmediato. Le están grandes. La expresión de decepción se superpone a la previa de ilusión.

Hay más cosas.

Irina vuelve a rebuscar en la bolsa. Hay unas medias. ¡Unas medias! No se lo puede creer.

¡Como la señorita Nastya!

Los gritos excitan a Misha, que comienza a ladrar para colaborar al alboroto.

¿Nastya?

Sí, siempre lleva ropa muy elegante y faldas y medias y...

Alexéi trata de hacer memoria, hasta que Irina, entusiasmada, se levanta, lo abraza y le da un beso.

¿Te gusta?

Muchísimo.

Alexéi respira aliviado. En la bolsa también hay una blusa, una falda larga y oscura, un vestido grueso de invierno y un sombrero.

Irina quiere probárselo todo simultáneamente. Está emocionadísima. Se va corriendo con toda la ropa al dormitorio y regresa cada tanto con un modelito distinto, feliz, orgullosa de su aspecto adulto, aunque los zapatos sean dos números más grandes, o el vestido no cierre, o la blusa necesite un par de imperdibles a la espalda. «Cierra los ojos.» Entra y sale, recorre el pasillo con los tacones. Misha ladra nervioso cada vez que entra en el salón preguntando qué tal a propósito de cada nueva combinación. No está acostumbrado al golpeteo de unos tacones en el suelo. «Ya puedes mirar.» Y Alexéi vuelve a abrir los ojos, y ella de puntillas gira sobre un zapato, para que Alexéi pueda verla bien, y sale enseguida, sin apenas darle tiempo a emitir juicio alguno, cerrando la puerta a su espalda, y en apenas un par de minutos los vidrios amarillos de la puerta vuelven a ensombrecerse, y desde el otro lado regresa la advertencia: «Cierra los ojos». Y Alexéi los cierra con una profunda inspiración, y suena la puerta y los tacones invaden el salón al otro lado de la oscuridad que imponen los párpados, y Misha ladra de nuevo, y otra vez «ya puedes mirar», y Alexéi vuelve una vez más a abrir los ojos con la sensación agridulce de contemplar la felicidad de Irina por su regalo, y con ello comprobar que la sonrisa de la muchacha que tiene delante, de pie, buscando en sus ojos una expresión de aprobación, empieza a ser más femenina que infantil.

Al abrir la puerta, Misha entra corriendo y ladrando en el interior de la casa. Irina lo espera de rodillas en el suelo del salón. El perro se abalanza sobre ella. Irina lo coge en brazos. La escena sucede a espaldas de Alexéi, que está cerrando la puerta con llave. Alza la vista al dorso negro de la puerta. El confín del mundo de la chica.

Cuelga la correa del perchero y se sienta a quitarse las botas. Desde el fondo de la casa vienen las carantoñas y ladridos que se están haciendo el perro y la chica. Alexéi sonríe.

Ven, Irina, acércate. Ponte aquí.

Irina grita un «voy» desde el otro lado del pasillo. Alexéi se aproxima rápidamente a ella.

¿Qué te he dicho sobre los gritos?

Es que...

¿Qué te he dicho sobre los gritos?

Que no grite, que pueden oírme los vecinos.

Y ¿qué ocurriría si te oyesen los vecinos?

Que me descubrirán aquí.

Y ¿entonces?

Entonces se acabó todo.

Eso es. Se acabará todo.

Perdón.

Debes tener más cuidado.

Alexéi.

Dime.

Si gritas mucho, ¿hasta dónde crees que puede llegar el sonido de la voz?

No lo sé, pero no creo que nos convenga comprobarlo.

Ya, pero...

No tengo ni idea, Irina. Pero ven conmigo un segundo y ponte aquí. Eso es, ahí. Quítate los zapatos. Y Alexéi acerca a Irina a la pared del pasillo, junto al marco de la puerta de la cocina. Estírate. Ponte recta, sin cargar los hombros. Erguida. Así, eso es.

Irina cierra los ojos, hincha los pulmones y se yergue contra la pared. Siente el lápiz sobre su cabeza. Siente el movimiento y oye el ruido del trazo contra el papel de la pared.

¿Ya?

Sí.

Da un paso adelante para separarse y mira la línea horizontal.

Con los zapatos de tacón soy más alta.

Ya, pero eso es trampa. Tiene que ser descalza.

Y ¿tú?

Yo ya no crezco.

A ver. Quítate los zapatos y ponte aquí.

Alexéi obedece y se pone muy recto contra la pared. Irina no llega. Entra en la cocina, regresa con una banqueta y se sube encima.

Acércate.

Sonríe sujetando el lápiz con su mano izquierda como una varita mágica. La línea horizontal de Alexéi está un palmo por encima de la suya.

¿Ves? Yo ya no crezco.

Yo tampoco.

Tú aún tienes un buen trecho que crecer.

No. Yo ya no voy a crecer más. Yo también soy mayor.

Sí, pero aún tienes que crecer más.

No soy ninguna niña. Estoy harta de que me trates como una niña, ¿me oyes? No lo soy. No lo soy.

¿No lo eres?

No, no lo soy. No voy a crecer.

Si te mido es para no equivocarme de nuevo con la talla de la ropa.

Pues hala, ya sabes lo que mido. No voy a crecer.

De acuerdo.

Y además quiero un espejo grande para verme bien. Estoy harta de tener que mirarme a trozos en el espejo de la entrada o en el del baño y no poder ver ni cómo me queda la ropa.

¿Qué quieres, un espejo de cuerpo entero?

Sí, un espejo bien grande en el que poder verme entera.

¿Como los de la puerta del armario?

No, más grandes.

Pero ¿para qué?

Tú te ves cada día reflejado en los coches, en los escaparates, en las ventanas de los edificios. Cada día alguien te saluda, te habla, te ve. A mí no. No me habla nadie. No me veo en ningún sitio. No sé cómo soy. No sé si estoy gorda o flaca. Ni siquiera sé si me gusto. Quiero saber cómo soy. Quiero saber que no soy transparente, que no soy un espíritu, que soy real, de carne y hueso. Quiero saber que existo.

¿Dónde has encontrado eso?

En un cajón del armario.

¿Qué cajón?

El último. El de abajo.

Alexéi examina a Irina. Lleva puestas las medias y los zapatos color crema brillantes dos números más grandes que él le compró hace un par de semanas. El resto, el fular, la blusa, la falda... son de Helga.

¿Qué cajón? Enséñamelo.

El último cajón del armario.

¡Enséñamelo!

Misha se pone a ladrar. Irina lo conduce al dormitorio, abre un cajón del armario y da un paso atrás. En el cajón aún quedan algunas cosas de Helga que Alexéi había olvidado.

No quiero que te pongas esta ropa.

Pero ¿qué importa?

A mí me importa.

¿Se la vas a devolver?

No. No quiero que te la pongas, y punto.

Perdón.

Prométeme que no vas a volver a ponértela bajo ningún concepto.

Te lo prometo.

Nunca.

Te lo prometo.

«Hoy, el camarada Mijaíl Gorbachov ha sido nombrado secretario general del Comité Central del Partido Comunista de la URSS, cargo que lo inviste como líder supremo del país.»

Alexéi para por un segundo de cortar verduras en la tabla de madera, sube el volumen de la radio y hace un gesto de silencio a Irina para que deje un momento de jugar con Misha, que está ladrando.

«La carrera política del camarada Mijaíl Gorbachov comenzó a adquirir relevancia cuando en 1971 entró en el Comité Central del Partido Comunista de la Unión Soviética. En 1980 Gorbachov fue elegido miembro del Buró Político, máximo órgano del poder ejecutivo de la URSS. Junto con Yuri Andrópov, se encargó de las reformas económicas y administrativas del Buró. Alrededor del veinte por ciento de los ministros del gobierno fueron reemplazados durante este periodo, en la mayoría de los casos por especialistas jóvenes que…»

Misha comienza a ladrar y Alexéi devuelve su atención a la tabla de cortar.

¿Le vas a poner crema agria?

Sí.

Es que no me gusta la crema agria.

Pues no se la pongo.

Y ¿le vas a poner vinagre?

¿Quieres que le ponga vinagre?

No.

¿Algo más?

Cebolla. No me gusta la cebolla. Ni la berza.

¿Quieres prepararlo tú?

¿Me enseñarás a conducir?

No hables con la boca llena.

Bueno.

Y no sorbas el *borsch*.

Es que está muy caliente.

Pues no te lo comas todavía. Espera un poco.

¿Y si se enfría?

No se enfría.

Sí se enfría.

¿Te gusta?

Más que las acelgas.

¿No te gustan las acelgas?

No mucho. Prefiero otras cosas.

¿Qué cosas?

No sé, los *potaptsi*, el *zakolot* de pollo. No sé, muchas cosas.

Y el *borsch*, ¿lo prefieres con tocino o sin tocino?

Sin.

Y ¿si le pongo manzana?

No sé…
Ya veremos.
Mejor sin.
¿Quieres jugar al ajedrez?
No. No me apetece.
Bueno.
¿Me enseñarás a conducir?

Alexéi sale de la ducha y comienza a vestirse. Se pone los calzoncillos, los pantalones y la camisa. ¿Y los calcetines? Los calcetines no están. Se le han olvidado. Sale al pasillo. Huele a café. Llama a la puerta del dormitorio, que es donde está la ropa, así que tiene que despertar a Irina. Solo será un momento. Vuelve a llamar mientras se seca el pelo con la toalla. Irina no abre. Parece estar profundamente dormida. Vuelve a llamar. Nada. No hay respuesta. Gira el pomo sujetando la puerta para que no haga ruido y no despertarla. No está. Otra vez. Alexéi camina hasta el salón. Abre la puerta con sigilo y la encuentra durmiendo de nuevo en el sofá, dentro de las mantas dejadas hace un rato por él. Dentro del calor que ha dejado en esas mantas, tapada hasta la nariz. Vuelve a cerrar la puerta.

El suelo está frío. Las primeras luces empiezan a emerger tímidamente en la ventana de la cocina. Alexéi vierte el café en una taza y mastica un pedazo de galleta mientras mira hacia el exterior. Irina entra en la cocina, somnolienta, con una camiseta rosa como única indumentaria.

Alexéi.
¿Qué haces despierta?
¿Me compras un diario?
¿Quieres escribir un diario?
Sí.
Y ¿qué vas a escribir?
No te lo puedo decir. Es mi diario.
Claro.

El día transcurre pesadamente, gris, lluvioso y desapacible. Irina contempla la luz plomiza regar la pared desde su duermevela en el sofá, abrazando a Misha bajo las mantas aún calientes de Alexéi. Se va despertando a ratos de su sueño denso para volver a dormirse a los pocos minutos. Misha se marcha del sofá cada tanto, para regresar al cabo de unos minutos.

A alguna hora imprecisa se levanta. Se echa una manta por encima y se sienta a la mesa de la cocina, en silencio. Alexéi le ha dejado leche en un cazo, y hay galletas y bizcocho. Mastica en silencio. Misha descansa hecho un ovillo a los pies de la mesa mientras ella deja la mirada volar desatenta por la ventana, por las fachadas, las farolas cabizbajas, los charcos del paso de cebra, los árboles negros y nudosos, raquíticos, casi impúdicos. Posa la frente sobre el vidrio frío y sigue la trayectoria sucia de las palomas bajo la lluvia, de refugio en refugio, bajo las cornisas, los alféizares, los balcones. En escasos segundos el vaho nubla toda la escena.

Se separa del cristal y dibuja sobre el vaho, hasta que Misha se pone de pie sobre sus dos patas traseras poniendo las delanteras en el regazo de Irina. Ella lo coge y se lo sube encima mientras se bebe la leche, y habla con él, con su cara de perplejidad indiferente, como si se tratase de un bebé.

Después vuelven al sofá. Irina se tapa. Cierra los ojos. Escucha el viento enredándose en una ventana que no cierra bien. También escucha la lluvia contra los cristales y la respiración sosegada de Misha sobre la alfombra.

Si tuviese un diario podría registrar todo esto. Podría apuntar cada detalle, recoger cada pequeño dato y ponerlo por escrito para que no se le olvide nunca. Para que el día de hoy no desaparezca. Para que de cada día sobreviva algo. De cada uno de los días que lleva en esta casa.

«El camarada Mijaíl Gorbachov, secretario general del Partido Comunista y máximo dirigente de la URSS, anunció ayer la inmediata suspensión del despliegue de misiles soviéticos de alcance medio en Europa con la confianza puesta en que Estados Unidos corresponda a este gesto "de buena voluntad". En caso contrario, la moratoria soviética quedará sin efecto en noviembre próximo…»

Irina vuelve a apagar la radio. Regresa al sofá. Vuelve a quedarse dormida.

Sigue dormida cuando suena el golpe de la puerta. ¿Qué hora es? ¿Quién viene? Y sin pensar un segundo se esconde detrás de la puerta tal y como le tiene dicho Alexéi.

Soy yo. Vengo solo.

Irina oye ruidos y a Alexéi respirar entrecortadamente. No entiende. No se atreve a salir.

Soy yo, Irina. Sal. Tengo una sorpresa.

Irina sale al pasillo cubierta con la manta. Hace frío. Junto a la puerta está Alexéi. A su lado, un espejo de cuerpo entero con marco dorado.

Un espejo, como tú querías, para que puedas mirarte la ropa, y verte entera.

Sí.

¿Te gusta?

Y ¿el diario?

No he tenido tiempo de ir, pero mañana te lo traigo.

Gracias.

Ahora ya puedes ver cómo eres y cómo te queda la ropa, ¿verdad?

Sí.

Pero ¿qué pasa?, ¿no te gusta?

Sí.

No pareces muy entusiasmada.

¿Puedes acordarte de traerme el diario mañana, por favor?

Claro.

«Gorbachov confirmó asimismo que ha aceptado la invitación del presidente norteamericano de celebrar una cumbre. "Estamos en favor de un diálogo honesto", manifestó el líder del Kremlin, que el próximo día 11 cumplirá un mes a la cabeza…»

Sube la radio, Irina por favor.

«A última hora de ayer, la Casa Blanca rechazó la propuesta de Gorbachov de paralizar el despliegue de los euromisiles como respuesta a la moratoria, ya que la propuesta insiste en otras hechas por Moscú para paralizar el despliegue...»

¿Tú crees que esto va a ser la guerra?

¿Cómo dices, Irina?

Mi padre siempre dice que antes o después entraremos en guerra contra los americanos. Tú ¿qué crees?

Puede ser, pero no lo creo probable.

¿No?

No.

Pues vaya.

¿Te decepciona?

No. No sé.

Bueno, si hubiese una guerra podrías sobrevivir aquí.

Sí, seguro.

Y apuntarías todo en tu diario.

Ya, claro.

Serías como una corresponsal de guerra.

Alexéi sigue hablando, pero Irina ya no contesta. Se ha quedado dormida en el sofá, tapada con una manta. Alexéi termina de planchar una camisa, la cuelga de una percha en la puerta y coge a Irina en brazos. Cuando entra en el dormitorio con ella para dejarla en la cama, ve su reflejo en penumbra en el espejo apoyado en la pared.

Lleva tanto tiempo viéndose solo en su reflejo en el espejo que le extraña la presencia de la chica con él. Misha camina tras ellos. Le ladra al espejo. Se asusta de su propio reflejo. Casi como el propio Alexéi. Da un paso atrás. Se mira, se reconoce. Se ve a sí mismo como realmente es, gordo o flaco, alto o bajo, pero definitivamente opaco, material, pesado. Existe.

Irina se despereza, abre un ojo. Lo mira. Alexéi la ve mirándolo, se acerca y ella vuelve a cerrar los ojos mientras se abraza a su cuello. La deja en la cama, la arropa.

Que descanses.

Existe. Todo esto existe.

Corre, al dormitorio.

Voy.

Y llévate el ajedrez y los calcetines, y al perro, y el sombrero y... Llévatelo todo. ¡Rápido!

El timbre de la puerta vuelve a sonar.

Pero ¿quién puede ser?

No lo sé. Date prisa.

Alexéi pone el ojo en la mirilla. Es Olya, la vecina. Otra vez. Oye a su espalda los pies descalzos de Irina corretear sobre la moqueta. Se gira y la ve ir y venir corriendo por el pasillo, llevándose trastos de la cocina al dormitorio. Un libro, ropa interior, una muñeca vieja, el jersey con capucha, el tablero de ajedrez, el cuenco de Misha.

¿Ya?

Sí. Un segundo. Sí. Ya.

La puerta del fondo del pasillo se cierra con un portazo. Alexéi cierra los ojos y respira hondo. Abre la puerta.

Doña Olya, ¿qué tal?

¿Cómo está?

¿Quiere un café?

Usted sí que sabe cómo agasajar a una dama.

Pase, pase, está recién hecho. Y tráteme de tú.

Muchas gracias.

¿Qué tal va la tensión?

Mal, hijo, mal.

¿El médico sigue mortificándola, doña Olya?

Sigue, hijo; cada día peor; y mi marido aliado con él.

Bueno, un café de vez en cuando no le hace mal a nadie, ¿verdad?

Eso digo yo, pero ya ves, no hay forma.

Pues usted dirá, doña Olya; ¿le ha molestado la radio otra vez?

Eso venía a decirte, que sí, que se oyen muchos ruidos.

Irina escucha con dificultad desde el dormitorio. Por la rendija de la puerta entornada apenas llega un murmullo de la conversación que está teniendo lugar en la cocina. Misha está sentado sobre sus patas traseras, contemplando el sigilo de Irina con incredulidad. Irina devuelve su atención a los fragmentos de conversación que llegan con dificultad.

El otro día, el lunes, a media mañana, cuando estabas trabajando, llegué a pensar que habían entrado en la casa.

¿Entrado?

Sí, sí.

Pero... entrado ¿quién?

No sé, unos ladrones.

¿Ladrones?

Estuve a punto de llamar a la policía.

Pero, doña Olya...

Es que se oían como golpes, y no parecía la radio; habría jurado que había alguien en la casa.

Es que he de confesarle algo, doña Olya.

¿Qué has de confesarme, Alexéi?

Que, en efecto, el lunes por la mañana había alguien en la casa.

Ah, ¿sí?

Ya no vivo solo, doña Olya.

Irina escucha esas palabras y piensa si Alexéi se habrá vuelto loco. ¿Se le ha ocurrido confesar?

Alexéi sigue:

Ya no vivo solo, no.

Vaya, vaya; menuda sorpresa.

¿Quiere conocer a mi compañero de piso? ¡Misha! ¡Misha! ¡Ven aquí! ¡Tenemos visita!

Irina coge al perro, lo saca al pasillo de un empujón y vuelve a entornar la puerta del dormitorio.

¡Misha! ¡No seas maleducado!

El perro se queda sentado sobre sus patas traseras, frente a la puerta. Irina le grita en un susurro:

¡Misha, a la cocina!

El perro no entiende. Alexéi grita de nuevo.

Olya pregunta:

¿Quién es Misha?

Alexéi sigue llamándolo:

¡Misha, ven!

Irina insiste con un hilo de voz. Hasta que Alexéi abre el armario y pone unas bolas de comida para perros en el cuenco. Ese es el sonido que Misha estaba esperando, y como una flecha se lanza a la cocina. Olya lo mira sorprendida.

¿Un perro?

Alexéi lo coge en brazos.

Un perro, doña Olya; ¿qué mejor compañía?

Pero ¿ese nombre? ¿Misha? ¿Misha de Mijaíl?

Sí.

Es la primera vez que veo a un perro con nombre de persona.

Ambos sonríen. Misha ladra.

Es que este perro es tan listo como una persona, y me hace la misma compañía o más.

Es verdad, los perros hacen muchísima compañía.

Y sobre todo, se porta muy bien.

Misha sigue ladrando, hasta que Alexéi lo deja en el suelo para que se acerque a comer.

Aunque de vez en cuando le da por ladrar.

Es normal, es muy jovencito.

Sí, apenas unos meses.

Fiódor y yo tuvimos un perro nada más casarnos, Roco se llamaba.

Ah, ¿sí?

Sí, estuvo siete años con nosotros.

¿Qué pasó?

Lo atropelló un coche.

Vaya.

Así que decidimos que jamás volveríamos a tener un perro.

Qué lástima.

Y nunca lo hemos vuelto a tener.

En fin, doña Olya, si Misha ladra, o hace ruidos, o le molesta de algún modo mientras estoy trabajando…

No, no, hijo, no te preocupes; si ni siquiera se trataba de molestia alguna, sino de que oía ruidos cuando se suponía que la casa estaba vacía, y eso me preocupó, pero en absoluto me causa molestias.

Bueno, doña Olya, pues ya sabe, cuando quiera un café, aquí me tiene.

Claro.

Muchas gracias, Alexéi.

Muchas gracias a usted, doña Olya.

Por cierto, si quieres puedo pasarme algún día para sacar al perro.

Puede ser, aún no sé si estos primeros meses lo dejaré en casa o me lo llevaré, pero puede ser.

Muy bien.

Adiós.

Adiós.

Ahora volvemos.

Hasta ahora.

Irina escucha el golpe de la puerta seguido del silencio. Se levanta del sofá, se echa la manta por encima de los hombros y camina hasta la cocina helada. El paisaje desde la ventana se resume en la fachada de enfrente y, como mucho, al mirar en diagonal, hacia el final de la calle, en el fragmento sesgado de parterre que recorta el borde del edificio. La chica pega la cara al vidrio para poder mirar mejor en oblicuo, y espera con los ojos fijos en el extremo de la calle. El vidrio está frío y hace aguas. El cierre no ajusta bien y una película de aire helado penetra entre una hoja de la ventana y la otra. Está pintada de un color ocre sobre un antiguo color negro que asoma donde este se ha descascarillado. En menos de dos minutos aparece Misha cruzando la calle, tirando de la correa que sujeta Alexéi mientras camina con parsimonia. Entran en la zona ajardinada. Se agacha y suelta al perro, y Misha empieza a ladrar a todos los otros perros y a correr desenfrenadamente. Alexéi se enciende un cigarro y espera de pie a que el perro corretee y merodee en torno a los setos oliendo y escarbando aquí o allá. De tanto en tanto le lanza una pelotita para que el perro aprenda a traerla, pero, a juzgar por la desatención de Misha, aún parece pronto para eso.

Irina se fija en Alexéi, en su actitud mientras fuma, los saludos y escasas palabras que cruza con uno u otro paseante, sus manos en los bolsillos, sus tics. En un momento concreto se detiene a hablar con otra mujer que también ha sacado al perro. Una mujer delgada, con el pelo rubio, corto, rizado, no muy elegante. ¿Quién es? ¿Es la tal Olya? No, no puede ser, demasiado joven. Quizá es otra vecina. ¿Qué está ocurriendo ahí abajo? ¿Por qué se ríe Alexéi? ¿De qué? ¿De quién? ¿De ella? Está harta de no enterarse de lo que pasa fuera, de tener que adivinar todo lo que ocurre ahí abajo. Está harta de estar siempre encerrada.

Alexéi gesticula un par de veces, llama a Misha y le lanza la pelotita de nuevo. La conversación continúa unos minutos más. Después la mujer llama a su perro, un perro blanco, y se marcha con un gesto de despedida.

Entretanto, él dirige alguna que otra mirada ligeramente errática hacia arriba, intentando distinguir la cocina entre las ventanas altas de la calle. Se enciende otro cigarro. Espera.

Irina lo ve. Mira en torno suyo. No encuentra ningún paquete de tabaco, pero sobre la mesa está el cenicero de cristal azul lleno de colillas entre las que, tras un breve examen, encuentra una menos apurada. Vuelve a mirar por la ventana. Alexéi sigue de pie en medio del parterre de hierba. Abre el cajón de los cubiertos, saca una cerilla y enciende con mano temblorosa el primer cigarrillo de su vida mientras mira a Alexéi. Una calada.

Una nube de humo. No se atreve a tragárselo. Huele muy mal. No lo entiende, pero sigue haciéndolo. Otra calada. Se está mareando un poco. Otra más. La cocina está llena de humo. Deja el cigarro en el cenicero y abre un poco la ventana. El frío inunda el interior de la habitación en segundos y vuelve a cerrar. Se cubre bien con la manta y devuelve la atención al cigarrillo, o lo que queda de él, que sigue en el cenicero consumiéndose despacio, dando lugar a una finísima columna de humo. La chica lo toma y le da otra calada. Esta vez intentando tragarse un poco el humo, aunque no se atreve del todo. La tos es inmediata. Bebe un poco de agua, pero no la calma. No entiende nada. Vuelve a mirar por la ventana. Alexéi ya no está. Lo busca, pero ya no lo ve. Seguro que está viniendo. Abre la ventana de la cocina y corre al baño a lavarse los dientes, un par de cepilladas aunque sea, unas gárgaras, lo mínimo para quitarse el olor del tabaco. Cuando termina vuelve corriendo a la cocina, cierra, regresa a la carrera al salón y se lanza en plancha al sofá. Justo cuando se está arropando oye la cerradura y a Misha corriendo por el pasillo como ella hace unos segundos. Finge despertarse cuando el perro se sube sobre ella.

Más allá escucha a Alexéi quitarse el abrigo, descalzarse, dejar la correa colgada del perchero… ¿Quién era esa rubia? ¿Por qué Alexéi nunca le ha hablado de ella? ¿Cuántas otras cosas le oculta? ¿Cuántas más cosas esconde Alexéi? No puede seguir encerrada por más tiempo. Está cansada de vivir una mentira tras otra, mientras él sale y entra cuando quiere.

Alexéi se asoma por la puerta. Sonríe.

¿Te has vuelto a dormir, perezosa?

Irina se muerde la lengua una milésima de segundo antes de preguntar por la mujer que estaba abajo hablando con él y desenmascararse. ¿Por qué se ha hecho la dormida? Alexéi espera de pie su respuesta. Ella se refugia en una mirada hostil. Guarda silencio y devuelve su atención al perro. Alexéi vacila unos segundos.

¿Te pasa algo?

No, nada.

¿Seguro?

Sí.

Como quieras.

Estoy harta de estar aquí encerrada.

Lo sé.

Tú no sabes nada.

Tienes razón, no lo sé, pero lo imagino.

Lo que tú te imagines ni siquiera se parece.

Ya solo queda poco más de un año y medio.

¿Poco más de un año y medio? ¿Se supone que eso debería reconfortarme?

No lo sé, yo no quería que esto ocurriese.

Ni yo.

¿Cómo que no? Te lo advertí pero tú lo quisiste así, ¿recuerdas?

Pues ya no lo quiero.

Y ¿qué quieres ahora?

Quiero salir a la calle, como Misha.

Eso no puede ser.

Quiero una vida normal, salir a la calle, ir a clase con mis amigas, ver a mi madre, a mi hermana, quiero ver el mundo, quiero no estar aquí encerrada, quiero montar en barco, quiero ir a bailar.

Cuando tengas dieciocho años.

Ella resopla enfadada con el labio inferior por encima del superior, hacia arriba, haciendo agitarse su flequillo. Está guapísima.

Irina está sentada en el salón. El teléfono color crema frente a ella, en la mesa. Levanta el auricular. Funciona. Cuelga. Mete el dedo en el número nueve del dial y lo gira. El disco regresa a su posición con un sonido de carrete. Después hace lo mismo con el cuatro, el seis, el nueve, el cinco... Marca el número completo, el número de su casa. Ahora solo tiene que hacer lo mismo, pero con el auricular descolgado, y esperar a que lo cojan al otro lado. A ver quién responde. ¿Su madre? ¿Sveta? Que lo cojan y pregunten «¿quién es?», y ella responda «soy yo», como siempre, y ya está. Todas las preocupaciones habrán terminado. Mamá sabrá que está bien, Sveta sabrá que está bien, la abuela Alisya sabrá que está bien y ella podrá seguir ahí, con Alexéi, sin provocar esta incertidumbre, este temor espantoso, esta duda en la que deben de estar sumidos, sin saber si está viva o muerta, o qué le ha ocurrido. Ellas no se lo merecen. Solo tiene que descolgar el auricular y marcar el número. Solo eso. Nada más.

Hoy es 29 de abril. Es el cumpleaños de Alexéi. Cuando Irina se despierta Alexéi ya está en la ducha. Corre al sofá, seguida por Misha, y se mete, como casi siempre, dentro de las mantas. Están aún calientes. Alexéi tarda en salir del baño. Irina se impacienta. Corre hasta la puerta desde la que se escucha el agua contra la bañera y llama.

Un momento, ahora salgo.

Qué pesado. Vuelve corriendo al calor del sofá. Al cabo de un rato se oye el picaporte y Alexéi sale cubierto con la toalla. Irina corre a su encuentro para desearle feliz cumpleaños. Alexéi le sonríe. Ella le da un beso y le tira de las orejas. Misha observa la escena en círculos a su alrededor, saltando y ladrando.

¿Cuántos años cumples?

Cuarenta y tres.

Eres viejísimo.

Ja, ja, ja, no tanto.

Te voy a dar cuarenta y tres tirones de orejas.

No, por favor.

Irina le tira con suavidad de las orejas, alternadamente, contando cada uno de los años que cumple. Alexéi, en silencio, se descubre recorriendo su propia biografía con cada uno de ellos, su sensación cuando, con tres años, a hombros de su padre, avanzaba entre la algarabía de la multitud por los escombros de las calles de Kiev, tras el desenlace de la guerra. Recuerda su infancia en Darnytsia, su colegio, sus compañeros de clase, sus profesores, su deseo de hacerse cosmonauta y recorrer el espacio exterior, frustrado por la genética, su ingreso en la escuela politécnica de Kiev, las clases de Matemáticas y Física, las clases de ajedrez, su primera borrachera, Yelena, su primera novia, el día que se acostó con ella por primera vez, su vivienda minúscula en Kórosten, las revistas de la *samizdat*, su regreso a Kiev para celebrar el funeral ortodoxo de su madre tras su fallecimiento durante el invierno de 1966, el día de agosto en que, en una reunión clandestina en casa de un amigo, conoció a una muchacha tímida de apenas veinticinco años llamada Helga, que resultó ser una vecina de su infancia, su traslado juntos a una vivienda más grande, solo un año y medio después, su primera casa, su matrimonio con ella, la boda, la fiesta, su trabajo como director de escuela, su traslado a un piso de maestros en junio del setenta y tres, el trabajo en el colegio, el fin de su matrimonio con Helga, Irina, Irina, Irina... En este momento ella es lo único. Eclipsa todo lo demás. Alexéi sonríe mientras ella le va tirando de las orejas al tiempo que él recorre cada año de su vida, y se da cuenta de que sea lo que sea lo que le ha ido sucediendo, a estas alturas todo ha quedado barrido del mapa por ella. Es lo único que le queda. Lo único que tiene. Le da un beso cuando termina y se vuelve corriendo al calor del sofá.

Cuando va a marcharse, Alexéi se detiene un momento junto al sofá. Se agacha y besa a Irina en la mejilla.

Luego traeré algo de comer, algo rico, para celebrar mi cumpleaños.

Ella le sonríe de nuevo.

Hasta luego.

Irina oye la puerta ya entre sueños. Después la realidad se disuelve pesadamente en un intervalo blando, amniótico, sin trayectorias. Sueña con zumbidos y lluvia, y consigo misma en cada una de las ventanas de la fachada de enfrente, mirándose en silencio. Sueña con la distancia que separa su ventana de cada una de las ventanas desde las que se observa a sí misma en esa fachada. Sueña con esa distancia llena de su mirada. Misha ladra alzando las patas delanteras, posándolas sobre las mantas cubiertas de una luz medrosa. ¿Qué hora es? Se incorpora sobre un codo y coge al perro en su regazo. ¿Qué hora es, Misha? ¿Hemos dormido toda la mañana? El perro gira levemente la cabeza y se lame el hocico. Irina se detiene un segundo. Mira fijamente al perro. ¿Quién es esa vieja rubia, eh, Misha? ¿Quién es? ¿No me lo dices? ¿No me dices nada? ¿Tú también vas a ocultármelo? Si pudieras hablar me lo contarías, ¿a que sí? El perro da un respingo para volver al suelo y sale de la habitación. Irina vuelve a tumbarse. Escucha el sonido del perro masticando en la cocina. Ella también tiene hambre. ¿Dónde estará Alexéi? ¿No viene hoy a comer? ¿Cómo es que no está ya aquí? Los lunes siempre sale temprano. Y más un día como hoy. Seguro que ya viene. Tiene que estar al caer. Pero el hecho es que no llega. Irina se levanta. Hace frío. Se echa la manta por los hombros y va hasta la cocina. Últimamente la manta sobre los hombros se está convirtiendo en su atuendo más frecuente. Se sienta a la mesa. Las lágrimas ruedan por sus mejillas sin que ella se moleste en secárselas.

Empieza a llover. Se acomoda bajo la manta, se abriga bien y se recuesta en la silla pacientemente. De nuevo se oyen sonidos de platos y cubiertos de los vecinos de arriba o los de al lado. Pasados unos minutos el ruido de las cocinas va desapareciendo. Irina continúa sentada, columpiándose sobre las patas traseras de la silla, la cabeza contra la pared. Construye con desgana hipótesis sobre lo que estará haciendo Alexéi en este momento. Lo imagina celebrando su fiesta de cumpleaños en una mesa inmensa, rodeado de personas, borracho, brindando en medio del jolgorio y la algarabía. Después imagina a Alexéi solo bebiendo vodka, o paseando por la calle, haciendo tiempo antes de volver a entrar en casa. La tarde transcurre perezosamente. ¿Y si no viene más? Irina contempla todas las opciones sin inmutarse, invadida por la tristeza, abierta a cualquier posibilidad. Podría abrir la puerta ahora mismo y marcharse, sí, pero ¿adónde? ¿Qué hay ahí fuera que le interese? ¿Qué hay ahí fuera mejor que lo que tiene aquí dentro? Por poco que tenga aquí dentro, ya es mejor que la realidad. Si Alexéi no viene... Si Alexéi no viene se irá a dormir, y mañana se levantará, y esperará de nuevo envuelta en la manta, columpiándose sobre las patas traseras de la silla, la cabeza contra la pared, mirando por la ventana.

El frío se intensifica. Irina se arrebuja dentro de la manta. Sube los pies a la silla y se abraza las rodillas mientras apoya en ellas la frente. Se cubre por completo con la manta como una crisálida dentro del capullo, cerrando cada mínima abertura que deje entrar la luz o el frío. Siente su respiración húmeda y caliente en los muslos, lenta, cadenciosa. Abre los ojos. Los cierra de nuevo. Inspira profundamente. Percibe su propio olor y vuelve a espirar dentro de la exigua cavidad. Abre otra vez los ojos y contempla la oscuridad. No advierte diferencia alguna entre esa oscuridad total y la que le ofrecen los párpados. No hay diferencia entre tener los ojos cerrados o abiertos a este aire negro, lleno de sí misma, de su silencio, de su olor. Esta respiración, este espacio vacío es todo lo que tiene, todo lo que queda de ella, todo lo que es. No llora. Ya no. No entiende por qué esta conclusión apenas la perturba. No es mucho, pero acaso, en suma, quizá nadie es más que eso, un olor disolviéndose en el aire. E inspira. Inspira todo el aire que le cabe en los pulmones hasta que ya no puede más. Después saca la cabeza y los vacía en la cocina.

Se levanta, abre la ventana y deja entrar el frío para que se lleve su olor, el olor de este momento, de este día, y lo arrastre, lo disuelva para siempre.

Llovizna ligeramente. Misha dormita ovillado junto a la pata de la mesa. ¿Qué mentira traerá Alexéi? Quizá ahora está aparcando el coche o caminando por la calle, pensando en qué engaño contar para que suene verosímil, para que resulte aceptable y ella lo admita sin rechistar. Qué absurdo, Alexéi. No es necesario.

Las horas pasan. Con un zumbido las farolas se encienden dentro de la luz aún viva de la tarde moribunda. Misha se yergue. Alza las orejas. Se sacude el sueño y camina hacia la puerta. Segundos después suena la cerradura. Es Alexéi. ¿Quién si no? Irina permanece inmóvil, contemplando languidecer lo que queda de día por la ventana. Es como si estuviese anestesiada, petrificada. No encuentra fuerzas para mover un músculo. Alexéi se descalza y entra azorado en la cocina.

¿Estás bien, Irina? Perdóname. No te lo vas a creer. No podía salir del colegio. Me han preparado una fiesta de cumpleaños. Una fiesta sorpresa. No podía irme y dejar allí a todo el mundo. Me he marchado en cuanto he podido fingiendo que la tarta me ha sentado mal. Lo siento, cariño. Lo siento. No sabes cómo lo siento.

Irina sonríe sin decir una palabra. Esperaba algo así. Es impecable, desde luego. Podría incluso ser verdad. Pero en realidad ni siquiera le importa. No le duele. Le deja continuar con su sonrisa como única réplica.

¿Estás bien, Irina? Ella ni siquiera habla. Responde afirmativamente con un movimiento de cabeza y una sonrisa impostada. ¿Te preparo algo?

No, no te preocupes.

¿Cómo no me voy a preocupar? Si no había apenas nada que comer. Déjame que me cambie de ropa y te preparo algo.

Alexéi sale de la cocina. Ha dejado sobre la mesa una bolsa con lo que supuestamente es ese algo de comer, ese algo rico, para celebrar su cumpleaños que ha mencionado esta mañana.

Cuando vuelve mira extrañado a Irina y la bolsa intacta frente a ella.

¿No quieres saber lo que traigo para cenar?

No tengo mucha hambre.

¿No?

No.

Pero si no había nada de comer, ¿qué has comido?

Nada, simplemente no tengo hambre.

Mira, Irina, lo siento, no sabía que me habían preparado una fiesta sorpresa. No tenía ni idea de que me hubiesen preparado nada. Ni siquiera me lo podía imaginar. No es algo que se haga habitualmente en el colegio. Los profesores no suelen celebrar estas cosas. De hecho creo que es la primera vez que se hace.

No te preocupes, no pasa nada.

¿Cómo que no pasa nada? Pero si ni siquiera has comido.

No te preocupes. Ha sido un contratiempo, solo una casualidad. No pasa nada.

¿Estás bien?

Sí.

De acuerdo. ¿Seguro que no quieres tarta?

Quizá más tarde.

Irina está distraída mirando por la ventana. Alexéi se acerca a su lado.

Te dejo comida en el frigorífico, Irina. Hoy quizá llegue más tarde.

¿Sí?

Sí, solo quizá, pero por si acaso, para que no vuelva a ocurrir lo de la semana pasada.

¿Vas a llegar muy tarde?

No, no creo. En cuanto termine la función de fin de curso que ha organizado la señorita Yekaterina.

¿Es hoy?

Sí, es hoy.

De acuerdo.

Solo tienes que calentarlo.

De acuerdo.

Muy bien. Luego te cuento cómo ha ido.

Alexéi se agacha y le da un beso en el pelo, cerca de la sien.

Cuando Alexéi regresa, Misha está arañando la puerta desde dentro e Irina juega sola al ajedrez. Al final la cosa no se ha alargado. La función apenas ha durado un par de horas y el curso ha terminado oficialmente antes de comer. Ya solo falta el reparto de notas a los padres de los alumnos, pero por lo demás ya se puede considerar que el curso ha concluido.

¿Qué tal la función?

Ha sido muy bonita, aunque ha habido algunos números no muy buenos.

Irina empieza a preguntar sobre tal o cual compañera, tal o cual amiga, sobre Roman, sobre las notas de los alumnos, sobre la obra de teatro que han representado para los padres. Alexéi le explica que lo han hecho muy bien, pero que Roman no salía. Una niña muy gorda hacía de cocodrilo y se le ha roto el disfraz. Ambos ríen. Dedican toda la tarde a hablar de la función y de los excompañeros de clase de Irina. Anochece sin que apenas se den cuenta.

Se oyen los ladridos de Misha al otro lado de la puerta y sus patitas arañándola. Alexéi se cambia de mano las bolsas de la compra para encender la luz del descansillo. Tantea en los bolsillos, la chaqueta, el pantalón, la camisa, el pantalón de nuevo. Escucha el sonido metálico y con una mano ciega busca las llaves entre las monedas, un botón, un pañuelo de papel. Misha sigue arañando la puerta y ladrando. Alexéi sigue buscando las llaves: un bolígrafo, un mechero, billetes y… por fin. Un vecino sale de su casa. Es Fiódor, el marido de Olya. Se saludan justo en el momento en que a Alexéi se le caen las llaves. Fiódor se agacha a recogerlas. Alexéi redistribuye en su mano ocupada las bolsas de la compra y extiende la que le queda libre.

Gracias.

De nada. ¿Quiere que lo ayude?

No hace falta, gracias.

Pero Fiódor echa mano a una de las bolsas mientras Alexéi introduce la llave en la cerradura. Alexéi, que sigue sin soltar el asa, no se da cuenta del momento en que se rompe y las zanahorias y cebollas ruedan por el suelo entre los ladridos de Misha.

Perdón, qué desastre.

No se preocupe, no pasa nada.

Pero antes de que Alexéi deje las bolsas en el suelo Fíodor ya se ha agachado y está recogiendo hortalizas.

No es necesario, gracias, no se moleste.

Pero si no es molestia.

Alexéi empieza a sudar mientras con su mano libre recoge unas patatas, recorriendo todas las posibles excusas disponibles para no abrir esa puerta mientras Fiódor ya tiene en su regazo las cebollas, tomates y zanahorias que había por el suelo.

Póngame aquí esas patatas y abra la puerta.

Alexéi, que entiende que no puede dejar al vecino ahí de pie, con los brazos llenos de hortalizas, deposita las patatas en la montaña de verduras que sujeta Fiódor entre sus brazos y mete la llave en la cerradura. Siente una gota de sudor en la sien. Le zumban los oídos. Apenas puede oír nada. Tiene que abrir. Tiene que girar la llave. Finge que la cerradura no funciona, que la llave no abre. Es ridículo. Fiódor espera de pie a su lado. Lo mira y le dice: Déjeme a mí. Deposita el montón de verduras en los brazos de Alexéi y gira la llave. La puerta se abre. Alexéi siente su corazón golpeando como un ariete. El vecino toma las hortalizas, entra y se quita los zapatos en la entrada. Alexéi sigue de pie en el descansillo, no puede moverse, no puede dar un paso, está pálido. Va a desplomarse.

Alexéi, ¿se encuentra bien?

Sí, sí, me encuentro bien.

Entra detrás de Fiódor. Caminan hasta la cocina. Está vacía. Irina no está.

Muchas gracias.

De nada, me voy que tengo prisa.

De acuerdo, muchas gracias de nuevo.

Adiós.

Adiós.

Y Fiódor sale cerrando la puerta a su espalda. Alexéi se sienta. Tiene que sentarse. Le tiemblan las manos, le flaquean las piernas. Ha estado a punto de suceder. Ha estado a punto de ser descubierto. ¿Dónde está Irina? Casi no puede respirar. La chica llega a la cocina. Lo mira y se asusta.

¿Qué te ocurre, Alexéi?

Nada, nada. ¿Dónde estabas?

En el baño, haciendo pis.

A Alexéi se le cae una lágrima. Ella lo observa con desconcierto.

¿Estás bien?

Sí, estoy bien. Acércate.

La chica se acerca hasta donde está él. Alexéi, sentado, la abraza por la cintura. Largo rato. Ella le pasa la mano por el pelo, en silencio.

Irina, tenemos que fijar un protocolo para evitar que seas descubierta.

¿Un protocolo? ¿Qué es un protocolo?

Un procedimiento, unas instrucciones.

No te entiendo.

Como lo de anteayer. Si en lugar de estar en el baño hubieses estado en la cocina, el vecino te habría descubierto.

Ya, pero eso es una casualidad.

Es una casualidad muy improbable, pero posible a pesar de todo.

Sí, es posible a pesar de todo.

He pensado que cuando yo llegue, cada vez que oigas la puerta, te metas en el baño, para minimizar los riesgos.

Pero…

Me parece lo más prudente, considerando la situación en la que estamos.

¿Algo más?

Sí, estoy pensando más cosas.

¿Como por ejemplo?

No quiero que te acerques a las ventanas. Podría verte algún vecino.

¿Cómo no voy a asomarme a las ventanas? ¿Pretendes que esté aquí encerrada y no pueda ni siquiera mirar por las ventanas?

Bueno, si te acercas a las ventanas quiero que lo hagas llevando unas gafas de sol.

¿Unas gafas de sol?

Sí. Es por precaución.

Pero…

Ni pero ni nada.

Pero es que…
¿Qué?
Que no tengo gafas de sol.
Yo te traeré unas.
Como quieras.
Y tampoco debes relajarte con los ruidos.
¿Relajarme?
Hablar en voz alta, caminar con tacones, poner la radio…
Pero Misha puede servir para disimular un poco los ruidos, ¿no?
Los ruidos sí, pero no las voces.
Ya.
¿Vas a hacerlo?
Sí.
De acuerdo. Ya te iré explicando más cosas según se me ocurran.
De acuerdo. Oye, Alexéi.
Dime.
Si los ruidos fuesen de un color, ¿de qué color crees que sería el ruido que hacemos en esta casa?
¿Color?
Sí, ¿no te acuerdas? El color del ruido. ¿De qué color crees que sería el ruido que les llega a los vecinos?
No sé… ¿Naranja?
Naranja me gusta.
Sí.
¿Y de qué sabor?
No sé. ¿Café?
Y ¿hasta dónde llegaría el color y el sabor del ruido que hacemos en casa?
No lo sé.
¿Hasta la calle?
No, mujer.
¿A los vecinos de arriba o abajo? ¿A los de los lados?
Depende. Si hablamos bajito, ni siquiera.
¿Tú crees que ese ruido tiene un límite?

¿Cómo?

Si no tuviese límite, llegaría a todas partes, ¿no? Y todo sería naranja y con sabor a café.

No sé. A lo mejor llega a todas partes, pero ya muy bajito.

A lo mejor tiene un borde.

¿Un borde?

Un final.

Puede ser.

Hace mucho tiempo que Alexéi no venía al hotel Polissya. El camarero le sonríe con complicidad. Lo recuerda. Lo mira con una cierta superioridad, con esa vanidad que suele servir de recompensa a la paciencia de quien te advirtió de que recaerías y después ha esperado a que ocurriese para sentirse cargado de razón. Alexéi siente exactamente eso en el silencio del camarero. Siente ese «¿qué pensabas, que te ibas a salvar?» en su servil cortesía cuando le dice «acompáñeme, por favor». El local está prácticamente vacío. Solo las lámparas del puñado de mesas ocupadas, iluminando tenuemente a hombres sentados en la penumbra, su soledad desnuda frente a una botella de vodka. El camarero regresa con una bandeja. Deja la botella y un vaso. ¿Desea algo más? Y Alexéi vuelve a sentir esa autoridad, esa ternura con que la desgracia da la bienvenida. Da las gracias negando con la cabeza. Apenas un sonido. El camarero menudo y de aspecto ríspido se retira y Alexéi mira frente a sí. La botella de vodka lo está esperando. La abre. Vierte el contenido en el vaso y traga. Siente el calor en la garganta, descendiendo por la faringe y el esófago. Un vaso. Otro vaso. Otro vaso. La embriaguez lo golpeará en unos minutos y el día habrá terminado. Caminará tambaleándose hasta casa. Irina estará dormida y él podrá desplomarse en el sofá sin tener que dar explicaciones sobre el día de hoy, el día en que ha nacido Tanya, la hija de Helga e Ivan.

Otro vaso.

Otro más.

El calor del tazón de cacao se transmite a las manos de la chica, que lo sujeta ante sí mientras contempla con agudeza el tablero de ajedrez. Suelta la taza para avanzar un peón en una jugada aparentemente inofensiva, y alza la vista a Alexéi mordiéndose el pulgar. Él responde distraídamente protegiéndose un caballo, e Irina devuelve las manos al tazón y se muerde el labio como siempre que está a punto de iniciar una jugada arriesgada.

Alexéi tiene la cabeza en otra parte. De hecho no es muy normal que Irina vaya ganando. Aunque puede que sea justo lo contrario: como no está acostumbrado a perder, a lo mejor por eso está tan serio. Claro, por eso está tan irritado. Pero a Irina no le importa. Le da igual ganar que perder, lo que le gustan son las vacaciones. Alexéi no tiene que ir a trabajar y pueden pasar el día entero juntos. Jugando al ajedrez, cocinando, leyendo, haciéndose compañía.

Irina no sabe qué hacer. Le toca mover a ella. Quizá debería dejarse ganar para evitar que Alexéi siga tan serio. Quizá un movimiento en falso y perder la reina. Alexéi no se da ni cuenta. Sigue jugando como si nada pasara. Está jugando muy mal, muy desconcentrado. ¿Qué estará pensando? Irina pierde la partida rápidamente pero el rictus de Alexéi no cambia. ¿Qué le pasa? Apenas habla. Apenas bromea como cuando juegan normalmente.

La comida transcurre en la misma tónica. En completo silencio.

Finalmente Irina se levanta a recoger los cacharros, y cuando está tomando el plato de él se sienta a su lado.

¿Te ocurre algo, Alexéi?

No.

No me digas que no, sé que te ocurre algo.

No es nada.

Siento si yo…

Tú no has hecho nada. Vuelve a sacar el tablero de ajedrez, vamos a jugar una partida.

De acuerdo.

Pero esta vez, en serio.

Setenta y cinco mil muertos. La cifra es tan astronómica que, por un momento, Alexéi se queda encasquillado en ella. ¿Ha conocido él en toda su vida a setenta y cinco mil personas? ¿Viven en su propia ciudad setenta y cinco mil personas? Quizá. ¿Cuánto espacio ocupan setenta y cinco mil cadáveres? ¿Quién los contó? No es capaz de hacerse a la idea del volumen de la tragedia. No es de extrañar que ese pobre diablo se haya terminado suicidando, aunque sea cuarenta años después de soltar la bomba.

Mira, Alexéi, mira, ¡fíjate!

Qué pasa, Irina.

Mira, fíjate.

Alexéi alza la vista del periódico. Irina está de pie junto a él.

¿Qué pasa?

Fíjate, ¿te das cuenta?

La chica se señala los pies. Alexéi baja la vista y ve a Irina con sus zapatos puestos. Le están grandísimos. Ella lo mira sonriente.

Tienes unos pies enormes.

O tú muy pequeños.

¿Qué número usas?

Un cuarenta y dos.

Jo, yo solo tengo un treinta y cuatro.

Pero solo mides uno sesenta y uno.

Ya.

Fíjate en las manos.

Irina se sienta a su lado. Alexéi extiende su mano entre ambos con la palma hacia arriba. Irina pone la suya sobre la de Alexéi. Pasa un buen rato encajando ambas manos, haciendo coincidir el pulpejo para ver cuánto sobresalen los dedos de Alexéi respecto de los suyos. Él alza su mano y ella recoloca la suya sobre la de él mirando fijamente el punto de coincidencia con ensimismamiento, casi con fascinación. Alexéi mira la mano de la chica, después la mira a ella, sonriente, cautivada por la diferencia de tamaño.

¿Tú sabes leer la mano, Alexéi?

Pues no tengo ni idea.

Yo tampoco.

Sé que hay una línea que es la línea de la vida, y otra que es la del amor, pero no estoy seguro de cuál es cuál.

Irina sujeta la mano de Alexéi y examina los surcos de sus arrugas. Alexéi ve cómo ella recorre con sus dedos las líneas y cómo las compara con las de su propia mano, cómo busca en su mano su propio destino, su futuro. Contempla esa inquietud, esa pregunta. ¿Viviré mucho? ¿Moriré pronto? ¿Conoceré el amor? ¿Seré amada? ¿Tendré hijos? ¿Hijas? ¿Me visitará la fatalidad? ¿La desventura? ¿La fortuna? ¿La ruina? Alexéi no puede evitar pensar en ese número, en esos setenta y cinco mil cadáveres. ¿Se interrumpiría la línea de la vida de cada persona exactamente en el mismo punto? ¿Reflejarían sus manos la interrupción que supuso la masacre?

No creas esas cosas, Irina, son mentira.

¿Tú no las crees?

No.

Pues yo sí.

¿Crees que si hay un terremoto, o una guerra, o un bombardeo, la muerte de esos miles de personas estaba en las manos?

No lo sé.

¿Crees que las setenta y cinco mil víctimas de Nagasaki tenían escrito su destino en las manos?

No sé qué es Nagasaki.

Una ciudad de Japón.

Y ¿qué pasó en Nagasaki?

La bomba atómica.

¿La bomba atómica?

Sí.

¿Una sola bomba puede matar a setenta y cinco mil personas?

Una bomba atómica puede arrasar una ciudad entera.

¿Como esta?

Sí, pero afortunadamente no estamos en guerra.

Irina mira con atención a Alexéi, que le explica que acaba de leer en el periódico que ayer se suicidó Paul Bregman. Cuando Irina pregunta quién es ese señor, Alexéi continúa explicando que es el piloto que cuarenta años atrás lanzó la segunda bomba atómica, durante la Segunda Guerra Mundial. Irina pregunta de nuevo cuándo fue, por qué razón, y cómo es posible una guerra en la que todos luchan contra todos. Vuelve a medir su mano con la de Alexéi mientras él continúa con la explicación, contándole que su abuelo Oleg murió en la batalla de Leningrado, y el padre de este, su bisabuelo Anton, cayó en el cuarenta y uno, en el cerco sobre Kiev. Irina está despistada, pensando en otra cosa, mientras Alexéi le cuenta que su propio padre, Piotr, herido en la pierna en el cuarenta y dos, tuvo que retirarse del frente. Le explica el avance alemán, la Operación Tifón contra Moscú... Irina debería saber todas estas cosas. Debería estar al mismo nivel que sus compañeros de clase. Alexéi no puede desatender su educación. Tiene que ocuparse de este tema.

Irina...

La chica sigue totalmente abstraída midiendo su mano con la de él.

Es sorprendente que la primera persona por quien pregunta Irina sea Roman. Antes incluso que por Sveta, su propia hermana. Alexéi le habla de todos sus antiguos compañeros. Todos a los que ha visto por allí. Los de siempre. Roman, desde luego. Ha crecido mucho. Ha pegado el estirón.

¿Y el hermano de Roman?

No, ya no está en el colegio. Terminó el curso pasado. Y este año es Roman el que está en el último curso. De tu curso, Irina, he visto a esa niña de las gafas, ¿Alina se llamaba?

No sé.

Una con unas gafotas marrones.

¿Alyona?

Eso, Alyona.

¿Y quién más?

Otra niña, una muy alta con cara de roedor.

Klara.

Sí, puede ser Klara. Y otra más, una muy gorda.

Esa sí que no sé quién es.

Sí lo sabes, la que cantó disfrazada los villancicos en la función de Navidad.

Pero si no fui a la función de Navidad, ¿no ves que estaba aquí?

Claro, es verdad.

¿Ya no te acuerdas desde cuándo estoy aquí?

Pues… Diez meses, casi once.

Casi un año ya.

Sí, casi un año.

Alexéi se queda mirando a Irina en silencio.

¿No vas a medirme contra la pared para ver cuánto he crecido? Alexéi sonríe. ¿Qué tal te ha sentado volver a trabajar?

Lo que menos me apetece de volver a trabajar es volver a encontrarme con Anya, Inga y Lyuba.

No sé quiénes son.

Son las profesoras de los últimos cursos.

Claro, por eso no las conozco.

Con Borís y con Nastya aún me llevo bien, pero a ellas tres no las puedo ni ver.

A mí Borís me caía muy mal, pero a la que no podía soportar era a Yekaterina.

Pues te equivocas con ella, se preocupaba mucho por ti. Más que la señorita Nastya. ¿Te acuerdas del día de la piscina?

Sí me acuerdo.

Irina se pisa un pie con el otro, mira al suelo y se abisma en un silencio profundísimo.

Alexéi intenta sacarla de esa reclusión repentina:

Hay muchos alumnos nuevos, cada año entran más niños.

Irina sigue en silencio. Alexéi lo intenta de nuevo:

Y hay un cotilleo rondando entre los profesores; aún no lo sabe nadie, pero parece ser que Borís y Nastya se han hecho novios.

Irina continúa callada.

Pero no se lo puedes contar a nadie.

La chica alza un instante la vista.

¿A quién se lo voy a contar?

Mira, Irina, acaban de descubrir los restos del Titanic.

¿Qué Titanic?

El barco que se hundió.

¿Qué barco que se hundió?

¿No conoces la historia?

No.

Escucha, escucha, que te la leo.

«Ayer, una expedición científica franco-norteamericana confirmó haber encontrado los restos del lujoso transatlántico Titanic en las frías aguas del Atlántico Norte, al sur de Terranova. Tras usar robots submarinos, la expedición, formada por dos barcos oceanográficos, hubo de recurrir a un sofisticado equipo de sonar y cámaras submarinas capaces de soportar la inmensa presión y oscuridad de las profundidades marinas para poder identificar el barco, que se encuentra a más de 4.000 metros de profundidad.

»Al menos tres expediciones anteriores fracasaron en la búsqueda de los restos del Titanic. El doctor Ballard, líder de la actual expedición, anunció ayer que sería "ridículo" cualquier intento de rescatar los restos, y que el equipo ha propuesto convertirlos en un monumento marítimo. Además, se encuentran a tal profundidad que sería imposible su rescate, y no desean arriesgar la vida de sus buceadores, razón por la que se suspende la investigación.»

Pero el Titanic ese ¿por qué es tan importante?

Espera, espera. Ahora viene. Mira, aquí lo pone.

Y Alexéi relata el naufragio al chocar con un iceberg, hace 73 años, en su viaje inaugural entre Reino Unido y Nueva York en abril de 1912, y cómo de las 2.200 personas que iban a bordo 1.513 murieron debido a la falta de botes salvavidas.

Sin olvidar a la orquesta interpretando las últimas notas justo antes del naufragio de la nave.

¿La orquesta?

Sí, la orquesta estuvo tocando hasta el último momento.

Irina escucha a Alexéi relatar la tragedia. Él se explaya en explicaciones sobre las gélidas aguas de Terranova, sobre la imprudencia de navegar a toda máquina entre icebergs en la profunda noche ártica. Irina pregunta una y otra vez sobre tal o cual detalle y escucha mordiéndose el pulgar como cuando juega al ajedrez.

¿Cómo podía desconocer la tragedia del Titanic? ¿Cómo es posible que desconozca cosas tan básicas? Necesita clases urgentemente. Si no se va a quedar rezagada con respecto de sus compañeros.

Irina, ¿de verdad que no conocías la tragedia del Titanic?

No.

Creo que no puedes seguir sin clases.

¿Clases?

Sí, clases. Creo que debes retomar las clases. No puedes pasar aquí todo el día sin hacer nada mientras tus compañeros progresan cada cual en su curso.

Pero... ¿quieres que vuelva a la escuela?

No, eso no puede ser.

¿Entonces?

Entonces yo seré tu profesor. Y nos ocuparemos de tus asignaturas, de matemáticas, y lengua, y ciencias, historia y todas esas cosas. Y así no ocurrirá que a estas alturas no conozcas cosas tan básicas como la tragedia del Titanic, o la Segunda Guerra Mundial.

Pues yo no quiero estudiar matemáticas.

De acuerdo. Nada de matemáticas.

¿No?

Si no quieres, no.

Es que se me dan muy mal.

Y eso ¿cómo lo sabes?

Porque siempre saco muy malas notas en los exámenes.

Pero es que yo no te voy a hacer exámenes.

¿No?

No. No quiero que saques buenas o malas notas. Quiero que aprendas lo que tiene que saber una chica de tu edad. Ni más ni menos.

¿Sin exámenes?

Sin exámenes.

Bueno.

Mañana empezamos.

¿Sin exámenes?

Sí, sin exámenes. Pero vas a tener que estudiar. Matemáticas, y geografía, y...

Y música. Me gusta mucho la música. Y el cine.

Pues música y cine también. Y todo lo que quieras saber.

¿Lo que yo quiera saber?

¿Qué quieres saber? ¿Qué quieres estudiar?

No sé. Muchas cosas. Irina abraza a Alexéi. Muchas cosas. Todas las cosas.

«Hoy, 3 de septiembre de 1985, comienza de nuevo el reto de ajedrez entre Kaspárov y Kárpov, que había quedado interrumpido en febrero tras la controvertida decisión del presidente de la Federación Mundial de Ajedrez, Florencio Campomanes. Se trata de un nuevo campeonato del mundo, esta vez en Moscú, en el teatro Chaikovski, según el sistema clásico, al mejor de veinticuatro partidas, en el que las tablas no cuentan como…»

¿Tú quién crees que va a ganar, Alexéi?

No tengo ni idea, ¿y tú?

Yo creo que Kaspárov.

¿Por qué?

No sé, me parece más guapo y más joven.

¿Más guapo?

Sí.

Pues si tú dices Kaspárov, yo digo Kárpov.

¿Y el que gane?

El que gane puede pedir lo que quiera.

¿Lo que quiera, sea lo que sea?

Sí.

Trato hecho.

Trato hecho.

De acuerdo.

La chica hace una pausa.

Alexéi.

Dime.

Tú eres más guapo que Kaspárov.

Gracias.

Alexéi se detiene frente a la puerta antes de entrar, como cada día, solo unos segundos antes de meter la llave en la cerradura. Misha sobre sus patitas de atrás emite ruidos raros anteriores al ladrido. Cuando Alexéi abre la puerta el perro entra corriendo hasta el sofá, donde Irina, como cada mañana, ha vuelto a quedarse dormida. Empieza a protestar en cuanto Alexéi enciende la radio.

Tengo mucho sueño, déjame dormir un ratito más.

Alexéi mientras tanto pone comida en el cuenco de Misha y prepara el desayuno. Irina sigue protestando, que si el sueño, que si un poco más, que si no tiene hambre.

Calla, Irina, un segundo, por favor, déjame escuchar las noticias.

«... un sismo ocurrido en la madrugada de ayer, que alcanzó una magnitud de 8.1.»

¿Qué ha pasado?

No lo sé, déjame oír la radio.

«... el epicentro se localizó en el Pacífico mexicano, cercano a la desembocadura del río Balsas en la costa del estado de Michoacán, y a quince kilómetros de profundidad bajo la corteza terrestre.»

Bueno, qué más da, un terremoto en México.

Calla, déjame oír.

«... el sismo, con una duración aproximada de dos minutos, afectó a la zona centro, sur y occidente de México, en particular el Distrito Federal, en donde se percibió a las 07.19 hora local. Ha sido el más significativo y mortífero de la historia de dicho país, superando al registrado en 1957. Aún se desconocen cifras exactas, pero el número de desaparecidos supera los diez mil. La ayuda internacional, rechazada en un principio por el gobierno federal, está siendo aceptada, al verse sobrepasadas sus capacidades de reacción ante la magnitud de la catástrofe...»

Alexéi vuelve a la cocina y sigue preparando el desayuno. Irina se levanta y camina hasta la cocina cubierta con la manta como un indigente. Se sienta a la mesa y pregunta a Alexéi cosas sobre México mientras desayuna. Cuánta gente vive allí. Cómo es de grande en comparación con Kiev. Si hace mucho frío. Cómo es la comida. Cuál es el idioma.

Alexéi, que nunca ha estado allí, solo menciona que está al sur de Estados Unidos, con quien no tiene demasiado buena relación, que está entre el Pacífico y el Caribe, que tiene playas maravillosas y comida picante, y que los mayas inventaron el chocolate.

¿Los mayas?

La cultura maya es la que reinaba antes de la llegada de los españoles.

¿Inventaron el chocolate?

Sí, y muchas más cosas. Si te portas bien y te estudias lo que hemos hablado de matemáticas y de historia, te traigo una cosita esta tarde.

¿Una cosita?

Sí.

¿Qué cosita?

Ya lo verás.

Bueno.

¿Sabes qué día es hoy?

No.

Hoy hace un año que vives en esta casa.

¿Un año ya?

Sí, un año.

No me lo puedo creer.

Ni yo.

Es como nuestro aniversario.

Ja, ja, ja, sí, ya llevas un año aquí. No ha sido tan horrible, ¿no?

No. Solo me queda otro año y podremos marcharnos de aquí donde queramos.

¿Dónde quieres?

No sé.

¿No has pensado ningún sitio?

No.

Míralo en el atlas, que para eso te lo he traído.

No sé, a lo mejor a México.

¿Te gusta México?

Me gusta mucho el chocolate.

Bueno, piénsalo y luego me lo cuentas, ¿de acuerdo?

Sí.

Alexéi sale cerrando la puerta con llave tras de sí. Irina desayuna pasando las páginas satinadas del atlas que le regaló Alexéi. Es su libro preferido. Se sumerge en las fotos de monumentos, calles y celebraciones folclóricas de cada lugar. Latinoamérica, Marruecos, India, Australia, Canadá. Le encantaría vivir en todos esos sitios. En todas esas ciudades. Barcelona. Atenas. Estambul. Por qué no. Pero es que le encanta el chocolate. Y México tiene tantos colores, y las playas, y los monumentos mayas también le gustan mucho. Otro sitio que también le gusta es Indonesia, porque le encantan los animales raros y exóticos, y allí hay de todo, serpientes, arañas grandísimas y lagartos brillantes. Lo que menos le gusta es China, bueno, y Japón, porque las personas tienen una expresión extraña, como de enfado. Y no entiende esas cosas culturales tan distintas. Pero también le interesa. Se estudia el atlas todos los días. Cada foto. Cada imagen. Cada gráfico de condiciones socioeconómicas, políticas, demográficas, aunque no los entienda. Solo un año. Solo falta un año.

Misha alza la cabeza. Suspende un segundo el movimiento de la cola y sale como una flecha hacia la puerta. Suena la cerradura. Irina sale corriendo hacia el baño. ¿Qué hora es? ¿Ya es mediodía? ¿Ya está Alexéi de vuelta?

Suenan los tres toques acordados en la puerta del baño e Irina sale. Alexéi ha traído un pastel. Misha salta en torno de ellos mientras comen, hasta que Irina lo coge en su regazo.

Un año.

Sí, un año.

El mes que viene cumples diecisiete, y desde ese momento, entramos en la cuenta atrás.

Sí.

¿Cómo te sientes?

No sé, un poco rara.

No parece que haya pasado un año, ¿verdad?

No. Casi parece que llegué hace dos semanas.

Pues no llegaste hace dos semanas. Te puedo asegurar que llegaste hace trescientos sesenta y cinco días, ¿te acuerdas?

No me acuerdo mucho.

Venías vestida con el jersey de cuello vuelto blanco, la camisa rosa, la falda vaquera, los leotardos azules, el abrigo y los zapatos de cordones marrones llenos de barro.

No me los he vuelto a poner.

No, los metí en la lavadora y después los guardé en el armario del dormitorio. Tenías la ropa calada, ¿te acuerdas?

Sí.

Te preparé un baño caliente y te puse en la puerta unos pantalones míos de chándal y un jersey gris oscuro de punto grueso.

Sí, recuerdo que tu ropa me estaba muy grande, sobre todo los calcetines.

Después nos tomamos un *borsch*.

Estaba muy malo.

No estaba tan malo.

Estaba malo, pero caliente.

Y tú estabas muy callada.

Sí.

Y después no querías quedarte a oscuras en el dormitorio.

De eso no me acuerdo.

Sí, y me quedé sentado en la cama, a tu lado, hasta que te quedaste dormida.

No me acuerdo.

Es normal que no te acuerdes, ha pasado un año entero desde entonces.

Es verdad.

Ven, ven aquí, a ver cuánto has crecido.

¿Otra vez me vas a medir? Ya estoy dejando de crecer.

¿Dejando de crecer?

Sí, porque ya soy mayor y me pasa como a ti.

Ah, ¿sí?

Sí, y estoy harta de que me midas contra la pared como si fuese una niña.

Pero…

Quiero unos pendientes, y maquillaje, y quiero ropa, unas medias y otros zapatos, y que no me cortes el pelo, y quiero depilarme.

Pero si no tienes pelos en las piernas.

Quiero depilarme.

De acuerdo.

Y quiero un abrigo, y maquillaje, y unos pendientes nuevos, y un vestido largo, y un reloj, y ropa interior, y medias, y un secador de pelo, y sujetadores, y…

De acuerdo, Irina; quizá sea mejor que hagas una lista.

No necesito hacer ninguna lista. Sé perfectamente lo que quiero.

Estoy harta del solfeo.

¿No decías que querías estudiar música?

Pero el solfeo no me gusta.

A nadie le gusta, pero es la base para después.

Pues yo no quiero.

Y ¿qué quieres estudiar?

El atlas.

Pero si te lo sabes de memoria.

Me da igual. Tráeme otro.

No, tienes que estudiar más materias. No puedes quedarte solo en el atlas, tienes que estudiar matemáticas, y gramática, y física, y ciencias naturales.

No quiero.

Pero ¿por qué no?

Dijiste que podría estudiar lo que quisiera.

Sí, pero también tienes que estudiar las materias básicas porque si no tendrás lagunas. Hoy, por ejemplo, ha muerto Orson Welles. ¿Sabes quién es Orson Welles?

Me da igual quién sea Orson Welles o lo que haya hecho.

¿No decías que te gustaba el cine?

Y ¿qué?

Pues que es el director de una de las mejores películas de la historia.

Que me da igual.

Irina se recoge el pelo por detrás de la oreja y se lleva el índice a la boca para pasar de página.

¿Por qué has empezado por *La isla del tesoro,* Irina?

No sé.

¿Es el que más te ha interesado?

Este y el de *El jugador.*

Bueno, *El jugador* es un libro un poco más difícil.

¿Me tengo que leer todos?

Deberías intentarlo por lo menos.

Irina resopla con fuerza haciendo agitarse su flequillo mientras ojea cada uno de los libros que le ha traído Alexéi. *Viaje al centro de la Tierra. El jugador. Retrato del artista adolescente. Diez negritos. El rey Lear.*

Esto es muchísimo, Alexéi, voy a tardar una eternidad.

Bueno, ve despacio, poco a poco. No tienes ninguna prisa, ¿no?

No, supongo que no tengo ninguna prisa. Tengo un año entero para terminármelos.

Alexéi no sabe qué responder. Irina vuelve a llevarse el pulgar a la boca para mordérselo. Recorre con los ojos las primeras frases de cada uno. Compara las primeras palabras. La primera letra. El primer sonido. Alexéi la observa en silencio, tumbada en el sofá, con la capucha puesta, los codos apoyados en el cojín, boca abajo, las piernas dobladas, los calcetines polvorientos en la zona de las plantas de los pies, empezando a leer, comenzando el viaje, envidiando no solo la ingenuidad con la que acomete esta primera lectura, sino la limpieza con la que mira el mundo entero. Esa limpieza irrecuperable.

Después de cerrar la puerta a su espalda y sentarse en el banco para quitarse los zapatos, Alexéi se incorpora y camina en calcetines hasta el baño para tocar con los nudillos la señal acostumbrada, pero la puerta del baño está abierta y la luz apagada. La enciende. La chica no está. ¿Irina? Retrocede hasta el pasillo. ¿Dónde está? En el silencio se oye un murmullo. Quizá es la radio. La radio está encendida. Se lo ha prohibido específicamente. ¿Por qué no respeta las normas? Podría haber llegado acompañado por alguien. Un descuido, un solo despiste y todo habrá terminado. Abre la puerta del salón cargado de razones, dispuesto a reprenderla. Sin embargo, está sentada en el suelo, junto a la radio, cabizbaja. Cuando Alexéi la llama por su nombre ella alza la vista, sus inmensos ojos llenos de lágrimas.

Irina, ¿qué ocurre?

Ella se lleva el dedo índice a los labios y señala la radio. Alexéi se queda callado. Se sienta y escucha. La chica se abraza las rodillas con una mano y acaricia a Misha, tumbado a su lado, con la otra. Vuelve a mirar hacia el suelo. Está sonando un concierto de piano, parece una pieza muy alambicada. Alexéi permanece sentado en silencio, escuchando. Irina apenas se mueve. A veces ladea la cabeza e incluso tararea algunos fragmentos. Parece conocerla muy bien. La pieza termina. Una marea de aplausos sucede a la interpretación y un locutor anuncia el nombre: *Concierto para piano n.º 3* de Rachmaninov. Alexéi sigue callado. Irina no alza la cabeza cuando dice:

Es la pieza favorita de mi madre.

¿Es melómana tu madre?

Le gusta mucho la música, sí; sobre todo este pianista.

¿Qué pianista, Irina?

Emil Guilels, murió la semana pasada en Moscú y le están haciendo un homenaje póstumo en la radio.

Alexéi piensa en la palabra «póstumo», en cuánto le sorprende escuchar a Irina usando esa palabra. La habrá oído en la radio, casi seguro.

A ti también te gustaba, por lo que veo.

Me gusta más ahora.

Alexéi la observa detenidamente.

Seguro que mi madre se ha llevado la radio al dormitorio para poder escucharlo sin que la moleste nadie. Alexéi comprende. Seguro que lo está oyendo, lo estamos oyendo juntas, ¿entiendes, Alexéi?

Él afirma con la cabeza. El comentarista anuncia el plato fuerte del homenaje, dedicado no solo a Emil Guilels, tristemente fallecido la semana pasada, sino a la «inigualable soprano austroucraniana Viorica Ursuleac, que murió el día de ayer, dejando un vacío irrecuperable, en el que sin duda es el octubre más aciago que jamás ha vivido la música en Ucrania y probablemente en el mundo».

A mi madre también le gustaba mucho. Alexéi le sonríe con ternura. Seguro que se queda oyéndolo.

Seguro que sí.

Se levanta en silencio, sale y cierra la puerta. A través de las aguas del vidrio amarillo se adivina a la chica sentada en el suelo, inmóvil, cabizbaja, abrazándose las rodillas junto a su madre.

Buenos días, Irina, feliz cumpleaños.

¿Hoy?

Claro, ¿cuándo si no? Hoy, hoy es tu cumpleaños.

Es verdad.

¿Cómo te sientes con diecisiete?

No sé.

Yo tampoco sé cómo me siento con cuarenta y tres.

Y después de tirarle de las orejas le da un beso.

Que pases un buen día.

Muchas gracias.

Sigue durmiendo. Luego te veo.

Sí.

Hasta luego.

Alexéi sale dejando la puerta entornada. Misha entra por el hueco y sube de un salto a la cama. Esta frío. Se tumba a su lado y se quedan dormidos juntos. Un sueño grueso.

La lluvia en los cristales la despierta un par de horas más tarde. Misha ya no está a su lado. Se lo oye en la cocina masticando de su platito metálico. Hace frío. Irina va al salón, se tumba en el sofá y se cubre con la manta de Alexéi. Ya tiene diecisiete años. Ya solo falta un año. Solo un año. No puede dormirse, pero prefiere permanecer bajo las mantas. Diez minutos, una hora, toda la mañana. Qué más da. ¿Qué razón tiene para levantarse del sofá? Podría estar tumbada un año entero y no cambiaría nada. Misha se acerca al sofá y se tumba a su lado. Ella abre *La isla del tesoro* y le lee al perro cómo Jim Hawkins y su madre dejan atrás la posada del Almirante Benbow en manos de los piratas. ¿Qué le importa a ella Jim Hawkins? ¿Qué le importa a ella esta estúpida historia de piratas? Cierra el libro, se tapa la cabeza con las mantas e intenta dormir. Es imposible. Un año más así. No puede ni pensarlo. Se pone de pie. Se echa la manta por los hombros y se asoma a la ventana. Un viento sucio de llovizna zarandea las copas de los arboluchos que agonizan en los alcorques de la calle. Camina hasta la cocina. Se sienta a la mesa. El mismo desayuno. El perro alza la vista. Contempla a Irina con sus grandes ojos resplandecientes, tan fáciles. Inclina levemente la cabeza. Se aproxima a la pierna de la chica. Ella lo acaricia. Siente el calor del cuerpo del animal.

Un año dentro de esta casa, Misha. Aún un año.

Todavía faltan unas horas para que llegue Alexéi. Irina se mira al espejo, el pelo corto, desordenado, el pijama arrugado, la manta por encima de los hombros. Se detiene un instante. ¿Por qué no?

Se desnuda y se mete en la ducha. Se envuelve en el albornoz de Alexéi cuando termina, aún húmedo, y camina hasta el cajón en el que guardó su último regalo: las medias, el vestido, los zapatos de tacón, el sombrero.

Se viste con parsimonia, lentamente, como si al hacerlo se adentrase con autoridad en una dignidad de la que antes carecía. Primero las medias, tensas en las piernas. La licra adherida a la piel. Después el vestido, la falda, la blusa, el vestido de nuevo, el conjunto con los zapatos, los zapatos con la falda, el sombrero con la blusa. Hoy cumple diecisiete años. La ocasión lo merece.

Oye la cerradura y corre al cuarto de baño. Espera dentro, con la luz apagada, los tres toques acordados en la puerta. Pero no suenan. Algo extraño ocurre. Aproxima el oído a la puerta. Suena algo raro. Un sonido como de arrastre. ¿Habrá llegado Alexéi con alguien? ¿Algún vecino? Ella sigue dentro, esperando. Se sienta en el borde de la bañera, los pies y las rodillas juntos. Demasiado elegante para la oscuridad. Espera pacientemente, demasiado tiempo. Hasta que suena la señal acostumbrada. Toma aire, se pone de pie, da un paso hasta la puerta y gira el pomo. Alexéi está ahí, sonriente.

Feliz cumpleaños, Irina. Estás guapísima. Ella sonríe también. Ven, quiero que veas tu regalo.

¿Qué regalo?

Ven al salón.

Se pone detrás de ella tapándole los ojos con las manos. La chica camina con torpeza sobre los tacones. Alexéi la guía, caminando con ella. Le indica, un paso más, ahora a la derecha, ya casi estás, ponte aquí.

¿Aquí?

Sí, justo aquí. Tachááán. Y le quita las manos de los ojos. Frente a ella un aparato de televisión. Irina lo mira fascinada. ¿Te gusta? Ella lo contempla con incredulidad. ¿No lo vas a encender?

No sé.

¿Cómo no vas a saber? Pulsa el botón hacia dentro.

Irina aproxima dubitativamente su mano al botón de encendido de la televisión, y en ese momento repara en su reflejo, el reflejo de su modelito de hoy sobre la pantalla apagada. Posa su dedo tembloroso en el botón, sin presionarlo.

Vamos, enciéndela.

Irina sigue contemplando su reflejo, en silencio, el de Alexéi, sentado tras ella en el brazo del sofá, el de Misha, servil, observando la escena con curiosidad.

¿Qué ocurre, no te gusta la televisión, Irina?

Irina alza la vista buscando su propio rostro en la pantalla, deformado sobre el oscuro vidrio curvo, los ojos desde los que contempla su elegancia, su elegancia torpe, protagonista de nada, eclipsada por el regalo.

¿Por qué no la enciendes?

¿Te gusta mi vestido?

Claro, estás muy guapa. Mira, aprieta en ese botón oscuro. Es muy fácil. Irina se queda callada. Alexéi se levanta y aprieta él mismo el botón. No tiene ninguna complicación. Mira, así. Y ahora hay que girar esta ruedita. La pantalla se llena de niebla y un sonido áspero inunda el salón. Misha comienza a ladrar inmediatamente. Alexéi ríe. No pasa nada, Misha, es solo una televisión, ¿ves? Solo hay que girar esta ruedita para buscar la emisora y sintonizar el canal.

Irina da un paso atrás. Observa la habitación, a Alexéi, a Misha, la televisión, el espacio lleno de ruido blanco, de llovizna en los cristales, de su propia presencia. Se siente prescindible, avergonzada, innecesaria. ¿Qué sabe ella cómo se siente? Solo tiene diecisiete años. Da otro paso atrás. Y otro. Y sale del salón. Y nada cambia.

Solo cuando ya se ha quitado el sombrero, y los zapatos, y el vestido, y las medias, y ha empezado a ponerse de nuevo el pijama, oye a Alexéi llamando a la puerta.

¿Por qué te quitas la ropa? Estabas muy guapa.

Gracias.

No te la quites.

¿Qué más da?

A mí me importa, me importa mucho. Es tu cumpleaños. Celebrémoslo.

¿Para qué?

Porque es importante. ¿Sabes por qué?

No. ¿Por qué?

Porque es el último cumpleaños que celebramos en esta casa. Tu próximo cumpleaños nos iremos. Dentro de un año saldremos de aquí. En cuanto se haga de noche saldremos de aquí.

¿Salir? ¿Adónde?

No lo sé. Donde quieras. Tú eres la experta en geografía. Busca en el atlas dónde quieres ir. Te gustaba México, ¿no? O quizá China, o España, o Marruecos, o Brasil.

No sé.

Tienes un año para pensarlo. Y dentro de un año podremos irnos lejos, muy lejos. Y podrás tener esa vida que ansías, una vida normal y corriente como la de cualquier otra persona de tu edad. Empezar de cero y vivir. Salir a la calle, ir a clase con tus amigas, ver el mundo, sin estar encerrada en ningún sitio, y montar a caballo, o en barco, o en avión, y bailar, ir a la biblioteca, al cine, ir de viaje con Misha, tener tu vida. Irina parece abismarse en ese «tener tu vida» que acaba de escuchar. Por eso tenemos que celebrar este tu último cumpleaños entre estas cuatro paredes. ¿De acuerdo?

De acuerdo.

Venga, vístete, y luego vamos a cenar algo rico y a ver una película.

Irina sonríe y le pide a Alexéi que salga del dormitorio antes de volver a ponerse las medias. Se queda sola mientras se viste. Se mira de nuevo en el espejo, otra vez está perfecta, le encantan estos zapatos, se limpia de un manotazo el derecho, sucio de habérselo pisado con el izquierdo. El último cumpleaños. Y después su vida. Su vida. Y no entiende por qué la felicidad que siente se parece tanto al miedo.

Estoy bien. No voy a volver. No me ha pasado nada ni me han asesinado ni nada. Estoy bien. Mejor que nunca, pero no voy a volver, por mucho que os eche de menos. Os quiero mucho y pienso en vosotras todos los días, pero ya no puedo volver. Estoy con una persona que me cuida y me trata bien, y cuando sea mayor os buscaré, pero hoy por hoy eso no es posible. Estoy bien. No voy a volver.

Lo repite, lo repite una vez más, de corrido. Sin parar. Esto es lo que va a decir. De corrido, sin dar tiempo para que contesten. Esto es lo que va a decir. Venga, valor. Una vez y ya está. Sin dudar, como cuando tiras de un esparadrapo. Mejor hacerlo rápido y sin dudar. Se sienta frente al teléfono color crema. Descuelga. Mete el dedo en el nueve y gira el disco. Después el cuatro. Espera a que el disco regrese a su posición. Cuando mete el dedo en el seis las lágrimas ya apenas le dejan ver el resto de los números. No puede hacerlo. Aún no.

En cuanto Misha oye el sonido metálico de la correa se pone a dar saltos y sale corriendo. Alexéi se sienta a calzarse mientras el perro rasca la puerta con sus patitas. Los ladridos despiertan a Irina. Después escucha el golpe seco de la puerta seguido del silencio. Rápidamente se acerca, como siempre, a la ventana de la cocina, y en un par de minutos ve fugazmente a Misha tirando de la correa y a Alexéi cruzando el paso de cebra del final de la calle. Justo antes de que desaparezcan tras el edificio de enfrente Misha se pone a ladrar histérico, como cada día, al perro de un vecino al que Alexéi saluda con una inclinación de cabeza. Después el paso de cebra vuelve a quedar desierto. Ningún peatón. Ningún coche esperando en el semáforo rojo, y mientras Irina permanece asomada a la ventana con la mirada distraída en los accidentes del paisaje que deja ver la ventana, ignora que ahí abajo Alexéi acaba de tropezarse con un espectro. Un espectro femenino, tímido, aunque quizá no tan poco inteligente como parecía en un primer momento. Un espectro de dientes separados, cuyas gafas de montura blanquecina y gruesa aún cuelgan de una cadena dorada por detrás del cuello. Alexéi se queda petrificado. Ha envejecido diez años en este último. Se reconocen al primer vistazo y se aproximan el uno al otro.

Buenos días, señor director.

Buenos días, doña Nataliya, ¿cómo está?

Qué puedo decirle, señor director, es una situación muy difícil.

Lo imagino.

No creo que lo imagine, la verdad.

Puede que no.

La mujer abre el bolso y saca un paquete de tabaco ofreciendo a Alexéi, que niega con la cabeza. Enciende un cigarro.

Es muy difícil. Una prueba. Una verdadera prueba.

¿Se sabe algo?

Nada de nada.

Pero la policía continuará con la búsqueda, ¿no?

La policía no tiene ni la menor idea de dónde está mi hija.

No puede ser.

Mi marido, Nikolái, y la niña, Sveta, ya han perdido toda esperanza de encontrarla con o sin vida.

Pero usted no puede perder la esperanza.

No me quedan fuerzas, señor director.

Tiene que luchar, encontrar las fuerzas a cualquier precio. La esperanza es lo último que se pierde.

A estas alturas, conservar la esperanza solo sirve para que suframos más.

No diga eso.

Le aseguro que, hoy en día, preferiría que mi hija apareciese muerta en una cuneta antes que continuar con esta incertidumbre.

Alexéi mira a la mujer a los ojos. Intenta leer en ellos el dolor que está sintiendo, en las inflexiones de su voz quebrada, en la compulsión con la que se lleva el cigarrillo a los labios. Podría acabar con su sufrimiento ahora mismo, podría cogerla de la mano, decirle «Acompáñeme» y mostrarle a su hija, sana y salva a escasos cinco minutos de donde se encuentran. Podría decirle «Sé dónde está su hija, pero no va a volver a su casa, no puede volver a ese lugar de maltrato del que huyó hace más de un año». O podría quedarse un paso atrás y decirle solamente «No se preocupe por su hija, está a salvo», solo eso, decirle solo eso para tranquilizar su desazón. Pero ¿a qué precio? Misha corretea por los parterres ajardinados ladrando, como siempre, a todos los perros y transeúntes que se encuentra. Se detiene, localiza a Alexéi en la distancia y regresa corriendo hacia él, ladrando en todas direcciones. Sin embargo, cuando llega y se encuentra a Nataliya, se aproxima a ella, pero no reacciona agresivamente. Contra todo pronóstico, no ladra. El perro la huele con desconcierto. Ella lo mira con extrañeza. Se agacha y le acaricia la cabeza. Alexéi está demudado. Nataliya lo mira.

¿No ladras? ¿A mí no me ladras?

El perro emite un quejido extraño. Ella alza la vista a Alexéi.

Es tarde, debo irme.

Gracias por escucharme.

De nada, doña Nataliya.

Gracias.

Le deseo suerte.

Gracias.

Irina, con la frente apoyada en el vidrio frío, vuelve a ver pasar fugazmente a Alexéi por el paso de cebra y regresa al sofá.

Misha es el primero en llegar al salón cuando suena la puerta. Se oye al fondo a Alexéi quitándose los zapatos en la entrada.

Misha se aproxima a Irina. Se detiene a una cierta distancia de ella, receloso, inquieto, confundido. La mira.

Ven, Misha, ¿qué haces ahí? Ven, corre. Misha sigue quieto. Ven.

El perro se acerca a olfatearla. Emite un quejido extraño.

Cuando Alexéi llega al salón la chica tiene la mano posada sobre la cabeza del perro, con el mismo gesto que acaba de ver hacer a su madre hace escasos dos minutos en la calle junto al parque. Debería contárselo. Sí, debería hacerlo, pero no ahora. Ahora no puede decirle nada. Ya se lo contará. Dentro de un año, quizá más, cuando sea mayor de edad, cuando ambos hayan salido de aquí, cuando estén lejos, muy lejos, y nada de esto importe.

«... Hoy, 9 de noviembre, en el sesenta y ocho aniversario de la Revolución soviética, con las calles de Moscú inundadas de banderas y ante seiscientos periodistas de treinta países...»

Corre, Irina, que ya empieza.

Voy, voy.

«... como cada noche antes del cierre de la emisión analizamos para nuestros telespectadores la que ha sido la última partida del campeonato mundial de ajedrez, a la que Kárpov llegaba con un punto de desventaja, lo que lo obligaba a ganar si pretendía conquistar el campeonato. El campeonato entero dependía de esta última partida.»

Ni Irina ni Alexéi pueden apartar sus ojos de la televisión.

«Kárpov, que ha jugado con blancas, ha abierto con el peón de rey en una variante bastante agresiva de la defensa siciliana, a lo que Kaspárov, con negras, siempre proclive al cuerpo a cuerpo, ha respondido con la variante Scheveningen.

»A continuación han venido los enroques y, tras algunas jugadas de profilaxis, Kárpov ha comenzado a perfilar su estrategia con concluyentes movimientos de peón para restringir progresivamente la posición de Kaspárov, sin dejar de fortalecer el flanco de rey, a lo que este último ha respondido con un *fianchetto*, conquistando la gran diagonal con su alfil.»

Irina, no te muerdas las uñas.

Perdón.

«Tras meditar su jugada durante nada menos que cuarenta y cuatro minutos, Kárpov ha devuelto su alfil negro a la casilla de salida. Kaspárov, que ha pasado la mayor parte de ese tiempo en la sala de descanso, ha empleado su torre para intensificar la ofensiva en la columna de reina.

»Kaspárov, calculador, ha adelantado su torre del flanco de rey en el que quizá haya sido el movimiento más difícil de la partida. Kárpov ha contraatacado, pero a estas alturas ha perdido la iniciativa. El ataque blanco ha comenzado a apagarse y Kaspárov ha emprendido una contraofensiva feroz. Quinta hora de juego.»

Alexéi, no te muerdas las uñas.

Sí, sí, perdón.

«A pesar de su repliegue, Kárpov ha tenido que seguir atacando porque las tablas significaban la derrota, pero Kaspárov ha aumentado su ventaja numérica en un ejemplo de contrajuego en el que no ha vacilado en sacrificar sus peones, para terminar consiguiendo la iniciativa. A Kárpov apenas le quedaban cuatro minutos de tiempo. Ataque imparable de Kaspárov y sucesión de jaques al rey de Kárpov. Cuando este ha arrojado su rey los gritos han inundado la sala.

»Garri Kímovich Kaspárov, con solo veintidós años, se ha coronado esta tarde campeón del mundo.»

¡Te he ganado! ¡Te he ganado! Ha ganado Kaspárov, y dijimos que el que ganara podría pedir lo que quisiera al otro, así que ahora puedo pedirte lo que quiera.

Es verdad. Has ganado, así que dime, ¿qué quieres?

No lo sé aún.

Piénsatelo.

¿Me enseñarás a jugar al ajedrez?

¿Eso es lo que quieres? Ya sabes.

Me refiero a jugar así.

Nadie sabe jugar así, ni siquiera Kárpov. Solo Kaspárov.

Prefiero que me enseñes tú.

Por mucho que diga Alexéi, yo no tengo el pelo demasiado largo, ¿a que no, Misha? Él me lo quiere cortar, pero a mí me gusta así. Lo que le pasa es que como él no se lo puede dejar largo porque solo le quedan cuatro pelos no quiere que nadie lo lleve largo, y por eso te lo ha cortado a ti y por eso me lo quiere cortar a mí.

Alexéi entra en el salón, mira a Irina interrogativamente.

¿Estás lista?

No, no quiero.

¿No ves que va a ser mejor? Si no, pareces una náufraga.

Pero córtamelo poco.

Que sí, que te lo corto poco.

Bueno.

Irina acompaña a Alexéi al baño. Se sienta en la banqueta. Misha se sienta en el suelo, al lado, testigo de la escena. Sobre el lavabo hay unas tijeras pequeñas, otras de cocina, un cepillo y un peine viejo de nácar. Irina se inclina y mete, obediente, la cabeza bajo el grifo de agua caliente. Es agradable. Alexéi la peina hacia atrás, tensando su breve melena.

Alexéi, prefiero que no me lo cortes.

Va a ser mejor, ya verás. Estoy mejorando mucho.

Ella empieza a escuchar el abrir y cerrar de las tijeras, el crujido con el que va recortando los mechones. Con cada tijeretazo Irina pierde feminidad. Con cada tijeretazo Alexéi le quita meses, años de encima, la devuelve a una infancia de la que ya hace tiempo que salió y a la que él, por alguna absurda razón, desea devolverla. Con cada trasquilón él vuelve a hacer de ella una niña. No. Ya no soy esta niña. Me da igual lo que crea Alexéi. Me da igual lo que pretenda. Sé que no soy una niña. Sé que no lo soy. Alexéi continúa su labor. Se esmera. Le dedica tiempo, atención, sumo cuidado. Irina sigue sentada, inmóvil, indiferente, desafecta. Alexéi terminará. Le pondrá el espejito a la espalda para que pueda apreciar su obra en el reflejo del que tiene delante. Ella mirará al frente eludiendo el reproche que la contempla desde la lámina de Egon Schiele. Él se mostrará orgulloso. Ella, indolente. Qué más da. No importa. Ella sabe que no es ninguna niña. No lo es. Ya no lo es. Nunca lo volverá a ser, y eso no puede cambiarlo un estúpido corte de pelo.

Alexéi coge el alfil negro y lo pone justo delante del rey. Está pegajoso.

Irina.

¿Qué?

Las fichas están llenas de mermelada.

Yo no he sido.

¿Cómo que no?

Que no.

Límpiate las manos antes de jugar al ajedrez, por favor.

Bueno.

Irina da un mordisco a una rebanada de pan con miel, la deja en el plato mientras mastica ruidosamente y alarga el brazo hasta el peón de torre.

¡Irina!

¿Qué?

Las manos.

¡Jo!

Detiene su movimiento. Alexéi devuelve la vista al tablero estudiando las siguientes posibles jugadas, después alza la vista y ve a Irina lamiéndose la miel de los dedos.

Irina, límpiate bien las manos.

Que ya está. Además, es jaque.

¿Qué?

Ella desplaza un alfil y lo sitúa frente al caballo de Alexéi, amenazando el rey. Después vuelve a coger su tostada, le da otro mordisco y vuelve a dejarla en el plato. Alexéi revisa todas las posibilidades de proteger su rey. Alza la vista. Irina está masticando, se lleva la taza a los labios. El asa de la taza también está llena de miel. Saca una torre para proteger la amenaza del alfil. Irina empieza a mordisquearse la yema del pulgar, lo que significa que va a atacar. Sobrevuela el tablero con una mano dubitativa. Irina, la mano. Ella vuelve a lamerse la miel de los dedos mientras con la otra mano desplaza la reina. Jaque. Alexéi se protege con un peón. También está pegajoso. La chica desplaza su caballo.

Jaque mate.

¿Qué?

Que jaque mate.

Ve a lavarte las manos ahora mismo.

Vale.

Irina se levanta y camina hasta el grifo. Mete las manos bajo el agua caliente. Misha se acerca a ella. Se alza y le pone las patitas en la pierna. Alexéi vuelve por un instante al tablero. En efecto, es jaque mate.

Ahí está otra vez esa rubia. Alexéi está parado en el semáforo, hablando con ella. Misha, ladrando a todo lo que se mueve, tira de la correa tratando de avanzar hacia el parterre de entrada al parque. Claramente el pobre perro no entiende el código del semáforo. ¿Será que realmente los perros ven en blanco y negro? El semáforo se pone en rojo, los vehículos se paran, los peatones empiezan a cruzar por el paso de cebra. Misha, nervioso, empieza a tirar con más fuerza de la correa, pero Alexéi lo sigue sujetando. Sigue inmóvil, de pie, parado hablando con esa rubia. No la ve bien. Está justo detrás del semáforo, pero juraría que es la misma del otro día. Seguro que es la misma. El mismo perro, el mismo pelo rizado chabacano, las mismas botas de agua, el mismo chubasquero oscuro. Misha no parece llevarse mal con el perro blanco de la rubia, como si ya se conociesen más, como si hubiesen compartido tiempo juntos. ¿Cuándo? ¿Cuándo se ven Alexéi y ella? ¿Cada vez que baja a Misha a la calle? ¿Acaso quedan en bajar juntos a pasear al perro a una hora determinada? Alexéi sigue de pie en el semáforo, fumando, indiferente al cambio de la luz verde por la roja. Ella parece sonreír. Alexéi sujeta con una mano la correa de Misha y gesticula con la otra, la que sujeta el cigarro. Después vuelve a llevársela a los labios y da otra calada.

El semáforo vuelve a ponerse en rojo. Por fin Alexéi y ella se despiden. Pero esta vez no lo hacen con un simple gesto, se aproximan y se dan un beso en la mejilla. Irina está horrorizada. ¿Cuántas rubias con un perro blanco hay en la vida de Alexéi?

Tarda aún un buen rato en volver. Entra en casa precedido por los ladridos de Misha.

Alexéi, es la última vez que me cortas el pelo.

¿Cómo dices?

Digo que no soy ninguna niña, que es la última vez que me cortas el pelo y que quiero teñirme el pelo de rubio.

¿De rubio?

Sí, de rubio.

Pero si ya eres rubia.

Alexéi, cabizbajo, camina por el parque. Pisa sobre el césped. Mira sus zapatos sobre la hierba, y repara en que, en realidad, no pisa sobre el césped. Pisa sobre la tela de los calcetines, esta sobre el forro interior de cuero de los zapatos, este sobre las suelas de goma, y estas sobre el césped. Demasiadas capas, demasiados elementos interpuestos entre la piel y el suelo. Misha corretea a su alrededor, yendo y viniendo, olfateando rastros y ladrando a todo lo que se mueve a su alrededor. Aún le da tiempo a fumarse un cigarro. Se lleva la mano al bolsillo, al paquete de tabaco. Está casi vacío. Pero si lo compró ayer a última hora. ¿Irina? ¿Le está robando cigarrillos? No puede ser. ¿Irina fuma? ¿Desde cuándo? ¿Por qué? ¡Pero bueno! Se encamina hacia casa. Esto merece un castigo. Misha lo sigue, obediente. No puede permitir que una chica de diecisiete años empiece a fumar. Por mucho que él fume. ¿Qué se ha creído?

A decir verdad, ya sabe lo que le va a responder, que si no he sido yo, que si a mí qué me cuentas, que si tú eres el que fumas… Y sí, se siente responsable. Al fin y al cabo él es el único ejemplo que ella tiene para todo, pero debe reprenderla por esto.

Después piensa en sus pies dentro de sus calcetines, dentro de sus zapatos, separados del césped por el tejido, por las diferentes capas, y piensa en Irina y en todas las capas que intermedian entre ella y el mundo. No solo la ropa, sino la propia casa, Misha, incluso él mismo es una de esas capas. Sin embargo, es ella quien permanece dentro, día y noche, semana tras semana, mes tras mes. Es ella quien, sin que él se dé ni cuenta, se está convirtiendo en una mujer adulta. Y es ella quien necesita ingredientes para construir esa madurez, secretos, complejidad, una interioridad propia, individual. Alexéi piensa en ella fumando sola en casa cuando él está trabajando. Ella usando su soledad para fumar. Y se pregunta ¿para qué más usa ella la soledad? ¿Qué tiene ella en su soledad? ¿Cuáles son los mimbres de la soledad de esta chica de diecisiete años?

Saca la llave de la cerradura, da un paso atrás y mira la puerta opaca. Tras ella está la chica, separada, aislada del mundo, con una televisión, un perro y un secuestrador como único nexo de contacto con el planeta Tierra. Y así, en estas condiciones, tiene que convertirse en mujer. Alexéi está de pie en el descansillo. Misha lo mira con extrañeza. Alexéi da otro paso atrás, otro, y regresa al ascensor. El perro lo sigue. Salen a la calle. Caminan de nuevo en el aire frío de noviembre y llegan al parque. Alexéi se sienta en un banco. Es la primera vez desde hace más de un año que está demorando su llegada a casa. Espera dentro de su propia soledad. Piensa en el uso que cada cual hace de ella. Piensa en el uso que Irina estará haciendo de ella. La soledad que sirve de escenario al descubrimiento, a la clandestinidad, a la travesura, a la transgresión. La soledad en que brota la posibilidad de lo prohibido, lo que no se haría en presencia de los otros, lo presuntamente auténtico. Y piensa en cómo madurar no es otra cosa que desgastar esa soledad, familiarizarse con ella hasta el día en que estar solo no es distinto a estar acompañado.

Termina su último cigarro, se levanta del banco y se encamina a casa dándose cuenta de que en este momento toda la soledad de la que él disfruta, de uno u otro modo, a ella le falta. Y no solo eso, sino que, además, está permanentemente invadiendo, bloqueando la soledad de ella. Una soledad prácticamente vacía, carente de elementos, de posibilidades. ¿Qué influencias tiene que le permitan madurar? Él es todo su mundo. No tiene, y lo que es peor, no puede conseguir por sus propios medios nada al margen de él. Alexéi alza la vista a la puerta opaca. Espera un segundo más. Le da algo más de tiempo para que termine de lavarse los dientes o de camuflar el olor a tabaco y pueda correr a encerrarse en el baño según el protocolo acordado. Misha rasca la puerta. Alexéi lo mira. Después gira la llave.

Es sábado por la mañana. Las primeras luces del día empiezan a clarear en la ventana de la cocina. Alexéi se levanta al baño. El suelo esta frío. Por la puerta entornada del dormitorio puede ver a Irina durmiendo. Prepara café. En la mesa, sobre el hule de cuadros, el tablero de ajedrez. Es mate en unos cuantos movimientos, pero está mejorando mucho y muy deprisa. Estudia el tablero con detenimiento mientras sujeta la taza caliente entre las manos. Quizá si ella pusiese el caballo detrás de la reina... Pero qué está diciendo. ¿Qué caballo? ¿Qué reina? Irina no va a convertirse en una mujer jugando al ajedrez. Es hora de actuar. Se levanta de la mesa, entra en el salón y abre con cautela las puertas del mueble bajo de la estantería. Saca las dos botellas de vodka que compró ayer y las vacía parcialmente en el fregadero, solo para dejarlas empezadas. Después las devuelve al mueble bajo de la estantería, donde estaban, y marca levemente con un rotulador el nivel. Irina no tardará mucho en encontrarlas, y aunque no se atrevería a abrirlas, si las encuentra ya abiertas quizá aproveche la oportunidad. Después deja un paquete de tabaco abierto junto a la televisión, como por descuido. Le quedan trece cigarros. Finalmente abre el cajón junto al de los cubiertos y saca de debajo de un mantel una bolsa de papel amarilla en cuyo interior hay una revista. Está nueva. Aún huele a tinta. La hojea por un momento. Sí, es explícita. Quizá demasiado, pero su decisión está tomada, no es momento de andarse con remilgos. Tiene diecisiete años, es ahora cuando tiene que ver, que descubrir. Alexéi no deja de sentir una punzada de repulsión cuando toma la revista y la deja entre las mantas del sofá.

Sin duda se tropezará con ella cuando dentro de un momento oiga el golpe de la puerta y se despierte, y corra a meterse bajo las mantas aún calientes en que Alexéi ha dormido. Por supuesto que siente repulsión. Repulsión no solo por la imagen que inmediatamente va a tener de él, sino, sobre todo, por la propia situación en sí, el momento en que abra la revista y sus ojos colisionen con la pornografía que él está poniendo a su disposición.

Deja una nota sobre el alfil: «No me esperes a comer. Hay *borsch* en el frigorífico». Después se sienta en el banco, junto a la puerta, se pone los zapatos y el abrigo. El perro se acerca somnoliento. Alexéi lo coge.

Hoy vamos a dar un largo paseo, Misha.

Abre y sale sin poner demasiado celo en amortiguar el golpe de la puerta.

«Solo dos meses después del terremoto de México, la tragedia vuelve a cebarse con Latinoamérica, esta vez en Colombia. Ayer, 13 de noviembre, a las veintiuna horas, el volcán Nevado del Ruiz, inactivo desde 1845, entró en erupción provocando uno de los peores desastres volcánicos que se recuerdan en el mundo, y, sin duda, el peor en la historia de Colombia.

»Tras algunas emisiones anecdóticas de ceniza y humo ocurridas a lo largo del día, sobrevino la erupción, a las nueve de la noche, arrojando millones de toneladas de material piroclástico a más de treinta kilómetros de altura en la atmósfera. El área afectada, aún por determinar, alcanza los municipios de Murillo, Santa Isabel, Mariquita, Guayabal, Chinchiná y, sobre todo, Armero. Es en el municipio de Armero donde se concentra lo más crudo de la tragedia. Las sucesivas avalanchas de lodo y rocas, provocadas por la fusión de los glaciares a causa de la erupción, han borrado literalmente del mapa casi la totalidad de la población. Hoy, un día después, no hay palabras para describir la magnitud de la catástrofe. Apenas queda algo reconocible en pie. La ciudad ha sido barrida de la falda de la montaña por el desprendimiento de tierras, limo, ceniza, árboles y rocas. Los daños materiales son incuantificables. Las víctimas mortales...»

Pero ¿ha desaparecido toda la ciudad?

Eso parece.

¿Y esa gente dónde va a vivir ahora?

Quién sabe.

No tendrá adónde ir.

Tendrán que ser realojados.

Y lo habrán perdido todo.

Sí.

Qué pena.

Apaga la televisión, Irina, por favor.

Ella se levanta y pulsa el botón. Se hace el silencio en el salón. Misha alza la cabeza por un instante, luego vuelve a descansar.

A pesar del empecinamiento con que Alexéi gira la llave, el coche cada vez es más reticente a arrancar a la primera. Por amor de Dios. Insiste. El carraspeo del motor se aclara progresivamente hasta que por fin arranca. Aún es temprano. Apenas alguna figura camina por la calle. Alexéi se detiene en cada semáforo de cada paso de cebra desierto para dejar paso a los peatones ausentes, que estarán aún durmiendo en sus casas. La condensación progresa en los cristales. La calefacción debe de ser lo único que no funciona mal en este coche. Después llega el bulevar Kurchatova, y después el bulevar Lenin. Gira media vuelta de la manivela para que el cristal baje unos centímetros. En pocos segundos el parabrisas se aclara justo a la altura del puente sobre las vías del ferrocarril para dejar ver la chimenea de la central al fondo, recortándose contra las primeras luces en el horizonte.

La ciudad va quedando atrás poco a poco. En pocos minutos Alexéi supera la gasolinera desde la que más de un año atrás lo llamó Irina. Continúa su camino por las mismas carreteras por las que estuvieron circulando justo después, la chica muerta de frío, las rodillas abrazadas, en silencio, con el llanto como única conversación.

Cómo han cambiado las cosas desde entonces. Qué distinta es la Irina que hoy duerme tranquila, seguramente ya en el sofá del salón tras haber oído la puerta cerrarse, y la que llegó en octubre, muerta de miedo, muda por la angustia y el recelo. Qué difícil ha sido. O más bien, qué difícil está siendo. Sobre todo ahora, que está creciendo tan rápido, que ya es casi una mujer. No estaba preparado para algo así. Jamás en la vida imaginó que tendría que enfrentarse a una situación como esta. Pero no lo está haciendo tan mal. No está siendo un mal padre, si es que puede considerarse hacer de padre lo que ha tenido que hacer durante este último año. Además, al paquete de tabaco solo le falta un cigarro y las dos botellas están intactas, como si no las hubiese visto, igual que la revista, que seguía bajo las sábanas cuando llegó. Pero sí las ha visto. Está todo el día dentro de casa. No tiene otra cosa que hacer más que mirar la televisión, leer su atlas y registrarlo todo un día tras otro. Y Alexéi sabrá cuándo el nivel de las botellas ha bajado, cuándo ha fumado, o cuándo ha hojeado la revista que dejó a su alcance. Lo sabrá y sabrá reaccionar. Porque sabe que aunque ya no sea la niña que secuestró, es decir, que hospedó hace un año, tampoco es la adulta que cree ser. Aún no lo es. Y debe ocuparse de que llegue a serlo.

Y cómo ha cambiado él también. Qué diferencia entre el Alexéi del invierno pasado y este. Qué distinto lo ve todo ahora. Y sobre todo, qué distinto va a ser todo cuando, dentro de un año, puedan marcharse lejos de aquí, poner fin a esta situación y empezar de cero en algún otro sitio.

Alexéi piensa en ello, sin entender demasiado bien qué significa lo que acaba de formular, sin hacerse una clara idea de cómo, ni cuándo, ni en qué términos, pero tampoco tenía la menor idea de los cómos, ni de los cuándos, ni de los términos de la situación en la que está ahora mismo inmerso cuando recibió la llamada de Irina y corrió a socorrerla. Y sin embargo, lo está consiguiendo. Lo están consiguiendo. Ambos. Están siendo capaces. Poco a poco, día a día. Está entrando en Dymer. Ahora aparcará el coche, se tomará un café, o un vodka, y, si todo va bien, en menos de una hora estará de vuelta. Aquí nadie lo conoce. Puede darse las vueltas que quiera por el mercadillo y comprarle ropa a la chica sin riesgo de ser reconocido.

Alexéi permanece de pie frente a su puerta, mirándola unos segundos más de lo estrictamente necesario. Callado, serio. Hace meses que lo hace. Es como el último instante que se toman los buceadores para llenar los pulmones de aire justo antes de sumergirse. A veces lo ha sorprendido algún vecino, entonces finge buscar las llaves en los bolsillos, aunque hoy sabe perfectamente dónde las tiene. Es su momento de tomar aire para sumergirse en su propia casa, en el secuestro del que es autor, en la clandestinidad, en la paternidad, en su vida, en la de la chica, en la propia Irina.

Gira la llave. Abre la puerta y oye el sonido de la televisión. Cierra la puerta a su espalda. La casa está a oscuras, pero la televisión está puesta. Ve el destello a través de los vidrios amarillos del salón. Otra vez. No puede ser. Habían quedado en que Irina se escondiera en el baño cuando oyese abrirse la puerta. Deja el abrigo en el perchero, las botas en la entrada y camina en calcetines hasta el salón. Irina está sentada en el sofá abrazada a un cojín.

Irina, ¿por qué no te has metido en el baño cuando has oído la puerta?

La chica no responde.

Irina, ¿me oyes?

Ella continúa callada, con la mirada clavada en la pantalla.

Irina, tenemos que hablar.

Irina se gira, mira a Alexéi con los ojos llenos de lágrimas.

Esa niña está atrapada en las ruinas del pueblo de Colombia que ha sido destruido por el volcán. Está ahí desde hace dos días, y no la pueden rescatar.

Alexéi mira la televisión. Hay unas imágenes de una niña sumergida hasta el cuello en un lodazal, con los brazos en alto, sujetándose a un madero para mantenerse fuera del agua. Está rodeada de personas que parecen periodistas y miembros de los equipos de salvamento.

¿Qué estás viendo, Irina?

Son las noticias. Es una niña que está atrapada en los escombros, pero no la pueden sacar. Alexéi pone su atención en la televisión. La van a rescatar, ¿verdad?

Claro que sí. Si no fuesen a rescatarla no estarían todos ahí con ella, ¿no crees? Ya se habrían marchado a rescatar a otras personas.

Es verdad.

Claro.

¿Me lo prometes?

Claro.

Y mientras pronuncia ese «Claro», devuelve su atención a la televisión, a la niña que agoniza rodeada de personas incapaces de hacer nada, desde hace dos días, al borde de la extenuación, dentro de ese charco de lodo, con las piernas aprisionadas entre los escombros y el cadáver de su tía, cuya cabeza puede tocar con la punta de los dedos. Si fuese posible rescatarla ya habría sido rescatada. Esa es, más bien, la situación real. Va a morir. Esta noche, esa niña va a morir delante de las cámaras. Parece imposible, pero va a morir, Irina, y mañana leeremos el titular en el que se declare que ayer, ante los ojos impotentes de todo el mundo, la niña Omayra Sánchez murió finalmente tras horas de agonía. Y te estoy mintiendo, Irina. Y mañana cuando leamos el titular me odiarás por faltar a la promesa que acabo de hacerte. Y no entenderás esa muerte. Y no entenderás de qué sirven esas sesenta horas de lucha para terminar muriendo igualmente. No lo entenderás tú, y yo no te lo podré explicar, porque tampoco lo entiendo. Y eso te va a hacer más adulta que todos los cigarros que me robes, todos los vodkas que te bebas a escondidas, y toda la pornografía que consultes en las revistas que guardo bajo el sofá para que las descubras. A ti más adulta, y a mí más viejo. Cada día más.

Irina abraza el cojín, con los ojos puestos en la televisión, presa de la inquietud. Alexéi la contempla durante un rato.

Vete a la cama, Irina.

Pero...

Vete a la cama, ya verás como mañana la niña está sana y salva. Ahora voy a darte las buenas noches.

Bueno.

Irina se marcha, él vuelve a mirar la pantalla. Se levanta y apaga la televisión. El salón queda a oscuras. Va a morir. Todos lo saben. Miran a la niña desde esa certeza. Todos la miramos desde esa certeza. Pero está viva. Ahora mismo. En este momento. Todo este tiempo viva. Ahí dentro. Desde hace dos días. Viva. Mañana verás el horror, Irina. Quizá ya lo conocías. Quizá fue el horror lo que te trajo aquí hace un año. O quizá aún no eras consciente de lo que significaba. Quizá aún no has entendido el significado de la palabra «irreversible». Mañana comenzarás a familiarizarte con él.

Se levanta del sofá, y a oscuras remete las sábanas en los cojines, la manta... Vuelve a sentarse. Súbitamente repara en que tal vez haya quien esté pensando lo mismo respecto de Irina: que está viva, ahora mismo, todo este tiempo ha estado viva, retenida en algún lugar contra su voluntad. Puede ser. Puede que esa verdad también esté viva. Se levanta. Camina hasta el dormitorio. La chica aún no duerme.

Buenas noches.

Deja la puerta entornada, por favor.

Irina, ¿qué te parece si esta Navidad preparamos otra vez *varéniki*, como el año pasado?

No sé.

¿No te gustaron?

Sí.

Pues si algo te gusta, lo mejor es repetir, ¿no?

Bueno.

Varéniki, entonces.

Vale.

Del paquete de tabaco solo han desaparecido tres cigarros. Las botellas de vodka han estado intactas durante casi tres semanas, y a día de hoy solo una de las dos ha bajado un dedo. Parece que a Irina no le ha gustado el sabor del vodka. Sin embargo, es un buen vodka, un Granenych. Si Irina supiese los brebajes repugnantes con los que él empezó a beber, cuando era joven... Nada comparable. Pero mejor que no le guste el vodka. Mucho mejor. De hecho, mejor que no le guste ningún alcohol. O al menos de momento. Para que se acostumbre a beber siempre hay tiempo.

En fin, parece que el tabaco y el alcohol no han atrapado demasiado la atención de Irina. Sin embargo, se diría que la revista sí ha sido más de su agrado. En realidad está casi intacta, casi como el primer día, pero eso no significa que Irina no la hojee de vez en cuando, sino que, cuando lo hace, lo hace muy cuidadosamente para no dejar testimonio de su curiosidad. Y no, no se trata solamente de una sospecha de Alexéi. No es solo suspicacia. Es cierto que el primer día, cuando la puso bajo las sábanas y volvió a encontrarla exactamente bajo las sábanas, estaba seguro de que la había visto, y daba por hecho que la había estado hojeando, pero ¿cómo asegurarse? Así que decidió ponerla bajo el sofá. Ni un par de días tardó Irina en encontrarla ahí, y desde ese día, aunque Irina cree encontrarla tal y como la dejó ayer ahí debajo, tirada como por descuido tras haber sido hojeada por él mismo, no existe tal descuido. Nada más lejos de la realidad. Cada día Alexéi se molesta en disponerla con el lomo alineado con la greca de la moqueta que pisa la pata trasera del sofá. Cada día. Según se acuesta mueve el sofá para colocarla de nuevo exactamente en esa posición, con esa alineación y no otra. Y cada día tiene que volver a hacerlo, porque cada día la encuentra tirada, movida, descolocada. Y él vuelve a colocarla, y al día siguiente vuelve a estar ahí, de cualquier manera. Cada día. Todos los días desde hace más de un mes. Y la curiosidad de Irina no disminuye.

Al principio se sintió mal, se sintió desacreditándose a sí mismo, desacreditando la imagen que ella podría haberse construido de él. Sin embargo, pasada la primera semana, empezó a darse cuenta de la reciprocidad del razonamiento, y de cómo la chica también, sin darse cuenta, va desacreditando la que él podría haberse formado de ella, si es que se ha formado alguna. Después pensó que, aunque sí permitiría el uso de la palabra «descrédito» a lo que Irina puede llegar a sentir por él, él jamás usaría una palabra así para ella. Ella no desacredita ninguna imagen. En primer lugar, porque no se ha formado ninguna imagen de ella, y en segundo lugar, porque, más que desacreditar esa imagen, lo único que ha hecho Irina es cambiar, enriquecerse, abrir nuevos capítulos de su personalidad.

Sin embargo, ahora tiene la sensación de que, cuando ella lo mira, lo mira no solo con la superioridad de quien sabe un secreto inconfesable sobre el otro, sino con la complicidad de estar compartiendo con él ese secreto, ese algo oculto, oscuro, prohibido. Ahora son cómplices. Comparten una inclinación clandestina. La chica lo mira de otro modo. Él lo nota.

Él también a ella, pero ella no lo nota, ¿verdad?

Ya sé adónde quiero que vayamos a vivir cuando salgamos de aquí.

¿Adónde?

A Japón.

¿A Japón? ¿Por qué Japón?

Irina comienza a dar una explicación sobre las ciudades de Japón, y sus edificios a prueba de terremotos, y que en Japón nunca habría ocurrido algo como la tragedia de Colombia o la de México. Pero mientras desarrolla su respuesta y explica con pelos y señales los motivos de su decisión, Alexéi se distrae en intendencias mucho menos elevadas. De hecho, se encasquilla en el primer detalle insignificante contra el que tropieza. El pasaporte. ¿Cómo va a sacar un pasaporte para Irina? Una víctima de un secuestro buscada por la policía desde hace más de dos años. ¿Cómo? Pero no solo eso. ¿Cómo van a salir de ahí? ¿Cómo van a hacer para salir de la casa? ¿Una madrugada? ¿A hurtadillas? ¿Como el día en que fue a devolverla a la gasolinera? ¿Y Misha? ¿Qué va a ser del perro? ¿Se lo llevan también? Claro, no lo van a dejar, ¿no? Pero, entonces, ¿la mudanza? ¿Qué mudanza? Está claro que va a tener que abandonarlo todo en casa. Dejarlo todo y salir con lo puesto (todo menos a Misha, claro). Montarse en el coche y no regresar nunca. Nunca más. Darlo todo por perdido. Huir como proscritos, como fugitivos. Hasta que lleguen a los límites del comunismo. Y entonces tendrán que…

¿Me estás escuchando, Alexéi?

Sí, Japón.

Oye, Alexéi, si pudieses elegir un superpoder, ¿cuál elegirías?

No sé.

Imagínate que pudieses elegir cualquiera.

Yo creo que la inmortalidad.

¿Antes que volar o ver el futuro o tener hipervelocidad o la teletransportación o…?

Sí, sí. Claro. Si eres inmortal, ¿para qué teletransportarte? No tienes ninguna prisa. No te hace falta hipervelocidad. Ni te hace falta ver el futuro. Ya llegará y lo estarás esperando.

¿Tú crees?

La inmortalidad es el mejor superpoder.

Puede ser, pero, si te aburres, ¿qué?

No te aburres. Seguro que no te aburres.

A lo mejor al final te terminarías aburriendo.

¿Al final? ¿Qué final?

Pues por eso lo digo.

Qué va. No te aburres. ¿Y tú?

Yo ¿qué?

Tu superpoder favorito.

No sé. No tengo un superpoder favorito.

¿No? ¿No tienes un color favorito? Pues esto es lo mismo.

No.

¿No?

Yo no tengo un color favorito.

Todos tenemos un color favorito.

Yo no.

¿Cómo que no? Por ejemplo: ¿de qué color es ese sonido que a veces te imaginas que es el que sale de la radio? ¿Lo has pensado?

No. De muchos.

¿No hay ningún color que te guste más?

No sé. ¿Tú tienes un color favorito?

Quizá el azul marino.

¿Y un animal favorito?

No sé. Me gustan los bisontes.

Y ¿una forma geométrica favorita?

¿Una forma geométrica favorita?

Sí, la esfera, o el cono, o el trapecio, no sé.

Pues no.

Y ¿una nota musical favorita?

No.

Pues eso es lo que me pasa con los colores y con los superpoderes.

¿No hay ninguno que te guste más? ¿No elegirías ninguno? ¿Preferirías quedarte sin superpoder?

No. Eso tampoco.

Pues elige uno.

¿El que yo quiera?

Sí, el que tú quieras.

Jo, no lo sé.

¿Viajar en el tiempo? ¿Poder cambiar de forma? ¿Respirar bajo el agua? ¿Superinteligencia? ¿Ser invisible?

No sé. Prefiero ser visible.

Pues otro. Puedes elegir.

No sé. ¿Cómo es lo de viajar en el tiempo?

Pues poder ir a otras épocas, por ejemplo.

No, no. Eso no. Yo preferiría lo de viajar en el tiempo, pero de otra forma.

¿De qué forma?

Pues poder envejecer de repente.

Pero eso no es un superpoder, eso ya pasa.

No, pero digo envejecer de repente, a otra velocidad, instantáneamente, de repente.

¿Hacerte vieja de repente?

No, vieja no. Solo hasta tener dieciocho años y poder salir de aquí.

Ya verás como cuando los tengas creerás que ha ocurrido de repente.

Ya, claro.

Y cuantos más años cumplas, más de repente creerás que ha sido.

No lo sé.

Ya lo verás.

Alexéi mira a Irina cruzada de brazos, apoyada en el cabecero de la cama. Se sienta a su lado.

He estado pensando.

¿Qué has estado pensando?

¿Te gusta el pescado crudo?

¿El pescado crudo?

Sí, es la base de la comida japonesa.

¿Sí?

Sí, el atún crudo, el salmón...

Ah, ¿sí?

Sí, vamos a tener que aprender muchas cosas.

¿Qué cosas?

Pues, lo primero de todo, el idioma.

¿Tú crees que será difícil?

Dicen que el japonés es muy difícil.

No sé.

Y también vamos a tener que aprender a comer con palillos.

Eso seguro que no es tan difícil.

Puede ser.

También podemos aprender karate.

No sé, a mí a lo mejor no me gusta aprender karate.

En Japón todo el mundo sabe karate.

Pues yo no.

Bueno.

No me gusta el karate.

¿Cómo prefieres ir, en barco o en avión?

No sé.

¿Has montado alguna vez en barco?

No.

Y ¿en avión?

Tampoco.

Bueno, ya lo veremos.

Sí.

Tienes que pensar también en Misha, ¿crees que preferirá ir en barco o en avión?

No lo sé.

Yo tampoco. Ya lo pensaremos.
Sí.
Buenas noches, Irina.
Buenas noches.
Alexéi le da un beso en la frente y se levanta.
Alexéi.
¿Sí?
He pensado que creo que sí tengo un color favorito.
Ah, ¿sí?
Creo que sí.
Y ¿cuál es?
El azul oscuro.
¿Como yo?
Sí.
Bueno, piénsalo más, hay muchos colores: el naranja, el amarillo, el rosa…
No sé, me gusta el azul marino.
Piensa en el color que te gustaría que tuviese el sonido que sale de la radio. O mejor. Piensa de qué color te gustaría que fuese el sonido de tu voz.
¿Mi voz?
Sí, tu voz, tu color.
Vale, lo pensaré.
Alexéi mira a Irina de nuevo, repara en la forma de sus pies bajo la manta.
Que descanses.
Gracias, tú también.
Hasta mañana.
Hasta mañana.

Bueno, ¿me vas a ayudar a preparar la cena o qué?
Claro.
¿Qué prefieres, preparar la masa o el relleno?
Es lo mismo que me preguntaste el año pasado.
¿Sí?

Sí.

Y bien, ¿qué hiciste el año pasado?

Pues hice la masa primero, y después el relleno.

Ah, ¿y yo no hice nada?

No.

O sea, ¿que lo hiciste tú todo?

Sí.

Pues entonces te propongo una cosa, listilla.

¿Qué cosa?

Tú haces tus *varéniki* y yo los míos, y luego comprobamos a ver cuáles están más ricos.

Pero yo no tengo la receta.

Tenemos la receta del año pasado.

¿La tenemos?

Claro.

Y ¿cuáles son las reglas?

Ninguna, o sea, no sé.

Cada concursante no puede tocar lo que esté cocinando el otro, ni fijarse en lo que hace ni nada.

Vale.

Y no se puede hacer la receta tal cual. Hay que introducir cambios.

¿Cambios?

Sí, cambios. Si no, no vale.

¿Qué cambios?

No sé. Cambios. Los que quieras.

De acuerdo.

Irina sonríe mirando a Alexéi con sus inmensos ojos.

Vas a perder.

Ya lo veremos.

El resto de la tarde transcurre en la cocina, entre los fogones. Ella, obviamente, es quien toma la iniciativa. Alexéi va a la zaga. Siempre un paso por detrás, controlando con el rabillo del ojo lo que ella prepara. Si ella pica col, él pica col. Si ella mezcla la harina con la manteca, él se pone a hacer lo mismo de inmediato. Constantemente Irina lo mira, y se da la vuelta para tapar con su propio cuerpo lo que está haciendo. La chica pone en un cuenco la harina con la sal. Empieza a mezclarla con la manteca y con la leche. Alexéi coge el bote de la harina. Toma un pellizco y llama a Irina. Cuando se gira, se lo lanza a la cara. Oye, pero ¿tú qué te crees? Déjame cocinar. Alexéi toma un espejo y le enseña su propio reflejo con la cara blanca de harina. Ambos ríen. Pasada una media hora, en el cuenco de Irina hay una masa suave y fina, perfecta en la proporción de sus ingredientes, mientras que Alexéi sigue batiendo con fuerza un engrudo grumoso, añadiendo leche y más harina. Ella ya está sofriendo las cebollas con las hojas de col, mientras que Alexéi aún está cortando las patatas. Ella lo mira.

¿Has hecho ya tu cambio?

Todavía no, ¿y tú?

Yo ya he hecho unos cuantos.

Irina se fija en el delantal de Alexéi. Parece que viene de la guerra. Su lado de la mesa está impecable. El de Alexéi parece un campo de batalla. Ya ha terminado su relleno, mientras que el de Alexéi está a medias. Ya casi ha vencido. Extiende la masa sobre la mesa con el rodillo. Y mientras tararea una canción de cuna que le enseñó su madre, corta los círculos con un vaso. Después va poniendo el relleno, no mucho, una cucharadita en un lado de cada círculo. Y finalmente los pliega y los sella cuidadosamente con un tenedor. Fin. Después se gira y ve a Alexéi en medio de su faena.

¿Quieres que te ayude?

No, ya casi he terminado.

Venga, que te ayudo.

¿Qué clase de competición es una en la que los oponentes se ayudan el uno al otro?

¿Qué más da? Ya has perdido y lo sabes.

Venga, tú sigue con el relleno, que yo voy a arreglar la masa.

De acuerdo.

Alexéi se dedica a sofreír cebollas con col, y a picarlas y mezclarlas con el queso, mientras Irina, con el pelo recogido detrás de la oreja, bate y equilibra la masa. Cuando Alexéi termina su relleno ella espera sentada a la mesa. Ha terminado. Ya solo falta hacer los *varéniki*. Toma el rodillo, pone harina sobre la mesa y dispone la masa. Comienza a aplastarla, a adelgazarla, a extenderla, y llegado el momento hace los círculos con el vaso dado la vuelta. Son muchos. Después Irina se desentiende. Contempla la torpeza de Alexéi al rellenarlos. El relleno no está muy bien picado y está poniendo demasiado. Va a ser imposible cerrarlos. En fin. Ya está. Mañana se juzgarán los logros de cada rival, pero basta ver el aspecto perfecto de los *varéniki* de Irina, todos iguales, perfectamente colocaditos en su bandeja, y el de los de Alexéi, gordos, hinchados, deformes, para hacerse una idea del juicio sumarísimo que mañana tendrá lugar. Alexéi e Irina se miran. Se dan la mano.

Que gane el mejor.

Mañana lo veremos.

Alexéi se ha levantado temprano. Ella oyó la puerta esta mañana, y casi como un autómata, sin darse ni cuenta, ha caminado hasta el sofá y un día más se ha metido bajo las mantas en las que ha dormido él. Aún queda, aunque ya tenue, la huella de su calor. A Irina le encanta meterse en la cama y jugar a intentar averiguar la forma de esa huella, comprobar dónde están las zonas más calientes del sofá y desde ahí intentar reconocer en qué postura ha estado Alexéi durmiendo. Suele dedicar un par de minutos a intentar adivinarlo reproduciendo ella misma esa postura, colocando su cuerpo en la misma exacta posición, poniendo la pierna derecha donde el calor del sofá sugiere que estuvo la de Alexéi, lo mismo con la izquierda, la cabeza en el hueco de la almohada, el culo suele ser más fácil, y la espalda en medio, en la zona de más calor. Luego los hombros, y finalmente los brazos, lo más complicado. A veces boca arriba, a veces de lado, de cara a la televisión, con la ventana y la puerta en su campo de visión. Otras al revés, mirando hacia el respaldo, más acurrucado, más vulnerable. Después, una vez reconocido el mapa del calor, una vez descubierta la anatomía secreta del sueño de Alexéi, ella misma se queda dormida, como tomando el relevo. El oculto relevo del sueño.

Ya ha anochecido. ¿Dónde vamos a cenar, en la cocina o en el salón?

Donde prefieras.

En el salón, ¿no?

Vale, de acuerdo.

Pues vamos a poner la mesa.

Alexéi se marcha a la cocina. Ella empieza con los preparativos, el mantel, las servilletas.

¿Copas o vasos?

De los dos.

Vale.

Los cubiertos, los platos grandes, la cucharilla de postre, un jarroncito con una flor, un candelabro, el cenicero. Que no falte nada en la mesa.

Ya está.

¿Ya?

Sí. Ya solo falta freírlos y que empiece la competición. Están en el frigorífico.

Alexéi está liado con los fuegos. Irina va a por ellos. Abre la puerta y ve, en la balda del centro, una inmensa fuente con todos los *varéniki* mezclados. Los suyos con los de él.

¡Pero si están mezclados! Alexéi sonríe.

¡Tramposo! Ahora es imposible saber cuáles están más ricos.

Irina mira la fuente mientras él empieza a echarlos en el aceite caliente. Por mucho que estén mezclados son claramente reconocibles. Los de ella, perfectamente cerrados y selladitos, como bivalvos, y los de él, amorfos, como bolsas rechonchas e informes, medio abiertos. Irina se ríe al verlo. Sabe que ha ganado.

Eres un tramposo.

Alexéi suelta una carcajada.

Esto ya casi está. ¿Sabes qué deberíamos hacer ahora?

¿Qué?

Nos vamos a cambiar de ropa para ponernos bien elegantes.

Irina siente el rubor subir a sus mejillas.

Pero ¿qué me pongo?

Lo que quieras, tú eliges. Voy yo primero, tú puedes ir cortando fruta para el postre.

Irina prepara nerviosa la macedonia y piensa qué se va a poner.

Alexéi no ha tardado nada. Mientras espera, abre una botella de vino de Crimea y la sirve en las copas.

Irina, date prisa.

Ya voy.

Alexéi se sienta. Se cruza de brazos y espera; espera; sigue esperando.

Irina, ¿vienes?

Sí, sí, ya voy.

Se levanta, camina con sigilo hasta la puerta. Se oye ruido dentro. Vuelve al salón.

Irina, no espero más. Sal ahora mismo, que se va a terminar el año y vamos a seguir sin cenar.

Voy.

Se oye la puerta. Y a continuación los tacones por el pasillo. Alexéi espera con los codos apoyados en el mantel. Irina entra en el salón. Está guapísima.

¿Qué tal estoy?

Impresionante.

Gracias.

Sonríe con timidez.

Vamos a cenar.

Sí.

Se sientan uno frente al otro. En silencio. Misha a los pies de la mesa.

El golpe de la puerta del baño es seguido por el cerrojo y, tras unos segundos, por el agua de la ducha. Alexéi aprovecha para dejar los paquetes de regalos sobre la cama y se marcha a la cocina a fingir que está preparando algo.

Cuando finalmente vuelve a oír salir a Irina, afina el oído para captar su reacción. Sin embargo, no ocurre nada. Igual que el año pasado. Ningún chillido ahogado de ilusión, ninguna algarabía. Nada. Alexéi sigue esperando, pero no ocurre nada. Finalmente, sentado a la mesa, fumándose un cigarro, escucha sus pasos aproximándose.

¿Qué ocurre, Irina? ¿No los abres? ¿No quieres regalos?

Sí, claro, voy a abrirlos ahora mismo.

¿Entonces?

Yo no te he comprado nada.

Ya, ya lo sé, es normal, no te preocupes; yo no te regalo cosas para que tú me compenses.

No es justo.

¿No es justo?

No, no es justo, yo no puedo regalarte nada, no puedo corresponder.

No tienes por qué corresponder.

Pero yo quiero hacerlo, querría poder corresponder, poder regalarte algo a ti también.

No es necesario.

No lo es para ti, pero para mí sí.

Ya me regalarás algo.

Algún día.

Dentro de poco.

Menos de un año.

Menos de un año.

En la televisión encendida hay un desfile militar. El perro dormita patas arriba en el regazo de Irina, dejándose hacer arrumacos y carantoñas. Ella alza el brazo al globo terráqueo que hay sobre la mesa. ¿Te gusta, Misha? El perro tiene los ojos cerrados. Misha, que si te gusta el regalo de Alexéi, mira. El perro abre los ojos mientras ella se incorpora levemente para alcanzar a señalar Japón. Mira, aquí es donde vamos a ir el año que viene. Bueno, el año que viene no. Dentro de solo once meses. Menos de un año, Misha. En menos de un año nos iremos de aquí para siempre y no volveremos jamás. O puede que sí. Puede que dentro de muchos años. Cuando ya sea mayor vendremos, pero ya será diferente. El perro ladra. ¿Tú qué prefieres, Misha, ir en barco o en avión? El avión es más rápido, pero da un poco de miedo. Yo nunca he ido en avión. La verdad es que me da un poco de susto, pero el barco también me da aprensión. De acuerdo, sí, el avión puede caerse, pero el barco también puede hundirse. Mira, por ejemplo, el Titanic. Murió muchísima gente cuando se hundió. Yo tampoco lo sé. Ya lo decidiremos. Ojalá pudieses hablar, Misha. Me gustaría saber tu opinión sobre muchas cosas. Sobre todo cosas de Alexéi. Podríamos hablar durante horas, y tú me contarías cosas de él, las cosas que ves cuando os vais juntos a la calle y estáis solos los dos. Las cosas que hacéis. Seguro que Alexéi también te cuenta cosas. Seguro que él también habla contigo y te habla de mí y te dice lo que piensa y lo que le gusta. Y también podríamos jugar al ajedrez. Me contarías cosas del exterior. Cómo está mamá, por ejemplo. Y cómo está Sveta. Podrías decirles que estoy bien, que no se preocupen por mí, que las quiero mucho y las echo mucho de menos. Me encantaría que un día las conocieses. Te iban a caer muy bien. Tú también las echarías de menos. Ojalá hablaras, Misha. Así podríamos ponernos de acuerdo en si es mejor ir a Japón en barco o en avión.

Irina levanta el auricular del teléfono. Su dedo tembloroso se introduce en el dial. Dentro del agujero del nueve. Lo gira lentamente. Hace tanto tiempo que no marca ese número. Sin embargo, lo recuerda perfectamente. No se le ha olvidado. No se le va a olvidar nunca. Después del nueve, el cuatro. Gira de nuevo. Y después el seis. Y sigue girando, número tras número, hasta llegar al último, al tres. Mete el dedo en el tres, pero no se atreve a girarlo y cuelga el teléfono. No puede hacerlo. No es capaz. El corazón se le va a salir por la boca. Está sudando. Tiene que sentarse. ¿Qué pretende? ¿Qué sentido tiene hablar por teléfono? Después de más de un año, ¿va a llamar? ¿Así, de repente? ¿Hola, qué tal? No. No tiene sentido. Además, ¿qué va a decir? ¿Estoy bien, no os preocupéis? Imposible. Y así, sin el más mínimo sentido, vuelve a ponerse de pie y a descolgar el teléfono, y a esperar el tono de llamada, y a introducir el dedo en el número nueve, y a girar el dial, y a volver a introducirlo en el cuatro, y a repetir la operación hasta llegar de nuevo al tres. Se detiene un segundo, mira a derecha e izquierda, se asoma a la ventana, Alexéi aún va a tardar unos minutos, y gira el dial con el dedo en el tres. Espera el tono. Está nerviosísima. A punto de desmayarse. Tapa el auricular para que no se oigan las bocanadas de su respiración descontrolada. Espera. El tono sigue sonando, neutro, insistente, hasta que, finalmente, se oye un chasquido seguido de un silencio y una voz familiar. ¿Quién es? Irina no contesta. Guarda silencio. ¿Quién es? Irina calla como puede. Escucha con atención cada inflexión de la voz, cada quiebro, oye de fondo un sonido de platos, el chasquido de las puertas del armario de la cocina, el eco lejano de la voz de Sveta, debe de estar poniendo la mesa. Mira hacia la ventana. Los contornos comienzan a diluirse. Siente el frío de las lágrimas deslizándose por la cara. ¿Quién es? ¿Hay alguien? ¿Es una broma? Irina abre la boca como para pronunciar alguna palabra pero se le congela en la garganta. Lo poco o mucho que tiene que decir se resquebraja en pedazos antes de salir de sus labios. ¿Es una broma? ¿Quién es? ¿Quién es? Irina se aleja el teléfono del oído, espantada, aterrorizada. Escucha el insistente «¿Quién es?» en el auricular, alejándose según lo posa sobre el aparato. Un último «¿Quién es?» entrecortado. Un último «¿Quién es?» que tal vez antecede a un «¿Irina, eres tú?» que ya no ha oído, porque la comunicación ya se ha interrumpido. Le falta el aire. Vuelve a coger el auricular y a acercárselo al oído para comprobar que, en efecto, ya se ha cortado. Y vuelve a soltarlo, horrorizada. El rostro entero se le desenreda en un llanto pleno. Ahí mismo. El mundo sigue ahí mismo.

No puedes mover el alfil.

¿Qué?

Que no puedes mover el alfil porque descubres el rey y lo dejas en jaque.

Es verdad, perdóname.

No, la torre tampoco.

Tienes razón.

¿Seguro que quieres jugar?

Sí, claro.

Alexéi adelanta un peón al azar, sin plantearse las consecuencias del movimiento. Mira el tablero una y otra vez, pero no tiene la cabeza como para preocuparse de la apertura Sokolsky. En realidad no es capaz de pensar en otra cosa más que en cómo conseguir la documentación necesaria para Irina. Sí, parece ser que Kolya, el portero del colegio, conoce a alguien de la *samizdat* que puede «conseguir papeles». De acuerdo, muy bien, pero seguro que ese alguien va a necesitar, como mínimo, una fotografía. Y ahí está el problema, en tener que entregarle a ese desconocido la fotografía de una chica desaparecida desde hace más de un año. Es implanteable desde todo punto de vista. Basta que ese desconocido tenga una mínima memoria visual, o que tropiece por casualidad con uno de los cientos de carteles que la madre de Irina sigue pegando en los escaparates o dejando en los parabrisas, para que los descubran. No es una opción. No lo es. Pero, entonces, ¿qué van a hacer? ¿Escaparse así, a las bravas, sin documentación? Quizá. Podría ser. Tal vez. Pero necesitarán tener la suerte de su lado cuando crucen los controles. No es tan fácil conseguir un permiso para salir de la URSS. De hecho es muy difícil. Conseguir un salvoconducto es poco menos que imposible, y falsificarlo es muy caro. Una opción es salir de Ucrania. Trasladarse a Minsk, a Grozni o incluso a Múrmansk. Algún lugar en el que pasar desapercibidos, y conseguir ahí los papeles para dar el salto. Puede ser. Alexéi alza la vista. Irina está concentrada en el juego, mordiéndose el pulgar. El avance del peón, de puro absurdo, la ha desconcertado. Frunce el ceño, extrañada, mordiéndose el pulgar de nuevo. Pero... Lo mira por un segundo. Después vuelve a concentrarse en el juego. A veces parece ya una mujer. ¿Cuánto ha cambiado realmente desde que llegó a casa? Es decir, ¿la reconocerían en una foto? Sí, seguro. Es un riesgo demasiado alto. Pero ¿y si no? ¿Y si fuese él quien le hiciese la foto? Podrían intentarlo. Quizá suficientemente maquillada, con una peluca y unas gafas... ¿Por qué no? Es una opción. Es una opción y un riesgo, pero siempre puede hacerle la foto, y si es demasiado reconocible, destruirla y no arriesgarse a pedir los papeles.

Alexéi.

¿Sí?

Jaque mate.

Irina descuelga el teléfono, mira a Misha, que está en el suelo, de pie, con las patitas delanteras posadas sobre sus piernas, y pone el dedo delante de sus labios. Ahora, silencio, Misha, no puedes ladrar porque pueden oírte. El perro emite un sonido. Irina le chista de nuevo. Misha se queda mirándola estúpidamente. Irina levanta el auricular y marca el número que sigue recordando, el único que recuerda, desde la primera hasta la última cifra. De nuevo suenan los tonos. Pasa un segundo, dos, tres, y finalmente escucha la voz familiar de su madre preguntando «¿Quién es?». Irina guarda silencio otra vez. Al otro lado la voz insiste. Irina sigue callada. Misha también. La voz vuelve a preguntar. «Feliz cumpleaños, mamá.» Solo eso. Solo esa frase. Tres únicas palabras que se agrietan, que se despedazan amontonándose en la garganta de la chica que llora en silencio. «¿Quién es?» Irina toma aire para dejarlas finalmente salir, y en ese momento la voz se adelanta y dice una frase con voz tenue: «No sé quién eres, ni si eres, pero no cuelgues. Quédate aquí con nosotros». E inmediatamente alza la voz y dice «aquí no vive ninguna Olenka, lo siento». E Irina, que no ha sido capaz de articular ni una sílaba, escucha un golpecito, el de haber dejado descolgado el teléfono sobre la mesita. Después no es una, sino muchas las voces que oye, y la de su madre por encima de las demás diciendo que preguntaban por alguien llamado Ekaterina, que debe de haber sido alguien que se ha equivocado. Escucha el roce metálico de la pata de la silla contra las baldosas del suelo. Mamá acaba de sentarse. Parecen estar todos a la mesa, hablando, celebrando el cumpleaños. Y ella también está allí, con ellos, con su familia. Está en medio de la conversación, escuchándolos a todos, las voces de cada cual, se oye a un niño o una niña pequeña, y más gente, quizá su tía, quizá la abuela, y, de repente, todos empiezan a cantar «Cumpleaños feliz», juntos, a la vez. Se escucha a Sveta, a papá desafinando, y ella canta también. Entre sollozos y lágrimas le susurra «feliz cumpleaños» al teléfono con voz apagada. Misha ladra. No importa. Todos cantan.

Después se oye la voz de Sveta: «Mamá, te has dejado el teléfono descolgado».

Lo siguiente es el sonido opaco del tono de colgado. Irina mira al perro. ¿Cómo lo ha sabido? ¿Lo sabe realmente, o es, simplemente, lo que ha querido pensar? Esta última pregunta se queda en el aire, interrumpida por un llanto desconsolado. Está atardeciendo. Dentro de poco sonará la llave en la cerradura y tendrá que correr a esconderse en el baño.

Un prisma oblicuo, amarillo, ocupa la oscuridad del techo. ¿Qué hora es? ¿Qué hace encendida la luz del pasillo? Alexéi parpadea exageradamente para desperezarse, sin entender qué es el ruido que acaba de despertarlo. ¿Qué pasa? Mira el reloj. Pero si son las cuatro de la madrugada. Se levanta, hace frío. Abre la puerta del salón y apaga la luz. Y en ese momento ve la luz de la habitación de Irina saliendo por la puerta entreabierta. ¿Irina? Camina hasta el dormitorio, pero no está. ¿Irina? Estoy aquí. La voz sale amortiguada de detrás de la puerta del baño. Misha está sentado frente a la puerta, rascándola con su patita. Y de nuevo ese sonido. El mismo que lo ha despertado y que hasta este momento Alexéi no lo había identificado. Es Irina vomitando. Llama a la puerta.

¿Estás bien, Irina?

No.

Abre.

Espera.

Abre inmediatamente.

Espera un segundo.

Alexéi, nervioso, escucha las arcadas desde fuera, desde el pasillo. Tras unos segundos de silencio se oye el cerrojo de la puerta. Está pálida como un cadáver, apenas consciente, y tiene restos de vómito en las comisuras de los labios. Alexéi la sujeta por debajo del brazo y la acompaña a la cama. Tiene el cuerpo ardiendo.

¿Qué te pasa, Irina?

No lo sé.

Pero ¿es algo del estómago, o te duele la cabeza, el pecho, tienes tos, tienes dolor en algún sitio, qué te ocurre, qué síntomas tienes?

No lo sé. Tengo mucho frío, me quiero acostar.

Vamos, vamos a la cama.

Alexéi la tumba en la cama. Con una toalla empapada le humedece la cara, le limpia los labios, le retira el pelo.

¿Cómo te sientes?

Mal.

¿Quieres agua?

No sé, sí.

La cocina está a oscuras. El suelo frío al contacto con los pies descalzos. Alexéi le trae un vaso de agua. Está tiritando. Lo deja en la mesilla. No tiene sed.

Bebe agua, te sentará bien. Irina obedece. Trata de dormir.
No te vayas.
No me voy a ningún sitio, solo al salón.
No, quédate aquí, por favor.
De acuerdo.
Alexéi se sienta en la cama. Irina cierra los ojos. Tiene la respiración acelerada. Alexéi apaga la luz de la mesilla.
No apagues, por favor.
Sí, tienes que dormir.
Me da miedo, déjala encendida.
De acuerdo.
¿Adónde vas?
A por un termómetro.
No te vayas.
Es solo un segundo.
No te vayas.
Irina, tengo que tomarte la temperatura. Alexéi sale y regresa casi inmediatamente. Ponte esto debajo del brazo. Irina está tiritando. ¿Tienes frío?
Sí, mucho.
¿Te traigo una manta?
No sé.
Alexéi le toca la frente. Está sudando. El termómetro marca treinta y ocho con cuatro.
¿Eso es mucho?
Es bastante.
Alexéi se levanta.
¿Adónde vas ahora?
A por la manta.
No te vayas.
Es para que entres en calor.
No te vayas, por favor.
De acuerdo.
Irina cierra los ojos de nuevo. Alexéi se queda sentado junto a ella.
¿Sigues teniendo frío?

Sí.

¿Seguro que no quieres la manta?

No, quiero que te metas aquí, en la cama, conmigo, y me des calor.

Pero, Irina...

Por favor, tengo mucho frío.

Alexéi se mete en la cama junto a ella. La abraza por detrás. Está sudando, tiritando. Su respiración se va relajando poco a poco. Se está quedando dormida. Alexéi no sabe qué hacer. Puede darle algún analgésico o algún antibiótico que tiene en algún cajón de casa, pero ¿y si no funciona? ¿Y si tiene gripe, o una intoxicación, o algo más complicado, un virus, algo que no desaparece con un antibiótico genérico? No puede llamar a un doctor. No sabe qué le ocurre. No puede hacer nada. Quizá ir él al médico y fingir los síntomas de ella como propios, pero es absurdo, no tiene sentido. Ni siquiera sabe qué síntomas tiene. Lo descubrirán en segundos. Además, ¿cómo va a fingir tener fiebre? Ir él no es una opción. La única posibilidad es llevarla al médico como si tal cosa, diciendo que es su sobrina, o su vecina, o lo que sea, y confiar en que no sea reconocida. O llamar a una enfermera o un practicante, y que vengan a casa, y... es una locura. Es una auténtica locura. Los van a descubrir. Lo van a descubrir todo y él se pudrirá en la cárcel el resto de su vida, pero no puede hacer otra cosa. No puede dejar que siga enferma. Quizá empeore. Quizá estos primeros momentos sean vitales para atajar lo que sea que haya contraído. Está totalmente atado de manos. La mirada de Alexéi se abstrae en la mancha circular que la luz de la lámpara de la mesilla arroja contra el techo. Irina se está relajando. Ya no tirita. Hace rechinar los dientes. Los aprieta en sueños. Nunca había notado que apretase los dientes mientras duerme. Eso tiene un nombre. Intenta recordarlo, pero no le viene a la memoria. Respira ya tranquila. Se ha quedado dormida. Alexéi la mira. La abraza. Le da un beso en el pelo. Si no mejora tendrá que llamar al médico. Se sorprende pensando que quizá es su última noche juntos, que quizá mañana mismo ella estará de nuevo en su casa con sus padres y él estará detenido por la policía. Y le sorprende, sobre todo, la naturalidad con que se descubre asumiéndolo. No esperaba que esto fuese a terminar así. Nunca llegó a plantearse esta posibilidad. En realidad nunca llegó a plantearse ninguna. Simplemente ha hecho lo que tenía que hacer y no se arrepiente de nada. No puede arrepentirse de nada. Ha sido lo mejor para ella. Podría haber salido bien, pero la suerte les ha dado de lado. Mañana por la mañana llamará al doctor. Irina se mueve y vuelve a hacer ruido con los dientes. Bruxismo.

«... volver a aumentar la capacidad de la nave a tres tripulantes. La Soyuz T, máximo exponente de la ingeniería del Sóviet, es la versión modernizada de la Soyuz. Se han rediseñado casi todos los componentes del vehículo y se han incorporado paneles solares.»

Alexéi abre los ojos.

¿Irina? No está. El sol entra por la ventana. ¿Irina? ¿Dónde estás? No contesta, solo se oye la televisión hablando del orgullo del Sóviet y de no sé qué lanzamiento de una estación espacial. ¿Irina?

Alexéi se incorpora. Es la primera vez que duerme en una cama desde hace más de un año.

Estoy aquí, viendo la tele.

Alexéi camina hasta el salón desperezándose, nervioso. Irina está sentada en el sofá, comiéndose un yogur. Está perfectamente. Alexéi alza la vista a la televisión, a unas imágenes de un lanzamiento espacial.

¿Estás bien, Irina?

Sí, sí, déjame escuchar.

«La estación espacial, cuyo funcionamiento está previsto para cinco años, orbitará completamente la Tierra en menos de dos horas, y servirá como laboratorio para experimentos científicos.»

¿Seguro que estás bien, Irina?

Sí, calla.

«El módulo MIR 1, llamado coloquialmente "placa base", se divide en cuatro compartimentos: el de trabajo; el de descanso, provisto de una bicicleta de gimnasia, televisión, vídeo y un baño completo; el de ensamblaje de otros módulos; y el de control de propulsión, con los tanques de combustible, las antenas de retransmisión...»

Irina se gira y mira sonriente a Alexéi.

Alexéi, ¿a ti no te gustaría vivir en la estación espacial MIR?

No sé, me parece un poco claustrofóbico.

¿Por qué?

Porque no se puede salir.

Pues igual que esta casa.

El cigarro está casi consumido del todo. Alexéi tira la colilla, la pisa y llama a Misha. Vámonos, venga, Misha, ven, vamos a casa. Sin embargo, el perro no deja de correr y ladrar a todos y a todo lo que ve. Vamos, Misha, ven aquí, nos vamos. El perro acude. Alexéi le ajusta la correa y regresan. En este momento Irina habrá abierto la ventana y estará dando las dos últimas caladas al cigarro. Sí, sin tragarse el humo, pero así se empieza. Tiene que hablar con ella. No puede ser que empiece a fumar. Una cosa es que coquetee con el tabaco y otra que se haga fumadora. Ya hablará con ella, pero de momento lo importante es que estudie. Le faltan cinco minutos hasta llegar a casa. Ha tenido toda la mañana para estudiarse la Revolución francesa. Como no se la sepa cuando se la pregunte, castigada. Por lo menos quiénes eran los jacobinos, Robespierre, o como mínimo, Napoleón. Pero no se lo va a saber porque no estudia nada, y eso también lo tiene que solucionar. No puede ser que se quede rezagada respecto de sus compañeros, o sea, sus excompañeros. En fin, como no se lo sepa, castigada. Misha ya está rascando la puerta. Alexéi se busca las llaves en la ropa, el abrigo, los pantalones, el abrigo otra vez, espera, aquí están. Cierra la puerta a su espalda. Misha corre a la puerta del baño. La televisión está puesta. Huele a tabaco. Alexéi da tres toques. Irina sale.

¿Qué hacías viendo la televisión?

Es que…

¿Te sabes ya la Revolución francesa?

No.

Entonces no puedes ver la televisión, ese es el acuerdo.

Lo sé.

¿Entonces?

¿Tú sabes quién es Olof Palme?

Sí, claro, pero ¿a qué viene eso?

Es que estaba estudiando, con la radio puesta, y han dicho que lo han asesinado y he puesto la tele para saber quién era.

¿Que han asesinado a Olof Palme? ¿Quién?

No se sabe, lo estaba viendo ahora en las noticias, antes de que entraras.

Sube el volumen.

«… tuvo lugar ayer viernes, en Estocolmo, a las 23.21, cuando acompañado por su mujer volvía caminando del cine, sin guardaespaldas, momento en que un desconocido disparó a quemarropa sobre la espalda del exprimer ministro sueco, que murió a los pocos minutos. Las primeras investigaciones apuntan hacia grupos ultraderechistas suecos. Olof Palme, de cincuenta y nueve años, considerado por muchos el político sueco más conocido del siglo XX, defendió con firmeza sus principios sobre el pacifismo y el universalismo, el desarme, la democracia…»

Bueno, ya sabes quién era Olof Palme. Ahora yo quiero que me digas quiénes eran Robespierre, Danton y Marat.

No lo sé.

¿Que no lo sabes?

No, y además me da igual.

¿Te da igual?

Sí.

A tu cuarto, castigada.

Pero…

Castigada. Cuando te lo sepas, sales.

Irina se mete en el dormitorio dando un portazo. Seguro que se ha oído en casa de Olya.

¿Sabes lo que han dicho hoy por la tele?

No hables con la boca llena.

Perdón.

¿Qué han dicho?

Que unos científicos han descubierto un agujero en una capa que hay en la atmósfera que es de ozono.

¿Cómo dices?

Sí, que la atmósfera tiene una capa que es de ozono, y que unos científicos que están en la Antártida han hecho unos experimentos y han encontrado un agujero en esa capa de la atmósfera.

Y eso ¿qué significa?

No lo sé, han dicho una cosa de los rayos ultravioletas del Sol y del calentamiento del planeta.

Bah, tonterías.

Han dicho que si crecía habría un efecto invernadero y las personas tendrían cáncer de piel y más enfermedades.

Deja de hablar con la boca llena.

Y luego he estado mirando en el atlas y pone que el Sol está a 149,6 millones de kilómetros de la Tierra.

Y ¿qué?

Pues que si la velocidad de la luz es de 300.000 kilómetros por segundo, eso significa que la luz del Sol tarda ocho minutos y diecinueve segundos en llegar desde el Sol hasta el planeta Tierra.

¿Ocho minutos y diecinueve segundos?

Sí.

Anda, déjate de segundos y termínate la sopa.

Irina sale del dormitorio disfrazada como una actriz de los cuarenta. Solo le falta una boa de plumas. Alexéi la mira. Frunce el ceño unos segundos.

Estás muy bien, pero píntate los labios.

¿Los labios?

Sí, tienes que maquillarte mucho.

Vale.

Ten en cuenta que solo se te va a ver la cara, la ropa casi no va a salir.

De acuerdo.

Y luego ya vemos si hace falta la peluca o no.

No me gusta la peluca, pica.

Pero si te queda muy bien.

No me gusta.

Irina se mete en el baño y echa el pestillo. Mientras tanto Alexéi comprueba la cámara. Quita la tulipa de un par de lámparas, ajusta el trípode mirando por el objetivo. La luz parece suficiente. La voz de Irina sale desde el otro lado de la puerta del baño.

¿Estás preparado?

Venga, sal, date prisa.

Ella abre la puerta.

¿Qué te parece?

Qué guapa. Siéntate ahí.

Se sienta, las piernas cerradas, las manos sobre las rodillas, los ojos entrecerrados por la excesiva luz. Alexéi se coloca detrás de la cámara. Sube un poco el trípode. En el encuadre la cara de Irina. ¿Está reconocible? No está seguro. El maquillaje es exagerado, pero puede que sí. Puede que lo esté.

¿Qué tal?

Estás guapísima.

En realidad no es cierto. El maquillaje es tan excesivo que parece una muñeca. Para la fotografía es perfecto, aunque a pesar de ello no se atreve a hacerla y arriesgarse a que la reconozca alguien en la tienda de revelado. Hace falta que se disfrace más.

Creo que vas a tener que ponerte la peluca, Irina.

Es que no me gusta.

Pues no sé, ponte el sombrero.

¿El sombrero?

O ¿por qué no probamos a hacer unas cuantas fotos con la peluca?

Es que me pica, y no me gusta.

Lo sé, cariño, a mí tampoco, pero tienes que entender que no podemos arriesgarnos a que te reconozcan en la tienda de fotos cuando las lleve a revelar. Lo más importante es conseguir tu documentación, y no podemos arriesgarnos, ¿de acuerdo?

De acuerdo, dame la peluca.

Se la pone e inmediatamente pasa de parecer una estrella de cine mudo a una fulana de Troeshchyna. Pobre, pero ahora sí que es imposible que la reconozcan. Una foto así sí puede llevarla a revelar.

Sonríe, Irina. Mírame y sonríe. Alexéi dispara la cámara una y otra vez. Sonríe, Irina.

¿Qué necesidad hay de adelantarse, de dar sorpresas, de llegar antes de la cuenta? Ninguna. Alexéi no es amigo de esas cosas. De hecho, siempre se preocupa por evitarlas, no tanto porque a él no le guste que lo sorprendan, como porque es él quien no quiere llevarse sorpresas. Por eso suele demorarse desde que mete la llave en la cerradura hasta que abre la puerta y entra. Pero a veces la prisa, el apuro, hacen saltarse algunas costumbres, y aquí está ahora, delante de Irina, que hoy no ha tenido tiempo de apagar el cigarro, de abrir la ventana y ventilar. Y ahora Alexéi tiene que armarse de valor y hacer la comedia de que no lo sabía, de que una chica de su edad no puede fumar, que eso es muy malo y que la tiene que castigar. La mira poniéndose muy serio mientras piensa que hace tiempo que no comprueba el nivel de las botellas de vodka de la estantería. Irina guarda silencio. Sí, es cierto, ha sido sorprendida, pero no parece estar asustada ni avergonzada. Muy al contrario. Lo mira, y vuelve a llevarse el cigarro a los labios y le da una calada. Después, aunque sin tragárselo, expulsa el humo desafiante.

Irina, ¿desde cuándo fumas?

¿A ti qué te importa?

Y vuelve a dar una calada.

Apágalo.

No.

Te he dicho que lo apagues.

¿Por qué?

Porque lo digo yo.

Tú no me mandas, no eres mi padre.

No, no lo soy, pero te estás fumando mi tabaco, no el de tu padre. Irina no sabe qué responder a eso. ¿Me das una calada? Irina lo mira perpleja. Es mi tabaco, dame por lo menos una calada. Irina le pasa el cigarro. Alexéi da una profunda calada tragándose el humo. Después, con los pulmones llenos, comienza a explicarle. ¿Ves?, así se fuma, primero inhalas el humo, después te lo tragas, lo tienes un rato en los pulmones y después lo expulsas.

En ese momento Irina alarga la mano para coger el cigarro y repite lo que acaba de ver, con suficiencia. Exactamente igual. El efecto es inmediato: después de la tos viene el mareo, y después las náuseas. Alexéi sujeta a Irina. Se la lleva al salón y la tiende en el sofá.

Quédate un rato aquí, se te pasará enseguida.

¿He fumado bien?

Sí, ahora ya sabes fumar.

Irina cierra los ojos. Justo antes de salir del salón, Alexéi se gira y la ve tumbada, quieta. Hoy, día 11 de abril, es el día de máximo acercamiento del cometa Halley a la Tierra. Acaba de oírlo en la radio del coche. Si no tuviesen un tejado encima, quizá estarían viéndolo ahora mismo.

Pero es que me da igual quién sea esa señora.

No te puede dar igual, Irina, y menos aún siendo, como eres, una mujer.

¿Por qué?

Pues porque Simone de Beauvoir fue muy importante para las mujeres, para el desarrollo del feminismo en Francia y en todo el mundo, y para...

Pues a mí me da igual esa señora.

Pero ¿por qué te enfadas?

Porque sí, porque ahora resulta que se muere una vieja y es superimportante lo que hizo, y a mí me da igual que se muriese ayer. Por mí se podía haber muerto hace mil años. Me da lo mismo.

Pero ¿por qué te pones así, Irina?

No me pongo de ninguna manera. Simplemente me parece que no hizo nada de nada. Que eso de que su aportación al feminismo fue de vital importancia y todas esas tonterías que han dicho en la radio me parece que son un invento y una mentira, y que hiciese lo que hiciese no sirvió de nada, y que por muchos libros que escribiera y por muchas conferencias que diera, luego eso no se lo lee nadie y no sirve para nada, y si no, explícame qué hago yo aquí metida en esta casa desde hace más de un año.

Irina se aproxima nerviosa a la ventana.

No se ve.

No, no se ve.

Jo, yo lo quiero ver.

Tranquila, espera un poco.

Irina vuelve a asomarse.

Espera un poco, Irina. Acaba de anochecer, la luna nunca está quieta, ahora se moverá por encima de los edificios de enfrente y la podrás ver.

Pero ¿cuánto dura?

Pues no sé, un buen rato.

¿Una hora?

Puede que más.

¿Habrá empezado ya?

No lo sé.

¿Qué hora es?

Las ocho y media.

Irina vuelve a la ventana.

No se ve.

Ten un poco de paciencia.

Es que no me lo quiero perder.

No te lo vas a perder.

¿Estás seguro?

Sí.

Ya verás, me lo voy a perder.

Que no. ¿Quieres cenar?

No tengo hambre.

Por acercarte a la ventana no vas a conseguir que aparezca.

Ya.

Pues cálmate y cena algo.

¿Cómo es?

No sé.

¿No lo sabes?

No.

Irina se gira y mira a Alexéi extrañada.

¿Nunca has visto un eclipse de Luna?

Pues si te digo la verdad, no me acuerdo.

¿Cómo no te vas a acordar?

Creo que una vez vi un eclipse solar, cuando era niño, también total, como este. Pero no estoy seguro, no lo recuerdo bien.

¿Y no te acuerdas de cómo es?

No, decían que no se podía mirar al Sol, así que o no lo vi, o si lo vi no me acuerdo.

Pues vaya.

Nos dijeron que si mirábamos al Sol nos podía pasar algo, podíamos quedarnos ciegos y cosas así.

Pero ¿es verdad?

A muchos niños les pasó. Tuvieron lesiones en la córnea y en la retina.

Pero a ti no te pasó nada.

No, pero a lo mejor fue porque no miré.

¿De verdad que no miraste?

No lo sé, no me acuerdo.

Pues en la tele no han dicho nada de quedarse ciego por mirar la Luna esta noche.

Es que la Luna sí la puedes mirar, no es como el Sol.

Irina vuelve a apartar las cortinas y a asomarse de nuevo.
No se ve.
No, no se ve aún.
Jo, nos lo vamos a perder.
No nos lo vamos a perder, espera un poco.
¿Se verá desde la ventana de la cocina?
No lo sé, vamos a la cocina y así cenas.
Irina corre a la cocina mientras Alexéi termina la página de su libro. La marca, lo cierra y lo deja sobre la mesa. Cuando se incorpora del sofá, ella ya está gritándole que corra, que se dé prisa, que se lo va a perder. Alexéi camina hasta ella. Está absolutamente embelesada.
¿Ves como no te lo ibas a perder?
Sí, lo veo.
Se agacha y coge a Misha. El perro emite un par de ruidos.
Mira, Misha, un eclipse de Luna. ¿A que nunca habías visto un eclipse de Luna? Yo tampoco. ¿No te parece alucinante? A mí me parece una cosa de otro mundo, como de otro planeta…
El perro ladra forcejeando para que lo suelte.

Alexéi mete la llave en la cerradura. Una vez más se demora en abrirse la cremallera del abrigo, quitarse el gorro, coger del suelo la bolsa de hortalizas… para ampliar unos segundos el plazo de apagar el cigarro, abrir la ventana, ventilar y correr a meterse en el baño. Mientras se concede ese intervalo de margen mira con insistencia la puerta, el dorso del mundo de Irina, su confín. Pronto inaugurarán el parque de atracciones para celebrar el día del Trabajador. No se lo va a decir. No le puede decir que ya terminaron de construir la noria y el resto de las atracciones. No va a poder ir, así que ¿para qué? Desde esta puerta, desde el envés de la superficie muda de madera con el barniz desgastado que está viendo ahora mismo, nada existe. Ni siquiera él. Ni los coches de choque que acaba de ver. Nunca existirán.

Hoy, al descolgar la correa, Misha no acude como siempre. ¡Misha! ¡Vamos! Irina, ¿dónde está Misha? No sé. ¿No está contigo? La voz de Irina niega desde dentro del baño. ¿Dónde se ha metido este perro? ¡Misha! Alexéi camina por la casa. Registra el salón, la cocina, el dormitorio. Ahí estás. ¿Qué haces ahí debajo? El perro está escondido debajo de la cama. ¡Vamos, Misha, vamos a la calle! El perro gruñe a Alexéi. ¿Qué pasa? ¿No quieres salir? El perro gruñe de nuevo. Irina, ¿qué le pasa al perro? No sé. Lleva ya dos noches seguidas gruñendo y ladrando sin parar, y hoy por la mañana está aún más inquieto. Algo le pasa pero no sé qué es. Irina entra en el dormitorio, se acuclilla junto a Alexéi. Ven, Misha, ven, bonito, ¿qué te pasa? El perro se deja coger por ella. ¿Qué te pasa? Pero cuando Alexéi intenta ponerle la correa vuelve a gruñir y a ladrar. ¿Por qué no quiere salir? No sé, pero déjale, ¿qué más te da? Que no, que tiene que hacer pis, que si no luego se mea en casa. Alexéi aproxima la mano a Misha para cogerlo, pero el perro, en ese momento, se revuelve y le muerde.

Alexéi se mira la herida después de haberla tenido un buen rato bajo el chorro de agua fría. Es solo un rasguño. Irina entra en el baño.

¿Qué le pasa hoy a este perro?

No lo sé, está muy raro.

Creo que lo estás sobreprotegiendo.

Nunca antes había mordido.

Siempre hay una primera vez para todo.
¿Te duele mucho?
No, es solo un rasguño, mira.
Te ha dado un buen mordisco.
No es para tanto, apenas sangra ya, pero tengo que bajar a la farmacia a por alcohol para desinfectar la herida.
¿Alcohol?
Sí, la saliva de los perros tiene muchas bacterias y cosas así, hay que limpiar muy bien la herida porque si no se infecta.
Pero ¿estará abierta hoy sábado?
Supongo, y si no, tendré que buscar una farmacia de guardia. Se envuelve la mano con un poco de papel higiénico. Después se pone el abrigo, los zapatos y sale por la puerta. Luego nos ocuparemos de ti, perro malo.
Irina sonríe.
No tardes.

La calle parece un hervidero. Todos los preparativos están casi listos para la celebración del 1 de Mayo, no queda ni una semana. La noria se alza en medio de la plaza. Cómo le gustaría a Alexéi poder traer a Irina. Pero es imposible. Ni con la peluca. Es demasiado arriesgado. Seguro que en medio de la multitud se encontrarían con algún niño del colegio, algún compañero de ella o algún profesor, o incluso el padre de algún alumno, y si ocurre algo así la reconocerían inmediatamente. Sobre todo después de las infatigables pegadas de carteles de su madre. No puede arriesgarse. Dentro de casi siete meses estarán esperando en la cola de la noria de alguna otra ciudad, sin riesgo ninguno. Por cierto, el lunes tiene que ir a solicitar la documentación con las fotos que recogió anteayer en la tienda de revelado. La verdad es que es imposible reconocerla. No le preocupa nada lo de las fotos. Una cosa es que la reconozcan por la calle, y otra muy distinta es que la reconozcan en las fotos. Eso sí que es casi imposible. Con la peluca, el maquillaje y las gafas está totalmente irreconocible. Parece una mujer diez años mayor.

Justo antes de entrar en la farmacia se pasa la lengua por las encías. Nota un sabor metálico. Qué raro, juraría que se ha lavado los dientes. En fin, siete meses. Siete meses pasan rápido.

¿Cómo se ha hecho usted ese corte?

No es nada, solo un arañazo.

Déjeme ver. No parece un arañazo. Parece más un...

Un mordisco, sí.

Exacto, un mordisco.

Es mi perro, que se ha despertado un poco nervioso.

Vaya, mi gato también está amaneciendo revuelto estos días.

Será que va a cambiar el tiempo. Los animales notan esas cosas.

Eso dicen. Le doy una pomada.

¿No es mejor alcohol?

Es mejor la pomada que voy a darle.

De acuerdo.

¿Ha visto usted los ensayos?

¿Ensayos? ¿Qué ensayos?

No lo sé, yo no los vi, pero mi hija me ha dicho esta mañana que desde el puente se ven unas luces en la central. Unas luces rojas, naranjas, azules, amarillas, que suben hacia el cielo, como incandescentes. Dice que es precioso.

Vaya, quizá me acerque hoy.

Este año el desfile va a ser por todo lo alto.

Deme también pasta de dientes, por favor.

Un corro de personas se arremolina con curiosidad en torno a una pareja de militares detenidos en medio del bulevar Stroiteley. Están vestidos con su uniforme reglamentario, pero van metidos como en una especie de impermeable o de funda de plástico, como si fuese a ponerse a llover de repente. Qué ridículo. En un día como este. Uno de ellos lleva entre las manos una especie de transistor que no parece sintonizar bien ninguna emisora porque solo emite chasquidos. El otro escribe ininterrumpidamente las cifras que le va leyendo el primero en voz alta de la pantalla del transistor que, obviamente, no es un transistor, por mucho que lo parezca. Constantemente se miran con extrañeza el uno al otro. Disuélvanse, por favor, márchense a sus casas, no pasa nada. ¿Va todo bien? Se trata solo de comprobaciones rutinarias. ¿Qué están comprobando? Serán informados por las autoridades competentes a su debido tiempo, ahora, por favor, déjennos hacer nuestro trabajo, regresen a sus casas, por favor. La gente empieza a retirarse. Alexéi se agacha para atarse los cordones de los zapatos. El militar agita el aparato de lectura o lo que quiera que sea eso que tiene entre las manos y le da un par de golpes como si se hubiera atascado.

Mierda de cacharro, ya se ha estropeado otra vez.

¿Otra vez?

Sí, joder, es una puta mierda, esto no puede ser.

¿Qué no puede ser?

Las lecturas, no pueden ser.

¿Por qué no?

Pues porque son un disparate.

Alexéi sigue agachado, disimulando mientras se ata los zapatos.

¿Cómo un disparate?

Pues como mil veces más que lo que nos dijeron en el informe de anoche.

¿Mil veces más? No me jodas, imposible.

Mira. El tipo empieza a señalar con el transistor hacia diferentes direcciones, un edificio, el asfalto, un semáforo… Al apuntar hacia la hierba de un parterre le da la risa. Es de coña, fíjate, es casi dos mil veces lo que nos dijeron que tendría que marcar.

Lo que es de coña es que pretendan que hagamos nuestro trabajo sin los medios mínimos.

Ya sabes, es la historia de siempre.

¿Y qué hacemos?

Voy a llamar a la central a ver si de una vez nos dan un lector que funcione bien, porque así no hay manera.

Buena idea.

La pareja entra en un coche y se marcha. Alexéi espera a que el semáforo se ponga en verde para cruzar. Tiene que cambiar la cafetera. El café está asqueroso, sabe como a hierro.

Autobuses. Decenas, cientos de ellos entrando por el bulevar Lenin. Cientos. ¿Qué es esto? ¿Qué está pasando? Un policía da indicaciones para que circulen en una u otra dirección. Alexéi pregunta al agente. No ocurre nada, cálmese, son medidas rutinarias, todo está en orden. Pero ¿estos autobuses? El Sóviet Municipal dará los avisos pertinentes en caso de que sea necesario. ¿Qué avisos? Cálmese, señor, regrese a su casa. Pero... se trata únicamente de un simulacro. ¿Un simulacro? Regrese a su casa, por favor, señor. El policía continúa dirigiendo el tráfico mientras un perro pequeño y sucio ladra histérico al convoy. Entre medias de los autobuses aparecen, cada tanto, vehículos militares, camiones llenos de soldados armados, con gesto adusto. Alexéi se apresura en su camino. Esto no es ningún simulacro. ¿Desde cuándo se usan cientos de autobuses y un despliegue militar semejante para un simulacro? Un simulacro ¿de qué? Algo está ocurriendo y nadie da ninguna explicación. Se advierte la desconfianza de la gente por la calle. Grupos de personas aquí o allá, parejas, madres con sus hijos pequeños, adolescentes fumando, ancianas regresando de la iglesia, niños, un borracho sentado en un banco, una vendedora ambulante, todos murmuran recelosos, intimidados por el ingente dispositivo. Alexéi está ya llegando a casa. En su propia calle vuelve a ver un par de militares en impermeable señalando en todas direcciones con sus transistores y registrando sus lecturas incomprensibles. Llevan una mascarilla en la cara. ¿Cómo va a ser esto un simulacro? Y, sobre todo, ¿por qué nadie está informando de nada? Alza la vista buscando a

Irina en las ventanas. Están todas llenas de cabezas asomadas preguntándose lo mismo que él: ¿Qué ocurre?

Misha no deja de ladrar.

¿Qué pasa, Alexéi?

No lo sé, pero tengo claro que no se trata de ningún simulacro.

¿Simulacro?, ¿qué simulacro?

Pero ¿es que no has visto lo que está pasando?

Que si no he visto ¿qué?

La calle, ¿no has visto nada?

No, he puesto la televisión, pero solo había un desfile y me he quedado dormida.

Alexéi enciende la televisión de nuevo, el desfile continúa con la mayor normalidad. Se asoma a la ventana. Irina lo sigue. La fila de autobuses es infinita. Hay militares por todas partes, en todas las esquinas, dirigiendo el tráfico, repartiendo los autobuses por cada calle, casi asignándolos casa por casa. Irina mira a Alexéi muerta de miedo.

No es por nosotros, ¿verdad?

¿Por nosotros?

Me refiero a que no tiene nada que ver con que nos hayan descubierto o algo así, ¿verdad?

No, no, si nos hubieran descubierto habría venido la policía, no el ejército.

Pero tú llevaste las fotos a revelar, a lo mejor es que a pesar de la peluca me han reconocido.

No, mi niña, esto no tiene nada que ver contigo ni conmigo.

¿Entonces? Alexéi abraza a Irina. ¿Es cosa de los americanos?

¿De los americanos?

¿Nos atacan los americanos?

No, no puede ser.

Yo no quiero que haya guerra.

Ni yo, Irina, ni tampoco los americanos. No puede ser. No después de tantos tratados de desarme y acuerdos de paz.

Entonces ¿qué pasa?

No lo sé.

Suena el timbre. Alexéi mira a Irina. Está aterrada. Tranquila. ¿Vienen a por nosotros? No. ¿Cómo lo sabes? El timbre vuelve a sonar otra vez. Al baño, Irina. Pero... No discutas y métete en el baño. Ella obedece. Alexéi se acerca a la puerta y mira por la mirilla. Es Olya, la vecina. Abre la puerta y antes de decir ni hola entra como un vendaval. Está histérica. Lleva toda la mañana mirando por la ventana, cada vez más nerviosa. Su marido ha bajado a la calle hace más de una hora para enterarse de qué es lo que pasa, pero no sube y a ella la carcome la ansiedad.

¿Sabe usted qué está pasando, señor Alexéi?

No, doña Olya, no tengo ni idea. Acabo de llegar de la farmacia, he visto los autobuses y al ejército, pero nadie me ha explicado nada.

Es la guerra, se lo digo yo. En el cuarenta fue igual.

No es la guerra, doña Olya, cálmese.

Es la guerra, señor Alexéi. Hágame caso. Con todos esos misiles, y las bombas atómicas, y tanta reforma armamentística, los americanos han estado esperando el desarme para atacar. Misha está ladrando, gimoteando, alborotando nervioso. La mujer alza la voz. Esos americanos no son trigo limpio, lo sabía, sabía que nos traicionarían, y ese Gorbachov nos ha vendido. Con el camarada Jrushchov no estaríamos en esta situación.

¿Qué situación, doña Olya?

Ni siquiera con el camarada Brézhnev, pero este Gorbachov, con sus reformas y su Glasnost... Mentiras, nada más que mentiras. Nos ha vendido. No sé cómo no lo hemos visto venir.

Tranquilícese, doña Olya, tranquilícese de una vez, no hay ninguna guerra. Ponga la televisión, nadie habla de guerras ni de ataques ni de misiles ni de nada, ¿se da cuenta? La anciana empieza a dudar. Relájese, debemos conservar la calma y esperar a que el Sóviet nos informe de lo que tenga que informarnos.

Esto es algo grave, señor Alexéi.

A mí me han dicho que se trataba de un simulacro.

¡Y un cuerno un simulacro! Misha vuelve a ladrar de nuevo. Hasta el perro se da cuenta de que algo no va bien, ¿ve?

Nada de eso, doña Olya.

Por favor, señor Alexéi, ¿le importaría bajar a la calle y decirle a mi marido que suba, que tiene una mujer de la que ocuparse?

Claro, claro, ahora mismo bajo.

Muchas gracias.

Ambos salen. Misha se queda dentro de la casa, ladrando, cada vez más nervioso, desde detrás de la puerta.

La calle es un verdadero hervidero. Es como si hubiese un desfile demente, una manifestación esquizoide y descoordinada para la que nadie estaba avisado. La alarma generalizada contrasta con el silencio hermético de los cuerpos de seguridad que prosiguen inflexibles con su inexplicable tarea. Por todas partes agrupaciones espontáneas de vecinos preguntan, con timidez unos, exigiendo respuestas otros. De vez en cuando aparece algún anciano que aún recuerda los bombardeos de la guerra y, temeroso de alguna conspiración, increpa a los soldados o a la policía. Conversaciones absurdas, miradas de perplejidad, muecas de estupefacción, miedo o enfado. Risas nerviosas, madres reprendiendo a sus niños, gestos desde lejos cuando uno u otro reconoce a alguien en otro grupo que podría tener información valiosa. Se oyen helicópteros. ¡Helicópteros! ¿Qué coño está pasando? Las más descabelladas hipótesis circulan entre los heterogéneos grupos de vecinos. En cada corrillo se revela un cabecilla, un mesías para liderar las inquietudes, temores o iras de los otros y dirigirlas contra los soldados, contra la policía, contra quienquiera que pueda parecer poseedor de la más mínima información. Alexéi mira en derredor, buscando a Fiódor, el marido de la vecina, entre las cabezas. Es imposible. Un par de tipos jóvenes discuten muy alterados, una anciana se santigua chillando barbaridades sobre la ocupación alemana de 1941. Sentada en un banco, una mujer embarazada llora desconsoladamente. Son ya casi las dos de la tarde e Irina sigue arriba, metida dentro del baño. No tiene sentido seguir aquí, en la calle, hasta que las autoridades decidan informar. Es una pérdida de tiempo. Lo mejor es subir a preparar la comida y después... El pitido de una megafonía aplasta el griterío de la multitud. El tumulto deja paso a los murmullos, y estos al silencio: «Atención, atención, estimados camaradas, el Sóviet Municipal de los diputados populares comunica que, con motivo del accidente en la central nuclear de Chernóbil de la ciudad de Prípiat, existen unas condiciones radiactivas adversas. Los órganos del partido y las unidades militares están tomando las medidas necesarias. No obstante, para la total seguridad de las personas y, en primer lugar, de los niños, es necesario realizar una evacuación temporal».

¿Qué ocurre?

Nos vamos.

¿Cómo que nos vamos?

Que nos vamos. Vístete. Nos vamos de aquí.

Pero ¿adónde?

No lo sé, pero tenemos que irnos. Ha habido un accidente en la central, dicen que hay radiactividad en la ciudad y que tenemos que irnos por unos días.

¿Cómo que unos días? ¿Qué accidente? ¿Adónde vamos?

No lo sé, Irina. Hay autobuses por todas partes. Está el ejército. Nos están evacuando.

Y ¿qué hacemos?

No nos podemos quedar aquí, ¿no lo entiendes?

Pero yo no puedo salir.

Y ¿qué pretendes hacer?, ¿quedarte?

No lo sé. No quiero ir. No quiero salir. No puedo salir. ¿Adónde nos llevan?

No tengo ni idea. Solo han dicho que es una evacuación temporal.

¿Cuánto tiempo?

Irina, no lo sé. Ahora voy a bajar a ver qué está pasando, cómo va todo, a ver si averiguo algo más.

No te vayas.

Sí, tengo que irme, necesitamos saber más cosas, saber cómo están organizando todo el ejército y la policía, saber dónde van los autobuses, a dónde llevan a la gente, por dónde la llevan, a qué hora, un montón de cosas.

¿Para qué?

Tenemos que aprovechar la confusión para salir de aquí, no tenemos otra opción, Irina, no podemos fallar.

La incredulidad y el pánico se suceden sin solución de continuidad en el rostro de la chica.

Recógelo todo, todo lo que quieras.

Alexéi sale dando un portazo. Irina mira la puerta, oscura, en cuyo envés empieza el mundo.

Algunas familias esperan de pie frente a sus casas, tal y como se les ha dicho. Otras se marchan conduciendo en sus propios coches. Hay gente corriendo, yendo y viniendo por todos lados con bolsas y objetos. Un matrimonio trata en vano de calmar el llanto de su hija; hay perros corriendo por la calle, ladrando a los coches y los autobuses; algunas personas, ancianos la mayoría, gritan que no se marchan, que adónde, que no van a ir a ningún sitio, que todo esto es un montaje, una manipulación, que les están ocultando la verdad. Mientras tanto, los autobuses siguen llegando y cada vez hay más militares para coordinar la operación. Alexéi pregunta a unos y otros, a la policía, a los soldados, a quienquiera que parezca tener la más mínima autoridad o información. La respuesta siempre es la misma: la evacuación es por motivos de seguridad, no serán más de tres días, así que no es preciso llevar nada más allá de lo imprescindible, solo comida y algo de ropa. Hay gente por todas partes con maletas. Gente desorientada, yendo y viniendo sin saber qué hacer o de quién fiarse realmente. Unos preguntan que dónde los llevan, otros que cuánto tiempo tienen para recoger sus cosas, otros que si están en peligro o que cuándo podrán regresar. En ese momento llegan unos niños en bicicleta. Vienen de la central, con las piernas magulladas por la maleza. Parece ser que no se ve nada, solo una columna de humo delgada saliendo de uno de los edificios. La mayoría de los ancianos desconfían de lo que está pasando. Recuerdan la guerra, los bombardeos, y esto no parece más que una mentira a gran escala. Algunos coches pasan junto a los autobuses, con un colchón enrollado, trastos y bolsas atadas en el techo, libros, utensilios, ropa... Algunos autobuses llenos de niños ya circulan por la calle. Autobuses gigantescos, con la palabra «Ikarus» escrita en el costado. También hay otros autobuses más pequeños, llenos de adultos. Alexéi los mira, se fija en uno de ellos. Ve al conductor maniobrando para colocarse a continuación de otro. Las ventanas llenas de rostros con los ojos muertos en una misma mueca deshecha. La megafonía reaparece aquí o allá, en la distancia, en una calle próxima, en un parque lejano, en el edificio contiguo, atención, atención, condiciones radiactivas adversas, medidas necesarias, seguridad de las personas y los niños, evacuación temporal, como una cantinela, un mantra de la aflicción. Alexéi emprende el regreso a casa. No puede montarse en un autobús como ese con Irina. No. Definitivamente no. Se para en la acera, en un semáforo, para dejar pasar un coche que va pitando desenfrenadamente entre la multitud, cargado con un sofá en la baca. Eso es, el coche, el coche es la única opción. Salir en el coche con Irina disfrazada en el asiento del copiloto, fingiendo ser un matrimonio. No tienen otra posibilidad. Llega al portal. Está lleno de gente corriendo en todas direcciones. Todo el edificio parece una especie de saqueo, de naufragio. El ascensor se mueve frenéticamente hacia la llamada simultánea de todos los vecinos con la misma insistencia desesperada. La escalera está atestada de gente, personas que bajan huyendo con lo puesto, personas desorientadas que van y vienen aleatoriamente, unos jóvenes están transportando un colchón. Alexéi llega a su puerta. La vecina sale en ese momento al descansillo, lo ve y corre enloquecida a hablar con él.

Señor Alexéi, ¿qué ocurre?, ¿dónde nos llevan?

No lo sé, doña Olya.

Qué horror, qué horror, señor Alexéi, qué desgracia.

Cálmese, doña Olya, han dicho que solo van a ser unos pocos días.

¿Y usted lo cree?

No sé qué creer.

Ay, señor Alexéi, qué desgracia, qué desgracia...

Alexéi deja a la anciana recitando su letanía entre lágrimas, los ojos vacíos, extraviada en el apresuramiento de la multitud. Abre la puerta, entra en casa. Irina lo mira sorprendida. No le ha dado tiempo a seguir el protocolo.

Recoge todo lo que puedas, Irina, nos vamos.

Se echa a llorar.

No quiero ir.

No discutas y hazlo.

No quiero salir de aquí.

No nos podemos quedar, Irina. Recoge todo lo que quieras llevarte.

Yo no voy a ninguna parte.

¡Irina! La chica se queda callada. Está temblando. Alexéi comienza a comprender. Irina, cariño, el ejército y la policía están por todas partes, están evacuando a todos los ciudadanos. Hay cientos, puede que miles de autobuses por todas partes listos, esperando para llevarse a todo el mundo, no sé adónde.

Pero si nos vamos, nos van a descubrir.

Están yendo casa por casa, Irina. Si nos quedamos nos van a encontrar aquí, de eso estoy seguro.

Y ¿qué hacemos?

No podemos quedarnos, cariño. Ella está lívida, aterrorizada. Tranquilízate, Irina, no vamos a montarnos en ningún autobús. Ella lo mira interrogativamente. Recoge todo lo que quieras llevarte, ropa, libros, el diario, lo que quieras, lo metes en una maleta y te vistes, pero como el día de la foto, con la peluca y el maquillaje, ¿de acuerdo?

De acuerdo.

Que no te reconozca nadie.

Vale.

Ponte el sombrero también, y unas gafas de sol, y tacones, y el vestido, el abrigo largo, todo lo que encuentres.

Los zapatos de tacón.
El cenicero azul de vidrio.
El tiesto con el cactus.
La tetera.
El atlas.
La bola del mundo.
La blusa.
La falda larga oscura.
El ajedrez.
El vestido grueso de invierno.
El sombrero.
La lámina enmarcada de Egon Schiele del baño.
El abanico naranja de la pared.
La regadera.
La manta de punto grueso, gris clara, muy suave.

Misha empieza a ladrar justo cuando Alexéi entra en el dormitorio.

Pero ¿aún estás así? ¿Qué estás haciendo? Date prisa, corre a vestirte.

Irina lo mira aturdida.

Estoy ordenando las cosas para guardarlas.

Alexéi, entretanto, ya ha cogido una maleta de encima del armario, la ha abierto sobre la cama y está volcando dentro de ella el contenido de algunos cajones, calcetines, ropa interior, metiendo arrebujadas las camisas, unos zapatos, un par de pantalones.

Irina, corre a vestirte.

Voy, voy.

¿Qué quieres llevarte?, ¿todo esto?

Sí.

Pero ¿para qué quieres la manta?

No sé, me gusta.

¿Y la bola del mundo? ¿Y el tiesto con el cactus?

Son nuestras cosas.

No podemos llevarnos todo, Irina, tienes que elegir.

¿Podemos llevarnos la tele?

Ya compraremos otra.
Bueno.
Date prisa.
Sí, ya voy.

Alexéi se asoma a la ventana. «Dejen sus bienes personales dentro de sus casas. No pueden transportar con ustedes sus electrodomésticos ni sus enseres. Dejen sus bienes personales en sus casas, regresarán a ellas dentro de pocos días. Suban a los autobuses ordenadamente.» La megafonía sigue reapareciendo en la distancia cada tanto: condiciones radiactivas adversas, seguridad de los niños, evacuación temporal. ¿Qué está pasando? ¿Se trata realmente de la incidencia en el reactor número cuatro en la central de la que todos hablan? ¿Es eso cierto? Alexéi desconfía de que la verdad pueda ser esa y no otra, pero a estas alturas qué más da. Poco a poco va quedando menos gente por la calle. Está siendo muy rápido. Dentro de poco no quedará nadie. Es hora de irse. Esta noche estarán lejos, muy lejos de Prípiat, para siempre.

Irina está esperando sentada, en la cocina. Misha, a su lado. Junto a la silla, una maleta, y junto a ella una caja de cartón a medio cerrar de la que asoman el atlas y la lámina de Egon Schiele. Alza la vista y mira con los ojos llenos de lágrimas a Alexéi, impaciente y nervioso.

Ahora voy a por el coche, lo dejo en la puerta y subo para que salgamos de una vez.
De acuerdo.
¿Seguro que lo tienes todo?
Sí.
Asegúrate.
Vale.
Ahora vuelvo.
Un par de ladridos de Misha es lo único que sigue al portazo, después el silencio. Irina se queda sentada, llorando, muerta de

miedo. Se levanta, abre el armario junto al frigorífico y coge un cigarro del paquete. Lo enciende y vuelve a sentarse. Junto a la puerta se ven las marcas en la pared con su estatura. También está la marca de la estatura de Alexéi. Una única marca. El cenicero azul está sobre la mesa, aunque qué importa, podría tirar la ceniza al suelo. Da igual, ya no van a volver. Quienquiera que venga y use la casa tendrá que barrer. ¿Qué más da? Se levanta de nuevo y camina en silencio. Va recorriendo cada habitación en una suerte de despedida. El dormitorio, el baño, el salón. Ahí está la televisión, en cuya pantalla curva se ve reflejada por un instante, junto al perro. El sofá. El sofá frío. Las mantas ordenadas, dobladas en uno de los brazos. Se sienta de nuevo. Por última vez. Acaricia la textura de la tela. Se tumba. Apoya la cabeza en un cojín. La televisión le devuelve su reflejo deformado. Cierra los ojos. Las mantas huelen a Alexéi. ¿Dónde va a ir que se sienta más en casa que aquí? ¿En qué lugar? ¿Qué más da México que Japón? Su casa está aquí, su refugio. No quiere ir a ningún lado. ¿Por qué se tienen que ir? ¿Por qué? Y vuelven a su mente las palabras de Alexéi de hace un momento: «¿Seguro que lo tienes todo?». Por supuesto que no. Tendría que llevarse las paredes, los muebles, el calor, el olor, el aire, la luz, las horas que ha pasado sola, esperando a que llegase él, día tras día. Por supuesto que no lo tiene todo, porque todo sería el mundo entero, este mundo, su mundo.

La ciudad está ya casi desierta. Aún se ven algunas personas caminando desorientadas, con prisa, coches yendo y viniendo, un perro correteando sin dirección aparente, un señor mayor sentado en un banco. Alexéi se fija en el tipo. Está tranquilo, serio. Continúa caminando hacia el coche, está al final de la avenida, al girar la esquina. Sus pasos reverberan contra las fachadas de la calle. Alexéi mira a derecha e izquierda. ¿Qué sentido tiene, a estas alturas, esperar en un paso de cebra? Junto al semáforo hay un carrito de niño vacío. Alexéi continúa caminando. Solo se oye el eco de sus pisadas. Dobla la esquina y ahí está el coche.

Entra, introduce la llave en el contacto y la gira. El motor arranca a la primera. Avanza suavemente, dejando atrás el carrito. Más allá, el tipo sigue sentado en el banco. No va a ir a ninguna parte. Por una bocacalle ve un perro encima de un frigorífico tumbado. Más allá, en la distancia, una pareja de militares con el impermeable y la mascarilla. Uno de ellos alza la mano para llamar la atención de Alexéi, pero este acelera y los pierde de vista rápidamente. En un par de minutos está frente a su portal. Apaga el motor. El silencio es mineral. Sale. Cierra la puerta y se encamina hacia su casa. Hace una tarde magnífica.

¿Lo tienes todo?

Sí.

¿Seguro?

Sí.

¿No quieres llevarte nada más?

Sí.

¿Entonces?

¿Me puedo llevar el sofá?

No.

¿Los cojines?

No.

¿La manta?

No.

¿El espejo?

No.

¿La televisión?

No.

Entonces ya está.

Vale, voy a bajar estas cosas. Tú espérame aquí, límpiate esas lágrimas, maquíllate bien y ponte la peluca.

Sí.

Ahora subo.

Dos maletas. Eso es todo. El golpe al cerrar el maletero reverbera contra las fachadas llenas del sol de la tarde. Alexéi mira a su alrededor. Aún queda algún transeúnte caminando con prisa. A veces se oyen coches circulando esporádicamente. La ciudad está prácticamente vacía. Ha llegado el momento.

Irina se acerca a la luz. El espejo le devuelve su imagen. ¿Es la última vez que se mira en este espejo? Posa la punta temblorosa del lápiz de ojos sobre su párpado, hinchado por el llanto. Lo mira y después mira al frente, a la pupila negra, vacía, rodeada de sí. Misha ladra. Alexéi aparece en el espejo tras ella.

Nos vamos.

¿Ya?

Ya, venga. Date prisa. Ella se monta sobre los zapatos de tacón y se coloca la peluca. Alexéi abre la puerta y sale al descansillo seguido por el perro. No hay nadie, no se oye ningún ruido. El edificio está vacío. Irina, ya puedes salir. Está de pie, paralizada en el umbral de la puerta abierta. Irina, ¿estás bien?

No.

¿Qué te pasa?

No lo sé.

Está temblando de pies a cabeza. Literalmente. De puro miedo.

Vamos, ven.

No puedo.

Sí puedes, ven. Alexéi se acerca a ella, la coge de la mano. Ven.

No puedo.

Sí puedes, ven, vamos, da un paso adelante.

No puedo.

Cierra los ojos. Ella obedece. Ahora camina, camina hacia delante. Irina adelanta un pie, después el otro. ¿Ves?, ya estás fuera. La respiración de la chica se acelera. Vamos, un paso más.

Un prisma oblicuo de luz recorre su pierna desde el suelo hasta la rodilla. Ya estás junto al ascensor.

¿Ya?

Sí, espera aquí, voy a cerrar.

Vale.

Irina oye por primera vez en año y medio el golpe de la puerta desde fuera. Siente algo en la pierna. Abre los ojos. Es Misha de pie, con las patitas apoyadas en su falda. Nunca había visto el descansillo de día. No sabía cuál es el amarillo pálido de las paredes, ni que la puerta está perdiendo el barniz, ni cuál es la vista desde esta ventana. Alexéi encuentra por fin la llave en el bolsillo izquierdo del pantalón y cierra. Irina oye el chasquido de la cerradura. Le tiemblan las rodillas. Todo su mundo acaba de quedar atrás, sellado para siempre. Alexéi llama al ascensor.

Vámonos.

¿Dónde vamos a dormir?

No lo sé, donde queramos.

La última vez que bajamos lo hicimos por las escaleras, para no hacer ruido, ¿recuerdas?

Claro que me acuerdo, pero hoy bajamos en ascensor.

Irina se sorprende al verse la peluca en el espejo. Se la coloca un poco.

Sujeta a Misha, Irina, coge la correa y espera aquí, que voy a ver. Alexéi sale del ascensor. Ella pone un pie en la puerta para evitar que suba si llaman desde algún piso superior y espera. Oye los pasos de Alexéi alejándose. Espera. Ven, corre, nos vamos.

Salen al portal. Tras los cristales, la calle rebosante de sol. Misha tira de la correa. Ella camina a trompicones sujetando al perro. Se detiene en la puerta. Alexéi ya está llegando al coche, en la acera, al otro lado del arriate de césped. Otra cosa a la que no está acostumbrada, a verlo a esta distancia. Hace tanto que solo lo ve de cerca, o desde la ventana, que ya no se acordaba de lo alto que es desde lejos. Le hace un gesto desde la puerta del coche y entra con un portazo que resuena en toda la calle. Está desierta. Irina mira a derecha e izquierda antes de salir. Oye arrancar el motor con un quejido herrumbroso en el centro del silencio. Alexéi abre la ventana del copiloto para que lo oiga y le grita que se dé prisa, pero no es capaz. Le fallan las piernas, las fuerzas, la confianza, no sabe qué, pero Irina no es capaz. Está sudando, tiritando, desorientada, mareada. Tiene que sentarse o se va a caer de bruces. Alexéi la ve y sale del coche corriendo hacia ella justo antes de que pierda el sentido.

¿Estás bien?

No.

¿Qué te pasa?

No lo sé.

Vámonos, ya verás como se te pasa en el coche con el aire de la ventanilla.

Irina se apoya en él, se cuelga de su hombro y camina a duras penas a su lado. Misha, suelto, corre en círculos a su alrededor arrastrando la correa. A Irina se le nubla la vista. La luz reflejada en las ventanas se precipita contra el asfalto, los saltos de Misha se zambullen en los parterres de césped y las baldosas agrietadas de la acera estallan contra los márgenes del azul limpio del cielo.

Cuando vuelve a abrir los ojos ya está sentada en el coche. Oye la voz de Alexéi como si en lugar de a su lado estuviese a kilómetros, dentro de un bloque de gelatina. Misha sobre sus piernas. ¿Estás mejor? Abre los ojos. Un semáforo, árboles. La luz le llega en ráfagas, reflejada de las ventanas, a la velocidad a la que avanza el coche por la calle. Vuelve a cerrar los ojos.

¿Adónde estamos yendo?

De momento a ninguna parte, ya lo pensaremos cuando salgamos de aquí.

¿Dónde estamos?

Al lado de casa, no llevamos más que un minuto en el coche. Tras un año y medio dentro de un piso de sesenta metros cuadrados, un minuto en el coche es un mundo. ¿Quieres agua?

Vale.

Alexéi detiene el coche sin parar el motor y sale. Coge una botella de agua de un quiosco de helados vacío y se la da a través de la ventanilla abierta. Ella bebe sin sed.

¿Estás mejor?

Sí, no sé.

Bueno, en cuanto salgamos de aquí estarás mejor.

¿Tú crees?

Claro, colócate bien la peluca, que ahora sí que nos vamos.

Se mira aturdida en el retrovisor mientras Alexéi entra al coche y emprende otra vez la marcha. Ya están en camino, recorriendo las calles despobladas. El ruido del motor atraviesa el silencio.

¿Crees que se oirá el ruido del motor desde esa ventana?

¿Cuál?

No sé, esa.

Alexéi mira en la dirección en que está señalando.

No sé, puede ser.

Y ¿desde esa azotea?

Pues a lo mejor no.

¿Hasta dónde crees que llega el ruido del coche?

No tengo ni idea.

Pero seguro que tiene un límite.

¿Qué?

Que el ruido que hacemos tiene un límite.

¿Qué quieres decir?

Pues que si aquí se oye, pero en esa azotea no, el ruido termina antes de llegar a la azotea.

Sí, bueno, es un modo de verlo.

Y ¿qué forma crees que tiene ese límite?

¿La forma del límite del ruido que hacemos?

Sí.

¿Me preguntas cuál es la forma del perímetro del ruido?

Sí.

Pues no sé, pero no creo que tenga una forma concreta.

Seguro que sí, tiene que tener una forma.

Supongo que sí.

Yo creo que tiene forma de...

Cuidado, Irina, militares.

De nuevo aparecen en la distancia un par de soldados con mascarilla que hacen señales a Alexéi en una dirección, indicando que continúe hacia el bulevar Lenin. Irina mira al frente.

Es imposible que me hayan reconocido, ¿verdad? Nadie se imagina que estoy aquí.

Alexéi no habla. No es capaz de articular palabra. Tiene el corazón a mil pulsaciones por minuto. Irina mira por la ventanilla. La ciudad va siendo poco a poco reconocible a sus ojos. Las plazas que llevaba tantos meses sin visitar, los parques, los edificios, a lo lejos, el hotel Polissya. Más allá, la plaza.

No me habías dicho nada de la noria.

¿No?

No.

Creí que te lo había dicho.

Un poco más adelante, hacia el sur, comienza el bulevar. Ya casi están... Pero ¿qué es esto? La plaza está llena de autobuses, vehículos, gente, soldados. ¿Qué ocurre aquí? Se supone que la ciudad estaba desierta y es justamente todo lo contrario. Vallas, militares, bocinas, humo, intermitentes, retrovisores. El bulevar Lenin concentra todos los coches de Prípiat, todos los vehículos y autobuses ocupados por todos los ciudadanos de Prípiat, con los ojos llenos de inquietud, de impaciencia, de resignación, de desamparo. Alexéi mira aterrorizado a su alrededor. Frente a su coche, un Lada en cuyo asiento de atrás un niño pequeño les sonríe haciéndoles gestos a través del cristal. Irina corresponde con otra sonrisa y un saludo. Muchas personas caminan junto al tráfico parado, cansadas de esperar dentro del coche, haciendo esta cola interminable sin ningún sentido. Los autobuses apagan sus motores. Se escucha que han evacuado las escuelas, la oficina del *koljós*, el Sóviet Municipal y el hospital. Y que hace dos noches hubo un incendio en la central. A lo lejos se oyen los helicópteros pasar constantemente. Los soldados se pasean por parejas, embutidos en su absurda indumentaria, aproximando su transistor a cada vehículo, a cada objeto, ropa, maleta, paquete o caja. Revisan las lecturas de sus aparatos.

Espérame aquí, Irina.

¿Dónde vas?

Voy a enterarme de qué está pasando.

No te vayas.

Solo voy a tardar un minuto.

Alexéi sale. En medio del bulevar, entre los coches, han dispuesto unas vallas. Se ve un control, no muy lejos de donde están. Pero ¿un control de qué? Un tipo gordo mira a Alexéi y se encoge de hombros. Alexéi pregunta a un conductor de autobús. Son controles de la radiactividad. ¿De qué? De la radiactividad. Alexéi mira atónito al tipo. ¿En serio? Eso dicen, yo no tengo ni idea. Alexéi se dirige de vuelta al coche. Oye su nombre y se gira. Es Nastya, desde la ventanilla de uno de los autobuses. Le habla a gritos desde arriba.

Alexéi, ¿tú entiendes algo?

Él se acerca.

No, ¿qué es todo esto?

Ni idea.

¿Tú te crees eso de la radiactividad?

No sé qué decirte.

¿A vosotros dónde os llevan?

No sé, creo que a Minsk.

Nosotros vamos en coche.

¿Con quién vas?

Con nadie. O sea, con Misha, con el perro.

No sabía que tenías un perro.

Sí, para hacerme compañía. ¿A Minsk?

Eso parece, pero quién sabe. Antes he visto a Lyuba, me ha dicho que iban a Kiev.

Esto es una locura.

Bueno, son solo tres días.

No sé si serán tres días o tres semanas.

Ya veremos.

El autobús arranca.

Buen viaje.

Nos vemos en tres días.

Hasta luego.

Se queda de pie en medio del tráfico, mirando la parte de atrás del autobús. Nastya asoma la cabeza por la ventanilla despidiéndose. El autobús vuelve a parar unos metros más allá.

Irina se sobresalta cuando Alexéi entra en el vehículo. Entiende tan bien como él que, dadas las circunstancias, no pueden permanecer ni un segundo más a la vista de todos. Arranca, comienza a maniobrar y sale de la fila.

¿Adónde vamos?

No lo sé.

Un militar le da el alto desde el lado opuesto de la calle, pero finge no verlo y acelera en dirección contraria al tumulto. En tres minutos están en una zona desierta. Para el coche junto a un semáforo. Irina lo mira. Está rígido. Los brazos estirados, las manos temblorosas aún aferradas al volante, la mirada al frente.

Alexéi, ¿qué vamos a hacer?

No lo sé.

No podemos volver a esa cola, me van a ver.

Lo sé.

¿Por qué no nos quedamos en casa?

Eso no puede ser.

¿Por qué no?

Porque los militares están por todas partes y antes o después nos verían.

¿Por qué?

Porque seríamos las únicas personas en toda la ciudad.

Y ¿qué?

Podemos pasar desapercibidos entre la gente, pero no si somos los únicos.

Entonces ¿qué hacemos?

Tenemos que salir.

¿Cómo?

Estoy pensando.

Es que si volvemos me pueden reconocer.

Lo sé.

Y si me reconocen…

¡Irina!

¿Qué?

Déjame pensar.

Perdón.

Los minutos pasan como horas enteras.

No hay nada que pensar, Alexéi. Solo hay un modo.

Alexéi mira a Irina. Está seria, callada.

Me voy a esconder en el maletero.

No, Irina, de ninguna manera.

Sí, ya lo he decidido. Además, me lo debes.

¿Cómo que te lo debo?

¿Te acuerdas de cuando Kaspárov ganó a Kárpov?

Sí, claro.

Entonces seguro que te acuerdas de que yo dije que ganaría Kaspárov y tú Kárpov.

Sí, me acuerdo.

Me dijiste que el que ganara podría pedir lo que quisiera al otro, y el otro tendría que hacerlo.

Alexéi guarda silencio. Intenta contemplar otras posibilidades, pero no las hay. Sabe lo que tienen que hacer. Irina también sabe cuál es la única solución. Alexéi abre la puerta y sale. Mira a derecha e izquierda. No se ve a nadie. Un edificio frente a ellos, otro a su espalda. Arriates de césped, árboles y aceras desiertas. Abre el maletero. Irina sale del coche con el perro y abre la puerta de atrás. Alexéi saca las maletas y las deja en el asiento trasero. Irina coge a Misha en brazos, lo mete dentro del coche y cierra la puerta. El cristal amortigua los ladridos del perro, que tiene las patitas apoyadas en la ventanilla. Irina mira a Alexéi. Su mirada es dócil, mansa. Se sienta en el maletero.

¿Estás segura?

No tenemos otra opción.

No te dará un ataque de claustrofobia o algo así, ¿verdad?

Espero que no.

¿Esperas?

No.

De acuerdo. El cierre no es hermético, así que entrará aire. ¿Quieres la botella de agua?

No.

Cógela, por si acaso tienes sed.

Bueno.

¿Cabes bien?

Quepo.

Bien.

Alexéi.

¿Qué?

¿Puedo quitarme la peluca?

Claro.

Alexéi vuelve a mirar en derredor mientras ella se tumba hecha un ovillo. Echa un último vistazo antes de cerrar el maletero, pero justo en el momento en que da el portazo oye un ruido de cristales tras de sí. Se gira aterrorizado, pero no es más que un perro rebuscando en una bolsa de basura. Ha estado cerca. Regresa corriendo al coche, entra y cierra la puerta.

Creí que nos habían visto, pero solo era un perro. Oye un murmullo amortiguado. No te entiendo, Irina, ¿tú me entiendes? De nuevo el murmullo. Si me entiendes golpea el asiento. Irina golpea. Un golpe es que sí, dos no, ¿de acuerdo? Suena un golpe. ¿Estás bien ahí dentro? De nuevo suena un golpe. Misha ladra cada vez que oye los golpes de Irina. ¿Te falta algo, agua, aire, alguna cosa? Suenan dos golpes. ¿No necesitas nada? Dos golpes. Entonces nos ponemos en marcha. Suena un golpe. Alexéi gira la llave. El motor arranca y comienzan a moverse. Vamos a ir despacio, ¿de acuerdo? Un golpe. Si te mareas o algo así, golpea. Un golpe. ¿Te mareas? Dos golpes. El coche circula lentamente. Se acercan poco a poco al bulevar Lenin. Ya estamos llegando, en quince minutos habremos salido de aquí. En la distancia se ve un autobús. Algunos peatones. ¿Todo bien por ahí detrás? Un golpe. Estamos llegando a la cola, a partir de ahora nada de golpes fuertes salvo que ocurra algo grave, ¿de acuerdo? Un golpe. Suave, que podrían oírte. Un golpe suave. Ya estamos en la cola. Hay mucha menos gente que antes. Algunos coches, algunos peatones, pero muchos menos autobuses. Veo las vallas desde aquí. De todos modos ahora hay bastantes militares, así que nada de golpes, ¿de acuerdo? Da un golpe para que sepa que me has oído. Se oye un golpe amortiguado. De acuerdo. En quince minutos estaremos fuera. Ahora silencio.

El coche avanza lentamente, frenando al ritmo de las inspecciones que los militares efectúan a cada vehículo. Los controles se eternizan, aunque el número de vehículos es sensiblemente menor que antes, durante el primer intento. Los dedos de Alexéi tamborilean en el volante. Misha va tumbado en el suelo del asiento del copiloto. Alexéi mira en derredor, inquieto. Según se acercan al primer control va habiendo más soldados caminando en torno a los coches. Mira a Misha y devuelve su atención al exterior, a los retrovisores, al humo de los tubos de escape, a las mascarillas de los militares, las luces de freno, los chasquidos de los aparatos de medición, la severidad de las permanentes negativas de la policía, el desasosiego de los ciudadanos ante cada una de esas negativas. Otro frenazo. Otra vez se detiene la fila. Otra vez reemprende la marcha. Ya solo faltan un par de coches para llegar a las vallas. Un oficial mofletudo hace un gesto para que pase el primero de los dos coches que Alexéi tiene delante. La fila circula por un segundo y vuelve a frenar de nuevo. Una pareja de militares aproxima el lector a los neumáticos del vehículo que está inmediatamente delante. Hablan entre sí, y después en alto con el tipo gordo que autoriza la circulación.

Irina, ahora ni un solo ruido.

Alexéi tiene el corazón en la garganta. Observa toda la operación que se lleva a cabo con cada vehículo. De nuevo el mismo gesto del sargento mofletudo, cuyo estrabismo es distinguible desde aquí. El coche arranca. Es su turno. La pareja aproxima el lector al Volga Gaz Veinticuatro. Los militares se miran entre sí. Uno hace un gesto al otro. El otro golpea ligeramente el aparato como para asegurarse de su funcionamiento. Hablan. Aproximan de nuevo el lector. A los neumáticos. Al radiador. A los faros. Alexéi vuelve a descubrirse tamborileando en el volante. Abre la guantera y saca un cigarro del paquete de tabaco pero, al intentar encenderlo, descubre el temblor en su pulso y lo deja de nuevo en la guantera. Mira al frente, rehuyendo encontrar su mirada con la de los militares. Espera el gesto del gordo bizco. Misha sigue tumbado a los pies del asiento del copiloto. Irina, en silencio en el maletero. Alexéi serio, mirando hacia delante, esperando un ademán de autorización para salir de aquí y dejar esta vida para siempre. La pareja de militares discute, señalan el coche, golpean con desgana el transistor, que no deja de emitir chasquidos ininterrumpidamente. Alexéi alza la vista. La mano del tipo gordo se mueve de delante hacia atrás, como escarbando en el aire, la palma cóncava, los dedos hacia arriba. Alexéi arranca. Asiente con la cabeza para dar las gracias al tipo según pasa a su lado. Lo han logrado. No se lo puede creer. Mira por el retrovisor. Ahí detrás sigue la discusión entre los militares, pero ¿qué importa ya? Suelta un gran suspiro de alivio y, ahora sí, alarga el brazo hacia la guantera para fumarse el cigarro de una sola calada, la más larga que sea capaz de dar. Por fin.

Ya está, Irina, no hagas ruido porque sigue habiendo gente y coches y, sobre todo, militares por todos lados, pero ya está.

Alexéi sonríe por un segundo. ¿Quién iba a decir que, al final, por culpa de un accidente en la central iba a provocarse una evacuación masiva que se lo iba a poner tan fácil? Qué vueltas dan las cosas. Vuelve a mirar por el retrovisor. Sonríe mientras ve alejarse el control. Según disminuye la imagen en el espejo siente que puede respirar, que todo ha terminado. Es increíble lo sencillo que ha sido en realidad.

La luz roja de freno se enciende en el coche de delante. ¿Qué pasa ahora? ¿Por qué se paran todos? ¿A qué viene esto otra vez? Alexéi detiene también el coche e intenta mirar por encima del de delante, pero solo ve otro más, y otro, y más allá una imagen de Gorbachov en la parte de atrás de un autobús blanco con una abolladura. ¿Otra cola? Abre la puerta, saca el pie izquierdo del coche y se pone de pie con un brazo sostribado sobre la puerta y el otro en el techo. Efectivamente: otro control. En fin, ya han pasado uno, no hay razón para que no pasen los siguientes. Todos los que hagan falta. No hay nada que temer. Nada de nervios. Tranquilidad y adelante. Entra de nuevo y cierra la puerta.

Estamos en otro control, Irina, así que golpea suavemente. Ella obedece. ¿Todo bien por el momento? Se escucha un golpe débil. Ya hemos pasado el primero, así que vamos a hacer lo mismo que antes y a pasar este segundo, ¿de acuerdo? Ella golpea de nuevo. Bien, ahora nada de golpes, estamos en la cola, cuando hayamos pasado te aviso. Se oye un helicóptero seguido casi inmediatamente por otro. Alexéi mira de nuevo a su alrededor. Idéntico panorama que el del control anterior. Caras circunspectas entre la policía y el ejército, instrucciones contradictorias, personas fuera de sus coches, incredulidad, nerviosismo, recelo, impaciencia. Escenas de angustia, de enojo. Un joven ayuda a una anciana a subir los peldaños del autobús. Un militar orina contra un árbol. Un conductor espera fumándose un cigarro, de pie, junto a la puerta de su autobús. Un niño llora desconsoladamente buscando entre los coches a su madre, que llega casi al instante. La fila circula despacio.

Ya casi nos toca, Irina. Ningún ruido, ¿vale?

Un policía enjuto indica a Alexéi que se aproxime. Alexéi acerca su coche. Llegan inmediatamente dos soldados con sus transistores. Alexéi espera. Los soldados hablan entre sí. Se acercan al policía y le muestran el aparato. Vuelven a acercarse. Repiten las lecturas. Apuntan en su portafolio los datos registrados y se los muestran de nuevo al policía. Algo raro está pasando. El tipo se acerca. Irina, no hagas ni un solo ruido. El policía golpea con los nudillos en el cristal. Misha empieza a ladrar. Alexéi baja la ventanilla.

¿Es suyo el vehículo?

Sí, señor agente, ¿algún problema?

Apague el motor y salga del coche, por favor.

Pero ¿hay algún problema?

Haga el favor de salir del vehículo.

Claro, agente, desde luego.

Alexéi sale y cierra la puerta para que no se escape el perro.

Verá, señor, estamos obteniendo lecturas muy altas de radiactividad en su vehículo.

Perdón, ¿cómo dice?

Digo que las lecturas de radiactividad de su vehículo son muy altas.

¿A qué se refiere, agente?

Ha habido un accidente en la central, ¿lo sabe, verdad?

Sí, agente, pero yo no trabajo en la central, soy el director del colegio de…

Señor, su trabajo no tiene nada que ver con esto.

Menos mal, agente, me alegro, muchas gracias…

No, señor, me temo que no puede marcharse en su vehículo.

Agente, ya le he aclarado que no trabajo en la central, ya está todo resuelto, déjeme entrar en mi coche y…

Le estoy diciendo, señor, que eso no puede ser.

¿Qué quiere decir con que eso no puede ser?

Escuche. Desgraciadamente, como consecuencia del accidente, las condiciones radiactivas en toda la ciudad son adversas.

Lo entiendo, agente, por eso estoy colaborando con esta evacuación y con ustedes usando mi propio coche.

No puede usar su propio coche.

Ya me han hecho esta misma comprobación en el control anterior. Estoy cooperando, agente.

Los índices de radiación de su vehículo son excesivos, las lecturas están fuera de los márgenes de tolerancia.

Mire, agente, no sé cuáles son esos márgenes de tolerancia, ni entiendo de condiciones radiactivas, solo quiero subir a mi coche y salir de aquí.

Eso no va a ser posible.

Estoy cooperando para que ustedes sigan haciendo su trabajo.

Lo estamos haciendo, señor.

Pues sigan haciéndolo, pero déjenme montarme en mi coche de una vez y salir de aquí.

En ese momento empieza a ladrar Misha.

¿Es suyo el perro?

Sí, es mi perro.

El policía hace un gesto a los militares, que abren la puerta y aproximan el aparato hacia Misha. Alexéi mira al policía.

¿Está mi perro dentro de los límites de tolerancia?

El policía espera la lectura de los militares.

El perro tampoco está dentro de los límites, señor, pero el problema es su vehículo.

Mi vehículo no es ningún problema.

Acompáñeme, señor.

No pienso acompañarlo a ningún…

Alexéi siente cómo los militares lo sujetan de los brazos. Está tan nervioso que no se da cuenta de que está alzando la voz. Está llamando mucho la atención sobre sí, y eso no puede acabar bien. Mira a su alrededor. Los conductores de los coches y los autobuses que esperan en la fila le miran en silencio. Alexéi recapacita por un segundo. Como le pidan abrir el maletero se acabó todo. Tiene que relajarse, cambiar de estrategia, dejar de gritar, intentar razonar con el policía…

Cálmese, señor.

Estoy calmado, agente.

Cálmese.

Perdóneme, agente, perdone mi vehemencia, pero este asunto de la radiactividad me preocupa.

A todos nos preocupa, caballero.

Solo quiero marcharme de aquí.

Ya le he dicho que eso no es posible, señor. Y ese es el momento en el que Alexéi escucha la frase que estaba temiendo escuchar desde que ha visto el dorso de su mano enguantada golpeando la ventanilla: Debe abandonar su coche aquí y continuar la evacuación en autobús.

Pero eso no puede ser, agente, ¿qué hago entonces con mi coche?, ¿dejarlo aquí?

Su vehículo no puede abandonar el perímetro de seguridad.

Pero ¿cómo voy a dejar aquí mi coche?

Señor, entienda que se trata solamente de una evacuación temporal.

Y ¿qué?

Dentro de tres días, cuando usted regrese, podrá recuperar su vehículo.

¿Dentro de tres días?

Eso es, dentro de tres días.

Pero eso no puede ser…

Eso es lo que va a ser.

Alexéi intenta pensar algo, pero se está mareando. Le tiemblan las manos, tiene el pulso desatado. ¿Qué locura es esta? No puede dejarla tres días encerrada ahí dentro en el maletero.

Pero, agente…

Por favor, entre en el vehículo y déjelo en el aparcamiento, junto a la valla. El policía enjuto se gira a un subordinado: Agente, ocúpese del perro. Llévelo al recinto, con los otros.

¡Oiga, mi perro!

Por favor, señor. No se lo diré una vez más.

Alexéi mira aterrorizado en la dirección en que señala el policía. A unos veinte metros ve un área vallada recientemente y junto a ella, tras unos contenedores, se atisba una suerte de aparcamiento. Un policía muy joven dirige el tráfico. Quizá sea más fácil negociar con él que con este. Alexéi entra en el coche.

Tranquila, Irina, todo va bien. No hagas ruido, enseguida estarás fuera.

Alexéi arranca el coche. ¿Será suficiente con el dinero que tiene en la cartera? Conduce los escasos metros que lo separan del aparcamiento provisional. A su derecha, al otro lado del parterre de césped, está la carretera. Podría dar un volantazo en este momento, en este mismo momento, pisar el acelerador, enfilar el coche hacia el sur y dejar todo esto atrás. Podría hacerlo. Sin dudar un segundo. Una decisión y no mirar atrás. Pero… ¿y si sale mal? ¿Y si hay otro control más allá? ¿Y si el ejército lo persigue, o la policía le corta el paso en la siguiente recta, hacia Kopachi? Quizá entonces le hagan bajar del coche y lo registren, y le hagan abrir el maletero. No, huir a la desesperada no es una opción. Se juega demasiado.

Ya casi hemos terminado, Irina.

Una vez en el aparcamiento, el policía joven le hace indicaciones para que deje el coche en un hueco detrás de una furgoneta. Alexéi se detiene y baja sin apagar el motor. El policía mira interrogativamente a Alexéi acercándose. Una mirada interrogativa que poco tarda en convertirse en cómplice. Nadie sospecha nada. Solo son dos personas hablando. Solo un tipo que le pregunta algo a un agente. Solo una conversación, pero para Alexéi una victoria sin parangón, y únicamente por los pocos rublos que ha podido reunir entre lo que le quedaba en la cartera y los bolsillos. Ese es el precio de un cubo de agua y una esponja. Ese es el precio de la vida de Irina. El agente se guarda los billetes en el bolsillo con una mano, y con la otra señala lo que Alexéi está buscando, al fondo, junto a uno de los contenedores.

No hagas ruido, Irina, ya falta poco.

Sale, cierra la puerta a su espalda. Mira a su alrededor. Detrás de él, la cola de coches y autobuses, los controles, la policía. Frente a él, los contenedores que, contra todo pronóstico, no están llenos de basura, sino de maletas, una alfombra, paraguas, un abrigo, zapatos, más ropa, un bolso de mujer, unas raquetas. Más allá, junto a la fachada de un edificio, dos soldados con la mascarilla al cuello fuman tranquilamente señalando algo. Alexéi mira con atención. Un policía conduce a Misha a una suerte de corral improvisado. En su interior ladran otros perros. Son mascotas. Mascotas de gente que ha sido evacuada, y que ha tenido que abandonarlas aquí porque han dado índices de radiación excesivos, lecturas fuera de los márgenes de tolerancia, y no pueden abandonar el perímetro de seguridad.

Alexéi se agacha, coge la esponja, la sumerge en el cubo de agua sucia y empieza a frotar con ímpetu. La restriega por la carrocería, los faros, el radiador, los retrovisores. La pasa por los cristales, frotando los neumáticos, los tapacubos, los tiradores de las puertas. Llega al maletero. Ahí dentro, en la oscuridad, respira Irina. Alexéi frota, limpia con esa agua negra la chapa granate, la matrícula, los cristales de nuevo, el techo, la antena. Sigue y sigue, hasta que llega otro tipo, de aspecto reptiliano. Probablemente también tiene que limpiar su coche para evitar tener que dejarlo en el aparcamiento. Alexéi lo ignora y sigue a lo suyo. Puede que el tipo reptiliano crea que están en la misma situación, pero no lo están. No, señor. El tipo se impacienta, pide la esponja con insistencia, pero Alexéi sigue ignorándolo. No puede parar. No va a parar. Tiene que dejar el coche inmaculado. Pase lo que pase tiene que sacar el coche de aquí. Los embellecedores, los limpiaparabrisas, la abolladura junto al faro trasero izquierdo. Sigue frotando y frotando, hasta que llega el policía, a instancias del reptiliano, y le ordena que se marche de una vez. Alexéi le mira. El policía repite sus palabras. Alexéi vacila. El policía alza la voz y Alexéi le entrega finalmente la esponja. Nada de gritos. Nada de cuestionar su autoridad. Esa sería la mejor forma de conseguir que, para demostrar que la tiene, decida que el coche no sale. Además, llamar la atención sigue significando arriesgarse. No sabe muy bien a qué, pero es mejor pasar desapercibido. Y con esa intención se sube al coche y se encamina nuevamente hacia la fila de vehículos que esperan a pasar el control.

Deja atrás los contenedores, los vehículos inmovilizados y a los policías fumando. Tranquila, Irina. Ya casi está. Golpe suave. De nuevo se encuentran en la fila. Delante de él una moto, después el resto de la fila. Al final, el control. Avanzan parando cada pocos metros. Despacio. Las luces de freno solo se apagan por unos segundos. Primero es una furgoneta. Después dejan pasar un coche. Otro que también. Ahora uno que no, que el policía enjuto manda con displicencia al aparcamiento. A cada nueva parada los militares vuelven a acudir con sus aparatos de lectura. Cada nueva parada apuntan en el portafolio sus registros. La fila vuelve a frenar. Esta vez es un autobús. Pasa. Después otro. Tres coches más. Ya le toca a la moto. El policía enjuto la deja pasar con un gesto de la mano. Alexéi mueve su coche hasta ponerse a la altura del policía. Frente a sí, solamente la barrera y, tras ella, la moto alejándose por la carretera casi desierta.

Sería tan fácil levantar el pie del embrague y acelerar. Pisar a fondo con el pie derecho y no levantarlo hasta que todo esto desaparezca, hasta que toda esta ciudad, todo este último año y medio hayan quedado atrás. Sería fácil, sí. Estamos a punto, Irina. Un gesto, un solo gesto del policía y estaremos al otro lado de la barrera. Dentro de un minuto estarás aquí, sentada a mi lado, respirando, después de un año y medio, tu libertad. Dentro de un minuto. Dentro de un movimiento de la mano del tipo que se acerca a la ventanilla y vuelve a golpear con los nudillos en el cristal. Alexéi sigue mirando hacia delante, hacia la carretera recta en cuyo punto de fuga disminuye la figura del motorista. Los nudillos vuelven a golpear.

¿Sí, agente?

Ya le he dicho antes que su vehículo no puede abandonar el perímetro de seguridad.

Pero ¿por qué?

Las lecturas que hemos tenido...

Pero qué lecturas, si lo he limpiado a conciencia. Por favor, entiéndalo, no puede hacerme esto.

Señor, las lecturas que acabamos de obtener de su vehículo son diez veces superiores a los índices de tolerancia.

¿Seguro que funciona bien ese trasto?

Sí, señor.

Y entonces, el control anterior ¿qué?

Ya se lo he dicho, debe aparcar el coche donde le ha sido indicado y continuar la evacuación en autobús.

No puedo hacer eso, agente.

Aparque el coche donde le ha sido indicado, por favor, coopere y no nos lo ponga más difícil de lo que ya es.

Alexéi mira hacia delante y posa las manos en el volante.

No lo intente, señor, no pasará los siguientes controles y nos obligará a adoptar medidas que ni usted ni nosotros queremos adoptar.

Agente, no puedo dejar mi coche aquí.

Salga del vehículo.

No pienso salir, agente.

Señor, si no colabora, un agente aparcará su coche y le hará entrega de su equipaje.

Y en ese momento, cuando Alexéi piensa en un policía abriendo el maletero para hacerle entrega de sus maletas, descubriendo a la chica, en ese momento, cuando se ve a sí mismo intentando explicar lo inexplicable, la derrota inunda sus ojos.

Aparque su vehículo donde le ha sido indicado, por favor.

Alexéi mira al frente. Después levanta el pie del embrague y gira el volante despacio para dirigirse de nuevo al lugar exacto en el que ha estado limpiando el coche para nada. Detiene el vehículo en el aparcamiento. Gira la llave. No hay nada más que pueda hacer. Escapar a la fuerza no es una opción. Cualquier otra posibilidad va a suponer más escándalo, llamar la atención sobre sí, y el riesgo de que ella sea descubierta. No le queda recurso alguno. Al menos de momento. Solo obedecer al policía y regresar más tarde, esta noche, cuando la ciudad esté desierta y los cuerpos de seguridad se hayan marchado. Esa es la única alternativa viable. Regresar con la oscuridad.

Aguanta, Irina. Voy a volver. Espérame. Va a ser solo un ratito, pero voy a volver.

El policía se aproxima al coche. Golpea en la ventanilla con los dedos.

¿Necesita ayuda con su equipaje?

Perdón, ¿cómo dice?

Que si necesita ayuda con su equipaje.

No, gracias.

Pues dese prisa, ese autobús le está esperando.

Alexéi mira en la dirección en que señala el policía. Un autobús blanco, abollado, sucio, con las ventanillas pobladas de miradas mansas, está parado junto al control policial. Sale del coche. Empieza a hacer frío. Alexéi abre la puerta de atrás y saca su maleta. Deja la de Irina. ¿Para qué llevársela? El policía se acerca.

¿Quiere que lo ayude?

No hace falta, gracias.

¿No tiene nada en el maletero?

¿En el maletero?

Su equipaje.

Gracias, aquí llevo todo lo que necesito.

Camina alucinado, como un zombi. ¿Cómo es posible haber llegado a esto? ¿Cómo es posible que esté pasando? Un policía lo detiene. Pasa el aparato de medición por la maleta. ¿Va usted también a acercarme ese trasto a mí? ¿Qué va a hacer si mis índices de radiación también están fuera de los márgenes de tolerancia? ¿Va a impedirme pasar el control? ¿Me quedo aquí con usted, a hacerle compañía? El policía le da la espalda y el autobús abre sus puertas.

Alexéi entra. Los ocupantes lo miran en silencio, con los ojos muertos, vacíos de expresión, desposeídos. Queda un sitio libre al fondo, a la derecha. Alexéi deja la maleta en el portaequipajes del pasillo. Después se sienta junto a un tipo de mediana edad, gordo, con gafas, con rictus de acatamiento, de resignación, de pérdida. Alexéi saluda con un gesto de la cabeza. El tipo corresponde. El autobús arranca. Alexéi se sujeta al respaldo del asiento de delante. La barrera se levanta, esta vez sí, empiezan a moverse. A través de la ventana sucia se ve por un momento el Volga Gaz Veinticuatro granate. Limpio. Reluciente. Después lo tapa un edificio de ladrillo, una de cuyas ventanas ha quedado abierta. El viento agita la cortina.

En la ventanilla las fachadas se suceden una tras otra. Fachadas, árboles y, de vez en cuando, vehículos militares, en dirección contraria, aproximándose a Prípiat, al tiempo que el autobús lo va dejando atrás. Esto no puede estar pasando. Cada metro que avanza el autobús es un camino que desandar esta noche, esta misma noche, en cuanto sea posible. ¿Adónde vamos? ¿Adónde estamos yendo? Alexéi fija por un momento su atención en la línea blanca discontinua pintada en el asfalto, cada tramo blanco superado le hace sentir más alterado, más desorientado. Se desespera según progresan hacia quién sabe dónde, según se aleja de Irina. ¿Qué le va a explicar esta noche? La verdad no es suficiente. Nada es suficiente. Nada justifica que esté ahí metida, encerrada a oscuras, sin aire, en ese maletero, no ya durante horas, sino durante un solo minuto. Ojalá pudiese estar él encerrado en ese maletero para que fuese ella quien viajase sentada en este autobús. Ojalá nada de esto hubiese pasado nunca. La velocidad vuelve a disminuir. Las líneas blancas en el asfalto se hacen más largas, más duraderas. El paisaje decelera de nuevo. Ni siquiera han llegado al pueblo de Chernóbil y ya hay otro control. El autobús se detiene por completo con un quejido. Al fondo, perfectamente recortada contra el horizonte, la central. Los helicópteros la sobrevuelan en torno a la gran chimenea roja y blanca. Del edificio adyacente brota una leve columna de humo blanco, delgada, pudorosa, como la de un cigarro que agonizase en el cenicero.

El tumulto en el autobús lo saca de su ensimismamiento. Casi todos los pasajeros se han levantado y se aproximan a las ventanas del lado izquierdo para ver con sus propios ojos esa tímida línea de humo. Comentan la desproporción de las medidas de evacuación ante algo aparentemente tan poco significativo. Solo un incendio que parece estar bajo control. Crece la hipótesis de la conspiración entre algunos, la indignación entre otros, la desconfianza entre casi todos. Comparten su miedo abiertamente. Alexéi posa la frente en el cristal de la ventana y mira hacia delante, para ver el control a lo lejos, intentando abstraerse de las conversaciones cruzadas. La fila de vehículos es interminable. Una ciudad entera evacuada en autobuses. Es incapaz de serenarse. En el asiento de delante del suyo, una anciana llora desconsoladamente. A su lado, una mujer joven intenta calmarla.

No se preocupe, en dos o tres días estaremos de vuelta y será como si nada de esto hubiese sucedido.

No esté tan segura.

Perdone, ¿cómo dice?

Le digo que no esté tan segura de estar tan pronto de vuelta.

¿A qué se refiere?

¿Ha visto el despliegue militar y policial? La anciana sigue llorando mientras el tipo expone su teoría al silencio interrogativo de la joven desconocida. ¿En serio cree que están evacuando toda la ciudad, casi cincuenta mil personas, miles de autobuses, coches, trenes, para solo tres días?

Otra mujer contesta:

Han dicho que solo se trata de unas medidas provisionales por la radiación.

¿Qué radiación? Yo no me creo eso de la radiación.

Yo tampoco.

Es por el accidente de la central.

Pero si ya está apagado, ¿no lo ve, señora?

Es solo por seguridad, es lo que decían los altavoces.

También han dicho que era un simulacro.

Alexéi sigue intentando abstraerse, concentrándose en el movimiento ascendente y descendente del tendido eléctrico cada vez que arranca la fila de nuevo.

Me llamo Valeri, ¿y usted?

El tipo de mediana edad, gordo, con gafas y expresión resignada, lo mira esperando una respuesta.

Alexéi.

Encantado.

El gusto es mío.

Tome, tómese una. Alexéi lo mira con desconfianza. El tipo le acerca unas pastillas. Son de yodo, son buenas para la radiación. Alexéi sigue callado. Tómesela, le hará bien a la tiroides.

¿Qué es usted, médico o algo así?

No, no, solo soy enfermero.

¿Aquí en Prípiat?

Sí, en el hospital.

¿Han evacuado también el hospital?

El tipo baja la voz.

Lo han evacuado todo.

Pero ¿y los enfermos?

Los han evacuado también, a estas alturas no debe de quedar nadie.

Y ¿adónde los han llevado?

No lo sé, a Kiev, a Minsk, incluso a Moscú, ¿quién sabe?

¿Moscú?

Sí, quizá al hospital general. En la planta cuarta está la unidad de tratamiento contra la radiación.

¿No hay ningún hospital con unidad de tratamiento contra la radiación más cerca que el de Moscú?

Lo desconozco, pero el de Moscú es el más importante del país.

Bueno, quizá no es necesario acudir al más importante del país cuando, al fin y al cabo, el incidente no va a durar más que unos pocos días.

¿Cómo que unos pocos días?

Es lo que decía el anuncio del ejército.

¿Y usted lo cree?

¿Por qué no?

¿No le parece raro que se hayan adoptado medidas tan drásticas para solo tres días?

Puede ser, no lo sé.

Valeri se aproxima a Alexéi y baja aún más la voz.

Me temo que no van a ser unos pocos días.

Alexéi siente un brote de calor en la nuca.

¿Qué quiere usted decir?

Verá, señor, lo que he visto en el hospital no parece un problema que pueda solucionarse en tres días.

Pero entonces ¿cuándo vamos a poder volver?

No lo sé pero, según nos dijeron en el hospital, los niveles de radiactividad superan en mil veces el fondo radiactivo natural.

Y eso ¿qué significa?

No estoy seguro, pero un oficial del ejército que fue hospitalizado ayer me dijo que era una catástrofe, y que va a ser imposible volver hasta que no pasen décadas.

¿Décadas? ¿Es una broma?

Eso nos dijeron.

¿Quiénes?

Los doctores, los militares.

Pero… ¿está usted seguro de lo que dice?

En realidad yo no sé nada, solo soy un enfermero, hablo de oídas, pero según parece, según he escuchado a los especialistas, parece que el yodo 131, que es el que se aloja en la tiroides, se desintegra en cuestión de días. Sin embargo, después están el estroncio 90 y el cesio no se cuántos, que tardan décadas en desaparecer. Y por lo visto, lo peor es el plutonio doscientos no sé qué, que necesita veinticuatro mil años.

Pero ¿de qué me está usted hablando?

También dijeron que el uranio tarda mil millones de años, aunque, por lo que se ve, el torio necesita quince mil.

¿Quince mil? ¿Quince mil qué?

Quince mil millones de años.

Pero ¿cómo que quince mil millones?

Le hablo de oídas, señor, pero los rumores siempre ocultan verdades.

No entiendo nada.

En realidad yo tampoco, pero lo que sí sé es lo que he visto con mis propios ojos estos días.

Y ¿qué es lo que ha visto?

Al principio lo que vimos fue a las víctimas de la explosión en sí. Llegaron de madrugada. Primero el cadáver de un operario del bloque cuatro, y después, casi a la vez, algunos otros heridos. Serían las dos de la mañana. Los atendimos y los mandamos a su casa. No hizo falta ingresar a nadie.

Pero eso es normal, ¿no?

Sí, sí. Después, a lo largo de la madrugada, ya fueron llegando más heridos, alrededor de cuarenta con patologías de traumatología, quemaduras, nada extraordinario.

¿Entonces?

A primera hora, a las ocho o las nueve, no recuerdo bien, sé que ya había amanecido, llegaron los bomberos. Seis muchachos. Llegaron aturdidos, vomitando, con dolor de cabeza, dolores articulares, vértigo, malestar. Desde que los vimos llegar supimos lo que estaba pasando.

¿Qué estaba pasando?

Contaban que el incendio del edificio había sido fácil de sofocar, pero que el incendio del reactor era otra historia, que era como brujería, llamas inextinguibles, un fuego que no podía apagarse, que no cedía ante el agua a presión de las mangueras.

¿Qué significa eso?

Habían estado trabajando desde la explosión hasta unos minutos antes de ser trasladados al hospital. Toda la noche. Toda la noche expuestos a ese fuego sobrenatural. Toda la noche expuestos al material radiactivo del reactor.

¿Y qué?

Sobre todo el oficial, un chico jovencito, casado, con una niña, tenía unos niveles tan altos de radiactividad en el cuerpo que tuvimos que aislarlo para que no nos radiase a nosotros. Cuando su mujer vino al hospital solo pudo verlo a través de los plásticos que tuvimos que poner en torno a su cama. Esa misma tarde lo trasladamos a Moscú. Ha sido el primero en morir.

¿Ha muerto?

Van a morir todos.

¿Todos?

Dos han muerto ya y los otros cuatro no pasarán de esta noche o mañana.

Pero ¿cómo? ¿Tenían lesiones, quemaduras, algo?

Verá, las lesiones por exposición a la radiación tienen tres fases: primero son los mareos, dolores en las articulaciones, debilidad, náuseas... después viene un periodo de latencia en el que todos esos síntomas desaparecen espontáneamente y el enfermo parece mejorar casi de modo automático, y después, pasadas unas horas, empieza la tercera fase.

¿Qué ocurre en la tercera fase?

Las verdaderas quemaduras.

Alexéi siente otra vez el pulso en la nuca, en los oídos, en la garganta.

Ese es el auténtico problema, las quemaduras internas.

Un escalofrío recorre la espalda de Alexéi. Valeri baja la voz mientras explica los pormenores de la destrucción celular que la radiación provoca bajo la piel durante las dos fases previas, y que emerge provocando graves llagas en la tercera, como si la carne, literalmente, se abriese hasta el hueso. Es espantoso. Alexéi siente que le falta el aire.

Al principio solo fueron los bomberos, después los pilotos de los helicópteros, los militares, el personal de tierra… todos con el mismo diagnóstico.

Pero ¿cuántos afectados hay por la radiación?

El primer día solo los bomberos y algún operario de la central, pero esta mañana ya eran ciento veintiséis personas.

¿Ciento veintiséis?

No todas con una exposición tan grave, pero sí, y, de no ser por la evacuación, estaríamos ya en una cifra mucho más alta. El autobús vuelve a arrancar, supera la barrera del control, pasa por una alambrada y ya están en movimiento de nuevo. Menos mal, cuanto más nos alejemos de aquí, mejor. Alexéi guarda silencio. Quizá me equivoco, pero creo que, después de lo que le acabo de contar, estará usted de acuerdo conmigo en que no parece que vayamos a volver dentro de unos pocos días.

El autobús se interna en el bosque, por las carreteras de Chernóbil, siguiendo a otro autobús que a su vez sigue a otro más, y a otro, hasta donde alcanza la vista. Ahora el silencio reina en el interior. Ya nadie habla.

Según van atravesando poblaciones, Ivankiv, Fenevychi, Katyuzhanka, Dymer, sus habitantes, perplejos, salen a la calle y contemplan el convoy con recelo. Los niños saludan a la cola interminable. Los viejos, sentados en los bancos, apoyados en las barandillas, murmuran frunciendo el ceño. La policía se adelanta a la hilera de autobuses, deteniendo la circulación en los cruces para dejar el paso expedito. De tanto en tanto un autobús se desvía por una calle o se detiene en alguna plaza, seguido de un coche de policía. Parece que es así como va teniendo lugar el realojo.

Tras atravesar cada población, la carretera vuelve a adentrarse entre los árboles, oscureciéndose progresivamente en un atardecer como otro cualquiera. El sol apagándose, como cada día. Luz languideciendo, agonizando, aún viva. Y otra población más. Más rostros arrugados, inquisitivos, más niños señalando hacia lo extraordinario, y más silencio. Por encima de todo ello las nubes rojizas, eléctricas. Alexéi contempla el paisaje, los campos nocturnos, las catenarias de los cables vacías de pájaros, los árboles.

Están ya a veintitantos kilómetros y los árboles siguen estando quemados. Y no solo los árboles. La tierra. El aire. ¿Qué horror es este? ¿Hasta dónde llega? ¿Qué forma tiene?

Las 17.22 en el reloj. Quizá ya no quede nadie en Prípiat. Quizá la ciudad haya sido ya evacuada completamente con éxito y hasta los militares se hayan ido. Es probable que ahora, a las 17.22 del 27 de abril de 1986, no se oiga nada en Prípiat. Solo una respiración amortiguada, o puede que un llanto débil. Un llanto débil que inunda toda la noche, todo el silencio. Ese llanto que él, Alexéi, oyó hace ya más de un año y medio, cuando Irina entró calada en el coche.

Kiev. Son las ocho de la tarde, pero ya estamos en Kiev. Es noche cerrada. La misma oscuridad para ambos.

El paisaje de circunvalaciones, puentes y nudos circulatorios sustituye el bosque nocturno. Un túnel, un desvío, una rotonda, y el convoy se detiene. Algunos de los ocupantes dormidos empiezan a despertarse. Ven a algunos conductores bajarse de los autobuses cercanos y ponerse a hablar en corro con la policía. Pasados unos minutos se separan. Parece que la policía no tiene muy claro adónde dirigirse. Están merodeando por la periferia sin la menor idea de adónde ir. Unos autobuses se desvían hacia el este, hacia Troeshchyna, otros hacia el norte, a Obolón o Trodetiene. Se cruzan con más autobuses en la misma situación. Los conductores se paran para darse instrucciones contradictorias los unos a los otros. Después reanudan la marcha. A través de las ventanillas las miradas de unos se arrastran por las de los otros.

Las horas pasan. Ven autobuses parados en colegios o en iglesias. Sus ocupantes se arremolinan en torno a las puertas. Deambulan con sus escasos enseres. A estas alturas ya vale cualquier lugar, cualquier sitio en el que se pueda dormir.

Apenas hay ya tráfico. Solo mil autobuses zumbando como moscones en la noche. Mil autobuses como este. Los que es preciso realojar. Una ciudad entera de cincuenta mil personas. ¿Hasta cuándo van a estar yendo de aquí para allá?

El cristal vuelve a vibrar un instante. El autobús reduce y, finalmente, se detiene. Están en Výshgorod. El conductor apaga el motor. Las cabezas comienzan a moverse. Los cuerpos a desperezarse. Alexéi ve al conductor del autobús discutiendo con el policía. El chófer lleva una camisa blanca y una chaqueta azul marino, como de uniforme, a juego con los pantalones. También tiene una gorra, pero no la lleva puesta. El pelo canoso le clarea en la coronilla. En el pasillo del autobús el pasaje camina lentamente, en fila, arrastrando los pies. Alexéi cede el paso a una mujer, después a un señor mayor, espera a que todos salgan. Finalmente se pone de pie y camina demorándose. Justo antes de salir pasa junto al asiento del conductor, pero las llaves no están puestas en el contacto.

Abajo, en la calle, el panorama es el mismo. Semblantes serios, callados en torno a las instrucciones del policía.

Fila india delante de la puerta del polideportivo. Hay algunos voluntarios colaborando con la policía. Se dedican a distribuir alimentos y ropa de abrigo, o a ayudar a los ancianos y los niños. Alexéi, como los demás, recibe una manta y una bolsa de plástico con comida. Después entran en las instalaciones. En el centro, en medio de la pista, rodeadas por las gradas, hay colchonetas dispuestas en el suelo, de las que se usan para hacer gimnasia, recubiertas de lona. Algunos corren para agenciarse una. El número es claramente inferior al de personas. Los voluntarios ayudan a repartirlas. Alexéi espera en un rincón, junto a una canasta de baloncesto, intentando localizar el uniforme del conductor, su coronilla rala rodeada de brotes canosos. Allí está, cerca de la puerta, aún hablando con el policía. Alexéi abre la bolsa. En su interior hay un trozo de pan, algo de embutido y mantequilla. También hay un paquete pequeño de galletas y una botellita de agua. Se queda con las galletas y guarda el resto en un bolsillo del abrigo para Irina. Un voluntario, casi un niño, se acerca a preguntarle. Ya tengo manta, gracias. Alexéi le ofrece unas galletas. Su madre llega casi inmediatamente y lo coge de la mano. Mientras se lo lleva, Alexéi escucha la reprimenda de la mujer: Te he dicho que no los toques; les das la manta y la comida, pero sin tocar.

Unas voces se elevan en el murmullo generalizado. Dos mujeres discuten por una de las colchonetas. Otras personas intentan interceder inútilmente. Los gritos se incrementan. Se hace un corro en torno a ellas hasta que la policía irrumpe para mediar. El silencio regresa con autoridad y cada uno vuelve a su quehacer. Alexéi se aproxima distraídamente al conductor. Cruza con él un par de frases y se tumba a su lado, en el suelo, sobre la manta. En menos de media hora todos están acostados, cubiertos por mantas, colchas, lo que a cada uno le haya tocado. Algunos niños, mujeres, ancianos o enfermos disponen de un colchón. Pocos minutos después apagan la luz. El silencio que se abre paso en ese momento no es mayor que el que reinaba antes. Al principio se oyen cremalleras, roces de ropa, abrigos usados como almohada, zapatos dejados a los pies, o al alcance de la mano para albergar, en la mayoría de los casos, el contenido de los bolsillos, la cartera, las gafas de ver de cerca, el reloj. Después, poco a poco los sonidos se atemperan, dando paso a las respiraciones sosegadas, los ronquidos tenues. Alexéi se incorpora. Camina hasta el baño. Aún hay quien se pasea despierto, fumando, entrando y saliendo de la mancha de luz escasa que proyecta la bombilla que parpadea encima del espejo. A la vuelta se sienta en el primer peldaño de la escalera que sube a las gradas, callado. Enciende un cigarro. Fuma despacio. Mira la pista del polideportivo llena de bultos oscuros homogéneamente distribuidos, cubiertos con las mantas. Apenas se escucha ya algún comentario, algún augurio en una voz apagada. Aspira el humo y el ascua del cigarro ilumina momentáneamente su cara. Después regresa la oscuridad. No queda nadie de pie. Otro cigarro. Solo uno más, hasta estar seguro.

Ya no se oye nada más que algún cambio de posición, y el aire entrando y saliendo de los cuerpos vivos.

Alexéi se quita los zapatos y regresa de puntillas a su manta. Se tumba boca arriba y espera. Los ojos abiertos al espacio negro lleno del aire respirado. Espera. Que sigan durmiendo. Un poco más. Solo cinco minutos.

Se incorpora. Mira a su alrededor. Tantea a su lado y ahí están, los zapatos del conductor. Se pone de pie, con ellos en una mano y sus propios zapatos en la otra, y se encamina al baño. Cierra la puerta a su espalda, enciende la luz y entra en uno de los cubículos.

Se sienta con precipitación en el retrete y empieza a rebuscar en los zapatos del conductor: monedas, tabaco, un mechero, un pañuelo usado, y sí, por fin, las llaves. Se diría que de los dos juegos de llaves, uno parece de una casa, pero en el otro es claramente reconocible la llave de contacto. Por fin. Ya está. Ya voy.

Deja los zapatos del conductor en el cubículo y sale con sigilo. Se aproxima a la salida, pone sus zapatos en el suelo, y mientras se calza gira el picaporte con cautela. La puerta está abierta. Un paso, un paso más y está fuera.

Se encamina al autobús con la llave en alto, buscando la cerradura de la puerta en la que introducirla. Busca más arriba y más abajo, en la puerta de entrada. Nada. Busca en la otra puerta, la del lado del conductor. Tampoco. Ni en la de atrás. No hay cerradura. Esto es imposible. ¿Dónde están las cerraduras de los autobuses? ¿Cómo coño se abren, con la mente?

Se agacha, coge una piedra y la sostiene delante del cristal. No va a ser la puerta de un autobús lo que lo detenga. ¿Se oirá dentro del polideportivo? Quizá una pedrada no sea lo más oportuno. Echa una ojeada a su alrededor. Tiene que haber algo, un palo, una palanca, algo. Está perdiendo un tiempo precioso.

Al fondo, junto a los columpios, hay unos contenedores. Alexéi rebusca en uno de ellos, y entre las bolsas encuentra un par de maderos y un tubo metálico retorcido.

El cristal de la puerta estalla al hacer palanca. Ahora sí que tiene que haber despertado a todo el polideportivo. Es el momento. Ahora o nunca. Y con un último empujón, la puerta termina por abrirse y Alexéi sube precipitadamente los peldaños del autobús. Comprueba de un vistazo el salpicadero, las luces, los limpiaparabrisas, los intermitentes. No es demasiado diferente a un coche. La llave entra suavemente en el contacto, y con el giro da comienzo el estruendo del motor. Mete primera y pisa el acelerador. El autobús ruge con estrépito en el silencio al emprender la marcha.

Acelera a fondo para salir de allí lo antes posible con los ojos fijos en el retrovisor, pero nadie aparece. Después enciende las luces: ve el polideportivo que, conforme se aleja, disminuye dentro de la iridiscencia roja en el espejo. Todo sigue igual. Mete segunda y devuelve la atención al retrovisor. Nadie sale. Ni la policía, ni el conductor, ni ninguno de los vecinos. Nadie. Por fin, Irina, por fin. Alexéi mira al frente. Sujeta firmemente el volante con ambas manos y acelera. El enorme sonido del autobús inunda el silencio nocturno de Výshgorod. La autopista está desierta.

Primero son los puentes, las farolas de la autopista, las circunvalaciones, los árboles sucios y las murallas de bloques callados en los que apenas brilla alguna ventana encendida. Después las construcciones comienzan a distanciarse, hasta que la autopista deja paso a una carreterucha desierta. Las farolas desaparecen. Apenas quedan rastros urbanos alrededor.

Alexéi clava los ojos en el final de la recta que tiene frente a sí, donde no llegan las luces. Devuelve la vista a la carretera y alterna las posiciones de la palanca. Los faros ya alcanzaban su máxima distancia. No importa lo largas que sean las luces largas. La mirada siempre se posa más allá, en el centro de la oscuridad, un kilómetro, un metro, quizá un milímetro más allá del último extremo iluminado por la luz.

Un punto de luz lejanísimo empieza a brillar en el retrovisor. La carretera traza una curva a la izquierda. Después hay un desvío escaso hacia los aparcamientos de unas naves industriales. Alexéi lo toma inmediatamente, se detiene junto a una tapia de ladrillo y apaga el motor del autobús. Escucha los grillos, el viento en las ramas de los árboles. El cielo está cuajado de estrellas. En medio del silencio nace el zumbido de un motor. Al principio es solo un rumor débil. El ruido se precisa rápidamente. Cuenta uno, dos, tres, cuatro coches de policía y uno, dos, tres camiones del ejército circulando a toda velocidad en la carretera principal. ¿Qué es esto? ¿A estas horas? ¿Adónde van? ¿Qué está pasando?

¿No debería estar ya evacuada toda la zona? Esto no son buenas noticias. La idea era llegar a un Prípiat desierto, abrir el maletero, sacar a Irina y regresar tranquilamente conduciendo el coche. Pero ¿qué hacer si la policía sigue allí?

Lo primero es que nadie sepa que está aquí. El convoy de la policía y los militares no es ya más que una luz roja desapareciendo en la distancia. Alza la vista por un instante hacia el cielo negro, hacia las estrellas minúsculas, hacia su silencio indiferente. Arranca de nuevo el motor. El haz de los faros vuelve a disolverse en el vórtice de oscuridad en el que convergen las líneas continuas de la carretera.

Cada población que atraviesa duerme plácidamente. Ni un alma en las calles. Ni rastro de la multitud que se asomaba esta tarde a ver pasar la caravana de autobuses. Conduce con cautela, para no llamar la atención hasta que vuelve a estar en medio del bosque, en la carretera vacía. Hace muchos kilómetros que siente de nuevo el sabor metálico en la boca, en los dientes. Si hubiese luz seguro que ya se verían los árboles quemados zarandeados por el viento.

La sensación de que la muerte está ahí, de que ya ha tomado lo que es suyo, es la que tiene Alexéi al atravesar el silencio dormido de cada población. Recorre cada kilómetro como quien visita a un enfermo terminal que ignora la gravedad de su estado y bromea lleno de esperanza sobre su inminente mejoría en cuanto el tratamiento empiece a surtir efecto. Es consciente de que mañana, o en unas horas, o en un par de días todo este sueño plácido estará lleno de autobuses, de llanto, de urgencia, de mentiras y de miedo. Traga saliva. Se pasa la lengua por los dientes. Siente de nuevo el sabor. La ciudad vuelve a quedar atrás. Acelera.

Superado Orane, Alexéi extrema las precauciones. Lo siguiente ya es Chernóbil. Esta tarde en Chernóbil había un control, el último antes de la evacuación. Ahí está el cartel. Alexéi para el autobús. Apaga las luces. Espera. Las formas comienzan a ser gradualmente distinguibles en la noche. Mete primera. Avanza muy poco a poco. No hay nadie. No hay control. Enciende las luces otra vez. Unos conos naranjas tirados en la cuneta le devuelven el resplandor del destello de los faros. Por fin una buena noticia. Acelera. Chernóbil va quedando atrás. Prípiat está a escasos minutos.

En ese instante, llegando a Kopachi, un animal se le cruza en la carretera. Alexéi da un frenazo que chirría en kilómetros a la redonda. Es un perro. Está paralizado por el pánico, dentro del resplandor de los faros del autobús, detenido en medio de la carretera. Alexéi mira en torno a sí con la respiración aún acelerada. La noche en todas direcciones. Ninguna otra forma de vida alrededor más que ese perro petrificado, como una aparición. Repentinamente el perro da un respingo y se interna de nuevo en la oscuridad del bosque. ¿Qué es todo esto?

Vuelve a acelerar. Ahí está la gasolinera, el lugar donde empezó todo, hoy con las luces apagadas, vacía, abandonada. Alexéi detiene el autobús bajo la marquesina, junto a los surtidores. Apaga el motor y saca la llave del contacto. De nuevo luces, ruido de motores, y finalmente un par de coches de la policía y un vehículo del ejército. Este es el tramo final del camino. Todo converge aquí. Todo termina aquí. Por fuerza el tráfico de militares y policía es aquí más intenso, lo cual solo significa una cosa: el viaje a bordo del autobús ha terminado. A partir de ahora tiene que seguir a pie para no ser descubierto. Prípiat está a menos de un kilómetro. Y una vez allí, regresar en el coche, con Irina.

El silencio se llena de un crujido de guijarros a cada pisada. No hace demasiado frío. De todos modos hay un jersey para Irina dentro del coche, en la maleta, por si acaso.

En breve se abre el bosque del todo y aparece el puente. Desde aquí el reactor número cuatro de la central es perfectamente visible a la derecha, en el horizonte, a unos pocos kilómetros. Se aprecia actividad, luces, focos, movimiento de vehículos en torno a la central. Alexéi mira al frente. Camina deprisa, con los oídos atentos a cualquier zumbido que pueda anunciar el paso de un coche.

El puente es largo. Hacia el final empiezan a verse las luces que estaba temiendo encontrarse. Es el control, los focos del control a la entrada de la ciudad, así que ha llegado el momento de salir de la carretera y ocultarse detrás de los setos. El jersey se le engancha en la maleza, entre las zarzas quemadas y los árboles. Se agacha y observa el control. Es una especie de garita prefabricada de chapa con unos focos en la cubierta. Dentro también se ve luz y fuera hay dos soldados departiendo. Solo se ve a estos dos, aunque quizá haya alguno dentro. Tienen la mascarilla al cuello para poder fumar mientras conversan.

¿Cómo van a salir de aquí? ¿Cómo van a pasar por el control con el coche? La única opción es abandonarlo y caminar hasta la gasolinera, donde ha dejado aparcado el autobús, pero ¿adónde van a ir en un autobús?

Alexéi se arrastra un poco más entre la breña. Está ya muy cerca. Junto a la garita está la barrera, y una alambrada de espino fijada a unos maderos a ambos lados de esa barrera. Qué ridiculez, como si la radiactividad fuera a detenerse en esa alambrada. A lo lejos se ve en sombra el edificio de ladrillo tras el que está el aparcamiento.

Empieza a retroceder reptando. Se arrastra despacio, alejándose de la cuneta, de la luz de los focos, del ir y venir de vehículos por la carretera, de los soldados. En un par de minutos vuelve a estar oculto por la maleza. Tendrá que dar un rodeo para llegar al aparcamiento. Oye pararse un vehículo a su espalda, en la garita. No se atreve a ponerse de pie. Avanza de rodillas sobre la hierba, cubierto por los arbustos, despacio, sin hacer ruido.

Nota la tierra húmeda en sus manos, la hierba, los insectos. Alza ligeramente la vista. Poco a poco va acercándose al edificio de ladrillo. Un centenar de metros más, y después hacia los contenedores. ¿Las llaves? ¿Tiene las llaves del coche consigo? Sí, ¿no? Un momento. Se palpa el pantalón con la mano sucia de tierra. No. ¿En el bolsillo de atrás? Se yergue sobre las rodillas. ¿Dónde están? Se tumba en el suelo, boca arriba, para poder meter las manos dentro de los bolsillos. Aquí están. Menos mal. Saca las llaves y se las acerca exageradamente a la cara para verlas. El aro brilla fugazmente. Se las guarda de nuevo. El bolsillo se le ha llenado de tierra. Continúa de rodillas, despacio, sin hacer ruido. Allá atrás sigue el tráfico de vehículos. Pasan frente a la garita, deteniéndose brevemente. De pronto empieza a sentir un limo blando en las manos. Barro, no tierra fresca. Un barro denso y caliente. ¿Qué es esto? ¿Qué está tocando? Se huele la mano. No huele a nada más que a esa humedad sucia a la que suele oler el barro. Un paso más. El limo está más caliente. Alexéi abre bien los ojos, pero no distingue nada en la oscuridad. Palpa el suelo a su alrededor. Solo hierba y barro. Otro paso. Tropieza con algo. Algo grande, blando. Algo informe y húmedo. Palpa. Tiene pelo. ¿Pelo? Pero ¿qué coño es esto? Da un paso atrás. Siente el corazón en la nuca, en las sienes, en la garganta. Se huele la mano de nuevo. No distingue nada. Vuelve a tocarlo. Es un... un animal. Puede que sí. Un animal. Aún está caliente. Es más grande que un gato. Tiene el cuerpo grande. O quizá no tanto. Mediano. Tiene dientes. Podría ser un perro. Pero el barro no desaparece. Tiene las manos llenas, las rodillas. Cada vez hay más. No ha llovido. Ha hecho un día de sol magnífico. ¿De dónde viene? Y su mano toca otro bulto. Otro bulto peludo. Pero ¿qué está pasando? Intenta rodearlo por la derecha. Rápido, sal de aquí. Un paso, otro. El suelo cede, huye de sus manos. Es una pendiente pronunciada, un... Alexéi cae hacia delante. Todo está negro. Pone las manos para no golpearse.

¿Qué ha pasado? ¿Qué es esto? ¿Dónde está? Palpa en la oscuridad. Siente pelo por todas partes. Bultos y pelo por todas partes. Y barro. Un barro hecho de pelo. Se pone de rodillas y palpa hasta donde le llegan las manos. Aún tarda unos segundos en entenderlo. Es una fosa. Una fosa a la que han arrojado los cadáveres de los perros que hace unas horas estaban en el corral, junto al edificio de ladrillo. Han matado a todos los perros, a todas las mascotas que superaban los límites de tolerancia. Sin esperar un día. Seguro que Misha está aquí. Su sangre está mezclada en este barro con la de los otros animales. La cabeza le da vueltas. Intenta evitarlo, pero es imposible. Vomita de rodillas, sin ningún control.

Un círculo de luz empieza a barrer el asfalto, la fachada del edificio de enfrente, los árboles. Alexéi no puede controlarse. Las arcadas inundan el silencio. El foco se aproxima. Alexéi mira aterrorizado hacia el haz de luz. Casi lo tiene encima, pero las náuseas regresan. Lo doblan por la mitad, y es entonces cuando suena el primer disparo. Un coche se aproxima. Suenan carcajadas y otro disparo. ¿A qué disparan? ¿Piensan que queda algún perro vivo? Alexéi no se atreve ni a ponerse de pie para pedir que paren. El ruido de los coches está ya aquí mismo.

¡No disparen! ¡No disparen!

Alexéi grita una y otra vez, hasta que por fin se detienen. Alguien le ha oído.

No disparéis. ¡Alto! Callad. ¡Callad!

¡No disparen, por favor!

Alexéi sale con las manos en alto, cubierto de barro sanguinolento de entre la maleza. Los faros de los coches lo ciegan.

No disparen, por favor.

Pero ¿quién es este? ¿Qué hace usted aquí?

Yo...

¿No sabe que la ciudad ha sido evacuada?

Alexéi duda si hacerse el tonto o decir la verdad.

¿Sabe o no sabe que está prohibido el acceso a la ciudad?

Es que...

Identifíquese.

¿Cómo dice?

Su documentación, por favor.

Alexéi mira a su alrededor: el bosque, los setos, los contenedores más allá, el edificio de ladrillo, la garita, el bulevar Lenin completamente a oscuras. Frente a él, dos vehículos militares. Tres soldados están de pie, delante de él, mirándolo en silencio.

Su documentación, por favor. Alexéi vacila. Señor, ¿me ha oído?

Sí.

Muéstreme su documentación. Alexéi sigue titubeando. ¿Me está oyendo?

Sí, le oigo.

Muéstreme su documentación, por favor.

Alexéi sigue inmóvil, petrificado.

Acompáñeme.

No.

¿Cómo dice?

Le digo que no.

Señor, quizá no lo comprende. Ha habido un accidente en la central. Existen niveles anómalos de radiactividad en el ambiente y durante los próximos días no se puede permanecer en la ciudad. Toda el área ha sido evacuada.

Alexéi mira en silencio a los soldados, los edificios vacíos, las calles silenciosas, a oscuras, los coches aparcados entre los que tiene que estar, en alguna parte, el suyo. Irina está en ese maletero. Hay un ser humano ahí dentro.

Usted no lo entiende. No me puedo ir, no me voy a ir.

No nos lo haga más difícil, señor, venga con nosotros.

No pienso moverme de aquí, no puedo.

Creo que el que no lo está entendiendo es usted.

Lo entiendo perfectamente, pero no me voy a marchar.

Señor, la presencia en la ciudad está prohibida salvo para los cuerpos de seguridad, y usted no tiene autorización.

No necesito autorización. Es mi casa, es mi coche.

Señor, puede usted venir con nosotros por las buenas o por las malas.

No pienso ir con ustedes, no tienen derecho a alejarme de mi casa, de mi coche, de mi…

Antes de que Alexéi tenga tiempo de terminar la frase ya tiene un brazo a la espalda.

¡Separe las piernas!

Alexéi empieza a gritar inmediatamente. Intenta revolverse.

La presión en el brazo aumenta. Una mano le sujeta la cabeza, le separan los pies de una patada y lo inmovilizan contra el coche.

¡No me toquen!

¡Cálmese!

¡Quítenme las manos de encima!

¡No nos lo ponga más difícil, señor!

Alexéi sigue gritando, patalea, se zafa de uno de los tipos y aprovecha el momento para soltarse con un empujón.

¿Es que no entienden que no puedo irme?

Pero ¿por qué no?

Alexéi mira por un momento a los militares. Los tres lo observan en silencio. Tiene un segundo para devolverles la mirada. Aquí delante, dentro del haz de las luces encendidas del vehículo en marcha con las puertas abiertas, recortándose contra el edificio de ladrillo, contra los contenedores rebosantes de equipajes y maletas, en algún lugar tiene que estar su coche.

La escena se congela por un instante. Alexéi titubea, vacila, duda. ¿Por qué no, Alexéi? ¿Por qué no? Diles por qué no puedes irte. Díselo y termina de una vez. Confiésalo ahora. Ten el valor que esta tarde te ha faltado. Abre la boca para explicarse, pero no es capaz. Toma aire. Lo intenta de nuevo, y como si con ello hubiese dado el pistoletazo de salida, la escena se reactiva y los tres militares se abalanzan sobre él.

Las rodillas, el vientre, la cabeza se funden con el asfalto sobre el que está tumbado boca abajo, con la ropa arrugada y sucia de sangre y tierra, con el sabor metálico, con el rojo intenso del interior de los párpados, con el brazo que lo sigue sujetando del cuello hasta mucho después de terminado el forcejeo.

Ninguna luz. Solo el susurro de las conversaciones atenuadas por el ruido homogéneo del motor, y dentro de él, en su interior, el dolor definiéndose progresivamente, en el ojo, en el pómulo, en el interior del labio. Sabe a sangre. A sangre y a metal. Las manos. No puede mover las manos. Las tiene sujetas a la espalda. Hay un enrejado metálico entre él y las nucas de los policías en los asientos de delante.

Ya se está despertando este.

¿Adónde estamos yendo?

Tranquilo, amigo.

Tenemos que volver.

Ya te he dicho que tranquilo.

¡No, no lo entienden, ustedes no lo entienden, tenemos que volver, ahora, ahora mismo!

Deja de gritar ya o será aún peor.

Alexéi empieza a forcejear inútilmente con las esposas hasta que, incapaz de soltarse las manos, empieza a desesperarse, a insultar a los policías y a patalear en el asiento de atrás del coche. El copiloto, un tipo viejo, quizá próximo a la jubilación, se gira y apunta a Alexéi con una linterna.

Por favor, agente, tenemos que volver, tenemos que volver ahora mismo.

Cálmese.

No, no me puedo calmar, por favor, agente, tengo que volver, ¿me entiende? Tengo que volver ahora mismo.

Tranquilícese, señor.

Eso, tranquilízate ya, o vas a sufrir las consecuencias.

Alexéi se acerca al enrejado metálico bajando la voz.

Por favor, tenemos que volver, por favor, es imprescindible, debo volver. Hay una chica…

¿Una chica? ¿Qué chica?

Tenemos que volver.

El copiloto se gira, mira a Alexéi, y vuelve a mirar hacia delante.

Cálmese, señor, tranquilícese, y aproveche para dormir la borrachera. El camino es largo hasta Kiev.

¿Kiev? ¿Cómo que Kiev? No puedo ir a Kiev, ¿no lo entiende?

Cállate de una puta vez, joder, y deja de gritar.

No puedo ir a Kiev, tengo que volver, no he hecho nada, no he hecho nada a nadie. Suéltenme. Soltadme, cabrones.

El conductor chasquea la lengua y reduce la velocidad. Alexéi sigue gritando histérico, golpeándose la cabeza contra el enrejado metálico. Ni siquiera se da cuenta cuando el coche se detiene en el arcén, ni cuando el policía que conduce sale y abre la puerta de atrás para ejecutar, sin afectación, la maniobra rutinaria. El antebrazo en torno al cuello, la presión adecuada y la realidad se desvanece de nuevo, sin violencia, sin dolor. Un fundido largo y cálido. Una anatomía laxa. Una respiración alterada que se sosiega.

Al principio la oscuridad será ese lugar en el que tenía clavados los ojos mientras conducía, tan solo un metro más allá de donde llegaba la luz de los faros del coche. Un metro que es un milímetro, una micra. Esa dimensión minúscula en cuyo envés nace la primera oscuridad total, que es única, la misma ya sea tras los párpados, en el interior del maletero o en las fosas oceánicas, bajo la cota exacta hasta la que puede penetrar la última luz. Un metro más allá de esa luz. Un milímetro más allá de esa luz que pretendía traspasar la piel de la oscuridad total, el epitelio de ese vientre negro y silencioso acerca de cuya forma preguntaría Irina. «¿Tiene un límite? ¿Crees que se escuchará este silencio desde allí?» Y Alexéi mirará en la dirección que está señalando ese dedo infantil, vivo, sin entender hasta dónde llega este silencio, cuál es el contorno de su término, más allá del cual todo es desconocido. Y cuando responda, quizá Irina ya no esté al alcance de su voz, quizá esté solo un paso más allá, lo suficientemente lejos. Y quizá sea mejor así, porque desde aquí podrá contemplarla boca abajo, el flequillo asomando de la capucha, las piernas dobladas en el aire, las plantas de sus pies desnudos, a salvo de la voz, de esta voz. A un paso de ese momento. Un minuto antes de la explosión. Un segundo. A un instante de aceptar entrar en el maletero. Ese instante cuyo espesor es tan escaso como el mínimo espesor que necesitaría el párpado para alcanzar la opacidad total, para que la luz no pueda atravesarlo, para que el negro de su cara interior no troque a rojo cuando la linterna recorra el rostro dormido desde el otro lado de los barrotes de este calabozo de la comisaría número siete de Kiev, en el barrio de Troeshchyna, hasta este lado, dentro del comienzo de esta vigilia.

Quiero hacer mi llamada.

¿Tu llamada? ¿A quién quieres llamar?

Eso es asunto mío. Es una llamada privada.

No te pongas gilipollas y pide las cosas por favor, ¿de acuerdo?

Por favor. Solo quiero hacer una llamada. Nada más. Solo eso.

¿Una llamada privada?

Por favor.

De acuerdo, haz tu llamada. Al fondo del pasillo está la cabina.

La puerta del calabozo se abre momentáneamente y Alexéi camina frente a las celdas ocupadas por borrachos, delincuentes y mendigos, hasta una pequeña sala escueta, sin puerta, de color blanco, y con un teléfono en la pared. Respira profundamente, y marca el número.

Policía, dígame.

Buenas noches, quiero denunciar un secuestro.

¿Un secuestro?

Hay una chica en un maletero.

¿En un maletero? ¿Dónde?

En Prípiat, en el *óblast* de Chernóbil.

¿Está usted bromeando?

Se lo juro. Una chica, en el maletero de un Volga Gaz Veinticuatro granate que está aparcado en Prípiat, en la calle, en el aparcamiento de...

¿Una chica en un maletero de un coche aparcado en plena calle en Prípiat?

Sí, una chica, Irina Nikolaieva, está dentro del maletero en...
Señor, estamos desbordados de trabajo. Ha habido una evacuación masiva en el área de Prípiat y le aseguro que lo que menos necesitamos en un momento como este es bromistas que llamen para sobrecargar nuestros ya de por sí...
Una chica, la chica Irina Nikolaieva, de diecisiete años, en el maletero de un Volga Gaz Veinticuatro granate aparcado junto a un edificio de ladrillo que...
No hay ninguna chica en Prípiat, señor. En Prípiat no hay nadie en este momento. Por favor...
Sí, en un Volga Gaz Veinticuatro granate matricula B-75...
¿Cómo sabe que está ahí?
Porque yo soy quien la ha encerrado.
Y sigue explicándose hasta que el llanto cubre por completo el tono intermitente de la llamada comunicando.

¿Y el reloj? ¿Lo ha perdido o han sido los soldados quienes se lo han robado? Probablemente se le ha caído y ahora está tirado en Prípiat, funcionando perfectamente, marcando con la mayor exactitud el paso de las horas. Quizá ya ha amanecido o incluso hace ya tiempo de eso. En el calabozo de al lado hay un anciano borracho roncando. En el siguiente nadie. Al otro lado tampoco. Los policías van y vienen por el breve pasillo que se ve desde el catre con carpetas llenas de documentos. ¿Qué hora es? ¿Cuánto tiempo puede retenerse a alguien en los calabozos de una comisaría?

¿Qué hace aquí este tío?
Yo qué sé, lo trajeron ayer por la noche.
¿Ayer?
Eso creo.
Y ¿qué ha hecho?
No sé, alborotar, estaría borracho o algo así, no tengo ni idea.

Uno de los policías se gira hacia Alexéi desde el otro lado de los barrotes.

¿Desde cuándo está usted aquí? El otro lo interpela con autoridad. Le está hablando un comisario de policía, responda.

Alexéi los mira.

No sé qué hora es ni a qué hora me trajeron ayer.

Los policías se miran el uno al otro.

¿Tiene documentación?

Sí, llevaba su cartera encima, con la documentación. Está todo en la ficha.

A ver.

Sí, señor.

El comisario ojea los papeles que le entrega el otro agente.

Pero si mañana es su cumpleaños.

¿Su cumpleaños?

Eso pone aquí.

¿Es tu cumpleaños mañana?

Responde al comisario.

Eso parece.

Saque a este vago de aquí, fuera de mi vista. No lo quiero ocupando una celda. Que se marche.

Ya lo has oído, es tu día de suerte. Alexéi sigue callado mientras el policía abre la puerta. Acompáñame.

Alexéi obedece. Llegan a un mostrador, un policía de mediana edad con bigote canoso y unos ojos minúsculos detrás de los cristales de sus gafas le entrega un sobre de papel de estraza. Alexéi le mira interrogativamente.

Son sus pertenencias.

¿Qué pertenencias?

Abre el sobre. Lo vuelca en el mostrador. Un bolígrafo, algunas monedas, la cartera, un pañuelo, las llaves del autobús, medio paquete de tabaco, el mechero, y las otras llaves, las llaves del coche. ¿Qué hora es? Las siete y media. ¿Puedo irme? Claro, es usted libre. Gracias, buenas tardes. Adiós. Alexéi aproxima sus pasos hacia la puerta. Tira del pomo, abre la puerta y sale al último sol de la tarde. Hace viento. Oye la puerta cerrarse a su espalda.

Junto a la puerta hay un par de policías departiendo. Se acerca a ellos y les pregunta sobre los alojamientos provisionales de los desplazados de Prípiat.

¿Cómo dices?

Los desplazados por la crisis radiactiva de Chernóbil.

Pero ¿qué dice este?

Yo qué sé.

¿De qué hablas?

Nada, nada, gracias.

Enciende un cigarro y baja los escalones. ¿Dónde está? Ve a unos niños jugando en la acera. Más allá unos columpios y un puente desde el que se ve el río subrayando el perfil de la ciudad. Esta ciudad que le da la espalda. Fuma mientras camina sin rumbo, inhala el humo con ansia. Tira el cigarro a medio terminar y empieza a correr. Corre por la calle como si estuviese huyendo de algo. Dobla una esquina y aumenta la velocidad. Ha llegado a un parque. Echa una ojeada. Encuentra un trozo de ladrillo. Se apoya contra un columpio, el cuerpo doblado para recuperar el resuello. La calle está desierta. Solo algunos coches aparcados. Elige uno al azar. Sostiene su chaqueta contra la ventanilla y golpea el cristal con el ladrillo. El primer golpe, tímido, no surte efecto. Golpea una segunda vez con más fuerza. Una tercera. La chaqueta amortigua el ruido cuando por fin se rompe. Abre la puerta, se sienta dentro, sobre los fragmentos del cristal estallado y cierra la puerta. ¿Y ahora qué? Hacer un puente no puede ser tan difícil, ¿no? ¿O sí? ¿Cómo? ¿Qué cables hay que empalmar? ¿Qué cables son esos? ¿Dónde están? ¿Qué está haciendo? Han pasado veinticuatro horas. Veinticuatro horas. Palpa bajo el volante. Busca el ensamblaje, la junta donde se atornillan las piezas que ocultan el tendido eléctrico del coche. Encuentra una línea de junta, una fosa entre dos bandejas lisas. Mete los dedos. Recorre la junta hasta el final, hasta el remate de la pieza en el que puede introducir los nudillos. Tira con fuerza del borde de plástico. Arranca un fragmento. Tira de nuevo. El borde se rompe del todo dejando vivo un canto afilado. La sangre brota de los dedos de inmediato. Sigue tirando. Busca.

No hay ningún cable. Ningún cable. Tira de nuevo. Arranca otro fragmento. Ningún cable. Veinticuatro horas. Sigue tirando hasta que arranca todo el faldón de plástico. Hay un fusible o algo así, y un cable delgado. Un solo cable delgado de color blanco. Y ¿ahora qué? Han pasado veinticuatro horas. ¿Qué está haciendo? ¿Qué pretende? Ya ni siquiera lo sabe. Las lágrimas no le dejan ver nada. Arranca el cable blanco. El dolor desaparece después del primer puñetazo contra el salpicadero. El segundo ya no lo nota. Ni el tercero. No siente los nudillos, ni la sangre del corte en la mano cuando arranca el retrovisor central. Ya no ve lo que golpea, lo que arranca, lo que rompe. El llanto le impide ver nada. Han pasado veinticuatro horas. El llanto lo inunda todo. El llanto. Los gritos. Los puñetazos en todas direcciones, golpeando el volante, el salpicadero, el techo, gritando obsesivamente. Veinticuatro horas.

La cola a la puerta del hospicio de la iglesia del Santo Cristo es visible desde lejos. Alexéi reconoce algunos rostros de los comedores sociales. Algún mendigo, una mujer mayor, una pareja que discutía esta mañana... Entre la gente que se arremolina en torno a la puerta cree reconocer a algún vecino de Prípiat, algún padre o madre de algún alumno del colegio, quizá el repartidor del correo, o incluso juraría que un vecino de su edificio, aunque no está seguro. Simplemente gente que le suena pero no conoce, y a la que, finalmente, al acercarse, acaba por no decir nada. ¿Para qué? ¿Qué tienen que decirse en esta situación? Caminan con desgana, uno tras otro, entrando a una sala no demasiado amplia en la que se les entrega poco más que una manta. El silencio es masivo. Las miradas huyen las unas de las otras. Alexéi, como los otros, se echa sobre un colchón en el suelo poco antes de que apaguen la luz. Es 29 de abril, su cumpleaños. El primer día en más de un año y medio que duerme sobre un colchón. No, no es verdad. En febrero durmió en la cama. Una noche. Una sola noche. La que no durmió en el sofá. En febrero. Tuvo que dormir con Irina. En febrero. Para darle calor. Para darle calor porque tenía fiebre. Cuando se puso enferma. En febrero, cuando aún estaba viva.

Caminar por la ciudad es la única actividad disponible. Recorrer las calles. Deambular desde que amanece hasta que se hace de noche. Desde que cierran los hospicios, los centros de acogida, los polideportivos, o las iglesias, hasta que vuelven a abrirlos al anochecer. Caminar u ocultarse de la intemperie en los mercadillos de los pasos subterráneos o en los andenes de las estaciones. Deambular entre la rutina displicente de los ciudadanos y, cada tanto, reconocer esa mirada, la de otro desplazado que deambula alrededor de los tenderetes de los pasos bajo las autopistas o en los vestíbulos del metro.

Se acomoda en el asiento de la parada de un autobús al que no espera. No sabe bien dónde está. Ve un parque a lo lejos, al otro lado de esta avenida, y una iglesia en él. No le queda tabaco.

A su lado hay un periódico olvidado. Es el diario *Pravda*, pero es de ayer, 29 de abril. Lo hojea con desgana. Opiniones, crónicas, artículos. Pasa las páginas sin leer, por pasar. En la tercera hay un escueto comunicado del consejo de ministros de la URSS: «Un accidente nuclear ha tenido lugar en la central energética de Chernóbil. Uno de los reactores está dañado. Se han tomado medidas para eliminar las consecuencias del accidente. Las víctimas están recibiendo la asistencia necesaria. Se ha establecido un comité del gobierno». Eso es todo. Cuarenta y dos palabras.

Ronquidos a derecha e izquierda. Alexéi abre los ojos. El techo está oscuro. Aún no ha amanecido. Se oyen las respiraciones pesadas a su alrededor, el movimiento bajo las mantas, el ruido de muelles y somieres con cada cambio de postura, los carraspeos. Suena una tos cercana. El tipo de al lado tiene los ojos abiertos, como él, como tantos otros, fijos en el techo negro. Se reconoce en esos ojos hundidos en la oscuridad. Todas nuestras miradas están clavadas en esa oscuridad que nos intimida, la que nace ahí delante, tras el final de los faros, la que aguarda tras los párpados, la de este techo.

La mujer de ahí enfrente, la del pañuelo en la cabeza, lleva tres días sin ver a sus hijos. No sabe en qué albergue están o incluso si en lugar de ser trasladados aquí, a Kiev, han sido trasladados a otra ciudad. El tipo alto del fondo cuenta que, cuando regresó a Prípiat el domingo después de pasar el fin de semana en Minsk, no le permitieron entrar en la ciudad. Dice que habían puesto una valla y que los trasladaron a él y a toda su familia sin siquiera dejarlos pasar por su casa para recoger un jersey o unas gafas. Las dos niñas de la mesa de al lado, las gemelitas, no saben dónde está su abuela, a la que estaban cuidando el fin de semana. El señor del gorro de lana tenía a su mujer en el hospital, y no sabe a cuál la han trasladado, ni si está aquí en Kiev, o en Járkov, o en Donetsk, o dónde. La familia sentada a la mesa que hay junto a la puerta, esos que están desayunando en silencio, venían a casa de unos parientes, pero ni les han abierto la puerta. Parece ser que tenían miedo de la radiación y no los han dejado entrar en su casa. Han tenido que venir al hospicio como todos los demás.

Alexéi escucha en silencio los chismorreos. Levanta la vista de su café con leche y mira a su alrededor. Contempla las caras, las miradas desquiciadas, exhaustas de desesperación. Sujeta la taza de porcelana con las dos manos para sentir el calor del café. En cada mesa se cuchichea sobre la desgracia de los demás o sobre la propia. Alguien estará hablando de la suya, o incluso inventándosela.

¿Y usted, amigo, cuál es su historia?

El tipo sentado frente a Alexéi, un hombre de edad avanzada, con los dientes pequeños, lo mira con curiosidad. Toda la mesa espera su respuesta.

Si está buscando a alguien, lo mejor es que se ponga en contacto con los militares, ellos tienen listados y saben en qué centro de acogida está cada cual. De hecho, ayer vinieron a buscar a una niña a la que sus padres habían perdido y la encontraron por los listados de…

No, no, no estoy buscando a nadie, yo vivía solo.

A las nueve de la mañana llegan los militares. Dos parejas. Primero cuelgan en la pared una relación con todos los nombres para que cada cual se identifique a sí mismo. La gente se arremolina en torno a las cuartillas, buscándose por apellido o por nombre y no solo a sí mismos, sino a familiares extraviados, enfermos o perdidos. Después los militares comienzan a pedir a cada cual sus datos y su documentación y los cotejan con sus propios papeles, examinando su propio listado y el de nombres de personas que están buscando o siendo buscadas por otras en otros centros de acogida. Algunos encuentran lo que esperaban y gritan de júbilo, pero la mayoría guarda silencio, o se desespera y pide explicaciones a los agentes, a los militares, a los funcionarios, a quienquiera que venga con un censo.

Alexéi se queda sentado a la mesa viendo a todos apretujarse frente a la enésima lista actualizada emitida por el Buró Oficial de Servicios Sociales del Sóviet.

Ayer por la mañana buscó a Helga, su mujer, es decir, su exmujer. Por pura curiosidad. Buscó incluso a Ivan, y aunque no lo encontró acabó por descubrir a la niña, a Tanya. Buscó también a Nataliya, la madre de Irina, y a Svetlana, su hermana. A su padre, Nikolái, tampoco lo encontró. Irina, claro, no estaba. Luego recorrió la lista en busca de Yekaterina, de Olya, de Anya, Yegor, Borís, Nastya, Lyuba. Buscó a profesores, a alumnos, a los padres y madres cuyos apellidos recordaba. Buscó incluso a Roman.

Ya no tiene nada que encontrar, así que ya no busca, pero se alegra sinceramente de los pequeños estallidos de entusiasmo cuando alguien descubre a algún familiar retornado de la desaparición.

Pasados unos minutos, tras el revuelo, uno de los soldados lee en voz alta una lista breve de nombres. Recojan sus cosas y acompáñennos por favor. ¿Dónde nos llevan? ¿Dónde vamos? Alexéi no pregunta. No tiene nada que recoger. No trajo nada, así que no tiene nada que llevarse. Los suben a una furgoneta. No son más de ocho personas. Es un traslado a otra zona. Parece ser que este hospicio está ocupado por encima de su capacidad. Se les pide colaboración con el Sóviet a todos los afectados. Serán trasladados a nuevas instalaciones y se les hará entrega de una vivienda tan pronto como sea posible. Cruzan el Dniéper en una furgoneta. Después un trayecto breve hacia el norte.

Apenas unos minutos y ya están en la puerta de otro dormitorio social. Se integran en una cola larguísima de personas traídas de otros hospicios. Más listados, más anécdotas insignificantes, más historias gigantescas dentro de ellas, más miradas muertas, más ojos aterrorizados clavados en el techo.

Un bullicio de preparativos e impaciencias se arremolina en torno a Volodymyrska, y sobre todo en el bulevar Jreshchátyk.

Por todas partes se percibe el nerviosismo por la inminencia del desfile del 1 de Mayo, se ultiman los retoques, se oye el ensayo de los acordeones, los tambores, las trompetas y cornetines. Los balcones de Maidán Nezalézhnosti, llenos de flores, están abarrotados de espectadores emocionados que, cada tanto, saludan hacia la calle, a sus nietos, a sus hermanas, a los chavales. Tras las vallas, un hervidero de madres con carritos, padres con sus hijos a hombros, niñas agitando banderas o flores, parejas enamoradas, ancianos admirados por los fastos, jóvenes subidos a las farolas y los bancos, chiquillos con golosinas y público de todo jaez conformando un paisaje de sombreros, manos alzadas, algodón de azúcar, globos y banderas.

El desfile circula con suntuosidad. Ni siquiera la lluvia intermitente logra empañar la ostentación de las celebraciones. Como mucho se abre algún paraguas de vez en cuando, pero solo durante los escasos minutos que dura el chaparrón.

Observa la muchedumbre y ya no es capaz más que de apreciar la caducidad de las carcajadas. Cuanto más las contempla, mayor es la sensación de que antes o después toda carcajada deviene en una risa más templada, y esa risa sigue apagándose indefectiblemente. La mueca tensa de los labios no puede durar. Necesariamente acabará por relajarse, marchitarse hasta desaparecer por completo, hasta que no comunique nada. Hasta desembocar en la cara con que cada cual mira a la oscuridad del techo, la cara con que conduce, o lee un libro, o ve llover desde la ventana. La cara con que cada cual capitula, la cara con que cada cual, antes o después, acaba por rendirse.

Yo estaba durmiendo, no me enteré de nada.

Pues a mí me pilló con fiebre en la cama.

Yo había ido a pasar el fin de semana a Cherníhiv con la familia y cuando llegamos el domingo por la tarde no nos dejaron entrar en la ciudad.

Eso mismo nos pasó a nosotros al volver de Kórosten.

Pues yo no me acuerdo de dónde estaba, la verdad.

Alexéi no puede evitar rememorar qué estaba haciendo él en el momento en que estalló el reactor. No han pasado más que siete días, pero es un mundo entero. Cada cual evoca sus anécdotas, los detalles de sus universos mínimos. Él escucha en silencio, abstraído en su propia adversidad privada, asqueado por cómo irrumpe en el momento más inoportuno, sin el más mínimo respeto. No hubo nadie a quien la desgracia no sorprendiese a contrapié, con el mayor entrometimiento, con la mayor insolencia, del modo más humillante, quizá sin afeitar, o en zapatillas de andar por casa, o sin duchar, o aplicándose una pomada contra las hemorroides, o con las uñas de los pies largas. Un tipo dubitativo y con las manos pequeñas toma la palabra:

Esa noche, justo esa noche, mi mujer me dijo que estaba embarazada.

¿En serio?

Sí, te lo juro.

Pero ¿la noche del viernes al sábado, cuando estalló la central, o la del sábado al domingo, la última noche antes de la evacuación?

Es una pregunta inocente, casi irrelevante, pero con ella se abre un espacio escalofriante. El espacio que separa la fatalidad en sí del momento en que se hizo explícita. Ese intervalo feliz, despreocupado, que transcurre entre el contagio de la enfermedad y la aparición de esos primeros síntomas que motivarán la visita al médico, entre el nacimiento del tumor y el diagnóstico inapelable. Ese espacio que, para casi todos los que en este momento se congregan en este albergue, duró treinta y seis horas, el tiempo desde la explosión hasta el aviso de los militares.

Pero el tumor, el virus, la infección, ya estaban ahí antes del análisis fatal, ya estaban ahí durante cada minuto de esas treinta y nueve horas en las que un tipo dubitativo con las manos pequeñas supo que iba a ser padre, o una joven se depilaba por primera vez las ingles, o un muchachote se atrevía a tatuarse el nombre de su novia, o un adolescente tímido y apocado tragaba saliva para pedir matrimonio, y la respuesta fue sí, y era el día más feliz de una vida que horas más tarde quedaría truncada por la llegada de mil autobuses, y el tatuaje quedó sin terminar y la depilación inacabada. Y Alexéi piensa en el cálculo que hizo Irina después de haberlo leído en su atlas: la luz del Sol tarda ocho minutos y diecinueve segundos en llegar a la Tierra, y reflexiona sobre el día en que ese Sol, ya agonizante, estalle por los aires, o simplemente expire discretamente, y en los ocho minutos y diecinueve segundos que tardarán los habitantes de la Tierra en enterarse, dedicados despreocupadamente a cortarse el pelo, a ponerse por primera vez ropa interior del sexo opuesto, a jugar al bingo, a bailar la canción del verano, a comprarse una casa de campo con hermosas vistas… y en ese instante la cavilación se interrumpe por un tumulto en torno a una de las mesas que están junto a la puerta. Se trata del perímetro de seguridad del área deshabitada. Un tipo que conoce a un tipo que conoce a un tipo que es militar, trae de buena tinta la información de que el perímetro ha aumentado. Parece ser que ahora ya no van a ser diez kilómetros, sino treinta. Treinta kilómetros de radio en torno a la central. Casi la ciudad de París, o Buenos Aires. Dos veces la ciudad de Londres. Eso supone la evacuación no solo de Prípiat, sino de Chernóbil, Shepelichi, Ivankiv, Ksharovka, Opachichi... Más de cien poblaciones, según las últimas informaciones. O sea que el número de desplazados se multiplicará por tres o por cuatro. Ahora va a afectar a muchísimas más familias, más de cien mil personas. Es imposible absorber a toda esa población en las ciudades cercanas de forma natural sin provocar el caos. Solamente la evacuación de Prípiat ya ha sido una absoluta anarquía. Según se lleve a cabo la evacuación del resto de las áreas, la confusión va a crecer hasta llegar a límites ingobernables.

Esto no puede ser.

Es una pesadilla.

Y ¿ahora qué?

Nos están engañando.

Qué vergüenza.

Nos han echado de nuestras casas.

Las voces se elevan, las quejas aumentan de volumen, hasta llegar a los gritos, hasta que la indignación alcanza su cúspide. Y después, sin solución de continuidad, comienza a apagarse. La rabia se sofoca progresivamente, dando paso a alguna queja, alguna protesta aislada. Y después un silencio que no es otra cosa que la forma que cada cual tiene de confesarse a sí mismo lo que ya sospechaba, temía o incluso sabía: que no va a volver, que lo ha perdido todo para siempre.

Aún no han abierto las puertas y la multitud ya abarrota la plaza. Miles de personas, todas desplazadas, evacuadas del área afectada por la radiación, vienen cada día hasta aquí en busca de respuestas, y la que han encontrado hoy es que nunca van a regresar. Si aún quedaba alguien que no lo supiese, este es el lugar en el que va a enterarse, aquí, en la plaza frente al Buró Oficial de Servicios Sociales del Sóviet. El único canal por el que fluye la información.

Alexéi muestra su identificación a una pareja de agentes, la cotejan con un listado de nombres, le dan un número y le indican una fila de gente.

Tras un breve cuestionario con un funcionario indeterminado, Alexéi abandona el edificio. Nítido en el paisaje desleído de siluetas que abarrotan la plaza, un anciano que justo antes que él ha entregado su formulario reposa cabizbajo sentado en la escalinata. En sus ojos atónitos el llanto callado se mezcla con la desorientación. Su pulso errático hace oscilar el pañuelo que se lleva al rostro cada tanto para enjugar unas lágrimas discretas y vergonzosas.

«Área de exclusión» la llaman ahora. Qué nombre más acertado, considerando que todo, sin excepción, ha quedado excluido de esa área.

Alexéi piensa en qué sucedería si se le realizase un exorcismo a un tipo que no está poseído. ¿Qué quedaría del infeliz, una vez desprovisto de espíritu? ¿Un cuerpo vacío? ¿Un área de exclusión individual? Quizá es eso lo que está ocurriendo: un exorcismo. Es como si fuese la propia tierra lo que está siendo exorcizada. Vaciada de sí. Drenada. Como si se hubiese extraído de ella su sustancia, desangrada hasta dejar un cuerpo vivo y vacío.

Solicitudes, censos, modelos, formularios, identificaciones, listados. Todos los días lo mismo. Alexéi ha rellenado los mismos impresos cientos de veces. Cada mañana las mismas colas, los mismos despachos, los mismos funcionarios y los mismos documentos llenos de membretes con los mismos espacios en blanco: nombre, identificación, estado civil, lugar de residencia anterior: dirección, población, calle, código postal; lugar de residencia actual: dirección, calle, código postal. Si, por lo menos, sirviese de algo. Si alguien hubiese obtenido algún resultado, si a alguno de los que cada día hacen cola con él durante horas le hubiese sido asignada otra vivienda social, otro hospicio, el desplazamiento a otra ciudad, a alguna otra población en la que residir. Pero no. Todos los días se ven los unos a los otros. Las mismas personas. Las mismas caras en las mismas filas para visitar a los mismos funcionarios que cumplimentan los mismos informes para seguir el mismo procedimiento. Todos los días, durante horas. De hecho, a fuerza de verse han llegado a conocerse más que de vista unos a otros. Conocen sus nombres, sus tonos de voz, a sus familias. Se han humillado juntos.

Después vuelven a coincidir en los mismos frecuentaderos, merodean en torno a los mismos lugares, se saludan por la calle. Algunos se ignoran. Fingen no conocerse, como si con ello lograran desembarazarse de ese nexo, de ese destino mezquino que ninguno querría compartir.

Algunos se ignoran, sí, pero se lo perdonan. Es como si solo ellos se diesen cuenta de que la ciudad se ha estratificado en dos capas: la gente normal que camina con prisa, que va o viene a su trabajo, a recoger a los niños del colegio o el coche del taller, que tiene en el bolsillo las llaves de su casa, que se cambia de ropa cada día, cocina, duerme en una vida de la que ocuparse. Y después están los otros, los exiliados, los excluidos, por seguir con esa metáfora, ese eufemismo ahora en uso, los ociosos que no caminan sino que merodean, que deambulan en torno a las plazas o los parques, que recorren las calles a otra velocidad, paseándose sin ocupación, desposeídos.

No, no me suena, usted me confunde. Y a la mañana siguiente, buenos días en la misma cola. Cada día.

No cabe un alfiler en el comedor. Hay una suerte de expectación imbécil, casi festiva, por encima del ruido de platos y cubiertos sobre las mesas plegables. Aún queda gente de pie buscando con la bandeja metálica entre las manos algún hueco en la zona de las mesas corridas. Sin embargo, contrariamente a la norma, hoy nadie se levanta. Hoy no se respetan los turnos que fue necesario organizar tras la segunda oleada de desplazados. Todos siguen sentados, todos esperando el chirrido de las ruedas del mueblecito sobre el que un voluntario trae la televisión, arrastrando tras de sí el cable del enchufe.

La ovación que sigue al momento en que la pantalla se ilumina es sofocada casi de inmediato. Se hace el silencio. Todos esperan el anunciado comunicado oficial del líder, las palabras con las que Mijaíl Gorbachov va, por fin, a dar respuestas, explicaciones, soluciones. Ya empieza: «Buenas noches, camaradas. Ya conocen la calamidad que nos aquejó recientemente. El accidente en la planta de Chernóbil conmovió al pueblo soviético y generó preocupación en el mundo. Es la primera vez que tenemos que enfrentarnos a un peligro así. La energía nuclear supera el control humano. Estamos trabajando veinticuatro horas al día. Movilizamos todas las fuerzas económicas, técnicas, científicas» y bla, bla, bla.

Es miércoles, 14 de mayo.

Es posible volver a Prípiat. Lo llaman «liquidación». Al principio dijeron que iban a ser militares en la reserva, pero no son suficientes. Parece ser que hace falta un verdadero ejército. Están convocando a bomberos, científicos, técnicos de la industria nuclear, tropas aéreas y terrestres, mineros, geólogos, enfermeras, ingenieros, doctores. El gobierno está incluso ofreciendo a los soldados la posibilidad de canjear la guerra de Afganistán por estas «tareas de liquidación». Y el cambio también vale para los dos años de servicio militar. Además, nadie sabe en qué consisten exactamente esas «tareas de liquidación». Algunos dicen que se trata solamente de ir con mangueras por las calles, dedicándose a limpiarlo todo de radiación, como si bastase con pasar la fregona. Pero todos saben que después de los bomberos viene la segunda parte.

Se dice que están quemando y enterrando poblaciones completas. Incendian las casas, y después meten los escombros en grandes hoyos que cubren posteriormente con tierra no contaminada. De hecho, cuentan que en las zonas próximas al reactor las excavadoras trabajan día y noche para retirar la tierra contaminada y después la meten en grandes fosos que cubren con cemento. Esta es la solución a la que han llegado: enterrar la tierra.

Un tipo del hospicio conoce a un militar que trabaja en la liquidación. Dice que incluso ellos, que trabajan en Opachichi, en Dymer, en Cherníhiv, lejos del reactor, tienen que darse cinco duchas al día y frotarse el jabón los unos a los otros con guantes de cáñamo. Dice que todo es una gran mentira, que a veces llegan a una zona boscosa y matan a todos los animales y talan todos los árboles, y ni siquiera pueden quemarlo porque si la radiación es muy alta el fuego la reactiva, así que lo entierran todo junto y siguen adelante, a arrasar la próxima población, hasta reducirlo todo a un yermo estéril. Y para eso es para lo que, según el Sóviet, hacen falta miles, cientos de miles de personas. Para asolar la tierra.

Pero, claro, no es posible alcanzar esa cifra, cientos de miles de personas, si no es recurriendo a voluntarios. Basta con ir a una comisaría y apuntarse en una lista. Así de sencillo. Solo hace falta un requisito: no ser un exiliado. A los desplazados del área de exclusión no les está permitido. Tienen que ser foráneos venidos de vaya usted a saber dónde. Tiene que ser gente a la que le da igual, porque si no te da igual, no eres capaz. Y lo peor de todo es que así se ha abierto la puerta al expolio, al más descontrolado saqueo imaginable. Muchos han pasado por el hospicio estas semanas. Algunos son estudiantes comprometidos, o simplemente gente de buena voluntad, pero muchos son desheredados, gente que no tenía nada y que ha venido aquí al pillaje, a ganar dinero rápido y a robar de las ciudades evacuadas todo lo que sea posible. Muchos no se dedican más que a beber y a robar todo lo que puedan. Es más, muchos de los voluntarios de Moscú o de otras ciudades del este duermen aquí mismo, con los desplazados. No tienen adónde ir, y se alojan en los hospicios, en las iglesias y los centros de acogida.

Al principio solo era un por favor, tengo tal o cual cosa, por favor, si usted llegase a Gómel, a Novozybkov, a Chachersk, ¿podría pasar por mi casa y traerme el álbum de fotos, el joyero, el reloj de mi padre? Ahora los robos por encargo se contratan literalmente, a porcentaje, con los liquidadores. Según se va sabiendo, prácticamente a la semana o incluso al día, a qué población les toca ir, sus antiguos habitantes acuerdan con los liquidadores los lugares, direcciones, objetos, y por supuesto la comisión. Les dan incluso las llaves de sus casas para que entren. Y el fin de semana, o incluso a veces esa misma tarde, ya tienen el candelabro, los portarretratos, la cubertería, la lámpara, el collar… Todo se roba. Con todo se trafica. ¿A quién le importa la radiación? El contrabando se ha convertido en algo generalizado, regulado con tarifas fijas y porcentajes exactos. Y, por supuesto, con la connivencia de las fuerzas militares, siempre y cuando tengan su parte. Esto es la «liquidación».

Alexéi mira por la ventanilla del coche. Aquí o allá reconoce entre los paseantes a muchos de los exiliados que han estado haciendo cola a su lado durante semanas. No los identifica porque recuerde sus caras, o por su demora al caminar entre las urgencias privadas del resto de transeúntes. Es otra cosa, su modo de mirar, su resignación, su familiaridad con la desgracia.

El parque, consumido por el sol estival, va quedando atrás. El coche se desvía por una calle lateral. Alexéi devuelve la atención al interior. Frente a sí, el enrejado, y al otro lado, al igual que hace un par de meses, la nuca de los dos policías y su conversación cubierta por el zumbido del motor.

Una avenida ancha, un desvío por una calle poco transitada, otro tramo de autovía, después un bulevar, y finalmente el callejeo hasta unos grandes bloques residenciales junto a unos arriates de césped pelado. El coche se detiene. Acompáñenos, señor. Alexéi baja escoltado por los policías. Comprueban una última vez la dirección, el número y el piso en su listado. Uno de ellos, el que parece de más edad, saca un manojo de llaves. Las va probando sucesivamente hasta que da con la que abre. El portal es angosto, de construcción reciente pero de dimensiones reducidas. Suben un par de pisos por las escaleras de linóleo, Alexéi detrás de ellos. Segundo exterior izquierda. Aquí es. Una puerta pintada de verde oscuro.

Mientras el agente retira la llave del llavero, el otro invita con un gesto a entrar a Alexéi. Un recibidor estrecho y un pasillo en forma de L, al final del cual probablemente se encuentra el dormitorio. El policía más joven le acerca un formulario.

Después de visitar la casa, cuando haya comprobado todo, tiene usted que firmar tres ejemplares y quedarse con uno.

¿Ya está, esto es todo?

¿A qué se refiere?

¿Esta es mi casa, así, sin más?

Tiene usted que visitar la residencia y dar su conformidad.

¿Y ya está, nada más, ningún otro trámite?

¿Qué más quiere?

No lo sé, no conozco el procedimiento.

Este es el procedimiento.

Ya veo.

Una vez que dé su conformidad y firme los impresos le haremos entrega de las llaves.

Estoy conforme, está bien así.

¿No va a revisar la casa?

No hace falta, gracias.

Verá, debe usted revisar las habitaciones, comprobar el estado de la residencia, y si tiene algo que hacer constar en el impreso, recogerlo en el apartado de observaciones. En caso contrario, luego no podrá reclamar ninguna subsanación de...

Está bien así, gracias.

Pero...

Alexéi mira al agente. Es más joven que él.

No tengo observaciones, estoy conforme.

¿Está usted seguro?

Seguro, acompáñeme, por favor. Entran en la cocina. Es escueta. Alexéi se sienta a la mesa y firma los documentos de asignación de residencia. Ya está todo. Muchas gracias.

El agente le entrega las llaves que ha sacado del llavero. La grande, de la puerta, y la otra, del portal, sin olvidar la del buzón.

Con esto hemos terminado.

Muchas gracias.

A usted.

Buenos días.

Adiós.
Adiós.
Los policías salen. Alexéi, sentado en la cocina, oye el golpe de la puerta. El formulario está sobre la mesa. Es de color rosado.

¿Cuál es el estado natural del párpado, abierto o cerrado? El estado en que se mantendría de forma autónoma, por inercia, si no hubiese detrás una inervación para oponerse a su tendencia ingénita, sea la que sea, si no estuviese detrás el esfuerzo de un músculo, si no hubiese una intención de dormir o de conservar la vigilia. Quizá es como esas muñecas que mientras sigan de pie mantienen los ojos abiertos y al tumbarlas se les cierran. Pero entonces ¿por qué a Alexéi los ojos se le abren en cuanto se tumba? ¿Será que su mecanismo es como el de esas muñecas, pero al contrario? Quizá sus componentes están todos al revés. Por eso cuando se sienta a la mesa deja de tener hambre, o cuando se mete en la cama deja de tener sueño. O a veces pasa como hoy, que se duerme rápidamente, pero un par de horas después sus ojos de muñeca subvertida se abren a la oscuridad del techo. Y se le llenan de esta masa negra. Y los vuelve a cerrar, voluntariamente, para darse cuenta de que los ojos siempre están abiertos, incluso por debajo de los párpados. Y se queda callado, escuchando su propia respiración, percibiendo en ella el olor de su carne exhausta, paladeando en ella el sabor de las encías, el sabor a piel usada de las encías, el sabor de los dientes gastados en la lengua vieja.

Aún queda tabaco en la mesilla. El estallido de la piedra del mechero dura un instante, después la llama se estabiliza. Alexéi observa callado cómo parpadea débilmente. Se fija en su vientre azul, después en su vértice, en el extremo amarillo, casi blanco que ya no pertenece a la llama, sino al humo. Ese extremo de la luz disolviéndose, deshaciéndose en materia, deshaciéndose en esta noche de la que toman el aire sus pulmones, y en la que empieza a emerger la sugerencia desleída del casquillo desnudo.

Desde que se agotó lo poco que quedaba del verano, lo primero que trae la claridad del alba es el frío, y el anuncio de un día disponible, lleno de tiempo. Después llega el papel de las paredes, la forma de la mancha de humedad en la pintura blanca, el remate del papel pintado junto a la moldura de la puerta, los rincones en que la pintura ha cubierto el papel. Y con las primeras luces comienza a hacerse visible el vaho al respirar, emergiendo vertical, deshaciéndose en la penumbra del dormitorio. Después, el murmullo de pasos, platos y grifos en las viviendas del edificio. Ha amanecido. Otra vez es de día, aunque en realidad nada comienza. En todo caso prosigue, sigue su curso. Todo estaba ahí. Ahí delante. Esperando. Todo este tiempo.

Con las primeras luces comienza a hacerse visible el vaho al respirar, emergiendo vertical, deshaciéndose en la penumbra del dormitorio. Es como si el sol trajese el frío. El del alicatado del suelo, el del aire de la habitación, el del agua de la ducha. Alexéi se mira al espejo, los calcetines, el albornoz, sonríe al atuendo ridículo con el que viste la soledad. Hace la cama, como cada día. Bajo esa colcha verde aún debe de languidecer su calor. ¿Cuánto tarda en enfriarse la cama caliente cuando ya no hay nadie dentro de ella? ¿Cuánto tiempo tarda en desaparecer la huella del calor cuando la cama queda vacía?

Pone la mano sobre la colcha. Está fría. Piensa en ese calor desapareciendo.

Dicen que lo primero en desaparecer, lo primero que empieza a olvidarse, es la voz. Quizá sea así. De hecho, si piensa en su madre la recuerda con exactitud, sus manos, la expresión de su inminente senectud, su sonrisa, su mirada durante sus últimos días en el hospital, incluso sus frases típicas, pero no puede recordar el tono de su voz. Piensa en vecinos, alumnos, profesores, viejas amistades, compañeros de trabajo que ha tenido a lo largo de su vida y a los que recuerda con claridad, pero no recuerda sus voces. ¿Qué es lo siguiente?, ¿el olor?, ¿la risa?, ¿su forma de mirar? Y ¿qué es lo último que se recuerda de alguien? Alexéi reflexiona sobre este desgaste, como el del calor bajo las mantas, esta disolución que por mucho que tenga de gradual, de paulatina, no deja de provocar algo tan abrupto como que un día te acuerdes y otro no, y entre esos dos días ha de haber un borde, un límite situado exactamente en ese momento en el que ya no se es capaz de recordar, ese momento a partir del cual esa voz ha desaparecido definitivamente. Es como ver despegar un avión. Verlo rodando por la pista, planeando a escasos metros del suelo, empezando a ganar altura. Es difícil dejar de mirar, de mantener los ojos clavados con insistencia en el aparato, en cómo se aleja, esperando una suerte de consentimiento para considerar concluida la contemplación y dar media vuelta. Y el avión va disminuyendo de tamaño según se aleja, según se adentra lentamente en el aire de la tarde. Al principio quizá pueda distinguirse cómo el tren de aterrizaje desaparece dentro de su panza metálica, o cómo cambia la configuración de las alas con la altura. Después ya no. Después es una mancha oscura consumiéndose en la distancia, disminuyendo, concentrándose hasta llegar a no ser más que un punto que podría confundirse con un pájaro, o un insecto, y después, un instante más tarde, el punto ya no es más que color azul sobre el horizonte. Solo la tarde llena de luz. Y ese es el momento de la autorización para darse la vuelta. Esa es la distancia a la que está el borde. La distancia a la que desaparecen las cosas. La distancia a la que termina la memoria, la de lo que dura el calor, la distancia hasta la que llega la voz. La de su límite, la de cada límite. ¿Qué forma tiene ese límite? ¿Qué forma crees que tiene?

Picar verdura, fregar los cacharros, tender la ropa, fregar el suelo, pasar la escoba. ¿Qué hiciste tú durante esas treinta y seis horas de distancia entre el momento de la explosión y la evacuación, Alexéi? O quizá no fueron treinta y seis horas. Las metástasis ya progresaban silenciosamente por el sistema linfático, desde mucho antes. Quizá desde que Kaspárov ganó a Kárpov e Irina fue feliz por ganar la apuesta. O incluso antes. Desde que Irina eligió a Kaspárov como ganador porque le parecía más guapo y más joven y tú te conformaste con Kárpov y le prometiste que quien ganase podría pedir lo que quisiera, fuese lo que fuese. ¿Qué hiciste tú durante ese tiempo?

Alexéi se sienta a la mesa. Fuma. Deja que avance el día sin pronunciar una sola palabra, sin una mueca, sin nada que expresar. ¿Qué has hecho con el tiempo que ha transcurrido desde entonces, Alexéi? ¿Qué vas a hacer con todo este tiempo?

Se pone de pie. Posa el vaso en el vidrio de la ventana contra su reflejo, como en un brindis hueco. Exhala el humo por la nariz, vacía los pulmones en la cocina, vacía el aire caliente de los pulmones dentro del frío de la cocina una vez, otra, diez veces por minuto, seiscientas veces por hora, catorce mil cuatrocientas veces al día.

Una mancha tenue de sol repta por las baldosas como cada mañana. Alexéi contempla su movimiento pausado desde la ventana hacia las patas de la mesa, consciente de los ciento cincuenta millones de kilómetros que acaba de recorrer ese haz luminoso, atravesando el vacío cósmico, el silencio sideral, con el único propósito de iluminar este rectángulo.

Con cada exhalación, el humo del cigarrillo materializa el prisma de luz. Pasados unos segundos, cuando se disuelve, solo quedan las motas de polvo bailando en su interior. Días llenos de horas que están llenas de nada. Se suceden con la misma obstinación, con la misma intransigencia, a pesar de que el tiempo se haya detenido. ¿Se habrán detenido las manecillas del reloj que perdió hace cinco meses? ¿Seguirá en hora? Alexéi piensa en la exactitud de los relojes, en la longevidad de esa exactitud cuando siguen dando la hora para nadie, como los camaradas cosmonautas enviados al espacio que, por algún problema técnico, quedaron a la deriva, incapaces de regresar. Piensa en el reloj que el cadáver de cada uno de ellos tendrá todavía sujeto a su muñeca, aún en hora, aún computando el paso de un tiempo cancelado, con sus agujas aún girando indefectiblemente hasta el fin del mundo. Quizá el reloj sumergible de algún desventurado pasajero del Titanic, que quizá siga en este mismo instante, ahora, dando perfectamente la hora en el interior de la oscuridad abisal, a miles de metros de profundidad. Miles de metros, porque el naufragio no terminó con la desaparición bajo la superficie del océano. Nunca termina ahí. El descenso continúa hacia la oscuridad inferior. ¿Durante cuánto tiempo? Quizá durante medio minuto, quizá durante ocho minutos y diecinueve segundos, quizá durante horas, lenta, silenciosamente, hasta mucho más allá de donde es capaz de llegar la última luz que se filtra desde la superficie.

Las motas de polvo siguen bailando en medio del salón.

Alexéi mira a su alrededor, al techo, al papel pintado de las paredes lleno de escarpias, de agujeros y de cercos de muebles y cuadros de anteriores inquilinos, y siente vergüenza, porque la soledad, cuando es honda, está llena de vergüenza.

En el baño huele a moho. Alexéi se sienta en el borde de la bañera, abre el grifo y deja correr el agua. Pasado medio minuto sigue fría. La escasa condensación chorrea por el alicatado como una transpiración de los baldosines. Alexéi observa la cabeza oxidada de los clavos en los listones que sujetan los vidrios de la puerta. Recuerda el brillo en el linóleo desgastado del suelo del tranvía, y repara en cómo el acero continúa hasta el extremo opuesto, hasta el vértice hundido, destinado a no ver luz alguna, como la sangre.

Transcurren los minutos, pero el agua no llega a salir caliente. Cierra el grifo y se acerca al espejo. Se mira el rostro, las arrugas, la barba, los labios, los ojos, los dientes. Los dientes, duros como un iceberg de hueso, emergiendo, como la cabeza del clavo, desde la calavera. Se lava la cara. Siente el frío en la piel adulta y apaga la luz. El baño queda en penumbra, iluminado únicamente por la claridad tacaña que entra por la vidriera de la puerta. Da un paso atrás, y otro, hasta llegar a la pared, hasta apoyar en ella la nuca. Si no estuviese esta pared podría seguir dando pasos atrás, alejándose del espejo, alejándose de sí, para siempre.

Se puede emplear un día entero en comprar *kovbasá*, o col. Se puede emplear un día entero en fumar, en guardar silencio, en postergar lo obligatorio, en desistir. Y entonces salir a la calle servirá para eludir la casa vacía. Y recorrer el parque servirá para eludir el bullicio de la calle. Y viajar en tranvía servirá para eludir el parque. Y volver a casa servirá para eludir el tranvía, o la ciudad entera. Y puede llegar a existir una deliberación en dirigirse permanentemente a un lugar distinto al lugar que se ocupa. Una deliberación en alejarse del lugar en que se está. Una deliberación en no pertenecer al lugar en que se reside ni residir en el lugar al que se pertenece. Una deliberación en exiliarse del sitio que se habita. Y sí, puede habitarse ese exilio.

La camisa de ayer sigue metida dentro del jersey, a los pies de la cama, al igual que los pantalones. Alexéi se pone el abrigo, la bufanda, el gorro. Comprueba la escasez de los bolsillos. Se aproxima a la puerta. Permanece de pie, en silencio. Posa la mano contra el envés, como quien le toma la temperatura a un enfermo tocándole la frente, como quien comprueba el pulso de un moribundo. Justo antes de salir gira la cabeza y mira largamente hacia atrás, hacia la vivienda vacía.

Abre la puerta. Un paso adelante, y ya está fuera. Da dos vueltas a la llave y se enfrenta cara a cara al mundo. Ahí sigue rígida, dura, la misma exclusión, como si esa puerta, de algún modo, siguiese cerrada, como si él mismo siguiese ahí dentro, como si su vacío, esa nada, permaneciese guardada, custodiada en ese interior, ese lugar real dentro de la luz invernal, del frío extenso, de la mañana baldía.

Hoy la explanada está particularmente castigada por el viento. Apenas una docena de coches aparcados y un par de transeúntes de pie en medio de la extensión nevada, sacudidos por los golpes de la ventisca. Ramilletes de senderos se entrecruzan hacia el paso subterráneo bajo la autopista. En la distancia se distingue alguna figura encorvada que devuelve la mirada en silencio, sin siquiera un murmullo de saludo. El paso subterráneo bajo la autopista está abarrotado de puestos de verdura, herramientas viejas y zapatos de segunda mano. Se apiñan unos contra otros, cubiertos de lonas y plásticos por los que discurre el agua de las goteras que se mezcla con los charcos negros de nieve fundida. La luz de las bombillas enturbia la que entra por cada lado del túnel.

Al otro lado de la galería la gente se aglomera justo antes de salir de nuevo a la escalera nevada. Espera la llegada del tranvía aquí abajo, protegida del viento. Alexéi se dedica a hacer tiempo deambulando entre los vendedores que aguardan sentados en sus sillas de lona. Una anciana con botas de agua se sopla las manos para entrar en calor. Sus ojos son como cicatrices en la piel seca.

Pasados unos minutos se oye la campanilla. Todos salen, suben las escaleras en silencio hacia la parada por la vereda hollada en la nieve sucia. Todos callados. Los que bajan se cruzan con los que suben. El aire interior está cargado. Los cristales llenos de condensación.

Son veinte copecs.

¿Tiene usted cambio de un rublo?

No.

No importa, llevo suelto.

Se sienta al fondo como cada día. Los ocupantes van entrando, desenvolviendo bufandas, abriendo cremalleras, desabrochando botones. Junto a Alexéi se sienta un tipo enjuto, que muge un saludo lacónico. Alexéi corresponde. Pronto los asientos del tranvía están llenos y el pasillo abarrotado de personas de pie. Con un chasquido débil y un tirón empieza la marcha. Alexéi, como casi todo el mundo, pasa la mano por el cristal. Las fachadas se suceden interminables como telones echados sobre el adocenamiento.

El forro de lona del asiento está desgastado en las esquinas. Bajo una de ellas, junto a la pierna, sobresale la gomaespuma amarilla llena de marcas de decenas de dedos ciegos que han dedicado horas de viaje a arrancar fragmentos minúsculos.

Poco a poco el tranvía va cubriendo el recorrido. Obolón va quedando atrás, y el paisaje muta progresivamente. Los polígonos industriales comienzan a abrirse paso entre los edificios de viviendas. Después ya todo son los descampados cruzados de raíles y vías muertas, almacenes y vagones abandonados de la estación terminal del tren.

La sensación al llegar aquí es la de que todo lo anterior no fuese Kiev, como si la ciudad empezase en este punto, en estos bulevares atestados de gente, escaparates, tráfico y bullicio. Como si Obolón, Troeshchyna, Podilsky no formasen parte de ninguna ciudad con nombre propio, sino de una suerte de masa urbana indiferenciada. El tranvía se detiene momentáneamente en un semáforo. La siguiente parada es Kontraktova.

Bajar del tranvía significa ingresar de nuevo en el frío. Alexéi camina inmerso en el sonido de su propia respiración y el de sus pisadas precarias en la nieve. En unos minutos apenas se oye ya el jaleo de puestecillos y tenderetes de la plaza.

La iglesia de la Natividad preside la plaza Poshtova, de la que también se ha adueñado el viento. Son pocas las personas que hoy en día utilizan el funicular para subir al parque: madres paseando a sus niños, parejas que quizá buscan un momento romántico y, en su mayoría, ancianos para los que la escalinata es demasiado pronunciada. Una campana anuncia su llegada. Las siluetas caminan pesadamente bajo la bóveda art déco del vestíbulo, ascienden por las escaleras con fatiga, con indolencia. De nuevo los que bajan al andén se cruzan con los que suben al vagón.

Son veinte copecs.

¿Tiene usted cambio de un rublo?

No.

No importa, llevo suelto.

Los escasos ocupantes se sientan tan lejos como pueden los unos de los otros. Alexéi se acomoda junto a la ventana, inquieto por los chirridos y crujidos de las cremalleras metálicas con que ha dado comienzo la ascensión. En un par de minutos ya están internándose en la niebla, dentro de la que se reconocen los cadáveres oscuros y nudosos de los árboles del parque. Una sacudida más y el funicular se detiene de nuevo. Suena otra vez la campanilla y se abren las puertas. El frío es aún más acusado aquí arriba.

Al final del paseo la pintura gris del quiosco no destaca demasiado en la neblina de la mañana, pero la cubierta de madera oscura se hace rápidamente visible. Alexéi se sienta en el banco de madera pintado del mismo gris que el quiosco. El humo del cigarro se confunde con el vaho de la respiración y, por fin, se recuesta y posa la mirada en la homogeneidad de la niebla, escarbando en su interior, entre las ramas muertas, hasta que un viento fortuito la arrastre o hasta que se abra un claro desde el que poder ver el brillo anémico del gran meandro del Dniéper, el pesado recodo del río, la superficie repujada de sus aguas oscuras, y se pregunte, una vez más, como cada día, de dónde viene esa agua. Qué trae esa agua sombría. Qué lamento, qué silencio arrastra, qué muerte lleva consigo esa agua triste.

Y un día más la pregunta quedará sin contestación, sin otra respuesta que el viento débil filtrándose entre las ramas de los árboles. Y Alexéi fumará despacio un cigarro tras otro hasta que el frío se haga demasiado intenso o se acabe el tabaco y salga de su ensimismamiento. Y se pondrá de nuevo en pie, y dejará atrás el río, la vista del gran meandro que se disuelve en la niebla como cubierto por un sudario, y caminará de vuelta por el parque.

La nevada se mezcla a ratos con la llovizna. El asfalto mojado refleja la luz roja del freno de los coches. Alexéi se protege bajo el paraguas.

Deja atrás el parque, y atraviesa la gran plaza de San Miguel. Alza la vista y cree reconocer al otro lado de la calle una figura familiar. ¿De qué le suena? Se aproxima con cautela desde la acera de enfrente. Es una mujer normal y corriente. Lleva un abrigo beige, una bufanda blanca y un gorro marrón. Su única peculiaridad es una cadena dorada por detrás del cuello. No puede ser que esa cadena sirva para sujetar unas grandes gafas de montura gruesa blanquecina. Se adelanta para echar una breve mirada de refilón. No puede ser Nataliya. De todas las poblaciones a las que podría haber sido desplazada, de todos los barrios de Kiev en los que podría haber sido reubicada, de entre los dos millones y medio de personas que viven en Kiev, es con ella con quien tiene que encontrarse. Se está confundiendo. No es real. O quizá sí es, pero está muy cambiada, tremendamente ajada. Si ya cuando la vio por última vez parecía haber envejecido diez años, ahora da la sensación de ser cien años mayor. ¿Es ella? ¿Es realmente ella? Juraría que sí, pero no es fácil de decir.

¿Estará viviendo en Kiev? ¿Habrá venido de visita? No parece probable. La observa pararse ante un semáforo, ponerse las gafas, sacar un papel del bolso y después sacar un rollo de celo y pegarlo en el poste. Repite la misma operación en la siguiente farola y en la siguiente. En efecto, es Nataliya. Arranca el papel del semáforo sin mirarlo, lo dobla cuidadosamente y se lo guarda en el bolsillo del abrigo. Conoce perfectamente esa fotocopia que un día, hace ya casi dos años, encontró en el limpiaparabrisas de su coche. Cuando vuelve a encontrarla entre la gente está parada delante de un árbol, pegando otra copia más. ¿Cuántos días, cuántos meses hace que está poniendo carteles? ¿En cuántas poblaciones? Alexéi disimula tras una cabina telefónica. ¿Por qué la está siguiendo? ¿Qué va a hacer? ¿Explicarle lo que ocurrió?

Continúa a su misma velocidad. Ella parando cada tanto, él deteniéndose en los escaparates, como un transeúnte normal y corriente que pasea. ¿Estará también su marido pegando carteles? ¿Y Sveta, su hija menor? Nataliya vuelve a pararse. Él se sienta en un banco.

Sveta no es su hija menor. Sveta es su única hija.

Las constantes paradas de Nataliya hacen innecesario apresurarse. El día empieza a declinar y el frío aumenta. Alexéi vuelve a contemplar desde detrás de un árbol el mismo ritual: ponerse las gafas, abrir el bolso marrón de lona, sacar la fotocopia y el rollo de celo, cortarlo con los dientes, fijar el papel con cuidado y devolver una larga mirada a la copia mientras se quita las gafas. Después retrocede un paso y le da la espalda. Cada vez que pega una fotocopia en una pared, un portal, una parada de autobús, tiene que darle la espalda. Cientos de veces al día.

Ahora gira por Symona Petlyury en dirección a la estación central de tren. Probablemente no vive aquí y viene en tren a Kiev cada semana o cada mes para poner por todas partes carteles con la foto de su hija. ¿Es esto en lo que se ha convertido su vida? Y ¿cómo será la vida de Sveta? ¿Estará corriendo la misma suerte que su hermana cuando vivían bajo el mismo techo?

Según el cielo cede progresivamente ante la luz naranja de las farolas, el bullicio hace a Alexéi darse cuenta de que han llegado a la gran explanada de la estación. Nataliya pega una fotocopia en la puerta, entra en el vestíbulo y vuelve a salir en apenas un minuto. Después continúa avanzando bajo la marquesina, ajena a la muchedumbre, excluida del planeta, dejando atrás el tumulto de gente. Alexéi vuelve a parar un instante. Se enciende un cigarro para dejar crecer la distancia entre ambos y no exponerse tanto.

Nataliya desciende por un callejón en cuesta en el que se adivina otro mercadillo, pero en este no reina la algarabía. Deambula mecánicamente, sin detenerse, sin buscar nada en concreto. Alexéi sigue disimulando, confundiéndose con la multitud, con los vendedores, los que andan merodeando y preguntando, los grupos silenciosos que se calientan las manos en las hogueras de los bidones, las ancianas que cuchichean, los espectros que van y vienen entre los puestos buscando quién sabe qué. Ha comenzado a nevar ligeramente. Los grupos de personas se arraciman bajo los toldos de lona, bajo la escasa luz que emiten los casquillos de las bombillas que cuelgan de los cables pelados. Hay toda clase de baratijas y cachivaches: sillas, revistas, una tostadora, un abrigo, cubiertos, botas, una calculadora, gafas, un tocadiscos, cacerolas, una lámpara, incluso fotografías. Muchas fotografías.

Reconoce a lo lejos una cara familiar. No sabría decir exactamente de qué le suena, pero está seguro. Quizá es la madre de algún alumno, quizá la vendedora de alguna tienda en Prípiat, quizá coincidían paseando al perro algunos días. Ella está de pie, junto a un tipo, que se agacha y recoge un jarrón dorado de entre los trastos de uno de los puestecillos. Lo sostiene un segundo frente a sí. Se miran y ella se tapa inmediatamente la cara con las manos mientras empieza a llorar. Él la abraza y se la lleva de allí con discreción. ¿Qué está pasando?

A la derecha de Alexéi una pareja está negociando algo con un tipo. Le dan un papel en el que hay apuntado un listado. Se deshacen en explicaciones sobre los objetos que contiene la lista en cuestión: ropa, muebles, menaje, una lámpara, mantas, una máquina de escribir, zapatos. El tipo escucha las indicaciones de la pareja.

¿No tienen ninguna foto?

La verdad es que no.

No importa, no se preocupen.

Ellos siguen dando instrucciones y advertencias al tipo, hasta que este los interrumpe preguntándoles por una dirección. Bulevar Lenin, bloque 16, portal 2, piso 5.° B. ¿Bulevar Lenin? Después ellos le preguntan por una fecha. Alexéi escucha la conversación con disimulo. ¿Qué están negociando?

La semana que viene, como pronto.

¿La semana que viene?

Quizá el viernes.

El viernes estaría bien.

Serán doscientos rublos por todo el paquete.

¿Cómo que doscientos rublos?

Doscientos rublos por todo.

Pero la señorita nos dijo cien.

No sé lo que les diría la señorita, pero esta es una lista muy larga, y tengan en cuenta que nuestro hombre de dentro tiene que llegar hasta su casa, y una vez que recoja todo esto, cargarlo en el furgón y salir de allí cruzando los controles.

Lo entendemos, pero…

Allí hay policía, ¿saben?, y militares, cientos, miles, y para sacar todo esto hace falta mucho dinero.

La pareja se aparta unos metros, cuchichea algo, discuten en voz baja para llegar a un acuerdo. Gesticulan con vehemencia, y finalmente vuelven a acercarse al hombre, resignadamente, con un «sí» por respuesta.

Alexéi mira a su alrededor sin terminar de creerse lo que está viendo. Se aproxima a una línea de puestos. Un tipo se le acerca y le pregunta:

¿Dónde?

¿Cómo dice, señor?

Su población.

Prípiat.

Al fondo.

Alexéi camina alucinado. Otro tipo le pregunta:

¿Bulevar Kurchatova?

No, no. Paseo Stroiteley.

No me suena, ¿por dónde caía eso?

Detrás de la escuela de ingeniería Kuybyshevsk, cerca del hotel Polissya.

Ah, ya, eso es ahí delante.

Y señala en dirección a una serie de puestos un poco más al fondo. Alexéi nunca había estado aquí, pero empieza a entender, aunque no se lo cree. No es posible. No puede ser que esto ocurra a este nivel, con semejante impunidad.

Llega a la zona del fondo. Otro tipo empieza a preguntarle lo mismo.

¿Dónde? ¿Dónde?

Paseo Stroiteley.

Sí, sí, ahí delante.

Pero Alexéi ya no escucha. Sus ojos se han clavado en un objeto a la venta en uno de los tenderetes, un poco más adelante. Camina hipnotizado, con la sangre congelándosele en la nuca, y se queda de pie, temblando, mirando con incredulidad lo que tiene frente a sí: una bola del mundo. En ese momento es cuando entiende con exactitud qué son todas estas baratijas y cachivaches, todos estos chismes y bártulos viejos. En ese momento es cuando entiende que lo que se expone en este mercadillo, lo que se vende, es la intimidad de miles de personas, la vida privada de la gente, la suya propia.

Alza una mano y la posa en el globo terráqueo, sobre México, sobre Japón, España, y siente que quizá aquí, en la geografía simplona de este globo terráqueo, sus dedos están alcanzando a rozar los de Irina bajo esta capa de polvo y suciedad.

El llanto se le atraganta mientras echa una ojeada y encuentra a la luz raquítica de las bombillas el cenicero azul de vidrio y, al lado, el tiesto del cactus. Empieza a buscar compulsivamente entre los objetos. Hay vasos y cubiertos, unos prismáticos que no son suyos y un portarretratos con una foto de un bebé sonriente. No, no. Sigue revolviendo, buscando con precipitación. Desperdigadas en una caja llena de trastos están las piezas del ajedrez.

¿De dónde ha sacado esto?

¿Le gusta?

¿De dónde lo ha sacado?

Se lo dejo barato.

Quiero más, de dónde lo ha sacado. El tipo mira a Alexéi interrogativamente. Alexéi está cada vez más nervioso. ¿De dónde?

Tranquilo, amigo, yo solo lo vendo, pero pregunte a ese tipo de ahí.

¿Quién?

El rubio.

Y le señala a un sujeto que está fumando sentado en una caja de madera, un par de puestos más allá.

Alexéi echa mano al globo terráqueo, al cenicero, al tiesto con el cactus, inexplicablemente vivo, y a las piezas que logra encontrar, y se planta delante del tipo.

¿De dónde lo ha sacado?

¿Cómo dice?

El tipo del puesto anterior se pone a gritar:

Eh, tiene que pagar por eso.

Alexéi le da un billete de veinte rublos con desatención. El tipo coge el billete sin hacer preguntas y se marcha.

¿De dónde ha sacado esto?

¿Era suyo?

Sí.

Tengo más.

¿Dónde?

Aquí al lado, en la furgoneta. ¿Quiere echar una ojeada?

Sí.

Venga por aquí, mire cuanto quiera. Y si no encuentra lo que busca, puede pedirlo.

¿Pedirlo?

Usted nos da una lista y la dirección, y nosotros se lo traemos.

¿Cómo lo hacen?

Tengo gente dentro, liquidadores. Puedo sacar lo que usted quiera, pero cuesta dinero.

Y ¿por qué está todo esto aquí? Esto es mío, mis cosas, de mi propiedad. Y yo no he pedido que nadie traiga nada. ¿Por qué han entrado en mi casa? ¿Por qué me han robado a mí?

No es nada personal, señor. Aquí hay cosas de mucha gente, no solo de usted. Están entrando en todas las casas antes de que llegue el ejército. Van sacando las cosas de valor antes de que sea demasiado tarde.

¿Cómo que demasiado tarde?

Cuando llega el ejército solo hay dos opciones: si lo que encuentran es de valor se lo llevan; si no, lo destruyen, o lo queman, o lo entierran. Así con todo. Más nos vale adelantarnos si queremos conservar algo.

Alexéi se arrodilla para revisar la mercancía expuesta sobre unas colchas en el suelo. Empieza a rebuscar, pretendiendo encontrar Dios sabe qué, quizá regalos, el libro que se estaba leyendo, la lámina de Egon Schiele, ropa, la regadera, el diario, todas sus antiguas propiedades, aunque estén rotas o viejas, o sean inservibles.

Siente asco, una repulsión casi física. No puede soportar la idea de que alguien se haya estado paseando por su dormitorio, la idea de que hayan estado registrando sus armarios, expoliando sus pertenencias. Tiene que comprar todo lo que encuentre. ¿Para qué? ¿Qué va a hacer ahora con ello? Nada, pero no puede consentir que siga aquí, impúdicamente, expuesto como en una suerte de prostitución, a la vista de todos.

¿Tiene usted un carrito?

¿Un carrito?

Sí, un carrito de la compra, un carrito del supermercado, algo donde meter todo esto para llevármelo.

¿Qué le parece este?

Suficiente.

Son diez rublos más.

Alexéi paga sin rechistar y empieza a meterlo todo cuidadosamente.

Oiga, ¿tiene fotos?

En la caja oscura hay algunas. Eche una ojeada.

El tipo le acerca una caja de cartón llena de retratos, fotos de familia con dedicatorias en el dorso, con fechas apuntadas a bolígrafo azul en una esquina del reverso, sonrisas de personas, grupos junto a un lago o una playa, retratos hieráticos de abuelas, parejas, matrimonios, niños. Alexéi las va pasando una tras otra. Sabe que están ahí. Lo sabe. Está seguro. Sigue pasando. Más parejas, más vacaciones, más cumpleaños, hasta que encuentra lo que estaba buscando: el maquillaje excesivo, la sonrisa forzada en unos labios exageradamente rojos, la peluca de fulana. Alexéi no puede contener las lágrimas. Está toda la serie, todas las fotos que le hizo para solicitar su pasaporte. El rubio mira a Alexéi sin sorpresa, sin incredulidad, sabiendo que detrás de esas fotos, detrás de ese llanto, hay una historia, como la de todos los demás, como la de cada una de las personas que merodean cada día por aquí, encargándole a él o a cualquier otro que recuperen tal o cual cachivache de ese que nunca volverá a ser su hogar.

¿Cuánto por estas?

¿Cuántas son?

Cinco.

Cincuenta rublos más.

Alexéi saca el papel doblado del bolsillo. Ahí está: la foto de Irina con su nombre y apellidos seguidos de la palabra «desaparecida». Lleva puesta la bufanda gris. Debajo está escrito el número de teléfono y la dirección: «Avenida de los Héroes de Stalingrado número siete, tercero izquierda. Prípiat».

Alexéi lo lee de nuevo sin comprender. ¿Cómo es posible? En efecto, es la misma foto que la lluvia disolvió hace dos años en el parabrisas de su coche. Con la misma dirección. La dirección de una vivienda de Prípiat. Nataliya está pegando cientos, miles de cuartillas por todo Kiev y sabe Dios por cuántas otras ciudades sin haber actualizado los datos de contacto de su casa de hace dos años, en la que ya no vive nadie. Alexéi no termina de entender, o quizá sí. Relee la dirección una y otra vez insistentemente, hasta que el espacio entre las palabras, la separación entre las sílabas engulle el significado de la frase y la convierte en una sucesión de sonidos, un archipiélago de ruidos ininteligibles, sin sentido, salvo que el sentido no sea el de las palabras, sino el del vacío en el que sobrenadan. Y de repente ese significado se revela evidente para él, como si fuese la única persona en el mundo capaz de comprenderlo: ¿cuánto tiempo tardaron Adán y Eva en comerse la manzana? ¿Cuánto tiempo vivieron despreocupados desde su aparición en escena hasta ser expulsados del paraíso? ¿Una semana? ¿Una hora? ¿Mil años? ¿Diez minutos? ¿Acaso importa?

Algo de comida, un buen pedazo de *kovbasá*, algo de queso y pan, y una buena *palyanytsia*. Después mete el resto en una caja: el globo terráqueo, el cenicero de vidrio, el tiesto con el cactus y el puñado de piezas de ajedrez, todo ello envuelto con la manta gris. Las cinco fotos se las guarda en el abrigo.

La vergüenza regresa redoblada, como si seguir existiendo fuese una desfachatez.

Gira la llave. Escucha el pasador de la cerradura bloqueando la puerta. El sonido de ese vacío cerrándose. La casa no está más deshabitada ahora, cuando ya ha salido, que mientras ha estado viviendo dentro durante meses.

El ascensor ha llegado. Abre la puerta y mira por última vez hacia la de su casa. Hacia el haz de esa puerta cuyo envés no volverá a ver nunca. El llavero colgando de la cerradura. Alguien vendrá. Alguien, antes o después, llamará a la puerta, y cuando nadie responda girará esa llave y entrará. Y antes o después alguien ocupará las habitaciones, la cocina, el dormitorio. Alguien respirará ese aire, contemplará la vista que ofrecen esas ventanas y quizá cambie el papel de las paredes para borrar del todo lo poco que haya quedado de ti.

La última escala del camino es el buzón. El recorte de papel con su nombre escrito a mano. Alexéi tira de él, lo extrae, lo observa y lo rompe en dos, sin pesar, sin jactancia. La vivienda está disponible. Camina hacia la puerta. Abre. El ruido de la calle inunda el portal. Con el siguiente paso se interna en el frío.

La modorra tarda poco en imponerse. Separado de la multitud, Alexéi va abriendo los ojos de parada en parada, mezclando entre sueños los bloques residenciales con los silos y naves industriales, o la isla del Dniéper con el bullicio de Kontraktova. Bosteza. Se despeja frotándose la cara y los ojos. Espera a que desaparezcan los fosfenos y ahí está de nuevo la realidad. Tras el vaho de las ventanas todo sigue igual.

El autobús tiene, como todos los de la estación central, un aspecto parecido a los que se usaron en la evacuación. Es más, probablemente se usó, de hecho, en la evacuación de Prípiat. ¿De dónde si no iban a sacar los miles de autobuses que fueron necesarios? Seguro que pasar un dosímetro por este autobús revelaría índices preocupantes de radiación, aunque, a estas alturas, ¿qué no tendrá índices desproporcionados de radiación? ¿En qué coche, en qué casa, en qué cocina no los habrá?

Hace muchos kilómetros que Kiev ha quedado atrás. Alexéi contempla la extensión salpicada de roderas en los caminos, los postes disminuyendo hacia el horizonte, las grandes extensiones de los campos de labranza cubiertas por el denso manto blanco. Se esfuerza intentando reconocer alguna población, alguna señal identificable con los recuerdos que conserva de cuando hace años condujo por estos mismos campos, acompañado de Helga, para dirigir el colegio. Pero este paisaje que no volverá nunca a ser el mismo no puede traer de vuelta a la persona que fue.

Paran en algún lugar de Ivankiv, más allá de una amplia plaza, prácticamente a las afueras. Alexéi se cierra el abrigo y se anuda la bufanda según baja a la carretera, aún despabilándose. El autobús arranca de nuevo y se pierde en la distancia tras una curva. El sonido del motor mengua hasta desaparecer del todo.

Apenas se cruza con un par de personas. La nieve cruje bajo sus pisadas. Orane aún está lejos. La jornada va a ser larga.

Saliendo del pueblo se detiene junto a un bidón lleno de basura y papeles. Tira dentro una colilla encendida, espera a que empiece a arder y cuando las llamas se alzan por encima del borde, arroja dentro la caja con lo que compró en el mercadillo: el globo terráqueo, el abanico, el tiesto; las piezas de ajedrez se las mete en el bolsillo. Mientras lo contempla quemarse calentándose las manos, presta atención a un ruido proveniente de unos árboles huesudos tras los cuales aparece un carro desvencijado tirado por una mula. Un tipo más consumido que viejo lo detiene al llegar a su altura. Se saludan.

¿En qué dirección va, señor?

Hacia la aldea de Zorin.

Eso está al norte, ¿verdad?, cerca de Orane.

Sí, señor.

¿Le importaría acercarme un poco, hacia Dityatki?

¿Va usted a Dityatki?

Bueno, en realidad voy más allá.

Más allá está la zona.

Sí, lo sé. Es adonde voy.

Quizá no le dejen pasar.

Eso es tanto como decir que quizá sí.

¿Le persigue la policía?

No, señor. No me está persiguiendo nadie. No soy ningún delincuente.

Está bien. Suba.

Muchas gracias, se lo agradezco.

Alexéi se sienta junto al tipo en el pescante. Con una sacudida de las riendas la mula comienza a caminar de nuevo. Las ballestas del carro crujen con cada bache. Alexéi se sopla las manos antes de metérselas en los bolsillos.

Beba usted un poco, le vendrá bien para el frío.

Acepta la botella que el tipo le tiende. Le da un trago y se la devuelve. Le quema la garganta.

No me lo tenga usted a mal. Desde el accidente casi no vemos forasteros, pero los que vienen solos, como usted, siempre vienen huyendo. Huyendo de la ley o huyendo de los hombres.

Yo no estoy huyendo.

No se preocupe, incluso si así fuera, tampoco importaría demasiado.

Me llamo Alexéi.

Yo me llamo Piotr.

Encantado.

Lo mismo digo.

¿Fuma?

Claro, gracias.

La carretera, ahora menos frecuentada, se adentra en el bosque. Dejan atrás unas naves abandonadas y pasan junto a un canal. Se oye el choque del agua contra los maderos de un escuálido embarcadero sobre cuyos tablones podridos se adivina una silla de oficina a la que le faltan las ruedas.

A veces venía aquí a pescar. Los fines de semana. Pero desde el accidente no quedan peces. Se deben de haber marchado a algún otro río menos contaminado. Los peces no son como las personas, ¿sabe? Los peces pueden ir donde quieran, no como nosotros.

¿Nosotros?

Mi mujer y yo. Nos evacuaron, como a todos, pero volvimos.

¿Son ustedes de por aquí?

Aquí nacimos, y no nos vamos a ir.

Y ¿la radiación?

¿Qué radiación? Ambos sonríen. En realidad nunca nos dijeron cuál es el nivel de radiación aquí, ¿sabe? Venían, hacían sus lecturas con sus aparatos, lo apuntaban todo en sus documentos, pero a nosotros no nos decían nada.

¿No les dieron a ustedes dosímetros?

¿Qué más me da a mí lo que ponga en los dosímetros? A veces vienen zorros, vencejos, hasta una lechuza. Y si vienen las lechuzas, ¿por qué nos vamos a tener que ir las personas? Aquí está nuestra vida, o lo poco que queda ya de ella.

Piotr posa la mirada en algún lugar en la distancia, más allá del punto de fuga de la carretera, y guarda silencio. Alexéi entiende, y calla también. Percibe su propio silencio dentro del bosque, bajo la respiración de la mula, bajo los chasquidos del carro, bajo el murmullo aislado de algún animal a lo lejos. Fuman callados en el frío. El carro avanza lentamente. Rebasan una casa abandonada. Alexéi se queda mirando hacia la puerta entreabierta. Logra ver a través del hueco el interior lleno de nieve amontonada.

Una valla discurre en paralelo casi al borde de la carretera. En uno de los postes hay un cartel amarillo en el que pone: «El arcén está contaminado, se prohíbe terminantemente entrar y detenerse». De los otros postes podridos cuelgan manteles blancos.

¿Tiene usted dónde quedarse esta noche?

No.

Quédese con nosotros si quiere.

Se lo agradezco, pero...

Tranquilo, no hace falta que me dé usted explicaciones. Continúe por esa carretera y en media hora habrá llegado al punto de control.

¿Media hora? ¿Solo?

Estamos en el borde, amigo. ¿Qué cree que es esa valla junto a la carretera?

¿Es el perímetro de la zona de exclusión?

Es la valla de la zona, sí. Pero para cruzar al otro lado tendrá que convencer al soldado del puesto de guardia. En esta valla termina nuestro mundo, ¿sabe? Lo que comienza a partir de ella es lo desconocido. En esta valla el mundo de los vivos se toca con el de los muertos, ¿entiende? Al otro lado no rigen las mismas reglas. Ahí dentro el tiempo se ha detenido.

Alexéi se baja. Tiene el cuerpo entumecido. Le duelen las manos y los pies dentro de las botas.

Con un poco de *samogón* entrará usted en calor, ya lo verá.

Alexéi le da las gracias. Le castañetean los dientes cuando se despide de Piotr. La silueta del carro se interna en el bosque. Alexéi mira a su alrededor. El silencio, la soledad, el abandono son sepulcrales. Empieza a chispear. En el horizonte agoniza el final de la tarde.

Ya es noche cerrada cuando empieza a granizar. La lluvia se ha convertido en un diluvio y Alexéi se apresura en busca de refugio. A este paso tiene garantizada la pulmonía.

Ahí delante parece haber un par de coches, junto a unos árboles quemados. Corre a refugiarse en su interior. Alcanza el primero. Tiene todas las ventanillas rotas y está lleno de agua por dentro. Prueba en el otro, que sí parece conservar los cristales de atrás.

Abre la puerta y entra al asiento trasero. Huele a orín, pero es suficiente para protegerse del temporal. Parece que el cielo se esté desplomando sobre la tierra. El agua descarga con fuerza en las ventanas, en el techo, en el parabrisas. Está calado y muerto de frío, pero al menos aquí está a cubierto.

Tarda un buen rato en dejar de tiritar. Cada tanto pasa la mano por el cristal cubierto de condensación. La vista que ofrece la ventanilla es la oscuridad total. Un cuajo de color negro, opaco. Logra abrazar a ratos un sueño mate. Cada vez que se despierta limpia nuevamente el cristal y vuelve a mirar afuera, hacia la tormenta, que está durando más de lo que cabía esperar. La lluvia persiste, indistinta de la noche.

Un sol desnutrido brilla horizontal entre las ramas de los árboles. Ni un sonido, ni un aullido, ni el chasquido de una rama en el aire quieto, estéril del amanecer. Abedules callados en la extensión yerma. Este es el paisaje que ocultaba la noche. Silencio tajante. La tierra exorcizada.

Alexéi se frota los ojos con las manos entumecidas, le duelen la espalda y el cuello, tiene la ropa empapada y la boca le sabe otra vez a metal. Fuera ya es casi de día. Siente el golpe del frío al salir, aunque hoy, por lo menos, no sopla el viento.

A esta hora la nieve todavía está dura. Empieza a caminar por la despoblación como por un vacío en la materia de la vida. Como si estuviese recorriendo una oquedad en la carne de la historia. La vida se ha retirado de este lugar como se retiró una vez del paraíso.

Alexéi se detiene un segundo. El vaho asciende desde su bufanda. Mira hacia atrás. En la distancia, como una alucinación, se adivinan las cuatro casas de la aldea de Zorin bajo la luz febril del amanecer. Un sendero titubeante de pasos parte del coche y llega hasta sus botas. Contempla sus huellas. El camino que constituyen sus pisadas sobre la nieve viniendo de un horizonte irrecuperable, dando testimonio de su extravío hasta este lugar específico. ¿Y si alguien decide seguir este sendero depositando su fe en el hecho de que ya está transitado, sin darse cuenta de que, con ello, está consolidando su descarrío? Podría regresar sobre estas huellas, pero ¿adónde? Tose. El vaho que exhala nubla por un instante el paisaje al que vuelve a dirigir la mirada. Esto es todo: un sendero vacilante que termina bajo sus pies.

Hoy es el cumpleaños de Irina.

Enhorabuena, cariño. Ya eres mayor de edad.

Dityatki, donde se instaló el último punto de control que hoy es el primero, apenas puede ser considerada una población. Detrás de unos árboles se aprecia la forma apuntada de los tejados de algunas casas, pero la carretera no conduce a ellas. Lleva directamente hacia unas plataformas de asfalto en una de las cuales hay aparcado un coche, junto a la garita del puesto de guardia, justo al lado de una de esas barreras que suben y bajan para dejar paso al tráfico. Alexéi se detiene por un segundo. A escasos cien metros, en el control, dos militares conversan. Uno de ellos lo mira, y le hace un gesto al otro. Ambos se giran hacia él. Hablan, se dan la mano y parece que uno de ellos se encamina hacia su coche. Alexéi no se detiene. Sigue caminando hacia el que queda de pie junto a la barrera. El otro arranca y emprende la marcha. Cuando se encuentra a su altura lo mira por un instante y devuelve la atención a la carretera. Ha pasado de largo. Ya solo queda uno. Sus rasgos empiezan a ser reconocibles según se acercan. Parece mayor, quizá un reservista. Han usado a muchos reservistas para las labores de liquidación. Alexéi saluda. El tipo le da el alto.

Buenas tardes.

¿Adónde se dirige?

A mi casa.

Señor, no se puede pasar. Son órdenes del comité central.

Me imaginaba que me diría usted algo así.

Nadie puede entrar ni salir del área de alienación.

Es que verá, señor, yo no quiero entrar y salir. Solo quiero entrar. Volver a mi casa, nada más.

Cumplo órdenes.

Las órdenes dictadas por el Politburó, disponiendo desde un despacho del Kremlin en qué línea del mapa separar lo contaminado de lo que no lo está.

No sé qué pretende, señor, pero las órdenes son las órdenes.

Solo pretendo cruzar esta valla, entrar ahí dentro y volver a mi casa.

Ya le he dicho que eso no es posible. Debe regresar.

¿Regresar? ¿Adónde?

Regresar a su casa, al lugar de donde usted venga. No es asunto mío.

Este es el lugar de donde vengo.

Este no es lugar para nadie.

Se equivoca.

El tipo mira a Alexéi en silencio.

Sé que está cumpliendo órdenes, señor, pero esto está más allá de sus órdenes, y si hoy no me deja pasar, me obligará a volver mañana, y si mañana tampoco, tendré que volver al día siguiente. Y así sucesivamente, porque no tengo elección. Mi viaje termina ahí dentro.

Señor, ya le he dicho que…

No quiero ser yo quien lo obligue a incumplir las reglas, pero, por favor, tengo que pasar.

Dentro de hora y media es el cambio de turno.

Gracias, es usted un buen hombre.

No me las dé. No estoy haciendo nada por usted.

Anochece. Apenas queda una hora de luz. El frío ha empezado a afilarse en el rostro y en las manos. Lleva casi una hora caminando por la ribera del canal. Es fácil avanzar por el barro congelado del borde. Finalmente, vislumbra el puente a lo lejos.

Según se aproxima ve pasar algunos vehículos militares, ya con las luces encendidas, soldados, bomberos… Cuando no queda nadie trepa por el talud de nieve. Solo se oye su resuello. Ya es noche cerrada, lleva más de seis horas caminando y aún no ha llegado al pueblo de Chernóbil, pero se detiene por un instante sobre el puente.

No hay un alma. Solo silencio y oscuridad. Una oscuridad hermética, impenetrable a su alrededor, que acentúa el brillo de las estrellas. Millones de puntos insignificantes cuyo resplandor minúsculo ha llegado hasta aquí desde trillones de kilómetros. Una luz nacida hace quizá ocho minutos y diecinueve segundos, quizá ocho semanas, quizá ocho años. Quién sabe si ocho siglos. ¿Qué edad tiene la luz de cada uno de los puntos que centellean en ese caparazón cerrado como si cada uno fuese la cabeza de un alfiler, de un clavo brillando en el linóleo desgastado del tranvía, con el vértice incrustado en lo desconocido? ¿Cuál es la edad de la luz de este firmamento?

Camina casi a tientas por la rodera de un camión. El sendero vira a la derecha, de nuevo entre los árboles. Hay una casa frente a él, a menos de cien metros. Se apresura hacia ella. La puerta está entornada. Llama con los nudillos, pero nadie contesta. ¿Hola? ¿Hay alguien? El silencio por respuesta. Un destello irrumpe súbitamente entre los árboles de enfrente acompañado del ruido de un motor. Se acerca un coche. Alexéi entra en la tiniebla del interior cerrando la puerta tras de sí. El coche pasa de largo. Hace más frío dentro que fuera. ¿Hola? ¿Hay alguien? Nadie responde.

Pulsa un par de interruptores pero, obviamente, no hay luz. Saca el mechero del bolsillo y lo enciende frente a sí. Un recibidor modesto da acceso a una estancia mínimamente más generosa. Las paredes desnudas, una mesa de madera con tres sillas, un sofá mondo. En la estantería solo quedan algunos papeles, fotos y libros sueltos, descartados en el expolio que probablemente tuvo lugar tiempo atrás. Quizá haya una despensa en la cocina en la que quede algo, aceite, patatas, quién sabe. Aunque, a decir verdad, no parece muy probable.

Casi no se orienta con la luz del mechero. Encuentra una alacena, pero apenas contiene nada aprovechable. Un par de cebollas, un limón seco, frascos vacíos o cuyo contenido tiene aspecto rancio y olor a pasado, periódicos viejos, vajilla rota... También hay un tarro de mermelada. Y no tiene mal aspecto. Sigue buscando y da con un par de latas. Ojalá sean anchoas, o sardinas. El agua del retrete está congelada. Regresa a tientas al salón. En las ventanas se oye batir el viento nocturno. Menos mal que ha encontrado refugio. No puede volver a arriesgarse tanto en adelante, aunque, de todos modos, si no hay ninguna sorpresa, mañana a media tarde debería estar llegando a Prípiat.

Se quita las botas y se tumba en el sofá. Casi de inmediato llega un sueño ni profundo ni duradero. Se despierta en medio de la noche, totalmente desorientado, sitiado por la oscuridad. Tarda en averiguar dónde se encuentra, qué sofá es este, qué frío concreto es el que siente, qué olor es el que percibe.

Una claridad raquítica empieza a abrirse paso por la ventana cubierta de condensación. El vaho asciende hacia el techo todavía en penumbra. Los límites de los objetos van definiéndose lentamente. Estalla un minúsculo destello al encenderse el primer cigarro, después regresa el alba inane. Alexéi se incorpora sobre un codo. La temperatura desciende más, si cabe, justo antes del amanecer. Ha hecho demasiado frío. Debería haber hecho fuego por la noche.

Se pone de pie. Se calza y entra en la cocina. La casa tiene otra apariencia a la exigua luz del día. Por lo menos, no tiene un aspecto tan deplorable como había supuesto. De hecho, salvo por algunos cristales y una manguera en el suelo, hay hasta carbón en el samovar. Abre los cajones buscando unas cerillas y enciende fuego para calentar agua con ayuda de unos periódicos. Los cubiertos están ordenados en su cajón, los armarios no están ni abiertos, las tazas, limpias. Es muy extraño. Es como si en realidad esta casa no hubiese sido objeto del saqueo que supuso ayer por la noche. Como si hubiese estado habitada hasta hace unas semanas. De hecho, lo único que hace pensar que está vacía es el vaho que exhala cada vez que espira, el frío intenso; de no ser por eso se diría que… Pero al darse la vuelta Alexéi ve, a través de la puerta de la cocina, la del dormitorio entreabierta. La taza se le cae de la mano y estalla contra el suelo. La impresión lo obliga a apartar la vista. La flojera de piernas es inmediata. Necesita una silla. Si no se sienta, se desploma. No puede ser.

Permanece sentado. Incluso después de recuperar la calma. Permanece sentado mucho más tiempo del necesario. Hasta que el pulso vuelve a atemperarse, hasta que el horror desemboca en desolación, y esta en miseria.

Nunca había visto un muerto. Nunca había visto un muerto fuera de un tanatorio, fuera del ataúd, desvinculado de la solemnidad. Logra ponerse de pie y camina hasta el umbral del dormitorio, sin entrar. La mujer yace en la cama, arropada, los ojos cerrados, metidos para dentro como dos ovillos de arrugas, igual que los labios secos, la piel tensa sobre los huesos, el pelo escaso, canoso, desordenado en la almohada, sobre las mantas llenas de sudor viejo y de agonía, consumida, devorada por la enfermedad, sitiada por las metástasis y vencida, finalmente, sin la menor misericordia, tras una guerra inútil de meses. Él, su materia inmensa, la totalidad de su peso suspendida de una viga del techo, obstaculizando el espacio de la habitación, excesivo en las reducidas dimensiones del dormitorio, interponiéndose en las distancias, obstruyendo tanto la luz como la lógica. A sus pies, volcada, una silla.

Alexéi echa un último vistazo. Contempla la épica de su lealtad ante la derrota. Siente admiración, incluso una punzada de envidia mientras tira del picaporte y cierra la puerta, para devolver a la escena la intimidad que nunca quiso invadir, para dejar que siga, en privado, velando eternamente el cadáver de su mujer.

Después de una hora empieza a adivinarse el perfil de la ciudad de Chernóbil. Apenas puede reconocerse un camino que seguir. Sin una sola pisada más que las que va dejando a su paso, la alfombra de nieve se extiende homogénea en todas direcciones, sin definición alguna de si debajo hay asfalto, hierba, pavimento o maleza.

Un perro ladra histérico en la distancia, encadenado tras una valla de madera entre dos casas. Según se aleja, los ladridos remiten. Poco a poco regresa el silencio, y Alexéi repara con una sonrisa en que lo que en realidad ha ocurrido es que ha dejado de estar dentro de la forma del límite de su sonido.

Deja atrás una pila de troncos y maderos tapada con unos plásticos, sacos amontonados, útiles de labranza en desuso. Más allá la niebla no deja reconocer los detalles. Solo las cúpulas de la iglesia de San Elías. Abierta o cerrada sigue siendo suelo sagrado. Un lugar de culto, idóneo para un Dios dedicado a jugar al solitario durante miles de años.

Alexéi se detiene un instante y se aproxima a una parada de autobús bajo cuya marquesina aún sobrevive a resguardo de la lluvia y la nieve, pegada con celo en un pilar metálico, la fotocopia con la foto de Irina que tan bien conoce, en la que lleva puesta la bufanda gris que estuvo colgada durante más de un año en el perchero de la entrada. Ahí están el nombre y los apellidos de la chica bajo los que resalta en mayúsculas la palabra «desaparecida». «30 de octubre de 1984», la fecha en que fue vista por última vez. Era martes.

Vehículos abandonados por la calle desierta, fachadas llenas de ventanas abiertas con las cortinas tremolando en el viento gélido, bancos vacantes, aceras deshabitadas, paradas de autobús desiertas. De vez en cuando se oye a lo lejos el tintineo metálico de un letrero suspendido de un poste, un silbido provocado por el viento en un columpio o en las ramas de un árbol. Después vuelve a establecerse el silencio, grueso, óseo, cubriéndolo todo, sin distinción, como la niebla. Alexéi lo siente ahora, por primera vez, en medio de una ciudad, de modo mucho más radical que en campo abierto.

Pisadas. Hay pisadas en la nieve. Salen del portal de una vivienda y cruzan la avenida en dirección al río. Alexéi camina tras ellas durante un par de minutos. Las huellas se encaminan a una calle perpendicular al bulevar. Alexéi deja a su izquierda un bloque de viviendas, cruza unos parterres de césped y al fondo, a lo lejos, ve al individuo. El tipo se gira. Mira a Alexéi y abre los brazos mostrando las palmas de sus manos, como dando a entender que no tiene nada. Alexéi muestra las suyas negando con la cabeza, intentando transmitir que él tampoco, que no es un merodeador ni un ladrón, que no quiere robarle. Ninguno de los dos hace ademán de moverse de donde está. Se miran. Alexéi da un paso hacia él. El tipo sale corriendo por una bocacalle. El paisaje vuelve a quedar desierto. Empieza a chispear.

El bulevar Kirova se pierde en la distancia. Parece aún más largo en la llovizna. Detrás, la ciudad de Chernóbil desaparece en la niebla. Al frente, la carretera fugando hacia el horizonte. Las líneas continuas se disuelven en el gris lechoso en el que el puesto de control empieza a perfilarse. Tiene la barrera bajada. Carteles amarillos de ALTA RADIACIÓN coronan los postes de esta segunda valla. Este es, teóricamente, aparte del ubicado en la entrada de la propia ciudad de Prípiat, el último control. O mejor dicho, el primero, el que durante las primeras semanas limitaba el área de diez kilómetros. Pasado este punto ya solo quedará caminar.

Paso a paso se acerca a la caseta. Se ha bebido el *samogón* que le dio Piotr, así que va eligiendo y descartando mentiras, excusas, estrategias para lograr que lo dejen pasar. Sin embargo, ya casi han llegado y no se ve a nadie. En menos de un minuto alcanza el contenedor metálico que sirve de garita. Se asoma por el cristal. Dentro hay una radio encendida y un tipo sentado frente a ella, dormido, abrazado a una botella vacía. Alexéi cruza con sigilo. Se detiene un instante, mira a su alrededor y continúa caminando. Ya está. Se acabó. No hay más obstáculos. Pero en ese momento, unos metros más allá, al otro lado de la carretera, se abre de golpe la puerta de una letrina y un tipo de uniforme, de edad indeterminada, sale cerrándose la bragueta. En el momento en que lo ve se cuadra, dispuesto a llamarle la atención, y se aproxima con rapidez.

Eh, oiga, ¿dónde cree que va?

Está sudoroso, tiene los ojos vidriosos y huele a alcohol.

A mi casa.

Enséñeme su documentación.

Alexéi sonríe.

¿Quiere usted ver mi documentación?

Usted no puede estar aquí.

Pues, como puede ver, estoy aquí.

Muéstreme inmediatamente su documentación.

Me llamo Alexéi. Soy ciudadano de Prípiat desde el año 1973 y trabajo como director en la escuela primaria número uno.

No, señor, verá, no se puede…

Alexéi se queda en silencio mirando al tipo, esperando a que termine la frase. El soldado observa al personaje completo que tiene frente a sí: el abrigo cerrado, el cuello subido, el frío en el rostro, de pie en medio de la lluvia, en medio de la extensión nevada, y busca las palabras, busca algún argumento convincente, alguna forma de superioridad frente a ese hombre.

Alexéi se limita a esperar, a mirarlo en silencio. El tipo, quizá porque está borracho o quizá porque es capaz de leer la irreversibilidad de su resolución, se da cuenta de que de nada sirve retenerlo. No hay nada que pueda decirle, nada que puedan decirse el uno al otro. Sonríe.

No se meta en líos, ¿eh, camarada?

Alexéi asiente. El tipo se da la vuelta y se marcha dando tumbos hacia la garita. Este es el control que no pudo atravesar hace siete meses. La persona que era no pudo atravesarlo entonces. La persona que es hoy sí ha sido capaz. Mira hacia delante, hacia Prípiat. Camina.

No hay ninguna población cercana. Ninguna dacha. No se ve ninguna vivienda en la distancia. Solo los cuatro reactores callados en el horizonte. Sobre la chimenea blanca y roja ondea una tímida bandera del Sóviet para admiración de nadie. Más adelante hay otros dos reactores, aún en obras. Las grúas mudas, inactivas para siempre.

Alexéi camina con decisión, pero es incapaz de apartar de su mente el hallazgo de esa mañana. La anciana en la cama. Su marido. La silla. ¿Cómo iba ese hombre a sospechar el último uso que acabaría dando a esa silla? ¿Quién puede presagiar cuál será el último uso que dará a sus objetos cotidianos, que compró un día cualquiera, en una situación cualquiera que ha olvidado, en una tienda cualquiera que no recuerda? ¿Quién piensa en ese escenario, el de su desaparición, en las luces que quedarán encendidas, las ventanas que quedarán abiertas, los libros que quedarán a medias en la mesilla? ¿Quién puede imaginarse, cuando compra su primera cama de matrimonio, cuando duerme la primera noche en ese colchón nuevo, quién será el primero en agonizar en él, quién será el primero en sudar en él esperando la extinción, de quién será el primer calor que languidezca bajo las sábanas para el resto de la historia?

Las horas pasan. El frío ha remitido respecto de esta mañana. Hace un buen rato que Alexéi camina por un cortafuegos, o quizá simplemente sea una carretera secundaria que el quitanieves no ha limpiado. Se detiene junto a un coche cubierto por la nieve en el borde del camino. Puede llevar meses ahí. Se acerca. Pasa la mano por la ventanilla para retirar la nieve. La escasa luz que se filtra a través del parabrisas y las ventanillas cubiertas le da al interior un aspecto acuoso, pero no parece haber sido saqueado. Las puertas están cerradas. Alguien que lo conducía debió recibir el alto, y tuvo que abandonarlo aquí por alguna razón. Lo cerró pensando que tres días después volvería a abrir esta puerta, meter la llave en el contacto y regresar a su casa. Dentro podrá entrar en calor, comer algo y retomar el camino con energía renovada. Busca, haciendo surcos en la nieve con las botas, hasta encontrar una piedra de buen tamaño. La sopesa. Un golpe y para dentro. Se coloca a distancia. Uno, dos... Pero no es capaz. Vuelve a asomarse por el hueco que acaba de hacer con el dorso del guante en la nieve adherida al cristal. En la radio asoma una cinta de música y hay una carpeta en el asiento del copiloto con un bolígrafo enganchado por la solapa, sujetando unos papeles. En el asiento de atrás parece haber algo así como un jersey. Se fija en el color de la tela de la tapicería, en el salpicadero, las alfombrillas ahí abajo. No puede romper este cristal. Este interior está intacto, virgen, a salvo de todo esto. Dentro no es invierno. Dentro quizá no hay radiación. Ahí dentro sigue siendo 26 de abril. Ahí dentro aún no ha ocurrido esta desgracia. A este interior aún no ha llegado el área de exclusión.

La piedra hace un sonido blando al caer contra la nieve.

Aún chispea, aunque ya muy débilmente. Todo gotea, las ramas de los árboles secos, los postes de las vallas, los chasis de los vehículos carbonizados a lo largo de la carretera. La humedad se infiltra bajo la ropa. Una bandada de pájaros cruza el aire aún lleno de lluvia. Alexéi repara en que los pájaros no se guarecen. Esperan posados en los cables de la luz a que escampe y después vuelven a levantar el vuelo, sin necesidad alguna de amparo. Viven permanentemente a la intemperie mientras que él tirita de frío dentro de su abrigo empapado, caminando en silencio en dirección contraria a las aguas del Dniéper que, por un momento, aparecen a su vista en una vaguada del terreno.

Cada noche que llega es aún más oscura que las anteriores, como si ya ni siquiera estuviese en la superficie del planeta Tierra. La carretera mojada brilla vacía, perdiéndose en el ocaso, con irisaciones ocres y cárdenas que, paulatinamente, se van apagando.

Camina durante horas, a tientas, en la noche cerrada en la que de vez en cuando reaparece una llovizna tímida. La oscuridad ya no deja pronosticar si durará o no.

La carretera asciende súbitamente. Ha llegado al puente. Se detiene por un momento y contempla el espacio que se abre frente a él. En su interior guarda silencio la silueta del reactor número cuatro.

Pasados unos minutos comienzan a apreciarse los primeros edificios. Moles calladas en la oscuridad nocturna como si su presencia arqueológica viniese de un neolítico anterior al hombre, de otra edad de la Tierra. El silencio es glacial. Se topa con el último puesto de guardia casi de bruces. Está abandonado, saqueado como todo lo demás. Una caseta oscura, con las ventanas rotas, cubierta de zarzas y arbustos. La maleza crece salvaje, empezando a invadir lo que antes era de los hombres. Se asoma al interior. Pisa cristales rotos y barro. Huele a basura, probablemente haya sido utilizada como letrina por los liquidadores. Da un paso atrás y sale. La barrera de la carretera está arrancada. Cruza la línea y ya está. Ya está dentro, en el centro, en el origen de coordenadas, en Prípiat.

La oscuridad es tan densa que apenas es posible entender nada. Volúmenes ambiguos, distancias inexactas, materia indistinguible del negro.

Aquí tiene que estar el coche. Aquí, frente al primer puesto de control, en algún lugar del aparcamiento que se extiende ahí delante tiene que estar el Volga Gaz Veinticuatro. El mechero es inútil con este viento. Alexéi camina a tientas. Tropieza con un bulto. Continúa. Pisa un desnivel, una cuneta. La deja atrás. Un paso más y reconoce con la mano una carrocería. Otra más delante. Es aquí, pero no se orienta. No puede ver nada. Así no es capaz de encontrar el coche.

Avanza hasta tocar una pared. Se sienta en el suelo, apoyando la espalda contra ella. Se abraza las rodillas, calado hasta los huesos, con los zapatos llenos de barro, como Irina aquella primera noche en que subió al coche muerta de miedo.

Intenta dormir, pero la oscuridad que le brindan los párpados no es mayor que la de esta noche cerrada, llena de frío y de lluvia, que lo envuelve en una profundidad oceánica. Mire donde mire no ve nada. Escudriña la opacidad exterior como en una ceguera, con la noche en la pupila. Hace demasiados kilómetros que la luz se disolvió del todo, que el descenso atravesó su perímetro último hacia la sima donde la palabra capitula, donde el lenguaje concluye y se abre paso la incógnita.

Vuelve a prestar atención a la llovizna. Nada. Durante horas. Ni un murmullo, ni un ladrido, ni una voz. Ni el menor rastro de vida. Sin embargo, aquí dentro, en el interior de esta abolición, tenga el perímetro que tenga, aún permanece la huella de un calor infantil bajo las mantas, aún perdura su presencia cierta, a la que regresar, a la que unirse, por fin, en un solo calor vivo para, entonces sí, abandonarse finalmente en él, para alzarse en él hacia la oscuridad ulterior, hacia el silencio de la interrogante original, con la inercia de la última sístole en virtud de la cual el impulso de la sangre perdurará aún durante un instante póstumo, durante ocho minutos y diecinueve segundos, durante mil años.

Una claridad pudorosa empieza a hambrear en el horizonte. Alexéi se incorpora. Se despereza para quitarse el frío y el dolor de la espalda mientras mira a su alrededor. Ni un rumor, ni un eco en la luz rala del amanecer. Solo las masas mudas de las edificaciones. La nieve intacta, los bancos vacíos, los columpios oxidados, expectantes. Bajo un semáforo derretido se alza el esqueleto calcinado de un camión militar, como la osamenta de un dinosaurio. Fragmentos de vidrio y chapa yacen a los pies de la carrocería carbonizada, semihundidos en un charco de hielo negro. Los bastidores de las puertas están doblados, fundidos por el calor extinto. Más allá escombros, maletas, colchones cubiertos de nieve, unas muletas. Alexéi devuelve la atención al aparcamiento. Lo recorre despacio, demorándose en atarse los cordones de los zapatos, en anudarse la bufanda, en manosear el contenido de los bolsillos del abrigo, en fumar.

Ahí delante, al lado del contenedor de material de obra incinerado. Un par de ventanillas rotas, abolladuras y herrumbre, pero ahí está. Las puertas siguen cerradas, o al menos eso parece desde esta distancia. Hace tiempo que el óxido se ha tragado el color granate. Examina el coche según se aproxima. Camina a su alrededor. La ventanilla trasera del lado del copiloto está rota. También lo está el retrovisor y uno de los faros delanteros. Ya no se podrá conducir de noche, aunque, en realidad, ¿qué más da? Por muy lejos que llegue el haz, apenas alcanzará a arañar esa noche que retrocede exactamente a la velocidad a la que la luz avanza. El techo tiene la chapa mojada y fría.

Alexéi posa la mano en el tirador de la puerta. Por un momento observa su propia mano y vuelve a sentir cómo emerge ese silencio que brota cuando se otea la profundidad del firmamento cuajado de estrellas, cuya luz sigue viva a pesar de que quizá manó de soles que ya ni siquiera existen, a pesar de que quizá haga miles de años que murieron, a pesar de que esa luz quizá nació cuando los pies humanos aún hollaban el paraíso, antes de haber sido degradados a recorrer las épocas, a errar por los siglos, a habitar este rincón inhabitable del planeta donde hace cientos, miles de años se firmaron tratados, se fundaron ciudades, se combatió en batallas, proliferaron epidemias, hambrunas, represiones, migraciones, conquistas, asedios, traiciones, alianzas, proezas y mezquindades, este lugar donde ha quedado perpetuamente cancelada la historia.

Alexéi vuelve a alzar la vista a su alrededor. Contempla la ausencia en torno a sí. Abre la puerta y entra en el coche. Hace rato que llueve intensamente. La lluvia bate ahora en el techo y el parabrisas. Con la mirada perdida en el horizonte se pregunta hasta dónde llega el sonido que hacemos, hasta dónde llega el calor que perdemos, hasta dónde llega nuestra imagen en el paisaje, y a qué distancia nuestra silueta deja de serlo para convertirse en un trazo diminuto alzándose sobre el vértice en que convergen las líneas pintadas en el asfalto, una tilde sobre el punto de fuga de la calle, y después solo un brote sobre la línea del horizonte, justo antes de ser solo horizonte, tierra y cielo alcanzando apenas a tocarse en una única caricia, como ese vértice vivo en el que llegan a rozarse el sueño y la vigilia cada noche. Hasta dónde llega el humano que somos. Dónde deja de estar. Dónde termina. Acaso sigue aquí, presente en esta omisión, reverberando contra estas fachadas, respirando dentro de ella, aún audible, aún real mientras sigue desapareciendo. Un llanto en el interior del silencio, desde las cinco de la tarde del día 27 de abril de 1986 hasta el final de los tiempos. Hasta más allá de la extinción.

Hola, Irina, ya estoy aquí. ¿Quieres que volvamos a casa? Un golpe es que sí, dos no.